高校主题出版
GAOXIAO ZHUTI CHUBAN

多元一体视域下的中国多民族文学研究丛书
The Series on Minority Literature: Perspectives from A Pluralistic and United Chinese Nation
丛书主编：姚新勇　副主编：邱　婧

国家出版基金项目
NATIONAL PUBLICATION FOUNDATION

彝族史诗的诗学研究
以《梅葛》《查姆》为中心

Poetic Study on the Yi Epics
Focusing on MEIGE and CHAMU

陈永香 等 著

暨南大学出版社
JINAN UNIVERSITY PRESS

中国·广州

图书在版编目（CIP）数据

彝族史诗的诗学研究：以《梅葛》《查姆》为中心／陈永香等著．—广州：暨南大学出版社，2018.3

（多元一体视域下的中国多民族文学研究丛书）

ISBN 978 - 7 - 5668 - 2214 - 7

I. ①彝…　II. ①陈…　III. ①彝族—史诗—诗歌研究—中国　IV. ①I207. 22

中国版本图书馆 CIP 数据核字（2017）第 258166 号

彝族史诗的诗学研究——以《梅葛》《查姆》为中心
YIZU SHISHI DE SHIXUE YANJIU——YI MEIGE CHAMU WEI ZHONGXIN
著　者：陈永香　等

··

出 版 人：徐义雄
策划编辑：武艳飞
责任编辑：崔军亚
责任校对：李林达
责任印制：汤慧君　周一丹

出版发行：暨南大学出版社（510630）
电　　话：总编室（8620）85221601
　　　　　营销部（8620）85225284　85228291　85228292（邮购）
传　　真：（8620）85221583（办公室）　85223774（营销部）
网　　址：http：//www.jnupress.com
排　　版：广州良弓广告有限公司
印　　刷：广东广州日报传媒股份有限公司印务分公司
开　　本：787mm×960mm　1/16
印　　张：19.75
字　　数：360 千
版　　次：2018 年 3 月第 1 版
印　　次：2018 年 3 月第 1 次
定　　价：63.00 元

总　序

　　本套丛书中刘大先先生的著作题名为"千灯互照"，本是形容中华多民族文学丰富多彩、交相辉映之态，现借以形容这套总数不过十本的丛书，自然太过夸张，但若以点出本套丛书之于中华多民族文学研究的多样性、丰富性，虽仍夸张，却并非漫无边际。至少我们的确可以罗列出本丛书相关的三五特点。第一，以主题、研究专题、研究领域为集结的文学研究丛书自然很多，但征诸不同地方的少数民族文学的研究者，将其成果集结起来，组成一套研究品质较为纯粹的丛书，且由国家出版基金资助，这样的情况恐怕还不多见。第二，本丛书的作者为中青年学者，有的已从事少数民族文学研究多年，成果丰硕；有的虽然才博士毕业几年，但已经显示出强劲的发展势头，其中更有几位已跻身于少数民族文学相关研究领域的前列。本丛书收录的十本著作中，或是博士论文、博士后出站报告，或是国家社科基金结项成果。这都保证了丛书的新锐性、前沿性、专业性与可靠性。第三，丛书的主题、领域、视角多样丰富，所涉族裔文学现象多样，时代纬度参差交错。有神话与史诗研究，民间口头文学及说唱文学研究，族裔文学个案剖析与多民族文学现象的互动分析，当下少数民族文学及少数民族文艺创作、表演现象的宏观扫描及理论概括，某一族裔文学、文化经典传统个案的诗学理论之内在结构、文本肌质、表演仪式、叙述模式的深度剖析与细致型构，某一族裔当代文学创作的文化转型、民族心理与时代张力的考察，族裔母语文学的考察或母语、汉语双语互动的分析，等等。第四，丛书名为"多元一体视域下的中国多民族文学研究"，这并非政治正确的口号，而是本套丛书研究特点的自然呈现，更是丛书作者之于中国多民族文学发展态势的敏锐观察与理论回应。而具体落实于本丛书上，则呈现为一个重要的共性——互文性。第五，互文性。中国多民族文学、文化的互文性，某一具体族裔文学、文化现象中的互文性，也为本丛书多数著作的特点之一。这既是研究者的理论自觉，更是中国多民族历史、文化、文学互动的自然结晶。比如神话研究，自新时期以来重新恢复生机，国外各种神话学理论渐次被介绍到中国，积三十多年的努力，中国神话研究取得了很大的发展。但是与此同时，神话所表征的民族或族群关系之"分"的趋势却日益明显，研究者、研究对象、接受群体的民族身份的"同一性"也似乎愈益强化。而《中国多民族同源神话研究》的作者王宪昭先生，在多年材料与研究积累的深厚基础上，有力地考辨了我国多民族神话"同源母题的作品占有相当高的比例"这一现象，不仅进行了数量可观的神话文本的互文性解读，也为中华民族多元一体关系增添了丰富多彩而又切实有力的论证。再如《锡伯族当代母语诗歌研究》一书，从书名上看，此书似乎只涉某一具体族裔的母语诗歌创作，但实际上，锡伯族的形成，它从祖国的大东北迁徙到大西北的历史本身就是一部波澜壮阔的宏伟史诗。因此在锡伯族的诗歌中，故土的大兴安岭、白山黑水，新家园的乌孙山脉、伊犁河畔，交相辉映；"大西迁"的刻骨铭心与"喀什噶尔"的深情咏叹，互为参照；族裔情感与国家情怀，水乳交融。满、汉、蒙、哈、维等语言因素都不同程度地结构或渗透于锡伯语中，因此，本书相当关注锡伯族母语诗歌创作与汉语之间的关系，也就再自然不过了。

《东巴叙事传统研究》一书，以更为纯正的理论品质，更为肌理性的文化、文本研读，从多角度、多层面探究了东巴叙事传统的成因、传承、流布、特征，并通过深描东巴叙事文本在祭祀仪式中的演述，揭示了口头文本、书面文本、仪式文本、表演文本在民众的生活与精神空间中的互文互构关系。作者还把东巴叙事传统与彝族、壮族、国外的史诗作了横向的比较研究，对当下的民间叙事学、史诗概念及类型作了深入的反思，表现出与国内、国际同行进行高水平对话的努力。

说到研究之间的互文性，对有心的读者来说，其实从本丛书的不同著作中也不难发现。比如说，丛书中有的研究主题相对比较封闭、形式化，所说、所论也容易被归为某一民族的特点，这尤其表现在那些神话或史诗研究中。而另一些有关当代少数民族文学创作的研究，则相对更注意"民族""民族文化""民族文学""民族意识""民族认同"的相对性、建构性。对其进行有意识的对照性阅读，或可互为弥补、相互启发。

比如《彝族史诗的诗学研究——以〈梅葛〉〈查姆〉为中心》和《凉山内外：转型期彝族汉语诗歌论》，所论文学现象皆属彝族，而前者着重于通过细读《梅葛》《查姆》揭示彝族史诗的诗学特征，后者则更敏感于新中国民族识别、少数民族文学工程的实施，之于整体性的彝族诗歌、彝族意识的生成、流变与转型的促动。这样，后者之于前者可能就对"彝族""彝族文学"的天然性、自在性多了质疑性价值，而前者则又可能提醒后者，彝族、彝族意识、彝族认同的建构，并非权力、他者的随心所欲。这样的互文性阅读，有可能突破本丛书有限的数量，更为宽广、丰富、深入地去理解、把握中国文学、中华民族的多元一体之复杂性。

当然，不管本丛书的认识价值与问题视野的可能性究竟有多大，其视域肯定是有限的，况且收录其中的著作质量并非齐一，也自然存在这样那样的缺陷。个中缺憾不知有无机会弥补。

感谢王佑夫、关纪新两位先生对本丛书的大力推荐，感谢丛书作者惠供大作，也感谢暨南大学出版社徐义雄社长的鼎力支持。

姚新勇
2017 年 7 月
于广州暨南园

序一　一条永不枯竭的生命之河

众所周知，学术界将叙述英雄传说或者重大历史事件的古代叙事长诗称为史诗。一般多以古代英雄歌谣为基础，经集体编创而成，史诗的主要内容反映人类童年时期的主要活动，以及具有重大意义和价值的历史事件或神话传说。经过漫长的历史进程，可以确认史诗是人类最早的精神产品，对我们了解和认知早期人类社会具有重大意义。大凡每个民族的史诗都和该民族古代神话、传说有着天然联系。史诗在神话世界观的基础上产生，而它的发展最终又是对神话思想的一种否定。学术界根据史诗所反映的内容，将其分为两大类：创世史诗和英雄史诗。

根据上述史诗的基本定义，聚居在中国西南地区的彝族是世界上同一语种拥有多部母语史诗的古老民族之一，也是世界上拥有独立的古代母语诗学理论体系的民族之一。史诗传统无疑是彝族文学乃至彝族文化史中不断深入凝聚并有效传承至今的彝族文化精神、美学思想和母语智慧的集中体现。于是，新中国成立以来，母语史诗的搜集、整理、翻译与出版，以及进行多学科研究一直是国内外彝族研究的核心命题和重要领域。彝族历史文化、宗教哲学、民俗仪式、文学艺术研究都必须围绕着口头史诗传统和书面史诗文本进行分析研究。

针对彝族史诗的历史、现状及发展趋势，我们认为，彝族史诗及其诗学理论研究应从以下五个方面逐步深入推进。

第一，彝族史诗传统与古代彝族哲学思想有着深远关系。一是史诗传统是哲学思想的直接载体。以万物有根为根基，以万物有灵和祖先崇拜为核心，以万物雌雄观和朴素唯物主义为认知方式形成了独具体系的原生哲学，史诗成为这一原生哲学的创造过程和直接载体。二是彝族哲学思想的孕育、形成于彝族古代史诗创造过程。史诗的创造过程，也是彝族人文历史的形成过程，传统哲学思想就是在史诗的创造过程中不断趋于完整的，同时成为彝族母语史诗叙事的思想核心。三是彝族古代哲学思想不断提升着口头史诗传统的艺术精神价值。任何文化的形式与内容都是不可简单分割的，彝族传统哲学思想成为彝族史诗创造的精神主轴，也成为彝族民间艺术的审美旨归，不断提升着民间史诗的艺术精神境界。

第二，彝族传统民族精神形成过程中史诗发挥了不可替代的价值和作用。一是史诗集中体现民族精神。史诗借助历史场景、英雄人物、文化事项、神话传说等表达彝族在生存、发展进程中处理人与自然、人与社会、人与自我的关系中来集中体现和彰显民族精神。二是史诗不断培育民族精神。一个民族的民族精神不是一蹴而就的，它需要长时间的沉淀、过滤、凝定、构型，进而文本化的过程，彝族史诗记录民族精神同时成为培育这一精神的重要途径和文本。三是彝族史诗充分实践本民族的民族精神。从彝族史诗与历史实践过程来看，可见人类文明的推进过程就是运用已经取得的文明的成果来不断实践自己全新的精神欲求的过程。四是史诗努力实现族群理想。彝族史诗不仅描绘历史，而且放飞未来的理想。史诗是彝族人理解世界、参与世界、干预世界的方式，也是人类特有的一种智慧与劳动的要求和归宿，史诗是人类理想的劳动，又是这一劳动的理想成果。

第三，彝族史诗在彝族历史文化构型中具有特殊地位。一是史诗是彝族历史文化构型机制。彝族的历史是一部诗化的历史，诗性充盈、诗形构建的历史。彝族传统史诗叙事充满了比兴、隐喻、暗示、象征、夸张等诗学手段和形象思维来完成的文化诗学构型机制。二是史诗是彝族历史文化核心组成。彝族传统社会中，历史文化的表述方式虽然也呈现为多样态的，但只有史诗及其叙事传统一直处于核心地位。史诗创造和史诗演述传统成为彝族历史叙事和人文传统的标志性构成。三是史诗是彝族历史文化教育模式，彝族史诗可分为"源流史诗"和"功能史诗"两大类。前者如"公、母勒俄"，启迪人类"向真"；后者如"玛牧"引领人类"向善"。四是史诗是彝族历史文化传播方式。文化的生命就在于传播。史诗是彝族传统精神创造、传承、传播、创新的主要方式，是彝族人历史生命的自觉、自呈、自律、自省的形式。传播价值成为史诗生命的印证。

第四，彝族史诗传统对彝族审美理论的深度影响。首先，古代"诗根""诗骨"说及"诗史合一"的审美传统的确立。其次，古代"人化诗论"与史诗中强烈的生命意识的自觉。最后，史诗中的人格理想、文化精神熔铸着彝族人特有的审美境界。

第五,彝族史诗的口头传承特征。一是口头史诗与其他口头文学的区别和联系。从内容上,口头史诗注重对生命记忆与文明源流的追溯、阐释、延伸,是发生学意义的对文明历程的追忆与假想,是纯精神意义的物化追述。而其他口头文学关注的是对文明进程中的文化事件和生命现象的描述、思考与表达。从形式上,它们的区别是诗性叙事与普通叙事、诗化思维与故事思维、韵文体与散文体的差异。二是口头史诗对诗歌的体式、韵律的要求。如"三段诗"的思维与诗歌体式结构;再如奇数音节,即"五言""七言""九言""十一言"等韵律要求。还有语境中的节奏要求,以及彝族口头史诗传统在当代的濒危乃至中断趋势。由于母语的濒危直接导致史诗传统的中断,彝族地区生产力和生产关系的变革,现代生活节奏的加速,文字书写与文字传播的普及,印刷业的发达等导致各方言土语区彝族史诗传承遭遇不同程度的危机。总之,社会文化的全面转型,给母语的传统叙事与抒情方式带来了深重的、灾难性的影响。

最近,陈永香教授带领的学术团队完成了一项重要研究课题,我觉得该研究成果从以下几个方面对彝族史诗研究进行了理论探讨,实现了该研究领域全新的学术目标。

首先,从该研究以"彝族史诗的诗学研究"为主题的设计中,我们认为,彝族史诗研究是彝族古代诗学本体理论研究的延续与丰富。该研究是继承了古代诗学大家举奢哲的《彝族诗文论》和阿买妮的《彝语诗律论》的诗学见解,以及布独布举的《纸笔与写作》、布塔厄筹的《论诗的写作》和举娄布佗的《诗歌写作谈》的美学思想脉络。其次,在借鉴与吸收新的史诗研究的理论与方法,如口头诗学、民族志诗学、文学人类学、社会学、民族学,以及民间文学、民俗学的基础上,该研究将彝族史诗重新置于彝族民间文化场域和田野调查中进行研究,获得了单就书面文本研究无法获得的真知灼见,实现了真正意义上的"返回山野与民众中去求知"的学术目标,对后来研究者影响深远。再次,该研究做到了母语文本与汉语翻译文本结合,在借鉴西方相关理论基础上,紧紧围绕《梅葛》和《查姆》来展开探讨,对本民族多部母语史诗进行了比较研究,体现出彝族史诗作为整个彝族母语诗学甚至母语文学艺术内在体系的地位和价值。此外,该研究还涉及彝族史诗的演述场域、宗教内涵、传承方式、生态系统、民族精神,以及修辞手法等,多学科、全方位地梳理了彝族史诗的历史、现状及未来濒危的趋势,提出了有建设性意义的传承与保护对策，并跨越本民族方言土语的差异，对各地彝族代表性史诗传统及相关文本进行整体考察，既显示出彝族博大精深的史诗传统，又高度重视田野调查结果的融通，避免了就文本而文本的研究局限，以诗学的眼光为读者打开一个底蕴深厚、异彩纷呈的彝族母语文脉与汉语文脉并行不悖的开放、包容、独特的，富有潜力，充满希望的民族文化精神世界。

是为序。

罗庆春①

2018 年 2 月于成都

---

① 罗庆春（1964—   ），男，彝族，彝名：阿库乌雾。文学博士，西南民族大学彝学学院教授、院长，中国少数民族文学学会副会长，四川省文艺评论家协会副主席。

序 二

余与陈永香氏，乃经年之好友也。1999 年余幸得毓吉师、德昌校长及云峰书记支持，草创学校地方民族文化研究所，其与翼祥君尝衬之左右，随文勋师、子贤师拟定宗旨，四出调研。以永香沉默勤勉，余与子贤师建议其专力于彝族史诗之学。其颇依交决，遂远赴北师大随钟敬文、董晓萍等先生学习，并广交民俗学界先贤时俊，于史诗及民间文化研究之义理方法乃获真传。

又永香氏对余每多襃扬，常佯尊不才曰师，以示彼方之低调而谦逊也。虽然，余未尝信之，而静观彼氏之治学，殊觉素有我风，即断不为指标而去，又不为奖赏而来，所依从者，无非兴致而已。故数十年间，其向不喜观之时流，趋之热势，弄其风姿，仰其鼻息。而所敬者，必为学界之真师益友；所交者，无非江湖之文君志士。余尝脱口自得戏语二句谓之曰：你这里怕错过高台上锣鼓喧天，他那厮偏爱向帘儿下听人笑语。此二句，正赞其读书问学，甘耐寂寞者也。

余谓彼氏，因师友而得学，以懒散而成性，常呼朋而聚山野，偶豪饮而失女相，其治民俗之学，恰如分也。以彼氏之出而若愚，常不显学者之气貌风襟，故而曩者校内中评委推荐其副高任职，各道貌尊长、大师官人一众，竟无一人有一言也。余不识深浅独为申辩，自是无趣无果而告终焉。后私下有闻，某等不止一二人尝暗与之曰：仅吾替汝说话耳，如是云云。既往矣，此间余复为陈永香氏执言，谅已不孤于众目睽睽之下矣。

余又好与彼氏戏语焉。若永香氏者，早已贵为教授，而声名既然鹊起于田野坊间也。余尝谓彼氏以混迹勾栏瓦舍为乐事，其每反唇相讥，余往往讷讷而无言也。彼氏又每好找余问学，实则辩学也，其颇无礼而每欲图赢，以为快意，余因怒斥之乖张劣徒，其每欲不满，而终不敢嚣嚣然焉。

昨彼氏以民俗之书命余发言于前，余戏问曰：以子俗书，讨我俗言欤？

其悻然而去。于民俗之学，余实乃门外之汉，制序弁语，非所能也。然大稿已堆于案前，宁不作言语乎？诚若此，不恭也。

夫老子有云：甘其食，美其服，安其居，乐其俗。邻国相望，鸡犬之声相闻……谓之至治之国也。此可见民俗之用则大矣。至若滇中威楚，久称彝乡，汉彝杂处，风俗不一，而文教日兴，诗乐日盛，历代学者，多有论列。

永香之学，出于彝乡；永香之名，亦出自彝山。此卷著述，乃其倾力之作也，全书以彝族史诗立面，以梅葛、查姆设点，研之田野，辅之文案，并兼及南北史诗之同异，手眼极高。而点面之间，又具体入微，笔触所涉，关乎人文生态，演述传承，语境场域，文本修辞，叙事形式诸端。而尤值称道者在于，作者于彝族诗文学之衍生及民族文学理论之叙述领域，多有创新阐发，此或可称全书之最具价值者也。

以上之论，毕竟门外之议，充其量也，可权作抛砖絮语而已。余期待永香大书早日面世，更待该书行世后，能得远近方家中的高论，以增我之智，怡我之情也。

曹晓宏①
2017 年 12 月于小山书房

---

① 曹晓宏，中国语言文学二级教授，楚雄师范学院校长助理，人文学院院长，地方民族文化研究院院长。

目　录
CONTENTS

绪　论

　　由于彝族史诗有众多的文本，广袤的流传区域，多样的文化生态，要对其进行全面的调查与研究，是比较困难的。因此，笔者在对彝族史诗进行宏观把握的同时，把田野调查和研究重点放在笔者所生活工作的云南省楚雄彝族自治州的两部彝族创世史诗《梅葛》《查姆》上，进行以点带面式的研究。史诗是综合性的大型叙事，对其要进行多方面的考察，既要对文本本身进行研究，也要对文本以外的文化生态进行考察，尤其彝族创世史诗是活态性的史诗，对其理解就不仅仅是一个书面文本所能涵盖的。我们必须把它放到彝族历史文化背景中去。诗学的研究既是对诗歌文本内容形式的研究，更是对历史文化生态与史诗关系的研究，无论是宏观上史诗的叙事场域、深远的历史内涵、众多的传承人状况，还是微观上史诗歌手对史诗的把握创编等问题，笔者都是在实证研究的基础上进行理论的抽绎。《梅葛》《查姆》已列为国家级非物质文化遗产保护名录，对其进行深入研究，既可以填补彝族史诗研究的一些学术空白，也可以为当地政府对其保护提供参考，有利于更好地传承彝族优秀的传统文化，为少数民族地区的社会和谐服务。

　　"人类借人文以流传，创造和鼎新各种价值。文学作为人文明珠，其机理决定了它作为民族认同的基础和文化基因或精神染色体的功用而存在并不断发展。因此，文学不仅是审美对象，而且是民族文化及其核心价值观的重要载体。这就牵涉到文学与民族之间难分难解的亲缘关系。"① 笔者对彝族创世史诗的诗学研究是广义的诗学概念，也就是把它放在彝族文化的广阔背景中来进行，从史诗的生态文化、传承人、文本内容、叙事方式、词语和句式类型、修辞手法、演述方式和场域等进行形态学的研究，也努力从其历史文化、哲学观和价值观等探讨史诗的文化内涵。通过对《梅葛》《查姆》进行深入

---

① 陈众议：《文学"全球化"背景下的学术史研究》，《新华文摘》，2012 年第 11 期，第 88 页。

的田野调查，在前人研究的基础上，对《梅葛》《查姆》文化生态进行立体考察和文本微观分析相结合的研究，目的是以《梅葛》《查姆》这一斑去窥彝族创世史诗的全豹。

在广泛参考已有理论和研究成果的基础上，对彝族创世史诗研究的材料主要源于田野调查。笔者对彝族创世史诗《梅葛》《查姆》的传承人、流传区域的民俗宗教文化的现状做了深入全面的调查，在调查的基础上对这两部彝族创世史诗进行较为全面的研究。本书的创新点也来源于从调查材料与已有理论的印证中发现其独特性，如通过调查发现，从研究英雄史诗中产生的口头程式理论不能完全照搬来研究以神话为核心的彝族创世史诗，它们的演述场域和演述目的及演述人的身份都是有差异的，彝族创世史诗的口头传统是建立在彝族原始宗教信仰的基础上，具有娱神和祖先崇拜的核心目的，使其演述人及演述场域具有神圣性和仪式化的特征。英雄史诗的演述世俗性要比彝族创世史诗更强，两者在叙事主题和叙事主线及叙事目的上都有差异。

本书初步建立了彝族创世史诗《梅葛》《查姆》的研究框架，运用多学科的理论方法对彝族创世史诗《梅葛》《查姆》进行了微观和宏观相结合的研究。重点从彝族创世史诗《梅葛》《查姆》的文化生态探讨彝族创世史诗与彝族传统文化的关系，特别是与彝族原始宗教信仰的关系中去探讨其生存的空间。因此，对史诗中神话的演述语境以及对丧葬仪式和原始宗教祭祀仪式的调查案例进行研究；对其叙事方式以彝族原始宗教信仰的核心祖先崇拜为依据来探讨彝族创世史诗中祖先意象符号为叙事主线的叙事结构范式。同时对文本内容进行微观分析，对其中的创世神话、洪水神话进行专节介绍，对文本的语词、句式程式、修辞使用等进行探讨。对传承方式、传承人、史诗现状等问题都进行了专门分析。

对彝族创世史诗《梅葛》《查姆》的研究，学术界可参照的高水平研究成果很少，我们采用田野调查与文本分析相结合的研究方式，对史诗流传区域的彝族原始宗教、民俗文化进行了全面的考察。这从彝族史诗研究的角度来看，具有一定的拓荒意义。尽管我们已经尽力而为，但是由于笔者的学科背景、学识水平等的差异，成果中的不足依然是明显的，如部分章节的内容缺乏理论的分析，流于泛泛而谈、罗列事项等，而且整体上的理论深度分析也不够。

对彝族创世史诗《梅葛》《查姆》及彝族其他史诗的研究，以后尚需深入研究的问题很多，这是由研究对象本身的复杂性和丰富性决定的。史诗是大型叙事，被称为百科全书，有诸多问题尚需进一步探讨，如在彝族的口传史诗和书写史诗之间"口头传统"是如何起作用的？毕摩传承有世代相承的特点，在彝族史诗的传统叙事系统中，他们的社会角色又是如何在满足彝族传统社会需求的过程中而日益完善的？诸多问题的探讨在本书中有所涉及，但并没有达到预期的目标。总之，如果彝族史诗是大海的话，我们只是取了一瓢浅饮之，在以后的研究中我们将努力从更多角度进行探讨。

本书作为国家社科基金项目的结题成果，项目负责人①根据评审专家的评审建议对结题报告做了修改，在修改中对原文顺序进行了重新组合和删减，原附录中调查材料的四万多字、图片等删掉了，只保留了《梅葛》《查姆》现在搜集到的部分汉语译本。

作为项目结题成果，下面引录结题评审专家的部分评语作为本书的简要介绍：

专家一：从该成果的创新性看，该成果具有一定的创新性。彝族在中国各民族中具有最丰富的史诗，但目前研究成果较少，尤其是运用最新研究理论和方法研究成果，只有巴莫曲布嫫关于《勒俄特依》的研究。本课题以《梅葛》《查姆》为中心，对彝族史诗进行系统的、全面的诗学研究，具有极大的拓展意义，对彝族诗学研究，乃至各民族史诗研究，也有一定的启发借鉴意义。

从成果研究价值看，该成果借鉴"帕里—洛德口头诗学"理论和方法，借鉴朝戈金、巴莫曲布嫫对"帕里—洛德口头诗学"理论和方法的运用成果，但又不限于口头诗学的理论和方法，而从史诗的生态文化、传承人、文本内容、叙事方式、词语和句式范型、修辞手法、演述方式和场域等进行形态学的研究，也努力从其历史文化、哲学观和价值观等探讨史诗的文化内涵。尤其在田野调查的基础上，运用演说理论研究史诗的传承演变，提出演说者的演变、文本与演述场域内容的差异等观点。这些都有一定的理论创新价值和应用价值。

专家二：对于该课题的研究，首先最为重要的一点就是该课题的研究者们通过田野调查和文本分析，对彝族史诗《梅葛》《查姆》都做了一次全面认真的立体式研究，他们从史诗的产生到传承保护，都进行了较为全面翔实的分析研究。该课题还将彝族诗文研究的视角伸向意象符号学理论、民俗学理论、宗教学理论，把这些彝族史诗的内容都进行了一次完整性的、有理论与实践意义的积极探索。其次是该课题对彝族古籍诗的内容及论点都进行了

① 项目负责人：陈永香，负责项目申报、开题、研究任务及研究进度安排，组织田野调查，组织编写结题报告等工作，同时负责本书的修改和定稿。

全面系统的综述，如彝族史诗与彝族传统文化，彝族史诗的传承方式、生态系统等。

彝族诗歌是古代彝族先贤们在本民族文学创作的基础上，根据本民族语言文字的特点，按照本民族文学的欣赏习惯和审美基本原则来不断完善而写成的一种叙事诗。因而彝族诗歌都有着极其鲜明浓郁的民族特色。尤其是在长长的诗例赏析过程中，除了能获得一份心智澄明、人性纯美的人生感悟以外，最大的收获就是能寻找到许多古代彝族人民对诗文化这一古籍文学领域中的新亮点。我们都知道，对于民族文化理念内的许多美好的东西是不能忽视的，而应当加以研究、保护、开发与利用。

该课题因精选理论，创新程度极高，它能作为一个完整的彝族诗学文集理论研究方面的理论体系。最为主要的一点是能让读者充分接近一个遥远而真实的古老民族及其独特的文学理论范畴，用古今的美学原则去认真地进行一次更加深入的探索和研究应用。以前的许多彝族诗文学研究者们的视角，多数都停留在彝族诗文学的叙事与诗体上，全都过多地注重彝族诗歌的外在表现形式，即使涉及彝族诗文内容的分析，也仅强调其内容与骨、韵、根、音等的观点。但该课题对古籍的精选研究是从彝族诗文学产生的背景开始，反映时代风云和战斗精神以及彝诗的审美价值等。该课题也全景式地展示出了彝诗文学在民族文学理论叙事与研究中所占有的重要地位。

专家三：该课题成果以流传于云南楚雄、红河、玉溪等地的彝族史诗《梅葛》《查姆》为研究对象，将其置于彝族文化的背景下，对其诗学问题进行研究，形成如下特点：

成果从史诗的文化生态、传承人、文本、叙事方式、词语、修辞手法、演述方式和场域等，对《梅葛》《查姆》的诗学形态进行了分析研究。研究者从《梅葛》《查姆》的文化生态出发，探讨彝族史诗与彝族传统文化，特别是与彝族原始宗教信仰的关系中探讨其生存空间，对史诗流传的原始宗教信仰、民俗文化、传承方式进行全面分析，有一定的理论价值和学术意义。

成果将国外史诗理论与彝族史诗有机结合起来，对彝族史诗的文化生态环境、传承方式、发展现状等进行了调查和分析，研究者对《梅葛》《查姆》的词语句法进行研究时，运用口头程式理论和方法进行分析，认为彝族史诗的口头传统是建立在彝族原始宗教信仰的基础上，具有娱神和祖先崇拜的核心目的，使其演述场域具有神圣性，同时也清醒地认为研究英雄史诗的口头程式理论不能完全照搬来研究以神话为核心的彝族史诗，有自己的独到见解和相关结论。

成果的最大特色是立足于田野调查，对《梅葛》《查姆》的传承人、流传区域、民俗宗教、演唱传统、文化现状等都进行了全面深入的调查，从研究者附录的相关材料中可以看出，相关结论都建立在坚实的田野调查基础上。

专家四：该课题的研究者力求在当代国际史诗学前沿话题的学术语境中，在本土化的学术立场上，通过对云南楚雄流传的彝族最具代表性的史诗《梅葛》《查姆》进行较为全面的、多层面的分析，深入阐发彝族史诗的文化内涵，解读彝族史诗与口头传统的丰富性、深刻性。

研究者熟悉彝族的文化传统，长期认真的田野调查使他们掌握了大量第一手资料，与民间文化的持有者毕摩、歌手之间建立了良好的学术联系。他们深入史诗演述和传承的语境中，突破了以往史诗研究限于书写记录本的局限，将田野调查与文献资料相互参照，在全新的学术话语体系中，对彝族古老的文化传统进行了新的诠释，在资料的运用、文本的解读、文化背景和传统的研究等方面都有所发现。

研究者在对楚雄毕摩、歌手细致、深入的调查基础上，通过客观记录和整理，呈现了一份民间文化传承人的学术档案，资料丰富而生动，为本项课题的完成打下了扎实的基础。

研究者对史诗传承的文化语境——彝族各种民间仪式的调查，结合史诗文本分析论述，对以《梅葛》《查姆》为代表的彝族史诗及口头传统的传承方式的演变规律的总结，对其发展趋势的研判，都很有说服力。

该项目选题得当，基本完成预设目标，具有学术创新性。该成果对史诗学研究、民族非物质文化遗产保护有启发意义，研究者针对民族文化建设提出的具体建议有可操作性。

研究者既有大胆的理论创新追求，又将田野调查与文献研究有机结合，并与民间文化传承人有良好互动，治学严谨，学风朴实，值得肯定。

专家五：该课题立论正确。以彝族文学史上的两部史诗为论述对象，系统全面地梳理了彝族史诗的诗学研究理论，在研究方法上采用了理论与田野调查相结合的方式，两者互为补充，具有一定的创新性。相信该成果的研究对于彝族史诗学研究理论有着示范作用，填补了目前彝族史诗研究的某些空白。

《梅葛》《查姆》是彝族文学史上四大史诗中的两部，具有很高的文学价值，是研究彝族文学和历史的“活化石”，同时也为研究中国西南各民族的历史文化提供了宝贵的文献资料。该成果从多方面对《梅葛》《查姆》进行了较为充分的剖析，并在前人的基础上有所创新。特别是对《梅葛》《查姆》的文本研究和传统方式解读，对推动两部史诗的研究有着重要的理论意义。建议该成果评为优秀等级。

第一章 史诗研究概述

对于诗歌和史诗的研究，无论国内还是国外，成果都很多。

中国汉民族历来以诗为文学之正宗，诗歌是中国文学史上最重要的文学类别。诗是最早产生的文学样式，与人们的生产劳动关系密切。鲁迅说："我们的祖先原始人，原是连话也不会说的，为了共同劳作，必须发表意见，才渐渐的练出复杂的声音来……倘若用什么记号留存了下来，这就是文学，他当然就是作家，也就是文学家，是杭育杭育派。"（《门外文谈》）西方文论家对诗的起源有不同的解释，形成不同的学派。在我国古代，不合乐的称为诗，合乐的称为歌。最早的诗歌总集是产生于两千五百多年前的《诗经》。现在，已把诗和歌合称为诗歌。诗歌的基本特征是：满怀感性，驰骋想象，抒写对生活的强烈感受，注重创造意象，用鲜明的节奏和韵律，讲究声韵的和谐，形成优美的音乐性，是最高的语言艺术，一般分行排列。按诗歌的形式，可分格律体和自由体，有韵诗和无韵诗；按诗歌的题材和对象，可分为政治诗、讽刺诗、寓言诗、儿童诗、哲理诗、朗诵诗等。诗学是以诗为研究对象的美学，探讨诗的美学特征和规律。西方早期的诗学（如古希腊哲学家、文艺理论家亚里士多德的《诗学》，古罗马文艺批评家贺拉斯的《诗艺》）虽然不是专门研究诗的艺术，但已用美学观点阐述了诗的某些理论，形成了有民族特色的诗歌理论体系。我国现代的诗学，在诗人、批评家的努力下，正在不断发展中。诗话是我国一种品评诗人诗作或记载诗人轶事、谈论讨教创作方法的著作。人们认为："诗话者，辩句法，备古今，纪盛德，录异事，正讹误也。"（《彦周诗话》）诗话源于先秦以来的诗文评论和魏晋以来的笔记小说，正式产生于北宋。欧阳修的《六一诗话》是第一部诗话专著，现存第一部诗话集是北宋阮阅编的《诗话总龟》（98卷），最早的诗话丛书是明杨成玉编的《诗话》。较有价值的诗话有清何文焕编的《历代诗话》，近人丁福保编的《历代诗话选编》和《清诗话》，今人郭绍虞编选的《清诗话续编》等。诗话的形式短小精悍，现今仍是诗歌评论的一种重要形式。①

中国古典文学中的诗学研究主要是对以汉语创作的文人诗歌的美学研究，对中国多民族文化中的诗歌研究来说，中国古典诗歌理论有其局限性，特别是像史诗这样的民间集体创作的大型叙事文学，是不能去套用中国古典诗歌的诗学理论的，因为中国古典诗歌是以作家创作抒情为主的短小诗歌样式而总结出来。对史诗的诗学研究，中国的起步很晚，不像西方美学在古希腊时代已开始，如柏拉图、亚里士多德等对荷马史诗的研究。从理论上来说，中国史诗的研究主要还是从介绍借鉴西方史诗研究理论开始，应用西方史诗研究的理论及方法来对中国少数民族的史诗进行探讨，并没有形成一整套自己的理论体系和方法论，可以说，中国学者们正在努力建立中国史诗学的过程中，中国史诗研究学派也正在形成过程中。说到史诗研究的概况还是要从西方史诗研究开始。

史诗是一种古老的民间叙事体长诗，它用诗的语言，记叙各民族有关天地生成、人类起源的传说，以及关于民族迁徙、民族战争等重大事件。它是伴着民族的历史一起产生的。一部民族史诗就是这一民族的开拓者们的创业史，也是一个民族远古的形象化的生活史。史诗一词最初源于希腊语，有"故事"的意思，主要是指英雄史诗。劳里·航柯对史诗的界定是："史诗是关于范例的宏大叙事，原本由专门化的歌手作为超级故事来演述，以其长度、表现力和内容的重要性而优于其他叙事，对于特定传统社区或集团的受众来说，史诗成为其认同表达的一个来源。"② 就中国的实际情况而言，中国民族众多，除了以英雄征战冒险为主要内容的英雄史诗外，还有众多以天地万物的起源、人类的来源等神话为主要内容的长篇韵文作品，因此，中国的史诗范畴就不仅仅是西方史诗概念中的英雄史诗了。钟敬文先生主编的《民间文学概论》中对史诗的定义是："史诗，是民间叙事长诗中一种规模比较宏大的古老作品。它用诗的语言，记叙各民族有关天地形成、人类起源的传说，以及关于民族迁徙、民族战争和民族英雄的光辉业绩等重大事件，所以，从某种意义上来说，一部民族史诗，往往就是该民族在特定时期的一部形象化的历史。"③ 钟敬文把史诗分为英雄史诗和创世史诗两类。

史诗是古老而源远流长的叙事文学样式，在人类文化史上占据着重要位

① 陈绍伟：《诗歌辞典》，广州：花城出版社1986年版，第1－2页。
② 转引自刘守华、陈建宪主编：《民间文学教程》，武汉：华中师范大学出版社2009年版，第90页。
③ 钟敬文主编：《民间文学概论》，上海：上海文艺出版社1998年版，第282页。

置。史诗既是一个民族对早期社会历史文化的艺术化记忆，也是一个民族认同表达的来源。因而一个民族的史诗传统，不仅是认识一个民族的百科全书，也是黑格尔所说的一座"民族精神标本的展览馆"。

第一节　史诗研究简述

国外对史诗的研究在古希腊时代围绕"谁是荷马"就已开始了，形成了相互对立的"统一派"和"分辨派"，前者相信有荷马其人，史诗是荷马创作的；后者则认为荷马史诗是由民间集体创作的英雄短歌汇编而成的。双方各有依据，谁也不能驳倒对方。18世纪意大利著名学者维柯在《新科学》(*The New Science*) 的第三卷中探讨荷马和荷马史诗的关系时，用了一个十分醒目的题目"寻找真正的荷马"，试图解决欧洲文学史上长期争论不休的一个重要问题：荷马史诗的作者究竟是谁？在历史上究竟有没有荷马这么一位杰出的行吟诗人？经过认真的考察，深入的思索，维柯认识到"真正的荷马"不是一个人，而是希腊民族。他指出，荷马史诗不是一个人的创作，而是整个希腊民族的集体创作。在对荷马史诗的研究中，维柯提出"诗性智慧"(sapienza poetica) 的术语，他说："见诸诗歌中的智慧，即多神教始初的智慧，应发端于玄学，这并不是现代学者那种理性和抽象的玄学，而是初人所特有的那种感性和幻象的玄学。"对于这些初人来说，"创作诗歌是他们的天赋本能，它产生于对起因的茫然莫解"。所以，"初人的诗歌起初均为圣歌，他们将所感知的和深感惊异的事物的起因归之于神"，"这种玄学正是他们名副其实的诗歌"。维柯认为诗性智慧便是初人"随意将某种本质加之于使他们深感惊异的事物，其情景酷似儿童。儿童将无生命的物体拿在手上把玩，与之嬉戏，谈笑，宛如对待活生生的人一般"。这种情形"格调之高雅，令人赞叹"。可见，在初人的诗歌创作中，诗性智慧是如何高超。梅列金斯基把维柯的诗性智慧分为"可感的具体性和实体性。因理性的匮乏而产生的感性之冲动和想象之丰富，把自身的属性移于周围世界的物体（乃至将宇宙与人体等同看待）将氏族范畴人格化，不善于从文体抽绎属性和形式，以细节代替本质的叙事性"等（《神话的诗学》）。霍克斯说："在'诗性的智慧'中可以清楚地看到那种独特和永恒的人类特性，它表现为创造各种神话和以隐喻的方式使用语言的能力和必要性；不是直接对待这个世界，而是间接地通过其他手段，即不是精确地而是'诗意地'对待这个世界。"在语言能力上，则表现为"不仅是形成结构的能力，也是使人的本性服从于结构要求的能力。因此，可以说这种'诗性智慧'就是结构主义的智慧"。①

20 世纪的学者们对史诗的口头传统进行了多角度的研究，形成了"口头程式理论"（oral formulaic theory）、"表演理论"（performance theory）、"民族志诗学"（ethnopoetics）三大学派，其中最有影响的是出现在美国的口头程式理论，其创始人是美国学者米尔曼·帕里和阿尔伯特·洛德（Milman Parry and Albert Lord），他们通过实证和比较的方法，对西方学术界长久争论的荷马问题给出了新的回答，也成为 20 世纪美国民俗学理论中影响深远的方法论之一。

米尔曼·帕里和阿尔伯特·洛德在对荷马史诗的研究中，认为史诗是一个源远流长的口头传统的产物。他们为了证明自己的推测，1933—1935 年到南斯拉夫对活的口头传统进行田野实证研究，录制了大量歌手演唱史诗的磁带，用这些活态史诗样本与荷马史诗进行比较研究，由于米尔曼·帕里 1935 年回去不久就去世了，洛德继续其研究工作，在 1960 年他出版了口头程式理论奠基性的著作《故事的歌手》（*The Singer of Tales*）。口头程式理论的核心是结构的观念，认为史诗的叙事具有程式化的特征，"帕里从史诗文本的音韵、固定词语等的考察中，得出这样的判断：史诗是程式的，构成史诗的语言是传统的，荷马史诗是传统的产物，古希腊歌手是凭借着特殊化的语言即程式而使他们的史诗传统得以传承和流布的"②。口头程式理论的核心特征，可以凭借他们提出的三个结构性单元表述出来：程式（formula）、话题或典型场景（theme or typical scene）、故事型式（story-pattern）或故事类型（tale-type），从词汇到故事情节的设计，回答了歌手现场创编能力的问题，歌手在每一个层次上都借助了传统的结构，遵循的是在限度内变化创编原则。③

口头诗学理论要解决的是史诗是如何形成和传承的问题，米尔曼·帕里和阿尔伯特·洛德以田野调查取得丰富的活态的口头史诗演唱材料来探析史诗独特的口头传统和叙事的内部运作规律，突破以往的书斋式的文本研究中的历史形态、文学语言形式和审美价值等的史诗研究。"口头诗学以史诗语言和文本作为经验的现实，研究口头传统史诗的句法结构，文本类型、格律、程式、主题以及故事模式的特点，建立了史诗文本分析的独特方法。该研究从民族志的田野调查开始，确定科学的假设问题，以实验的方法去验证假设。

---

① 王先霈、王文华编：《文学批评术语词典》，上海：上海文艺出版社 1999 年版，第 626 – 627 页。

② 万建中：《民间文学引论》，北京：北京大学出版社 2006 年版，第 165 页。

③ 参见约翰·迈尔斯·弗里著，朝戈金译：《口头程式理论：口头传统研究概述》，《民族文学研究》，1997 年第 1 期。

他们充分考虑到材料的真实性和可靠性，认为论据的质量直接关系到科研成果的质量。他们的目的在于研究歌手对口头传统的依赖程度，史诗在传承过程中的稳定性和变异性，史诗的传承方式，史诗素材，史诗与历史事件的联系等问题。"①

史诗是一个民族的宏大叙事，是一个民族早期口头文学的集大成者，它有比较稳固的叙事结构，相对固定的叙事内容，融贯着民族的集体意识，是一个民族早期诗性智慧的展示，史诗的传承是一个民族集体的共同传承，歌手只是民族诗性智慧的杰出体现者。

口头诗学理论研究史诗传承和表演过程中歌手是如何依赖口头传统而实现快速创编的问题，也探讨出口头传统与书写传统是完全不同的一套表达系统，弄清楚口头与案头的真正界限，实际也就是集体创作与个体创作的区别，它们是两条不同的路径。口头表演的信息传达依赖声音、动作、表情、共享的文化传统等来实现，书写传统的信息传达则是依赖文字的描述，通过读者的想象去完成。史诗的口头信息传达是一个现场表演创作与听众欣赏一体的传达信息与接收信息共时的过程，为了吸引听众，歌手必须在表演性的演唱中快速地组织故事，以极快的速度在表演的现场将诗歌创编出来，口头诗歌有着它自身的一套依赖传统的创作机制。而案头创作则没有这样的速度要求，也没有现场表演中听众在场的压力。案头诗歌创作可以慢慢悠悠地思考、推敲字句、反复修改，可以是"两句三年得，一吟双泪流"的精思创作过程。案头诗的文本写定了就不会随着时光的流逝而变异，今天我们读到的唐诗与我们之前（唐朝以来）的人和之后的人读到的是一样的文本。而口头表演的史诗我们每一次听到的演唱都有"一次性"特征，每个歌手每一次的表演不会是对上一次表演的完全复制，口头表演的现场性决定了歌手每一次创编的现场性，他要依据听众的反应、表演时间的长度、表演场域等来完成"这一次"的演唱，每一次表演都是一次依据传统的"创作"。米尔曼·帕里和艾伯特·洛德的口头程式理论正是通过田野的实证研究，去揭示歌手是如何完成这种表演中的创编的。

口头诗学的这几个结构性单元是史诗不同层级的构成要素，歌手就是从这些结构性单元的整体把握中来记忆史诗，形成他们的大脑文本的。

程式：帕里1928年给程式下的定义是"程式是在相同的一组步格条件下为表达某一特定意义而经常使用的一组词"②，它是历代歌手凝练传承下来的

---

① 尹虎彬：《古代经典与口头传统》，北京：中国社会科学出版社2002年版，第5-6页。
② 尹虎彬：《古代经典与口头传统》，北京：中国社会科学出版社2002年版，第101页。

诗歌的惯用语。口头诗人在演唱中的创编诗歌正是得益于诗歌语言程式在大脑中的大量储存，歌手演唱的时候，这些储存的程式化词组就自动涌现出来，帮助歌手在快速的演唱中完成创编。帕里1928年到1932年对荷马史诗的研究表明，程式不仅是单个的词组，还具有系统性，一组程式组成程式系统，它们组成了可以相互替换的模式。在长篇史诗中，这种程式词组和程式系统是大量存在的，它们是史诗构成的最基本要素。洛德认为程式是在表演中产生的，这是一个自然习得和再创作的过程。洛德采用了帕里的程式概念，但他的表述更为灵活："程式是一种口头诗歌的语言，强调节奏和步格的功能，他提出了一个更富有活力的概念，他强调一种能动的、多样式的可以替换的词语模式。此外，与程式相关联的句法上的平行式和语音模式等，这些要素是以程式为基础的，在口头史诗的传统中，程式几乎无处不在，程式的主题，程式的故事形式和故事线，程式的动作和场景、程式的诗法和句法等。在诗里一切都是程式化的；程式是口头史诗所具有的突出本质。在口头史诗的表演中的创作这一过程中，程式用于构筑诗行，常常遵循一种韵律—语法上的规则，主题则引导歌手快速创作过程中的思考，去建构更大的结构。程式可比之于同词素的异形词：它们是流动易变的，永远处于变化之中，这种变化与具体情形相联系，并受其约束。因此，程式化的诗歌语言，它不仅要表达核心意义，而且它是具有语法和步格音值的词语模式，一种语法的韵律单元。由主题导引，由语法韵律单元即程式化措辞方式的调控，口头诗人以传统的固定的词语为手段进行创作。"①

话题或典型场景、故事形式或故事类型，口头诗学涉及一些重要的概念，这些概念由洛德的学生纳吉总结并给予重新界定。②

表演中的创作（composition in performance）：这是口头诗学的核心命题，洛德通过田野调查，采用共时性的研究方法，认为歌手与民众之间的关系为："诗中的一切属于民众集体，但是，诗歌本身，特定演唱中出现的程式，则属于歌手的。所有的要素，都是传统的。但是，当一个伟大的歌手坐在观众面前，他的音乐，他的面部表情，他的特殊的诗的版本，在此时此刻属于他的。"

流布（diffusion）这个概念是与"表演中的创作"相对应的术语，只有历时的观照才能观察到口头传承的流布的特点，它与创作和表演这两个方面交互作用。流布的模式可能是向心的，也可能是离心的。

---

① 尹虎彬：《古代经典与口头传统》，北京：中国社会科学出版社2002年版，第112页。
② 尹虎彬：《古代经典与口头传统》，北京：中国社会科学出版社2002年版，第18－20页。

主题（theme）是基本内容单元，主题与社会文化模式相关联。

经济（economy）是帕里的发现，它指的是荷马史诗的语言是一种自由的表述方式，它具有相同的韵律价值，表达同一种意义，可以彼此替换。这种经济的规律只有在表演的层面上才能观察到。

传统与创新（tradition/innovation）的关系为口头传统在表演中获得生命，此时此地的每一次表演都为创新提供一次机会，不以人的意志为转移，任何这种创新都会在传统中得到明确的承认。

文本与作者（text/author）的关系是作者的问题是由表演和文本的权威性决定的，由无数次表演之间的稳定性决定的。文本的概念来自于表演中的创作这一命题。[①]

随着国外史诗研究理论的介绍和引入，特别是口头程式理论著作的翻译出版[②]，对中国的史诗研究也产生了较大的影响。中国学者对中国史诗的口头传统、史诗创编、史诗集群、歌手、程式、故事范型等进行了深入的研究，发表了众多学术论文并出版了一些学术专著，获得了令世界史诗研究界赞许的成果，这些成果大多是对部分北方英雄史诗的研究，对南方少数民族的创世史诗研究成果则是相对较少的。

中国各民族的史诗，按传承和流布的地域、历史民族地理区域和经济文化类型可分为南北两大系统。北方民族主要以长篇英雄史诗见长，南方民族则以创世史诗为主，还有一些反映民族迁徙的史诗和部落战争的英雄史诗。北方民族的英雄史诗和南方民族的创世史诗（又称为神话史诗或原始性史诗）二者在传承人、演述方式、社会功能、叙事方式、内容等方面都有较大的差异。下面简单比较北方游牧民族的英雄史诗和南方农耕为主的少数民族创世史诗之间的差异。

第二节　北方英雄史诗与南方创世史诗

中国地域广大，南北方的地域性差异是很明显的，从史诗这个文类来看，北方以游牧为主的民族是长篇英雄史诗见长，南方以农耕为主的民族则是篇幅相对较短的创世史诗为主，兼有一些篇幅不长的迁徙史诗和英雄史诗。

① 尹虎彬：《古代经典与口头传统》，北京：中国社会科学出版社2002年版，第18-20页。

② 如约翰·迈尔斯·弗里著，朝戈金译：《帕里—洛德理论》，北京：社会科学文献出版社2000年版。阿尔伯特·贝茨·洛德著，尹虎彬译：《故事的歌手》，北京：中华书局2004年版。

一、北方英雄史诗

北方的英雄史诗分布范围较广，东起黑龙江，西至天山两麓，南达青藏高原的广袤地域，生活着阿尔泰语系的突厥语族、蒙古语族和满—通古斯语族和汉藏语系的藏语语族。在这些族群中长期流布着异常丰富的英雄史诗，形成了中国北方著名的"三大英雄史诗群"：突厥语族史诗群，蒙古族英雄史诗群、满—通古斯语族英雄史诗群。英雄史诗主要表现氏族、部落、部族及民族形成过程中这些族群之间的战争。以民族融合过程中的英雄业绩为题材，歌颂正义战胜邪恶，表现民众渴求由分散到统一的愿望。英雄史诗题材重大，大多篇幅宏伟，产生在该民族形成的早期。中国北方民族的英雄史诗以《格萨尔王传》《玛纳斯》《江格尔》为代表。

关于北方英雄史诗的研究近些年出版了许多研究成果，从学术专著到论文成果都较多，而且国外对它们的关注也比较早，特别是三大史诗在国际上有较大的影响。

二、南方创世史诗

南方少数民族的创世史诗（又称为原始性史诗、神话史诗）中的大量作品，被学者们称为"南方创世史诗群"，绝大多数史诗是在20世纪50年代以后才陆续被发现的。"时光进入40年代末50年代初，新中国建立以后，随着国家对少数民族的重视，少数民族文化也得到了前所未有的展现。令人无比惊奇的是，在南方少数民族地区，还流传着许多与楚地乐神歌舞一脉相承的以祭司和歌手为传承主体、以长诗体为主的神话形态，他们被当地人称为'古歌'，存活在当地一种独特的自然和人文环境里。他们及其后续故事长诗等被发掘出来，展示了南方民族叙事艺术或广义叙事诗最精华的部分。"① 对其进行较为系统的研究始于20世纪80年代中期，起步虽晚，却引起了各方面的关注，研究成果从论文到学术专著都有不少，但从总体上看，对南方少数民族史诗的研究是远远不够的，还有许多东西有待进一步的挖掘。

南方的创世史诗是以创世神话为基本内容，以天地、万物、人类、社会、文化的起源、演变、发展为叙述程式的史诗，此类史诗的主要内容是神话，故又被称为神话史诗。在彝、哈尼、纳西、白、拉祜、傈僳、羌、普米、景

---

① 刘亚虎：《神话与诗的"演述"——南方民族叙事艺术》，北京：北京大学出版社2006年版，第2页。

颇、阿昌、德昂、傣、布依、水、苗、瑶、侗、土家、壮等民族中都广泛流传着本民族或本支系的创世史诗。从创世史诗的内容看，大致可分为三类：第一类是神话叙事诗，以一个创世神话为主要内容，篇幅不长，大多数百行；第二类是神话组合型叙事诗，往往由几个或多个创世神话经系统化组合而成，以一千行到二千行的居多；第三类是神话传说混合型叙事诗，在作品的前半部一般是神话，后半部则融入带神性的历史传说和纪实性的古老的生产生活内容，此类篇幅比较长。①

万物的起源、人类起源与洪水灾难人类再生的神话故事是一个世界性的母题，南方民族的创世史诗中多有此类神话传说，且因大多数都保存在本民族的宗教经典中而成为民族原始宗教经典的重要组成部分，是该民族原始宗教或道德权威对人们进行宗教及道德教化或惩罚的神圣权威话语的依据，渗透了浓郁的原始宗教气息和强烈的民族传统道德意识，成为民族内部认同的根谱。

西南少数民族的创世史诗，由于各民族的经济文化发展程度不平衡，呈现出不同的形态，漫长的历史文化发展内容层累沉淀其中，内容驳杂。但是，由于创世史诗产生在西南特定地理区域中，其文化发展空间相连，各民族文化上有许多交流，具有较强的关联性，使创世史诗的叙事模式和情节单元也多有相似，内容上既以万物的起源、人类起源与洪水灾难人类再生的神话为主，也有对民族的共同图腾、始祖、祖先的发源地、习俗来源等的解释，还有对远古采集、打猎、农耕等日常生活场景的生动描述。

创世史诗是特定文化生态系统的产物，在所传承的族群中，它是对本族历史文化起源的神圣解释，是其成员对本族文化的认同根谱和了解本族文化的百科全书。它只能由祭司或歌手在一些神圣的仪式上吟唱，人们在庄严肃穆的仪式上聆听史诗，接受本族传统文化的教育，史诗的内容深深融入其成员的文化心理结构，对其产生强烈的心理影响，渗透到他们生活的方方面面，且在后代子孙中代代延续，成为该族成员集体深层心理意识的原型。

西南地区能够在口头上保存着这么多创世史诗，主要原因是西南地区在新中国成立时，一些民族尚处在口头文学占主导地位的原始社会末期或奴隶社会，因此在口头上保存了珍贵的创世史诗；同时创世史诗借原始宗教经典的形式予以保存，它们往往保存在巫师的头脑中或宗教的经书中，具有某种神圣性和传承的稳固性。

① 钟敬文主编：《民俗学概论》，上海：上海文艺出版社 2005 年版，第 277 页。

三、北方英雄史诗与南方创世史诗的差异

北方英雄史诗和南方创世史诗在诸多方面都有差异，传承人、传承方式、演述场域、叙事范型等都有所不同，下面简单比较一下二者的差异。

史诗的演述场域：北方英雄史诗的演述场域主要在歌坛（歌手演唱英雄故事），南方创世史诗的演述场域是以祭坛为主（是仪式上诵的经卷）歌坛为辅的形式。

史诗的传承人：北方英雄史诗的传承人以歌手为主，南方创世史诗的传承人以祭司为主。英雄史诗的传承演述主要是由歌手来完成的，歌手大多以演唱史诗为职业，以此作为生计手段，来源也比较复杂。南方创世史诗主要是由各民族的祭司创作和传承的，祭司大多还参加生产劳动来获取生存物质，不以演述史诗为生计的来源，他们多是祭司世家，从小受到宗教文化方面的严格训练，其来源相对单一。他们在社会生活中有特殊的社会角色，如彝族的毕摩大多是祖传的，有自己的祖传毕摩神。他们在丧葬、祭祀仪式上是与神灵、祖先沟通的媒介，在婚礼等仪式上往往又是论辩的辩手等，但平时他们也参加生产劳动。他们是彝族文化的创造和传承者，在彝族的社会生活中扮演着多重角色，得到彝族民众的普遍敬重。

史诗的人物形象：创世史诗中的人物，多是以创世主神为中心，辅以主神的子女或其他神灵，人类的影踪较少，往往只是兄妹婚中的兄妹二人和那些没有道德的被毁灭了的人们，他们也只是有道德或无道德者的抽象概念的化身，没有具体的个性特征。以神话为主的创世史诗的主宰者，虽然初具人的形象，但毕竟是人神参半，保留了较多的神的特点，他们身上体现了更多人类的共性特征。英雄史诗的主要英雄人物，大多是新兴阶级的代表，歌颂的是从氏族社会向阶级社会过渡期的领袖人物，以及由他们转化的新兴奴隶主或封建领主，他们是高度个性化的。

史诗叙事范型：南方民族的创世史诗故事类型大体一致，在结构上有类似的模式。西南广大地区的少数民族，或彼此杂居一地域，或其聚居区与几个民族为邻，民族相互之间必然不断进行贸易交往和文化交流，各民族的创世神话固然各有本民族的特点，却也有不少相近的地方，比如洪水神话的结构、葫芦生人的模式，都使人感到它们之间有亲缘关系。从故事结构角度看，大都具有完整的体系，顺时的叙事框架，从开天辟地、日月形成、造人造物、洪水故事及兄妹结婚、民族起源、发明火与农耕等。因此，南方各民族创世史诗是顺时的叙事框架，基本的叙事范型是天神创世造物—人类起源—洪水

（旱灾）毁灭人类—人类再生—其他与人类生存相关事物的起源。人类发展的历史由远及近，形成一个较完整的创世序列。如彝族史诗《梅葛》《查姆》的基本情节模式是天神创世—神造人—干旱毁灭人类—神再造人类（《梅葛》中是神撒下的雪变成人，《查姆》中则是幸存的做活人在神的帮助下通过仙婚的形式传下了直眼睛的第二代人）—洪水毁灭人类—兄妹婚再传人类—其他与人类生存相关的事物的起源。创世史诗是先民以神话思维的方式构拟天地万物起源的顺序来叙事的。

中国北方英雄史诗的叙事顺序基本是按照英雄从小到大的成长历程，从不凡诞生—少年时代不凡业绩—成年娶亲成家—征战—凯旋或升天或阵亡，由身世框架构成其故事范型的出生到成婚立业的顺序来进行叙述。《格萨尔王传》的身世框架就是格萨尔的不平凡诞生—少年赛马获胜称王—娶珠牡—平妖除暴系列征战—携妻返回天界。《玛纳斯》不仅写了玛纳斯从出生到阵亡一生的英雄业绩，还包括了其子孙的事迹，他的子孙也是以出生到死亡一生的英雄业绩为序来叙事的。《江格尔》着重描写了江格尔和洪古尔两位英雄一生的英雄业绩（同时还穿插其他英雄的事迹）：以他们的少年不平凡英雄事迹开始，两人一起打天下，征服各路英雄，组成一个英雄的群体，最后建立了幸福的宝木巴国，形成串行并联的叙事范式。北方和南方的英雄史诗大多是以英雄人物一生的英雄事迹顺序讲述，故事发展的脉络十分清晰。

中国史诗这种顺时的叙事方式使史诗讲述的故事结构完整，有头有尾，叙事中心的英雄人物个性和业绩鲜明突出，同时横向的社会历史文化内容穿插其中，形成纵横交错的叙事形态，构成史诗的超级故事。既便于歌手的记忆和演述，也能满足听众欣赏史诗故事的审美需求。

中国史诗的叙事方式与荷马史诗选择故事的高潮处为叙事的开始及采取倒叙的方式是不同的，荷马史诗是以中心人物的一个行动为叙事的主线，《伊里亚特》以希腊联军最英勇的主将阿喀琉斯的发怒与息怒为情节线索，《奥德赛》以英雄奥德修斯漂流回归为叙述的主线。同时中国史诗的叙事线索也与印欧语系中的英雄的离去—劫难—回归—报应—婚礼为叙事线索有差异。它们体现出东西方民族叙事方式的不同特点，应该说各有千秋。

第三节　彝族创世史诗

彝族是一个人口众多，居住区域较广的民族，广西、贵州、四川、云南都有分布。在漫长的历史发展长河中，彝族各地的经济文化发展水平不一样，支系众多，文化习俗、文字书写、语言表达差异也很大。彝族文化有共同的源头，但地域支系等的差异又使彝族文化具有地域性的不同，彝族史诗也存在同样的问题。

在其他文类不甚发达的彝族传统文学中，诗歌是彝族文学具有奠基性的基础文类，诗成为彝族传统文化的主要载体，也成为人们交流的重要媒介。彝族是一个诗歌很发达的民族，在发达的诗歌土壤中，彝族重要的典籍都是用诗的形式写成的，彝族的古代文论也是用五言诗形式写成的诗论，对彝族诗歌的创作技巧等进行归纳总结。彝族古代各种文献很丰富，多是以五言诗的形式记录的文本。在彝族诗歌的传统中，长篇神话叙事史诗规模较大，篇目也较多。除了被称为四大史诗的文本外，彝族重要的古籍如《彝族源流》《西南彝志》等都是五言诗的形式，相对汉族建立在《诗经》基础上的以抒情为主的抒情诗诗学而言，彝族的诗学可以说是融叙事、抒情于一体，叙事的基础则是以神话叙事为主，融神话与历史于一体；抒情诗则是以"三段式"的抒情类比，以植物、动物、人三者相似的方式来表达，这在彝族的古代文论中有系统的论述。

彝族是一个诗的民族，诗成为他们主要的表达方式，诗意的生活成为他们的精神追求。诗歌是对历史现实的抽绎式表达，用意象符号把历史现实和人生理想凝聚在一起，以超越冗杂与琐碎，达到高度凝缩，把漫长的人类文明史凝聚为象征性的意象符号。优美的神话故事、祖先艰难的迁徙繁衍、文化的创造、神灵鬼怪、生离死别、爱恨情仇等无不融于彝族诗歌，尤其在长篇诗歌叙事中，无不是杂糅了众多的文化元素，漫长的人类文化发展史被诗化地浓缩其中。彝族诗歌中篇幅较大的长篇作品，往往都是采取从远古的天地起源到较近的生活的叙述方式，以神话的宇宙起源叙事为叙事原点，对生死的探索、礼俗的起源、部族的谱系为终点。而这些起源叙事具有神话思维的特点，通过神话与历史结合的方式对万物来源及人类社会文化的来源进行诗意的阐释，建构起一套神话与现实相融合的以具象为主的自身逻辑结构。

诗歌文本既是阅读的文学文本，也是毕摩学习彝族文字、学习仪式规范的教材；同时诗歌既是文化的载体，更是毕摩在各种仪式上使用的媒介和工具（祭辞）。彝族诗意的追求表现在多个层面：宗教信仰中与神灵祖先的诗意沟通，世俗生活中道德理想的诗意表达，诗性智慧与日常生活的有机结合（赛诗、唱诗），诗与歌高度结合，可唱可吟，韵味很足。

对彝族创世史诗的称谓是现代学者根据其内容和形式进行的分类，在彝族文献中应该可以归属于"依依"，对此朱崇先教授有比较详细的论述：

　　彝族的诗词歌赋之中的"依依",是彝族最古老的问题名称,也是在彝族中流行最广的一种诗歌艺术。在现存彝文古籍中以"依依"为书名的甚多,北京图书馆善本部特藏的 500 余部彝文古籍中就有 20 多部以"依依"为书名的手抄本。这些彝文古籍,内容各异,实属同名异书,并非同书异本。其内容以文、史、哲为主,既可视为诗歌辑录,也可根据内容分别看作是史诗或历史专著或伦理道德经典或哲学专著。"依依"有着比较固定的曲调和开头语,可以从开头语中判断它说唱的内容。如谈古论史,其开头语为"啊骚"(原初)或"奢来昂额通"(遥远的时代)等,宣教说理之开头语则为"武撮卓啊苏"(为人者)或"笃慕啊苴利"(笃慕之苗裔)等。由此可见,"依依"既是文体称谓,又是彝文古籍中的史诗与道德篇章的总称,更是彝族婚宴诗歌中的重要词牌曲名。

　　以往对"依依"一语的汉字音译情况,首先根据各地的方言,以相应的汉字音译,如滇北彝区文献的译注中被音译为"依依",四川凉山彝区文献译注作品中译为"勒俄",贵州水西彝区的文献译注中常音译为"弄恩"。此类不同的音译,对于具有一定语言学知识并了解方言方音对应情况的人来说,不难看出其同出一源,纯属一音之转的语言事实,但不懂语言学知识和不了解彝语方言对应情况的研究者则把这些用不同汉字译注的彝语名词看成是毫不相干,也是在所难免的。有的研究者断言"勒俄"只流传于北部方言区,云贵的其他方言区未曾发现,也不足为奇。其次表现为译者对"依依"之词意的不同理解,或者避开"依依",只根据内容拟定书名,将以"依依"为书名的彝文典籍名译得五花八门,常见的有"史诗""古代说唱""雅颂""诗歌""史传"等。

　　对以"依依"为书名的彝文典籍之内容、形式等进行综合分析,可将"依依"这一文体称谓的文化内涵做如下解释:

　　"依依"内容丰富。叙论古昔之嘉言尚语,传扬旧时之奇闻善事,宣讲礼仪制度之要旨,阐发为人处世之哲理,集文、史、哲为一体。

　　"依依"艺术风格古朴典雅。承传了古夷人"议论好譬喻物"之遗风,将叙事、抒情融为一体,既有现实主义风格,又有浪漫主义色彩。在形式与内容的统一方面达到了较高的艺术境界,千百年来为彝族人民所喜闻乐见。其优美精炼的诗词与深沉悠扬的曲调构成赏心悦耳之乐音。"依依"历史悠久,流传广泛。既有书本辑录,又有口耳相传,被彝族视为正统的古代诗歌。①

　　彝族的创世史诗篇目还是比较多的，其中以被称为彝族四大史诗的《梅葛》《查姆》《阿细的先基》《勒俄特依》为代表，它们的主要内容都是神话。彝族长篇史诗还有《阿赫希尼摩》《尼苏夺节》《天地祖先歌》《铜鼓王》《彝族古歌》《支格阿鲁》等，这些长短不一、规模不同的彝族古老叙事诗，以原始宗教经典的形式保存下来，从而成为彝族民族文化认同的根谱。

　　彝族传统的哲学观认为万物源于某种物质，而不是神灵意念的产物，是水或气（或是气产生的哎哺）不断衍生变化而来的，变化是其基本观念，没有不变的东西，这与现代科学的发现也是一致的，现代物理学和化学都告诉我们，物质是变化的。彝族创世史诗中也具有"变化"的哲学思想，天地是变化而来的，人是变化的，万物是变化的，生死是变化的，没有不变的，万物都在运动变化中。彝族史诗叙事的哲学出发点是万物都是阴阳（清、浊气或者哎哺）结合，不断化生出影、像，乃至万物，"变化"是彝族创世史诗的核心观念。

　　彝族史诗叙事被看作民族的根谱，它的根深扎于彝族传统文化的土壤中，从遥远的古代延伸到现代，还会延伸到将来。它是活态的，它的活态性在于它不是僵死的文本，它是人们不断在讲着的故事，唱着的歌谣，诵着的经书，活跃在人们的生老病死之中。无论在神圣的信仰仪式中还是在世俗的礼仪生活中，它都被应用着。如广义的"梅葛"和"查姆"，它们可以说涉及人们生活的方方面面。彝族史诗中优美的诗句、动人的故事、迷人的唱腔、神秘的仪式浑融一体，有极大的艺术魅力和生命活力，无论是在宗教仪式上毕摩铜铃声中的幽幽吟诵，还是在婚嫁礼仪上歌手们激烈的克智论辩或赛诗对歌比赛，人们沉醉其中，乐此不疲，得到极大的审美满足，长久以来是彝族人民精神生活的重要载体并教育规范着他们的行为，塑造着他们的民族精神，是其民族的向心力、凝聚力、认同感等指向的聚焦点。

　　彝族史诗主要保存在彝族毕摩的经典中，是彝族毕摩文化的重要组成部分。"毕摩文化是由毕摩们所创造和传承，以经书和仪式为载体，以神鬼信仰与巫术祭仪为核心，同时包含了彝族的哲学思想、社会历史、教育理论、天

　　① 朱崇先：《彝族氏族祭祖大典仪式与经书研究——以大西邑普德氏族祭祖大典为例》，北京：民族出版社 2010 年版，第 654 – 655 页。

文历法、文学艺术、风俗礼制、医药卫生等丰富内容的一种特殊的宗教文化。"① 这定义揭示了毕摩文化的主体，毕摩文化的载体形式，毕摩文化的内容和性质。首先从文化的主体看，毕摩文化是彝族社会中特殊的神职群体毕摩们所创造和传承的文化。从载体形式看，毕摩文化是一种不同于口承文化、日常文化的文字文化和仪式文化。从其内容看，毕摩文化是一种以神鬼信仰和巫术祭仪为核心，同时包容了彝族传统文化诸多方面的一种百科全书式的综合性文化。最后，从其性质看，毕摩文化是一种不同于民众文化的特殊的宗教文化。毕摩文化建筑在彝族原生信仰的基础上，跨越时空、源远流长，对彝族人的精神生活和社会历史产生了广泛深远的影响。

彝族史诗及诗歌的主要创作者毕摩在彝族社会中身份特殊，他们是彝族的知识分子，掌握彝族的文字，彝族的传统文化知识由他们汇聚传承使用，彝族的传统文化核心价值由他们传达；同时他们也是彝族的精神领袖，承担着与祖先神灵沟通的任务，他们的诗歌创作就有比较复杂的原因，既要娱乐人，又要娱乐神，调整人神关系，使二者达到和谐平衡，诗歌成为达到此目的的重要手段。因此，他们把人们熟悉的民间神话、故事、传说、谚语、格言等进行编排提炼，构思创作出长篇的叙事作品，把宗教信仰和伦理道德训诫融入其中，在规模庞大的祭祀仪式上吟诵，以教导和警示人们，在肃穆的仪式中那些古老故事中的惩戒会对听众产生震慑，使人们对古老的规矩生出敬畏，不敢轻易逾越。史诗的创作和吟诵就具有了复杂的目的，从创作者主体的角度看，毕摩对彝族口耳相传的诸多古老神话素材进行了有意识和有目的的加工提炼，对彝族古老的信仰和伦理道德有高度的认同和维护的使命感。当然毕摩也是有才华的，能熟练地使用彝族传统的诗歌表达方式，熟悉彝族溯源式的叙事方式，了解彝族的风俗民情。因此，毕摩把古老的传统和自身的才华融为一体，经过世世代代毕摩的传承加工，从而形成了规模宏大的叙事体系。

彝族史诗建构的动因是多方面的，从神话到创世史诗应该经历了一个漫长的过程，相关的神话在丧葬仪式和一些重要的祭祀仪式上是必须吟诵的，那些关于万物起源、祖先起源等的神话在反复的吟诵中，已成为民众心理认同的标志性符号和范式表达，为大型创世史诗的形成奠定了文化基础。神话成为创世史诗的基本构成素材，创世史诗是在民间广泛流传的创世神话基础上形成的，创世史诗的形成既是人自我意识的觉醒，自我与他人认同的觉醒，

---

① 巴莫阿依：《关于彝族毕摩文化研究的几个问题》，《中国彝学》（第二辑），北京：民族出版社 2003 年版，第 105 页。

同时也是人的综合聚焦能力提升的标志，更是人类社会历史发展的需求。在民族的形成过程中，民族的精英们通过对民间原有的口承文化和宗教信仰观念、仪式进行整合、凝练、提升，再通过仪式的反复吟诵，使其内容不断完善、拓展，形式不断精练，修辞不断丰富，形成了集广大民众的智慧于其中的百科全书式的大型叙事文本。这个文本在流传使用的过程中是动态发展的，不断会有新的文化要素添加进来，最后形成被称为"起源故事"的超级叙事文本。创世史诗在彝族不同的支系中有不同的文本，被称为彝族四大史诗的几个文本从内容的广博和所达到的艺术水准来看，在彝族创世史诗中是具有代表性的，在西南少数民族的众多创世史诗中也是独具华彩的优秀作品。

彝族创世史诗的建构有其重要的实用功能：彝族是祖先崇拜的民族，在丧葬仪式中，对祖先的崇拜表现为安抚死者时，告诉死者阴间像阳间一样，天地万物都有；告诉亡灵这些万物的由来，包括死亡不可避免；告诉死者的灵魂可以回到祖先的身边，获得永久的幸福。安抚亡灵，让其不再返回人间，对生者造成威胁，对鬼的惧怕其实就是对死亡的恐惧。通过诗歌语言的描述，沟通了生死两界，把生者的愿望转达给亡灵，用多种修辞方式让死者相信生者的诚意。祖先崇拜正是史诗生成的内在动因，也是史诗演展的场域（丧葬仪式、祭祖大典），更是史诗传承的基础。在宗教祭祀仪式上用诗歌作为祭辞，沟通人神关系，祈福免灾。

彝族史诗是以神话叙事为主要内容的长篇叙事诗，神话是一个民族集体的野性思维的产物，它的根在人间的现实社会生活，它思维的翅膀却飞向了遥远的天空、浩渺的海洋、辽阔的山川大地，对世间万物的来源都赋予了诗意的叙说，想象诡奇，描绘瑰丽。它是想象的，也是历史的；它是仪式的操作系统，更是美妙的故事，讲述着神灵的奇迹，英雄的业绩，事物的起源等；它也警诫着世人，不遵守道德规范的后果很严重——惩罚是人类的毁灭！只有有道德的好心人才会得到神灵的奖赏——活下来！它叹息着人类的局限——个体终将死亡！它通过人们经过诸多为不死而做的努力，但由于某种小小的过失还是失去了长生的机会来让人们面对和接受死亡的现实；它告诉人们，肉体死亡的事实是无法改变的，但灵魂却可以回到祖先的聚居地与祖先会合，在那里获得永生和幸福。因此，肉体的死亡并不可怕！以此来消除或减轻人们对死亡的恐惧。

彝族史诗产生的文化土壤是彝族传统文化的集合，从中形成了人们史诗的大脑文本，大脑文本不可能完全表达出来，如果口头文本能表达出一半左右的话，那么文字文本表达出来的就可能是一半的一半。对彝族史诗的理解，离不开对彝族传统文化的理解，也离不开史诗的具体生存空间。

  彝族创世史诗表现了彝族人民的道德理想，创作主体在神话叙事中赋予了深切的道德关怀，这成为史诗叙事内在的推动力，对远古"人类"的想象是以道德的好坏作为价值判断的，例如，创世史诗中，远古人类因为"无德"而身体有缺陷，也就是说道德的缺陷是远古人类身体不完美的原因。洪水后的"我们"身体正常了，原因是"我们"是有道德的人的后代。道德的观照，是"我们"与"古人"的本质区别。"我们"的自我认同是建立在与"他们"的不同之上的。这不同既是外形上的，又是内在的，身体上的怪异如肢体或五官的残缺与"我们"是外在的不同，内在的无道德与"我们"的有道德才是最根本的区别。因此，深切的道德感是彝族史诗的核心价值观。原始宗教的信仰与诗歌，在彝族的传统文化中是合二而一的。彝族的传统文化中一是追求与天地万物祖先的和谐，这种和谐是在各种仪式上，通过毕摩用诗歌的语言形式与其沟通而达成的。同时，彝族的传统文化特别看重人的道德，遵循各种基本的、朴素的道德原则。道德的人生才是理想的人生，也是艺术的人生，道德的训诫也是蕴藏于诗歌中的内在生命力。彝族创世史诗中对动植物的分类，是以对人类的"友善"为标准的，对人类有用的，或者说符合人类道德理想的动植物成为"善类"，予以肯定，否则则成为"非善类"予以否定。

  彝族人民对诗意的追求体现在多个层面，如宗教信仰中与神的诗意沟通，世俗生活中道德训诫的诗意表达，文化传承中以诗歌为载体，诗性智慧融于生活的各个层面［赛诗、唱诗、诗化的口语（好用譬喻），诗成为其重要的表达方式］，诗与音乐高度融汇，许多诗是唱或吟诵出来的。既有彝族诗学理论体系的建立，也有众多的诗歌文本。诗歌的文本既是阅读材料，也是毕摩学习和抄写彝文、学习仪式规范的主要教材，更是彝族社会生活的有机组成部分，是传统知识储备库和个人才艺展示的重要方式。如葬仪赛诗，彝族支系（居住在元阳县境内）出殡的头晚，前来参加葬礼的毕摩要赛诗。主人家摆出一桌酒席，端出所杀牲的心脏，心脏上插一朵银花，所有毕摩围桌而坐，哭丧的人停止哭丧，把酒席围得水泄不通。赛诗内容很丰富，有短小的猜谜歌，也有数千行的叙事长诗、抒情长诗、创世神话和英雄史诗，热恋中的青年及上了年纪的老人都来听。胜者得银花插头，观者以笑语欢声祝贺。①

  今天我们看到的彝族创世史诗文本《查姆》一书是流传于双柏县的自称纳苏（古称聂苏）的彝族中的长篇叙事古歌，由彝族毕摩施学生翻译成汉语。在"双柏县《查姆》文化简介"中是这样介绍的："'查姆'是彝语，彝语为

---

  ① 杨知勇：《在文化深层结构中探索》，北京：中国戏剧出版社 2005 年版，第 11 页。

'大'和'起源'之意，一般意译为'万物的起源'。""查"是起源之意；"姆"是多、大的意思。合起来就是很多的起源，也就是世间万事万物的来源。"查姆"就是讲宇宙和世间事物的起源的。在操南部方言的彝族中多有"查姆"的说法，但它不是指一部书（据了解目前还没见到书名叫"查姆"的彝族文献古籍），而是指一种叙事方式：叙述世间万物起源的叙事，各种起源传说合在一起，称之为"查姆"。《查姆》是整理综合而成的文本，从当时整理者的记载中，我们也可以看到这一点。查姆在云南省操南部方言彝族中有不同名称的彝文古籍文本，双柏县的"吾查美查"（又叫"公查""母查"）主要是丧葬经典，从死亡讲起。狭义的《查姆》是指一部神话史诗作品，广义的查姆就是滇南彝族述源叙事的传统，它的内容主要是一些古老的起源神话，并不是仅指一部史诗作品。

《梅葛》是一部流传于云南省楚雄彝族民间的史诗，"其流传方式为民间说唱，以唱为主，其间夹有朗诵的成分，'梅葛'是唱史诗的曲调总称。对此二字，不同地区支系的彝族解释有所不同，一种解释'梅'意嘴，'葛'意嚼，引申为说唱。另一种解释说'梅葛'的确切发音应为'蜜葛苦'，'蜜'意口头，'葛'意回来，'苦'直译为大声喊叫亦即唱，'蜜葛苦'即唱说过去的事。总的说来，大家认为'梅葛'即唱史"①。梅葛是彝语的音译，梅意为嘴、口，有口头之意；葛意为过去、回，有回来之意，梅葛即用口头传唱过去的事情。在梅葛流传中心地的姚安县马游村彝族，它有"斗嘴"之意，也就是二人对唱中，看谁的口才更好，谁用的比喻更多，是一种比试口才（或者说智慧）的才艺，他们又称梅葛演唱为"吼梅葛"。

可以说狭义的梅葛是指那些讲述过去古老的事情，带有神话叙事性质的古老歌谣，主要是毕摩在各种祭祀仪式上和丧葬等仪式上吟诵内容，是创世史诗《梅葛》的主干部分。广义的梅葛就是当地彝族的口头传统，有众多演唱曲调，它的外延很广泛。梅葛有中年人单独唱的诉苦调，内容主要是叙述个人生活经历中遇到的各种伤心事。老年梅葛和青年梅葛主要是对唱，老年梅葛演唱的主要是叙古的内容，从开天辟地的神话开始。因为是对唱的形式，一问一答，只有双方都会唱才能继续下去。现在的梅葛传承人只会唱老年梅葛的部分片段了，他们现在主要唱的是青年梅葛和娃娃梅葛。在歌手演唱的梅葛调中，它有即兴的成分，运用比喻的多少，是由演唱者的综合素质而决定的。所谓即兴的部分，也就是史诗的外延部分和一些婚恋习俗等方面的由

① 苑利主编：《二十世纪中国民俗学经典——史诗歌谣卷》，北京：社会科学文献出版社2002年版，第294页。

歌手演唱的内容。

因此，在本书的行文中，有书名号的就是指狭义的两部彝族创世史诗《梅葛》《查姆》的文本，没有书名号的梅葛、查姆主要指向广义的当地彝族口头传统。

第四节   彝族创世史诗研究简述

在 20 世纪 50 年代至 80 年代，人们对彝族创世史诗进行了大规模的收集和整理，据不完全统计，至今流传在云贵川等彝族地区的史诗数目甚多，仅创世史诗"已有二十四篇之多"。[①]

学界专家对彝族创世史诗做了一系列的研究，发表、出版了一些研究成果，多数研究者大都对史诗的内容、传承者、艺术价值、哲学思想等进行了研究。

中国社会科学院民族文学研究所的巴莫曲布嫫结合长期的田野调查，对凉山彝族自治州的彝族创世史诗《勒俄特依》的口头传统进行了深入研究，出版个人学术专著《鹰灵与诗魂——彝族古代经籍诗学研究》，田野图文报告《神图与鬼板：凉山彝族祝咒文学与宗教绘画考察》等，发表论文、文章和调查报告九十余篇。对史诗《勒俄特依》的学术观点主要发表在《叙事语境与演述场域》《"民间叙事传统格式化"之批评》《口头传统与书写传统》《田野研究的"五个在场"》等文章里。她基于凉山彝族口头论辩与史诗演述的田野作业和追踪研究，从反思学术史的批评立场，将既往民间文学搜集、整理、研究中存在的种种弊端概括为民间叙事传统"格式化"，进而从具体实践中摸索出适用于口头传统调研的田野作业流程，同时以演述场域的"五个在场"，即史诗演述传统的"在场"、表演事件的"在场"、受众的"在场"、演述人的"在场"、研究者的"在场"为基本学术预设，提炼出口头传统田野研究的工作模型，她的研究在学理上达到了一个相当的高度。巴莫曲布嫫把国外史诗理论与彝族史诗的研究有机结合起来，在田野研究中用超越一般学者的敏锐从彝族口头论辩（克智）活动中发现彝族的口头传统，探讨了彝族史诗演述的口头传统，填补了彝族史诗研究的这一空白。

彝族创世史诗研究的另一个重要成果是由云南大学、楚雄师范学院、楚雄彝族自治州州政府合作，在云南大学李子贤教授指导下历时七年完成并出

---

① 李力主编：《彝族文学史》，成都：四川民族出版社 1994 年版，第 21 页。

版的《梅葛的文化学解读》一书，该书获得了"山花奖"，也获得了云南省社会科学研究成果奖和楚雄彝族自治州州政府特别贡献奖。该书的主要撰稿人是云南大学的胡丽芸教授，楚雄师范学院的陈永香教授、杨甫旺研究员、刘祖鑫编审。另外李子贤教授、胡丽芸教授、陈永香教授、杨甫旺研究员等也发表了相关研究论文多篇。特别是陈永香教授十多年来对楚雄彝族史诗梅葛和查姆的文化传统进行了多次田野调查，并发表了多篇相关研究论文。还有一些研究生以彝族史诗为研究对象做过学位论文。总体看来，彝族其他几部史诗专门的研究成果就相对薄弱，只有一些零星成果。

第二章　彝族创世史诗内容简述

　　对于彝族史诗，目前我们看到最多的是云南楚雄彝族自治州、红河哈尼族彝族自治州、玉溪地区、思茅地区、文山壮族苗族自治州和四川凉山彝族自治州及贵州彝族地区发掘出来的作品。这些地区流传的史诗，不仅有口头流传的，而且有以彝文手抄本形式在民间流传的。已经翻译整理并出版的大部分优秀作品，都是由彝文手抄本翻译过来的。据不完全统计，现在已经翻译整理出版的和内部编印成册的彝族史诗达 49 部。其中，流传在云南彝族地区的创世史诗有《查姆》《梅葛》《老人梅葛》《阿细的先基》《洪水泛滥》《居次勒俄》《洪水连天》《洪水滔天史》（石林）、《洪水滔天史》（峨山）、《洪水泛滥史》（新平）、《万物的起源》《阿赫希尼摩》《尼迷诗》《天地起源》《尼苏夺节》《门咪问扎节》《青棚调》《冷斋调》《罗泼古歌》《阿卜多莫若》《布木乌乌图》《阿普多莫》《阿文敬兹图》《创世纪》《史诗》《开天辟地》《阿普独慕》《吾查们查》等，英雄史诗有《阿鲁举热》《铜鼓王》《大英雄阿龙》《哈依迭古》等；流传在贵州彝族地区的创世史诗有《天地祖先歌》《洪水泛滥史》《洪水纪略》《天地津梁断》《天地论》《天生地产》《物始纪略》等，英雄史诗有《戈阿楼》《夜郎在可乐》《支格阿鲁王》《支格阿鲁》等；流传在四川大凉山彝族地区的创世史诗有《勒俄特依》《古侯阿补》《武哲史》《勒乌略夫》，英雄史诗《支格阿龙》等；流传在广西那坡彝族地区的创世史诗有《来源歌》等。这些古老的鸿篇巨制，所表现的内容相当广泛，是古代彝族生活的百科全书，彝族人民称之为"根古""根谱"。它是文学，亦是历史。这些史诗具有很高的文学欣赏价值，也具有重要的历史价值，它为文学界、民族学界和文化界研究彝族历史文化乃至研究中国西南各民族的历史文化都提供了可贵的材料。[①] 下面我们就对几部较有代表性的

---

　　① 左玉堂：《彝族文学史》，昆明：云南民族出版社 2006 年版，第 131 页。

创世史诗的内容做一些简要的介绍。

第一节　《查姆》

整理出版的《查姆》①，分为上下两部，上部包括：序诗；第一章"天地的起源"；第二章"独眼睛时代"；第三章"直眼睛时代"（一、干旱来临，二、直眼睛人）；第四章"横眼睛时代"（一、洪水滔天，二、找葫芦，三、配亲，四、民族的起源）。下部包括第一章"麻和棉"（一、种麻，二、种棉）；第二章"绸和缎"；第三章"金银铜铁锡"；第四章"纸和笔"；第五章"书"；第六章"长生不老药"。

史诗一开始的序诗就将人类的发展分成了三个时代，独眼睛的"拉爹"时代，两只直眼睛的"拉拖"时代，两只横眼睛的"拉文"时代。而后史诗唱道："亲亲的阿哥，亲亲的阿姐，请慢慢听彝家的查，请细细听彝家古根。"

史诗的第一章"天地的起源"写道："远古的时候，天地连成一片"，没有天地，也没有黑夜、白天，"天地混沌分不清，天地雾露难分辨"。后来，神仙之王涅侬俀佐颇召集众神仙，共同商议"要安排日月星辰，要铸造宇宙山川，要造天造地"，便派龙王罗阿玛到太空中种活一棵梭罗树，派撒赛萨若埃到一千重天上种了梭罗树，于是有了日月星辰。星王曾色锡打开了风水门，太空间有了雾露，"雾露变气育万物，万物生长天地间"，涅侬俀佐颇指点众神造出了簸箕样的地，簸帽圆的天，造下了山川河流，高山平原，有了树木种子……还派罗塔纪姑娘，洗干净了日月星辰，"从此天地不混沌，昼夜辨得清，四季分得明"。"这就是天地的起始，这就是万物的起源。"

开天辟地之后，儿依得罗娃"造出人类的第一代祖先"，独眼睛的"拉爹"；这代人不会说话、种田，"像野兽一样过光阴"，"石头做工具，木棒当武器"；"独眼睛这代人啊，猴子和人分不清。猴子生儿子，也是独眼睛"，他们还未找到火种，所以"冷热不知道，生熟两不分"，"不知过了多少代独眼睛这代人，用石头敲硬果，溅起火星星"才有了火种，学会了用火；神仙们撒下了种子，但是独眼睛这代人"心不好"，"儿子不养爹妈，爹妈不管儿孙。饿了就互相撕吃，吵嘴又打架，时时起纠纷"。于是，众神商议要换掉这代人；仙王儒黄炸当地到人间寻找"好心人"，遇到了好心的"做活人"，就送给"做活人"一个葫芦。

---

① 楚雄州文联编：《彝族史诗选·查姆卷》，昆明：云南人民出版社 2001 年版。

　　接着，众神制造了"干旱"，晒死了除"做活人"之外所有的人，仙王儒黄炸当地到人间找到了"做活人"，并让他与仙姑撒赛歇结为夫妻；"做活人"盖起了新房，学会了种植庄稼；"忽然有一天夜晚，仙姑肚子疼了，她生下了一个皮口袋，袋里传出咿咿呀呀的声音，好像娃娃在说话，不知是男还是女"，撒赛歇痛哭不已，哭声传到了天上，龙王派撒赛萨若埃拿来大剪刀，把口袋剪成三截，"袋里跳出一群小蚂蚱"，"蚂蚱跳三跳，变成一百二十个胖娃娃"，"他们都有两只眼睛"，"他们是'拉爹'的后代，他们的名字叫小'拉拖'"，他们都是"直眼睛"，"世上只有这群兄妹，兄妹只好成亲做一家"；"直眼睛这代人呀，他们不懂道理，他们经常吵嘴打架"，"一不管亲友，二不管爹妈"；于是众神商议要重换一代人，便派涅侬撒赛歇查访好心人；找到了"心像月亮一样干净，人像大树一样正直"的阿朴独姆。

　　洪水即将来临，涅侬撒赛歇交给阿朴独姆兄妹俩一颗葫芦瓜种，瓜种结出了大葫芦，兄妹俩挖空葫芦做成船，带上了涅侬撒赛歇给他们的庄稼种子；洪水来临，淹死了除阿朴独姆兄妹俩之外所有的直眼睛人；洪水退去，"涅侬撒赛歇，找到了大葫芦，打开了大葫芦，走出阿朴独姆两兄妹"，"洪水已经退了，大地一片荒寂"，"涅侬撒赛歇，指点阿朴独姆：'要让世上有人烟，你们兄妹做夫妻'"，"兄妹听了心着急，兄妹怎能做夫妻"，涅侬撒赛歇便用滚筛子簸箕，滚磨盘，河水引线穿针进行"验证"，兄妹俩最终结为夫妻；结亲后生下了三十六个小娃娃，"三十六个好儿女，各走一方分了家"，"从此各人为一族，三十六族分天下；三十六族常来往，和睦相处是一家"。

　　此后，阿朴独姆的后代学会了种麻、种棉、织绸缎；学会了冶炼金银铜铁锡；学会了制造纸和笔，有了文字，写成了书；找到了长生不老药……

第二节　《梅葛》

　　"梅葛"在《彝族辞典》中解释为："彝族曲艺曲种。系彝语音译，是楚雄彝族自治州彝族民间曲调的总称。主要流传于姚安、大姚、永仁等彝族地区。始于汉，兴于唐。多由巫师、毕摩或民间歌手演唱，多是一人说唱或二人对唱，伴以葫芦笙、口弦、竹笛等。唱腔颇多，有数十种。总的又分为'辅梅葛'和'赤梅葛'两大类。'辅梅葛'俗称'喜调'，节奏比较活泼自由，适宜婉转抒情，多用于婚嫁和农业生产上的播种、丰收等喜庆节日。'赤梅葛'俗称'哀调'或'古腔调'，音乐性较强，节奏缓慢沉重，旋律沉郁忧伤，多用于丧葬和祭祀。还有一种'过山调'，专门用来唱恋歌。此外，还有一种轻松愉快的梅葛调，专用于儿童唱儿歌。"①

《梅葛》广泛流传在云南省楚雄彝族自治州姚安、大姚等县，特别是姚安县的马游和大姚县昙华山。全诗共分四大部分："创世""造物""婚事和恋歌""丧葬"。《梅葛》没有文字记载，千百年来，全靠彝族人民口耳相传保存下来，在漫长的流传岁月中，得到不断加工和润色，使它在内容和艺术上变得更加完美。彝族人民将《梅葛》看成他们的"根谱"，逢年过节、婚丧嫁娶、起房盖屋、生产收获等都会演唱《梅葛》，有时会唱三天三夜。

关于《梅葛》的搜集、翻译、整理和研究工作，早在新中国成立初期，杨放就在姚安搜集过《梅葛》的音乐资料。1953年，楚雄中学的教师夏杨和黄笛杨根据杨放的建议，深入姚安土枧槽一带做过一次搜集，由夏杨整理出一份3000行左右的资料，经黄笛杨于1956年寄交给当时的云南省文联主席徐家瑞。1957年5月，徐家瑞亲自到了姚安，在中共姚安县委的领导下，组织了陈继平、郭开云等深入马游山区，进行了一次比较全面的搜集，历时三个月，由陈继平整理出一份上万行的资料，交徐家瑞收存。

1958年9月，在中共云南省委宣传部的领导下，中国作家协会和昆明师范学院，共同组成了以昆明师范学院文史系部分教师和1955级学生为主的云南省民族民间文学楚雄调查队，在中共楚雄地委的直接领导下，对《梅葛》再一次进行了全面的调查和搜集。这一次调查，历时半年多，范围从姚安马游山区扩大到了大姚县华山区，参加的人也很多。提供原始资料的歌手有郭天元、字发生、李申呼颇、李福玉颇。参加翻译的有王朝显、杨森、李映成、杨文灿。参加搜集记录的有昆明师范学院1955级的学生郭思九、许明学、龚维顺、张宝生、陈志群、胡炳文和姚安县文化馆的郭开云。经过一段时期的努力，终于在大姚县的昙华山搜集到了三份原始资料。

1959年1月，昆明师范学院1955级学生刘德虚、龚维顺、李树荣、陈志群、姚文俐，对搜集到的三份原始资料和徐家瑞提供的一份在姚安马游乡搜集整理的铅印校样稿，一并进行了研究和初步的整理。4月初回昆明后，又进行了修改。在整理修改过程中，徐家瑞提了许多有益的意见并亲自动手修改了一些段落或章节，李鉴尧在语言上做了润饰，先后进行了五六次反复加工修改，才定稿整理出书，定名"梅葛"，作为新中国成立10周年献礼文学作品，于1959年9月由云南人民出版社正式出版发行。

《梅葛》整理成书出版发行以后，引起了各方面的重视，许多作家、评论

① 李云峰、李子贤、杨甫旺：《〈梅葛〉的文化学解读》，昆明：云南大学出版社2007年版，第32页。

家曾在报刊上发表文章，进行评价，认为《梅葛》成书发行，"无论从科学的意义或是美学的意义来说，都有很大的价值"。

在十年"文革"中，《梅葛》一书遭到粗暴的批判，当年参加搜集、整理的大部分人都受到不同程度的冲击；彝族人民演唱《梅葛》的权力也被取消。直到 1978 年 10 月，《梅葛》才再版发行，重新在彝族人民群众中流传开来。①

《梅葛》②的第一部"创世"，包括"开天辟地"和"人类起源"两章。第一章"开天辟地"，主要唱述彝族先民按照自己的形象创造了格兹天神，诗中唱道，"远古的时候没有天，远古的时候没有地……哪个来造天？哪个来造地？格兹天神要造天"。他派了五个儿子来造天，四个姑娘来造地，"拿篾帽做造天的模子，拿簸箕做造地的模子"，可是天做小了，地做大了，于是阿夫来缩地，便有了高山和平坝，"天地相合啦"；然后大雷来试天，天开裂了，地震来试地，地通洞了，用云彩来补天，用地瓜叶子来补地。天地补好后，天地还在摇晃，需要把天地撑住，用公鱼三千斤撑地角，用母鱼七百斤撑地边，"大地稳实啦"。"天还在摇摆"，"用虎的脊梁骨撑天心，用虎的脚杆骨撑四边"，格兹天神派五个儿子去打老虎，老虎打死了，撑起了天，同时，虎的尸体变成了天地间的万物。

天地万物造好了，格兹天神撒下三把雪来造人，结果第一代独脚人和第二代人都被晒死了；第三代人心不好，要换一代人，格兹天神派五姆勒娃到人间寻找好心人，找到了学博若的小儿子，给了他三颗葫芦籽种出了大葫芦，洪水来临，兄妹俩躲在葫芦里活了下来；经过滚石磨、滚簸箕筛子、雄鸟雌鸟在一起、公树母树在一起、公鸭母鸭、公鹅母鹅成一家，反复地验证，兄妹俩结成一家，与《查姆》的"验证"情节相比，更加铺陈繁复，而且实行了"哥哥河头洗身子"，"妹妹河尾捧水吃，吃水来怀孕"的"象征性婚礼"。后来妹妹生下大葫芦，天神戳开大葫芦，走出了九个民族，表达了彝族先民对各民族"同源共祖是兄弟"的认识。

《梅葛》的第二部"造物"，神话色彩已大大减弱，比较真实地反映了彝族先民古代的劳动生活。包括盖房子、狩猎和畜牧、农事、造工具、制盐、养蚕挑丝。

"盖房子"中讲到了人类学会了种树和种草然后盖起了房子，还讲了兽、鸟、鱼的房子，极尽铺陈，也表明人类盖房是受了自然界的启发。在生存过

---

① 左玉堂：《彝族文学史》，昆明：云南民族出版社 2006 年版，第 166 页。
② 楚雄州文联编：《彝族史诗选·梅葛卷》，昆明：云南人民出版社 2001 年版。

程中，由于狩猎的需要，学会了种麻，用麻搓成了麻绳结成了猎网；"打的野物不够吃，要去盘田种地收五谷"。种地需要牛，"叫特勒么的女人，左手拿盐巴，右手拿春草，把牛哄住了，树藤来拴牛，把牛牵回来"，学会了养牛和饲养家畜。放牧的时候没有伴，"竹头拿来做葫芦笙，中间拿来做笛子，竹根拿来做响篾"，学会了做乐器。还得盘①庄稼，要想庄稼盘得好，得根据时令和气候。还需要造工具，找到了铜、铁，为了装铜铁，学会了种竹子，用竹子编成竹篮来装铜铁。用马儿驮着铜铁去找工匠，其间经历许多的困难和艰辛，驮了峨眉山、昆明、永仁、大理、姚安都没有找到，最后到了牟定城，终于找到了工匠，打出了工具，种出了庄稼。还学会了制盐，和养蚕挑丝。

《梅葛》的第三部"婚事和恋歌"，分为相配、说亲、请客、抢棚、撒种、芦笙、安家。

"相配"一开始就歌咏了美丽的春天，春风吹来，万物复苏发芽，欣欣向荣。万物都开了花，万物都来相配，"男女来相配，人间才成对"。"说亲"以男女对唱的形式，以花比喻女孩，男方先请媒人到女方家提亲，得到应允后，双方交换生辰八字，议定彩礼，定下婚期。婚期到了，"四方客人都请到，花衣花裙穿出来。芦笙吹得响，唢呐吹得响，吹吹打打讨媳妇"，穿戴讲究的新娘即将出嫁。筵席摆开了，客人们都请来了，在新娘要进门的时候，青年男女聚在一起"打跳"（跳脚）②，这就是"抢棚"。到了婚礼第二天，要进行撒种，由两个人扮成耕牛表演犁地撒种，同时男女对唱。婚礼结束后，撒下竹种和葫芦种，待竹子、葫芦长成后，做成葫芦笙、响篾和笛子，"男在高山吹笛子，女在箐底吹树叶"，"调子能吹合，唱得合心意，绕着来相会"。于是，女的有了身孕，生下子女。而后的"安家"，吟唱了彝族男女从青梅竹马，到谈婚论嫁，再到组建家庭，生儿育女，饲养家畜，种麻纺麻，为我们展现了一幅古朴的彝族人民的生活画卷。

《梅葛》第四部"丧葬"，分为死亡和怀亲两部分。比较生动详细地描绘了彝族古代的风土人情和风俗习惯，妙趣横生。"丧葬"中唱道"天王撒下活种子，天王撒下死种子"。死种子撒到什么，什么就会死，所以植物会死，动物会死，人也会死。亲人去世了，要"怀亲"，缅怀亲人的一生。

---

① 盘，云南方言"种"的意思。
② "打跳"（跳脚），彝族民间集体舞蹈，在过节或婚礼等喜庆的仪式上，人们在三弦等乐器的伴奏下，挽手围圆圈而舞，又被称为圆圈舞。

第三节　《阿细的先基》

《阿细的先基》是流传在云南红河哈尼族彝族自治州弥勒县西山一带彝族支系阿细人口头上的一部彝族创世史诗。

"先基"是阿细语的音译，即"歌"之意，是阿细人一种民间曲调"先基调"的名称。《阿细的先基》是阿细人用"先基调"演唱的史诗，有固定的内容，并非凡用"先基调"演唱的民歌都可归入《阿细的先基》。

创世史诗《阿细的先基》的演唱形式是以青年男女一问一答、一唱一和的互相酬答对唱的形式演唱。

《阿细的先基》原诗是整齐的五言体诗，但由于翻译成汉语后，很难完全保持原状，于是采取了自由诗的形式，形成了长短句，同时，在不损害原意和原作风格的前提下，整理者审慎地在语言上做了适当加工，押上了大致相近的韵，保持了古诗的古朴风韵。

整理成书的《阿细的先基》[①]，全诗分为"引子""最古的时候""男女说合成一家"和"尾声"四个部分。史诗以"最古的时候""男女说合成一家"为主体。"最古的时候"又分为"造天地、造人""人是怎样生活的""世上的几代人""分年月、盘庄稼""造屋、祭神"；"男女说合成一家"又包括"我多伤心啊""唱调子的路不能断""铺好了爱情的路""我们两个到山上去""要像天上的彩虹，生死永不分离""我们两个啊，已经是夫妻了""在荒地上种庄稼""穿上了麻布衣""到外面去卖工""回家收割庄稼""让我们的孩子去种庄稼"。[②]"引子"相当于开场白；"尾声"相当于余韵。

在"最古的时候"，"造天地、造人"中女子对唱时总是以"聪明的哥哥呃""会唱的哥哥呃"开头，而男子对唱时总以"聪明的小姑娘呃""会唱的小姑娘呃"开头。这个部分主要讲述了天地的形成，"云彩有两张，云彩有两层"，"轻云飞上天，就变成了天"，"重云落下来，就变成了地"；但天地还不稳，"天上的阿底神"分别拿了四根金、银、铜、铁的柱子"抵（撑）起了天"，又用四包金宝、银宝、铜宝和铁宝压住了四边天，"天就压稳了"；接着，用银链子将托地的大鱼拴稳，这样"地也就稳了"；然后，小风在地上安

---

① 云南省民族民间文学红河调查队搜集翻译整理：《阿细的先基》，昆明：云南人民出版社 1978 年版。

② 左玉堂：《彝族文学史》，昆明：云南民族出版社 2006 年版，第 151 页。

了山；"最古"的阿洛、纳巴、阿耐和涅姐，分别安了太阳、月亮、星星和云彩；天上的金龙男神和女神洗亮了太阳，银龙男神和女神洗亮了月亮，铜龙男神和女神洗亮了星星，铁龙男神和女神洗平了云彩；忒别厄小伙子和尼别厄小姑娘向"天官爷爷和天官娘娘"讨来了草种和树种，种出了草和树；然后给山、草、树、太阳、月亮、星星和云彩取了名字；"男神阿热，女神阿咪，他们来造人"，为了造人就要给山、树、石头、草分雌雄，"白泥做女人，黄泥做男人"，就这样造出了人。

"人是怎样生活的"主要唱述："人已造好了"，男神阿热、女神阿咪拿露水给人喝，拿黄泡果给人吃，用树皮给人做衣裳；为躲避野兽，"他们爬到树上住"，但树上"住不下去了"，找到了山洞来居住；"天上打起雷来，有一样红通通的东西，从天上掉下来，一直钻进老树里"；于是人们找到了火种，"会把生的东西，烧成熟的了"；然后，造了风箱，"先打大铁叉，先打大砍刀"，以抵御野兽并狩猎，"就要做活计，就要盘庄稼了"。

"世上的几代人"主要唱述，第一代人是"蚂蚁瞎子那一代"，"空中出了七个太阳，晒了七年七月零七天"，第一代人被晒死了，"剩下两个人，迟多阿力列，迟多阿力勒"；第二代人是"蚂蚱直眼睛这一代"，"水牛与山羊碰着，就打起架来。水牛角溅起了火，火烧了七年七月零七天"，第二代人被烧死了，只剩下吉罗涅底泼和吉罗涅底摩"两口子"；第三代人是"蟋蟀横眼睛代"，他们是吉罗涅底泼和吉罗涅底摩的后代，结果发了洪水，"所有的人们，一齐都淹死了"，"剩下小儿子和小姑娘"，洪水退后，"他俩走了三天的路，他俩走了三月的路，想找个小伴好成家，可是一个人也见不着，天上的金龙神，飞下地来对兄妹说：'你们两个嘛，要做一家了，要成一家了。'"，可是"哥哥不答应，妹妹不答应"，于是，通过滚石磨，滚筛子簸箕，在河水中穿针引线等"验证"后，他们结为了夫妻；小妹将小燕子衔来的瓜子拿去种，"藤上结了瓜"，"这个大瓜呀！世间万物都藏得有呐"，瓜里藏着很多人，"筷子横眼睛代"，瓜里还有动物、植物及家畜。

在"分年月、盘庄稼"中主要唱述："人住下来了，可是分不清年月，庄稼到底怎么盘"，于是首先要分年月，"有太阳的是白天"，"有月亮星星的是夜晚"，"白天和夜晚，凑起来是一天"，第四代人"筷子横眼睛这代人，就是这样分年月"；"年月分清楚了，庄稼就能盘了"，先说蜜蜂种庄稼，人不会盘，就向蜜蜂去学习。可是，就在这个时候，男神尼吉莫麻列、女神尼吉莫麻娜"闲游浪荡的。他们别样事不干，却把一只大老虎，放在太阳里，虎快把太阳吃完了"；男神尼吉兹阿波、女神尼吉兹阿娜"他们专做坏事，不做好事，把一只大白狗放在月亮里。狗快把月亮吃完了"。男神尼吉沙宰列"把红石中的蜂王放在星星里，蜂王快把星星吃完了"；女神尼吉沙宰娜"把水舀在坛子里，水汽被打起来了，水汽升到空中，云彩被搞乱了"；"太阳不亮了，月亮不亮了，星星不明了，云彩不平了"。天官爷爷和天官娘娘"对世上的人们说"，"快快祭龙吧，快快安龙山吧"，人们照着做，"太阳发亮了，月亮发亮了，星星闪光了，云彩溜平了。世上的人们可以做活计了，可以种庄稼了"。然后人们找来了种子，"右手拿着种子，左手牵着水牛，男人犁到哪里，女人播到哪里"，"庄稼就是这样盘"。

在"造屋、祭神"中主要唱述：人们繁衍生息，却没有房屋，于是"没有房屋嘛，大家找地基。男人去砍树，女人去割草，盖房竖柱子"，这样人有了住处，牲畜也有了住处。可是"放牛放了七年，牛害瘟病死了很多"，于是天上的金龙神和银龙神，教人们祭牛神，这样牛羊长得胖胖的。人们还学会了，年头祭年神，月头祭月神，正月祭年神，二月祭密枝神，三月祭龙神，四月祭山神，五月祭谩神，"六月的时候，火把节①来了。六月二十四那一天，点起亮亮的火把，烧死大虫和小虫，烧掉小热病灾"，七月祭祖，八月祭叶神，九月祭地神，十月祭石神，冬月祭树神，腊月祭天神，"最古的时候，就是这个样子了"。

"男女说合成一家"由"我多伤心啊""唱调子的路不能断""铺好了爱情的路""我们两个到山上去""要像天上的彩虹，生死永不分离""我们两个啊，已经是夫妻了""在荒地上种庄稼""穿上了麻布衣""到外面去卖工""回家收割庄稼""让我们的孩子去种庄稼"组成。现实性较强，主要反映了阿细人纯真的爱情婚姻生活。

第四节　《勒俄特依》

彝族古典长诗《勒俄特依》②，流传于四川省凉山彝族地区。它以其朴素的唯物主义观点和丰富的想象叙述了宇宙的变化、万物的生长、人类的起源、彝族的迁徙等，同时也反映了彝族先民在原始社会和奴隶社会初期的一些情景。

创世史诗《勒俄特依》的内容主要包括："天地的演变""开天辟地""阿俄署布""雪子十二支""呼日唤月""支格阿鲁""射日射月""喊独日

---

① 火把节是彝族最重要的传统节日之一。
② 冯元蔚编译：《勒俄特依》，成都：四川民族出版社1986年版。

独月出""石尔俄特""洪水漫天地""兹的住地""合侯赛变""古侯主系"
"曲涅主系"。

"天地的演变"主要讲述：天地的演变和雷电的产生。

"开天辟地"主要讲述：恩体谷兹决定开天辟地，就和四仙子及众仙商
议，由阿尔老师傅制成四把铜铁叉交给四仙子，由四仙子去开天地，天地开
辟了，但恩体谷兹查看后觉得天地还不够好，最终交给九个仙姑娘把天造好，
九个仙小伙把地整平。

"阿俄署布"主要讲述：天地开辟后，地上什么都没有，于是住在地上的
德布阿尔"请求阿俄署布仙，建造地上物"，于是阿俄署布到天上取来了树
种、草种、水、石头。

"雪子十二支"主要讲述：人类由哑物到第一代矮人；第二代与人一样
高；第三代松树一样高；第四代山峰一样高；第五代长齐天。到雪子十二支，
"有血的六种，无血的六种"，无血的六种是草、宽叶树、针叶树、水筋草、
铁灯草、藤蔓；有血的六种是蛙、蛇、鹰、熊、猴和人，由此人类诞生了。

"呼日唤月"主要讲述：司惹低尼派遣阿吕居子去喊出日月，通过祭祀和
呼喊，喊出了六个太阳、七个月亮，"喊出'煞业'七星来"，"喊出'耻苦'
七星来"，喊出"三排星""四仙星"。结果"白天六个太阳一起出，晚上七
个月亮一起出"，动植物都被晒死了，只剩下"火丝达底"树、"阿莫署堤"
水、一棵"帕切曲"草、一粒麻种子、一只白脚猫、一只灰白公獐子。

"支格阿鲁"和"射日射月"主要讲述：彝族英雄支格阿鲁的出生成长，
以及他射下了太阳和月亮，"射日以后剩独日，剩了一个病眼日。射月以后剩
独月，剩了一个半残月"。

"喊独日独月出"主要讲述："自从射了日月后，独日躲在阴山下，独月
跟随独日逃。""差遣白公鸡，去喊日月出。"喊出了日月，分出了昼夜和朔
望，"此后万象才正常。"

"石尔俄特"主要讲述：石尔俄特找父亲，娶妻生子的过程。

"洪水漫天地"主要讲述：石尔俄特之子结婚后生了三个儿子，后来发生
了洪灾，大儿子做了张金银床，次子做了铜铁床，幺子做了木柜子。洪水退
去后，只有幺子居木武吾活下来。经历一番磨难，他终于娶了恩体谷兹的幺
女为妻；成家三年后生下了三个哑儿子，在小白雀帮助下，治好了他们的哑
病，长子成为藏族的始祖，次子成为彝族的始祖，幺子成为汉族的始祖。

"兹的住地"主要讲述："兹"选择繁衍生息之地的过程，经过了反复筛
选，终于选择了兹兹蒲武作为繁衍生息之地。

"合侯赛变"主要讲述："合""侯"两家由仇恨相互攻伐到和解相互通

婚的过程。诗中讲道"合与侯两家，因故起争端"，"冤仇正深时，来了调解人"，"合家赶来千头畜，娶了侯氏施哈来""侯也赶来千头畜，娶了合氏曲尔来"。

"古侯主系"和"曲涅主系"主要讲述：彝族古侯支系和曲涅支系的发展情况。

第五节 《阿赫希尼摩》

希尼系彝语的音译，即指阿赫希尼摩，"阿赫"是姓氏，"希尼"是名字。由于希尼是万物之母，所以也称为"希尼摩"或"阿赫希尼摩"。"摩"是"母"之意。

《阿赫希尼摩》[①] 第一部分中万物的起源包括序歌和"希尼摩生万物""人类的起源""天地开始分""叽依定历法"。序歌主要讲述希尼摩是万物起源，而希尼摩生长于希白勒，"追寻祖宗源，源出希尼摩，希尼的故事，且听我道来：人祖与猴子，两者有渊源"，"阿赫希尼摩，万物的母亲"，"吟诵古老歌，头尾要说清"。

接下来的"希尼摩生万物"包括"孕育""生养""取名"三个部分，"孕育"主要讲述：阿赫希尼摩的样貌，在其肚中孕育万物"肚中储万物，件件分公母"，"肚中各种物，各自在变化"，包括植物和动物等"所有的生物"。"生养"主要讲述：希尼摩生下万物，包括日月星辰，众神仙，"生下铁旨后，开始有彝书，开始有汉文"，"阿赫希尼摩，继续生万物"，"生下了万物，万物不喂奶，无法能生长，阿赫希尼摩，用奶喂万物"，"阿赫希尼摩，精心养万物，万物日渐大"。"取名"主要讲述：希尼生的奢古白勒神，来给万物取名，"奢古白勒神，取名给万物，万物有了名"。

"人类的起源"包括"撒播万物种""锁住乾坤门""开启乾坤门"。"撒播万物种"主要讲述："天神额阿麻，也是希尼裔"，"俯首朝大地，撒播万物种"，"人种撒下地，又撒粮食种"，撒下了各种植物和动物，"猴子渐演变，变成了人群"，"猴子指依诺，先把人来变，变成独眼人"，很快便夭折了，"猴子又演变，变成竖眼人……才把人变成"，"竖眼人时代，没有年和月，没有日和时"，"无夜的时代，种子播入土，不会长出芽"，"道理全不

---

① 云南省少数民族古籍整理出版办公室编：《彝族创世史——阿赫希尼摩》，昆明：云南民族出版社1990年版。

要，礼节都丢光"。"锁住乾坤门"主要讲述："理似蜘蛛丝，牛车拉不断，怎能不要理，不可不要德"，于是天神下凡惩罚竖眼人这一代，用锁锁住了天地日月星辰，"锁住各大门，整个人世间，一片静悄悄"，天君奢俄木了解了人间的疾苦后，决定打开各大门，并分清年月。"开启乾坤门"主要讲述：天君奢俄木命令天神俄达得开启乾坤门，"各门开启后，太阳出来了"，月亮、星辰、彩霞都出来了，"样样皆复苏"，"竖眼那朝人，身躯还未换，理德仍不知，好坏仍不分"。

第三章"天地开始分"主要讲述："比古和盘古，都是希尼裔"，天君奢俄木嘱托比古和盘古把天地分开，比古将日月星辰分到了天上，安排了各路神的司职，盘古分了官吏，分了万物的归所。

第四章"叽依定历法"主要讲述："没有历法时，没有年和月，没有日和时，昼夜也不分"，"月亮正中心，长着两棵树，一棵是青柏，一棵是黑柏"，但是黑柏长得特别快，遮住了日和月，使竖眼人这一代无法生活，叽依天神派天神彻埂兹查清情况，彻埂兹派了青蛇、松鼠去探查，却没有查清，最后派猴子去查，查清了情况，天君奢俄木决定砍掉黑柏，"只剩下青柏，日出金灿灿，月出亮堂堂"；接着，叽依天神喊来铁旨、白热和彻希"来到青柏旁，来把历法定"，"定下年和月，定下日和时，写下万年历"；"叽依奢则神，拿来万年历，送给竖眼人。规章和礼俗，还有各节令，样样细规定"，"各种时节令，牢牢记在心，要照节令行"，但"那朝竖眼人，不照规章办，不按节令行"。

第二部分人类社会形成包括"旱灾""洪水泛滥""天地的生日""长寿和死亡""婚嫁的起源和演变"和"祭奠的兴起"，可看作彝族生活的百科全书。

"旱灾"主要讲述："竖眼那朝人，不要理和德"，于是"天神革麻则，关起各路神，人间大地上，开始遭旱灾"，大地干涸，人们找到了俄木禀报了灾情，俄木教人们祭祀以求雨，却没有成功；为了消除旱灾，请来大师傅带着兵马去寻找，途中遇到了大龙王阿扎，人们却不识，大俄木也不相信，大龙王阿扎以下雨证明了自己的身份；后来，大龙王阿扎到四方施雨，人间万物得以复苏；但是"那朝竖眼人，理德仍不知，杀猪宰牛羊，不献一碗饭，初一不烧香，十五不献水。三次遭惩罚，仍然不改悔"。

"洪水泛滥"主要讲述："寻找人祖先，离不开六祖"，为我们讲述了祖先的谱系，"十二代以后，人间遭洪灾"，"洪水的故事，让我从头讲：那朝竖眼人，不懂伦理德"，天君奢俄木便派遣了沙生神和彻埂兹到人间视察，发现"地上的人们，个个黑心肠"，遇见都阿木，他却不一样，都阿木用好酒好菜招待了沙生和彻埂兹，"整整三昼夜，热情来款待"，沙生和彻埂兹告诉都阿木，人间"没有善良人，个个心歹毒，唯你心肠好，是个好心人"，还告诉都阿木，洪水将会泛滥，并教都阿木用马缨花木做成木棺，带上荞粑，叮嘱完后返回了天庭；都阿木按照嘱咐，度过了洪水之灾。之后他到处寻找伙伴，可是都一无所获；沙生和彻埂兹派遣大苍蝇和大蝴蝶到凡间传火种；天君奢俄木认为，人种不能绝，于是许嫁五个仙女给都阿木，过了几年后，"生了六对人，男女各六个"，儿女长大后，都阿木分家，分出了民族；"洪水泛滥前，人是竖眼人，洪水泛滥后，人是横眼人"，"那朝横眼人，理德样样知，年岁和月份，日子和时辰，样样分吉凶"。此后，诗歌唱述了彝族先民迁徙的情况。

"长寿和死亡"讲述：一群猴中的一只死了，这事第一次发生，群猴不悲伤，于是，奢俄木派遣依勺里媄神下凡来视察，"群猴不畏死，希望有病疫，应让他们死，该让他们亡"，依勺里媄神喊来地神额阿妣到人间问人类是否同意，人们都同意"头发白了的，应让他们死"。于是，地神额阿妣喊来得摩豪罗呀，到阎罗王那里去传话，"头发白的人，让他来阴间，头发不白的，一个也不来，青年也不来，小孩也不来，学舌的婴儿，一个也不来"。结果得摩豪罗呀却把指令传错了，"头发白了的，个个来阴府，头发黑的人，也要来阴曹，年纪轻轻的，也要来阴府，学舌的婴儿，仍要来阴曹"，"自从这时候，开始有死亡"。

"婚嫁的起源和演变"主要包括嫁娶的兴起、仙女出嫁、男娶女嫁的来历、对歌的产生四个部分。主要讲述了婚嫁的起源，婚嫁中应遵循的礼节和礼仪，婚嫁由男嫁女娶到女嫁男娶的演变，以及对歌的产生，"自从这时起，婚嫁要对歌，嫁娶要猜谜"。

"祭奠的兴起"包括引子、祭奠前的惨景、学经、祭奠依恶突、祭奠恶奢特和支彻卡。主要展现了祭奠的兴起，祭奠中应遵循的仪式和礼节。

第六节 《尼苏夺节》

《尼苏夺节》[①] 是彝族又一部创世史诗，内容主要包括："开天辟地""姐弟成婚""洪灾""婚姻""采药""延寿""乐器""歌舞""金属采炼""文字、伦理"十章。

---

① 云南省少数民族古籍整理出版办公室编：《尼苏夺节》，昆明：云南民族出版社1985年版。

《尼苏夺节》诗歌为五言，句式整齐，韵律和谐，有些诗章可歌可舞，在乐器伴奏下，能表演出形式多样的歌舞节目。

"开天辟地"主要讲述天地的形成："很久很久以前，距今亿万年，有一条老龙，名字叫俄谷。""这是什么龙？这是造天龙，这是造地龙。"他"四千年开天，三千年辟地，一共七千年，造好了天地"。他的第十代孙"诺谷"造就了日月星辰、江河湖海、天神、独眼人、鸟兽和阴间。

"姐弟成婚"主要讲述："诺谷在世时，是非分得清，赏罚很严明。""诺谷去世后，君不遵法纪，臣不守法律。""人世之道义，全部被遗忘。""天上陈古子，道出一席言：地间这层人，牛马都不如。应让他们沉，让良人出生。"于是上天降下洪灾，独眼人被洪水埋葬，只剩下善良的姐弟俩"娥玛与俄竜"；洪水退却后，"世间仅二人，又是姐弟俩，不能成夫妻"。于是姐弟俩通过滚簸箕、筛子、磨盘试婚，最终结为夫妻。

"洪灾"主要讲述："娥玛与俄竜"归天后，人心变化了，"传统全丢光"，天神要降下洪灾，于是"三生若"来到人间寻找善良人，找到了独阿亩这个善良的人；在"三生若"的交代下，洪灾来临，"善良独阿亩，做一椿棺木"，躲过了洪灾。天神陈古子将三生若的三个妹妹许配给始祖独阿亩为妻，繁衍子孙，"独阿亩阿土，天上三姐妹，一起拜天地，做恩爱夫妻"。

"婚姻"主要讲述：独阿亩的孩子们已经长大，天神陈古子将自己的女儿嫁给他们，并在诗歌中表达了彝族人民对婚姻的认识和承诺，如达方与生独的誓言："男的得福禄，不抛弃贤妻。女的得福禄，永不忘丈夫。夫妻相恩爱，家庭要和睦。活在一起生，死在一起葬。谁违背誓言，妖魔把血喝，野兽把骨嚼。""感情要亲密，别听小人语。要相亲相爱，永世不分离。"

"采药"主要讲述：本来天神陈古子吩咐三生若"把病神死神，关进牢房里"，人便没有病痛和死亡，但是"贤延"皇帝的三个儿子打猎时打死了一只大猴子，并为它吊丧。陈古子认为人类"人猴分不清"，于是放出了病神和死神，人们开始生病和死亡。娘别厄延若为给生病的母亲找药，历尽艰辛，最后他找到贤学小姑娘，满足了贤学小姑娘的要求，终于学会采药和熬药。然而找药的过程耽误得太久，娘别厄延若的母亲没有等回他就已经去世了。"从此事以后，地间这层人，治病药倒有，不病药更无。此刻此时起，药物当如是。自从那以后，病魔不间断。死人事不息，畜死没个完。"

"延寿"主要讲述："天上三生若禀告陈古子：世间灾难多，一天千人病，十日万人死。""天神陈古子，开口封寿命"便派乌鸦到人间传寿令，但是乌鸦却把寿命传错了，"圣旨定得好，他全搞颠倒。人寿九千九，传成九十九；马寿六千六，传成六十六；牛寿三千三，传成三十三；羊寿二千二，传成二十二；庄稼一千一，传成一年一。"

"乐器"主要讲述：乐器的来源。阿康戊夷若家买了一匹马，马却丢失了，阿康到处寻找，发现马已死，逮到了一只小绿鸟，"乖巧会说话"，小绿鸟哀求阿康放了它，阿妈却让阿康把小绿鸟关进鸟笼，每天听它唱歌；后来"贤斗厄"官人从阿康那里买来小绿鸟，每天听它唱歌，小绿鸟有吃有喝，但思念亲人朋友；后来小绿鸟因思念而死，其全身各部位变成了三弦、二胡、笛子等乐器。

"歌舞"主要讲述：歌舞的由来。诗中伴随着人们对美好爱情的追寻。如诗中男女恋人对唱的誓言："愿做松柏树，能够傲霜雪。愿做块磐石，石烂不变心。愿做一座山，山崩情不移。"

"金属采炼"主要讲述：金银铜铁锡矿的寻找、开采、冶炼的过程。如诗中唱述："金银去杂质，要做十件事：一是找水源，二是挖水沟，三是筑水坝，矿捣碎是四，磨矿砂是五，排污泥是六，冲洗净是七，积精砂是八，拉风箱是九，做铜器是十。""金银铜铁锡，同一个道理。从采到冶炼，事事要认真。"

"文字、伦理"主要讲述：创造文字的天神尼什搓邀请"东西南北中"和他一起"辛苦了一番，把文字首创"。人间"善良的图纳"，经过千辛万苦找到了尼什搓，学会了文字，看懂了书中的道理。这一章极富教育意义，诗中讲述了很多人生的道理，如"道德有十种：能尊老爱幼，这是第一种；能孝敬父母，这是第二种；先公而后私，这是第三种；能救济穷人，这是第四种；不谋财害命，这是第五种；不偷鸡摸狗，这是第六种；不玩弄妇女，这是第七种；行走能让路，这是第八种；不做缺德事，这是第九种；说良言善语，这是第十种"。

除了上面这些作品外，《天地祖先歌》也是彝族的创世史诗。

《天地祖先歌》全诗共二十七节，包括：一，天地的形成；二，风的产生；三，雾的产生；四，万物生长；五，野人根源；六，种粮；七，季节；八，女奴；九，医药；十，农耕；十一，权利；十二，笃慕支系；十三，君制；十四，冶炼；十五，养蚕；十六，结亲；十七，管天地；十八，君臣分工；十九，连天；二十，大山和平地；二十一，繁衍；二十二，传知识；二十三，收妖；二十四，人的生死；二十五，战争、庆功；二十六，祭祀；二十七，祭祀后。

诗歌表达了彝族先民对宇宙的看法，"天地的形成"中这样讲道："很古的时候，没有天和地。混混沌沌中，产生清浊气"，"清气变为天，浊气变为地"，阴阳相交后便产生了天地、白天和黑夜。后来，神仙变出了日月星辰。

同时也记述了彝族古代社会历史的概貌，还记载了彝族母系氏族社会的概貌，"女人当君长，女人当臣子"，"猎物女人分，女人分得清，她就是君长，人人都平等"。"又是女人啊，带领着大家，上山去烧坡，烧过几趟坡。带领去撒种，撒在大山窝，从此以后呀，才有苦荞吃。"史诗还讲述了古代部落战争、宗教祭祀和当时的生产生活情况。

　　彝族的创世史诗还有一些其他作品，此处不再做介绍了。

第三章 彝族创世史诗的演述场域
——以《梅葛》为中心

彝族创世史诗中的神话内容，在彝族的丧葬仪式和重要的祭祀活动中，作为祭祀辞由毕摩进行吟诵。彝族创世史诗《梅葛》的传承带南华县五街镇彝族中现在还有不少毕摩，他们在仪式中还能叙述神话的内容。在对彝族创世史诗梅葛的传承带南华县五街镇彝族的原始宗教信仰和丧葬仪式的调查中，特别注意了其仪式过程与史诗中主要神话内容的使用情况。下面以南华县五街镇彝族罗罗颇的丧葬经和他们最隆重的原始宗教祭祀仪式喽底祭祀为例，来看看创世史诗《梅葛》中神话的内容与丧葬仪式及原始宗教信仰结合的情况，考察其讲述场域。

第一节 南华县五街镇彝族丧葬仪式和口传祭辞

一个民族的宗教信仰活动，往往特别集中地体现在丧葬仪式中。丧葬仪式既是处理尸体的方式，也关乎生者与死者的诀别、死者灵魂的去处、死者灵魂与生者的关系等。所以，考察一个民族的宗教信仰，丧葬仪式是较好的切入点。

彝族史诗《梅葛》《查姆》的主要内容是在彝族的丧葬等仪式上由彝族毕摩吟诵的经典。彝族的丧葬仪式程序繁复，经文甚多。下面主要是在个案调查的基础上对彝族的丧葬程序和经文进行梳理，史诗《梅葛》中神话内容的演述主要是在丧葬程序中的停丧期间进行，南华县五街镇彝族寿终正寝者的丧事停丧时间通常是一个晚上，史诗中的神话故事就在停丧的晚上由毕摩伴随相应的仪式吟诵，神话故事演述的目的是为死者建构一个与人间相似的世界，安抚死者，让死者安心去阴间。非寿终正寝者不演述史诗的神话内容。

南华县五街镇的宗教信仰虽然儒、释、道和彝族的原始宗教并存，宗教建筑有老君殿、财神庙、观音庙（只剩遗址）、山神庙、土主庙等，还有重要的原始宗教祭祀活动喽底祭祀的山头等，几种宗教相互有影响，佛、道的一些神灵已经进入彝族原始宗教中，替换了部分原始宗教原有的神灵，神话中的人物也有替换，形成一种包容互渗的状态，但在这种状态中，彝族毕摩依然在彝族的宗教信仰中占有重要的地位，在有关的祭祀仪典中毕摩是主要的与神灵沟通的媒介。

从五街镇彝族的丧葬仪式程式和祭辞《祭奠经》① 中，可以考察当地彝族的毕摩文化状况，当地的毕摩有祖传的，也有拜师学艺的。主持丧葬仪式的一般是祖传毕摩，学艺而成的只能给主祭毕摩当助手。一个丧葬仪式至少要有一位主祭毕摩（当地称朵西或呗玛）和两位助手（当地称厄颇或二朵西），助手协助毕摩，在仪式中他们的身份既可以代表死者的亲属，回答毕摩在仪式中提出的问话，也帮助组织仪式，招呼众人，助手在仪式中也是不可或缺的。毕摩主要是负责主持仪式，念诵经文。

南华县五街镇彝族的丧葬仪式繁复，环节众多，每个仪式都有相应的经文。经文是口传的，据当地祖传五代的毕摩罗仕荣② 讲，他从小就在爷爷的指导下学习，平时爷爷像讲故事一样给他讲经文，慢慢地自己就记得了，没有刻意去背诵经文；在爷爷主持仪式时，他也就在旁边帮忙，见得多了，自己就会主持了。可以说，他的毕摩知识是靠爷爷言传身教、耳濡目染而习得，从小就在毕摩文化的氛围中熏陶，及至年长，自然也就成竹在胸，了然于心了。这也就是祖传毕摩比拜师学艺的毕摩存在的优势，他们不仅有祖传的毕摩神护佑，更有得天独厚的学习环境，在生活中不用刻意去学习就掌握了毕摩的基本知识，记下了口承的祭辞。仪式和祭辞二者互为依托，有相应的仪式也就有了相应的祭辞，在仪式场景中，他们自然而然也就会做了。当然，人的天分不同，对仪式主持和祭辞的记诵方面也会有差异，这也就使有些人能学富五车，成为远近闻名的大毕摩，有的则表现平平。

从笔者的调查和其他学者的调查资料中，可以了解到五街镇彝族的丧葬仪式现在虽有简化，但过去的程序是很多的，从《祭奠经》来看，过去彝族

---

① 参见楚雄彝族文化院内部资料，《祭奠经——南华彝族罗罗颇丧葬口传祭辞》主诵：普兆云；翻译：罗有俊；搜集整理：李福云，罗有俊；审改：朱琚元。

② 罗仕荣，男，彝族毕摩，1972 年生，毕摩第五代传人，两三岁就跟随爷爷学习毕摩文化，17岁正式跟着爷爷做毕摩，他父亲也是毕摩（已去世）。到天申堂、一街、西苑、五街等地做过法事。有祖传的法器锣、砍鬼刀、铃、法帽和法衣，法衣上镶嵌野猪牙、獐子牙、贝（钱）、麂子角、鹰脚、鹰翅，有毕摩神位，供奉在楼上祖灵的旁边。

的丧葬仪式大致有 52 个环节。从这 52 个环节的丧葬仪式过程中，可以了解彝族丧葬文化中体现的传统伦理道德和宗教思想。《祭奠经》可以说集中体现了五街镇彝族的传统文化元素，也可以看到彝族传统宗教与中国传统宗教乃至东方宗教思想的一致性，即强调内修，以提高个人的道德修养而达到更高的精神层次，也就是"事物的永恒之'道'是通过日积月累的智慧和性格修养才为人所认知"① 的特点。

《祭奠经》中每个环节的经文，一方面是习俗的介绍，道德观的传达；另一方面是知识的传递，生死观的表达，具有彝族传统文化综合体的性质。

下面通过丧礼的环节和相应的经文来简要分析《祭奠经》丰富的内容和文化内涵。

一、初死

第一个环节：老人刚去世，由毕摩念经文"希高休"（彝语音译，意为房柱倒，指老人去世），并在中柱砍一刀之后，家人才可以哭丧及操办丧事。经文开始，毕摩让亡灵来听其讲述儿子儿媳听见乌鸦、猫头鹰叫了三晚，三晚上梦见大树倒，房后的龙树也倒下了，堂屋中柱被白虫蛀倒了，预兆死者将死了。安慰死者不必焦虑，明后两晚儿子儿媳会举行祭奠仪式，满足死者的愿望。此节经文用种种异象预示死者死的必然性，修辞方式上用了一连串的暗喻，"大树倒""龙树倒""中柱倒"都暗喻死者的死亡。此节经文主要是安慰死者的，让其安心地去另外一个世界，让死者的灵魂不要焦虑。

第二个环节：介绍孝布的经文，说明为什么要用孝布。孝布是白色的，讲孝布的来历，从种麻到织成孝布，然后讲子女披麻戴孝三个月，为冬花，之后是春花，即戴孝三年，三年后脱孝布。

二、报丧

第三个环节：向死者的家人报丧，接死者的娘家人来，请舅舅帮忙料理后事。讲述舅舅住得遥远，孝子经过千辛万苦去接舅舅，经文说："骑马走三天，步行要七天，骑马路狭窄，步行石头绊，路途远又远，寒风吹又吹，赶路很艰辛。"习俗是死者的儿子到舅舅家报丧，抱一只鸡，陪同孝子去的人把鸡扔进院子，屋里的人丢出来，如此反复三次。

---

① W.E. 佩顿著，许泽民译，陈维纲校：《阐释神圣——多视角的宗教研究》，贵阳：贵州人民出版社 2006 年版，第 83 页。

第四个环节：接死者嫁出去的女儿，经文同样只讲接出嫁的女儿们的艰辛，路途遥远，为老人的丧事只好赶路回家料理后事。习俗中当女儿来到时，所有孝子手持点燃的香或火柴头跪迎三遍。

以上四个环节是死者死了，把与死者有关的亲人通知到场，每个环节毕摩都要念经文，属于丧事的准备阶段。

三、仪式过程

（一）祭奠亡灵

第五个环节：孝子祭献牺牲和粮食时吟诵的经文，告诉死者，儿子和儿媳献上够死者食用三年的羊和粮食，三年内不要再向生者争要羊和粮食。这是只给死者用的牲粮，提醒死者自己吃好，保管好，不要给别人。如死者三年内再要，习俗认为是不吉利的，家中就有人去世或牲畜损失、粮食歉收等祸事。所以一再叮嘱死者要保管好祭献的粮食和羊。

第六个环节：晚祭，儿女给死者献晚饭。经文讲儿子和儿媳筹办的晚祭："牲羊献胛膀，牲猪献肥块，蒸饭献一碗，酿酒献头酒。"接着叙述死者活着的时候是如何辛苦养育儿女，爱护儿女，因此儿女们要对死者尽孝报恩，"乌鸦知反哺，儿女尽孝心"。让死者赶快吃喝，不要管别的人。

（二）找毕摩

第七个环节：此部分经文是讲死者要毕摩吟诵经文教路等。以儿子问舅舅的方式，讲述亲戚们如何去找毕摩，到处寻找，在山上先后遇到了鹰、熊、野马、羚羊、麂子、獐子、野猪、刺猬、蚂蚁、野鸡、斑鸠，动物们都说与毕摩做伴，不做毕摩。又到集市、城镇找，先后看见了毕摩的法器：铜铸大摇铃、铜铸大法锣、铜铸小铃珠、钢板铸长刀，还看见了披毡，终于在青冈栎树叶的楸木树桌旁找到了毕摩。此节以寻找毕摩讲述了毕摩使用的法器，毕摩的法器有铜铃、法刀、铃珠链、鹰翅膀、法衣（披毡）、法帽。毕摩的法衣有两件，一件是羊毛披毡，是进门时披的；另一件是到尸体旁穿的印有红花的布法衣，上缝缀麂子角、鹰脚、獐子或野猪牙、贝壳。

（三）舅舅验尸

第八个环节：请舅舅验尸，在彝族的丧葬中，死者的尸体一定要由娘家亲属验看，看是不是正常死亡，在此前是不能下葬的。经文以和舅舅对话的口吻介绍老人生病而死的过程：年三十晚上狗向东方叫，这是不吉利的，是阴间来收人。本来习俗是每家门口贴上封条，手系红线以辟邪，死者没有贴封条，也没有系红线，就被阴差提去了。接着讲述请舅舅验尸的来历：过去有两兄妹上山放羊，妹妹被虎咬死，哥哥捡起骨头放进麂皮口袋背回家；或者是两兄弟上山打猪，弟弟被虎咬死，哥哥拣起骨头放进麂皮口袋背回家。因此，娘家数舅舅大，这是舅舅验尸的来历。之后讲述舅舅验尸，看死者是否穿戴整齐，给死者放含嘴钱（一般是碎银子）。

第九个环节：毕摩给死者讲述死亡的来历：先讲述死者生病，产生了许多不祥的预兆，对面房上猫头鹰叫了三个晚上，乌鸦叫了三天，儿子儿媳出门也听见不吉祥的鸟叫了三天，死者死了。毕摩接着告诉死者：天地都会死，各种动物也会死，没有不死的，死的不只是死者一人。死因是从哪里来的呢？哦呐（鸟名）到天上去，天神要它到人间传达旨意："发不白不死，牙不稀不死，不老不要死。"结果它传达的是："发不白可死，牙不稀可死，老人可以死，壮年可以死，大人可以死，小孩可以死，襁褓中婴儿，裹着也可以死。"从此，各种年龄的人都会死。安慰死者：你是寿终正寝而亡，不是死于意外，"为生而去世，死也死得值，去也去得好"。

（四）入殓

第十个环节：讲述女儿出嫁到他乡，生活诸多不习惯，如今回来，装棺女儿能否装？讲根古：古时候有个老阿妈上山割了九捆草，背不动，拆得只剩一捆还是背不动，打开看有一条蛇，说要娶其女儿为妻，否则就要让她死。母亲问大女儿，大女儿不愿意，说如果母亲死，装棺时抱头。问二女儿也不愿意，说如果母亲死，装棺时抱腰。三女儿同样不愿意，说如果母亲死，装棺来抱脚。只有小女儿说："只要能救妈，就与蛇成亲，祭敬阿妈时，小猪做献牲。"讲完根古，姐妹们抱母亲入棺，在正房中装棺。

（五）停丧期间

死者装完棺，停丧期间，整夜由毕摩念诵一系列经文，安慰死者，让死者安心去另一个世界，用语言为死者建构一个与阳间一样的生活世界，告诉死者不用害怕，另一个世界和她活着时的环境是一样的，进而向死者讲述所有人间事物的来源，包括习俗、宇宙、人类、动植物等的来源。按照彝族的习惯，仪式中用到的每件东西都要叙述其来源。因此，在停丧期间念诵的经文，是彝族传统文化的全面展示，彝族著名的神话故事、民间传说都会在仪式上讲述，如天地开辟神话、洪水神话等。对于那些凶死的非寿终正寝者则一般不讲这些神话，对于不幸夭亡的儿童也不讲，毕摩认为其听不懂。对他们也不会举行像老人去世这样盛大而正式的丧葬仪式。

第十一个环节：说禁忌，由毕摩对死者讲述死者死亡前出现的不幸预兆，由于死者没有遵守一些禁忌，导致了死者的灾祸。大年三十阴间要收老人，死者没有按习俗在门上贴封条，也没有在手脚上系红线，因此魂被阴差提去了；大年三十不赶街，更不能赶街尾，死者偏去赶街，不幸的灾祸就附在死者身上了；见到地上的金银，捡起来却衣兜、围腰、衣袖、手心都藏不住，只有用嘴藏住了（习俗中人死后含嘴钱），这也是不幸的预兆。儿子儿媳们也接连见到了不幸的预兆，儿子下田干活见蛇相交，死者枕头是相绞的麻捆；母鸡下软蛋，疑是死者死后布盖脸上用蛋黄画五官；绵羊下双羔（不吉利，羔羊献牲是二只）；养的老母猪一胞才产四仔，小母猪头胞产七仔，疑是小女儿为死者献牲的猪仔（习俗中小女儿用小猪献祭）；儿子们养的母牛，头上一点白（孝子们头上的白孝布）；儿子养的马，母马蹄子叉（送葬时引路的是劈成两叉的一根棍）；媳妇去割麦，穗头成两叉，是死者的盐油煎麦面（麦、盐、油混合由大儿媳用杵臼舂三下，放锅炒熟后装麻布口袋与一片麻秆一起装入棺内）；儿媳去割青麻，麻秆雀筑窝（送葬时用刺桐树削制成的木鸟在前面引路）；儿媳去割荞，荞棍蜂筑巢（蜂包是死者用的锅）；儿子们种麦出白拖（用来盖灵柩的树），种荞出松苗（用来做祖灵牌的小松树）；儿媳们织麻布夹被鼠咬，被虫蛀（做寿布，死者用）。所有这些不幸的凶事，让死者都带着离去，到街上去卖掉，这样死者一身轻，活着的人也吉利了。

第十二个环节：经文讲述传说中专门治鬼的毕摩灭鬼的故事，祭鬼坛上铺毡撒青松毛的来历，插神枝的来历。

经文大意：传说古时候，鬼很多，把人们养的猪、羊、牛都吃完了，人们的生活艰苦。这时阿拜刹就来灭鬼，传说有三个：

（1）三月初五，阿拜刹领着群鬼到山上去烧火地（彝族人三月到山上烧火肥地的生产方式），阿拜刹自己在下方烧火，让鬼在上边堵（防止火蔓延），群鬼不同意，于是阿拜刹在上方堵，群鬼在下边烧，阿拜刹挖个洞藏身，头上顶个铁锅，火没有烧到他，烧了几片地都没有烧到阿拜刹。于是双方对调，众鬼问阿拜刹为什么没被烧到，阿拜刹说下面用枯树叶厚厚地垫着，上边用枯树枝盖着，就烧不着了，众鬼照做。阿拜刹点火烧，烧到最后只剩三个残废鬼：瞎眼鬼、跛脚鬼，伤残鬼。阿拜刹问他们还敢吃人们的牛、羊、猪么？三个鬼说不敢了，只要祭献时闻闻气味和松叶的香味就够了。自此以后，祭台上撒青松毛，铺毡子，神枝要用三个杈（一根松枝上有三个杈，代表此传说中的三个鬼；彝族不同的仪式上三杈松枝所指代不同）。

（2）鬼喜欢跳舞，阿拜刹就约群鬼到池塘边跳圆圈舞，一圈推一个到池塘，鬼不识数，推到最后剩三个鬼，分别做了山神、财神、家神，神枝的三权代表这三个神。

（3）阿拜刹说要收一百张鬼皮，已收了九十九张，只差一张了，以此来吓那剩下的三个鬼，这三个鬼听说后苦苦哀求，表示不再害人们，只要求祭献时闻闻味道。

从此以后，祭祀活动中就象征性地烧一点肉和粮食，有味道即可，而不需要献更多的粮食和肉。三权的青松枝代表要祭的神灵或要驱赶的鬼怪，一般也要铺青松毛。

第十三个环节：毕摩念驱邪除秽的经文，以驱除那些不能到丧礼上来捣乱的鬼怪。毕摩颂的经文中讲述各种邪秽的来历和吵闹的形态，让邪秽各自回去，不要来吵闹，使葬礼清洁平安。

第十四个环节：除完邪秽，毕摩念"造田造地"的经文，这是天地来历的神话：

　　故去老人你，阿妈罗嫫你，你在世间时，有天也有地，住在天地间，可你去世后，无天也无地。现在要个天，现在要个地，哪个来造天？哪个来造地？陆诺儿造天，奢尼女造地。造天怎么造？造地怎么造？金柱竖三根，银柱竖三根，撑起天架子，有了造天处；三尾大白鱼，三尾大黄鱼，用作地底子，有了造地处。开始造天地，奢尼勤造地，一天虱蛋大，一夜虱子大，一天又一天，一夜又一夜，边造边宽大，两天鸡蛋大，两夜钵头大；越造越宽大，有了筛子大，有了簸箕大，有了揽筛大，有了晒场大，九九牛耕的地，有了那么大；越造地越大，地盘造大了。造天的儿子，一个嗜好酒，一个喜好茶，一个爱赌玩，嗜酒的喝醉，好茶的茶晕，爱赌的贪玩，造天窄又小。拉天来盖地，天盖不过地。造天的儿子，就对地女说：地上要栽树，如果不栽树，地面会开裂。地上栽何树？地上栽藤树，青藤爬九山，青藤蔓九箐，藤蔓缩地用。山中穿山甲，请它来打洞，九山打九洞，藤蔓穿九山，藤蔓穿九洞，扯拉藤蔓根，大地缩回来，有山又有河，形成大小山，形成大小河，大小山连绵，山山有垭口。去世老人你，在世有天地，去世无天地，今晚得天地，去后得新天，逝后得新地。新天得到了，新地得到了，橡壳为核死，死也你值得。造天天通洞，造地地通洞，补天要一块，补地要一样，天上用云彩，云彩补天用；地上地瓜藤，地瓜藤补地；缝天要一针，缝地要一针，箐中马刺根，缝天有一针；地边三角刺，缝地有一针；缝天要一线，逢地要一线，高处蜘蛛网，可做缝天线，地上糯米藤，可做缝地线。补天的有了，补地的有了，天也补好了，地也补好了。阿妈罗嫫你，得到了新天，得到了新地，有了新天地。一样不差你，一样不少你，此节就这些。

第十五个环节：造日造月。

阿妈罗嫫你，去世得新天，去世得新地，得到的新天，得到的新地。天上无太阳，地上无月光，造日要一场，造月要一场。谁来造太阳？谁来造月亮？彭祖造太阳，彭祖造月亮。彭祖造太阳，太阳造九个；彭祖造月亮，月亮造七个。九天天不黑，七天天不亮，不分早和晚，不分昼和夜。要去射太阳，要去射月亮，什么做箭杆？鲁班树来做，自从那以后，鲁班树不老，树心先朽烂，事从这里起。什么做弯弓？西缺树来做，自从这以后，西缺叶子青，树心生蛀虫，事从这里起。什么做弓弦？火麻皮来做，自从这以后，麻叶枯不黄，事从这里起。什么做箭镞？本西树来做，自从这以后，本西长不大，事从这里起。陈拣这儿子，出门去挖地，七代不锄地，九载不耕地，人在地中间，手挂锄头把，站着打个盹，嘴里雀筑巢，已孵九窝鸟，锄把生蛀虫，一动成粉灰，散落到地上。脚上地瓜爬，指间结瓜果，只是打个盹，就已八百年，时过这么久。不到九天时，太阳不会落，九天不会黑；不到七天时，月亮不会落，七天天不亮。七月做准备，八月去撵山，九月撵獐子，撵獐出麒麟，麒麟吃太阳，麒麟吃月亮。不吃剩一日，不吃留一月，太阳回东洋，月亮躲山后，不敢再出来。要去寻太阳，要去找月亮，谁去找日月？盘古请太阳，盘古请月亮，日月接回来。谁来分年月？谁来分节令？谁来分季节？盘古分年月，大年十三月，小年十二月，从此分年月；一月三十天，月大是三十，月小二十九，每月两节令，初一和十五；盘古分季节，一年分四季，每季三个月；每月忌三日，初一和十五，天干忌戊日。撵獐出麒麟，麒麟吃太阳，麒麟吃月亮，不吃剩一日，不吃留一月。盘古接日月，盘古分年月，初一是朔日，十五是望日，初一和十五，日躲东海洋，月避山背后。大年初一日，初一接太阳。八月十五日，十五接月亮。太阳接回来，月亮接回来。月亮对日说：昼夜分开走，一个晚上走，一个白天走。太阳对月说：晚上不敢走，白天怕害羞。月亮对日说：若是怕害羞，金针送三束，人家来看你，金针刺他眼，银针戳他眼。月亮晚上走，太阳白天走，天上有月亮，天上有太阳。阿妈罗嫫你，得了新太阳，得了新月亮，去世得新日，去世得新月，一样不少你，去也去得好，死也你值得。

第十六个环节：盖棺。此部分是由舅舅和外甥以问答的形式叙述寻找棺木的过程，仪式中是由两个朵西（毕摩的助手）来进行问答式吟诵。

　　孝子请舅舅来盖棺，舅舅问：关什么门？什么树做的门？孝子讲述各种各样的树的用途，只有杉松是棺木树；接着讲各地出各样的锁及用途，死者用的锁是木锁，讲木锁的来历及木锁的制作过程；最后盖棺上锁。

　　第十七个环节：洪水神话（下野鸡扣神）。

　　栎木做扣公，橡树做扣母，箭竹做扣舌，麻皮做套索，上山下扣子，下河支扣子。下扣套野鸡，风吹扣子弹，水冲扣子跳，野鸡没扣得。重新想办法，用铁做扣公，用锡做扣母，用铜做扣舌，铁链铸套索。山头下扣子，山腰下扣子，山脚下扣子，河边支扣子。野鸡没下得，扣着一巨物，套住一大物，窝梭列笃神。七月做准备，八月去撵獐，撵獐不出獐，撵獐出麂子，麂子逃窜时，经过窝梭前，跑过列笃旁。窝梭列笃说："阿哥麂子你，请帮我解开。"麂子回答道："我后猎狗撵，再后猎人追，无暇帮你解。"麂子过去了，猎狗就来到："阿哥猎狗你，请帮我解开。"猎狗回答说："前有麂子逃，后有猎人跟，无暇帮你解。"猎狗过去了，猎人又来到："大哥猎人你，请帮我解开。"猎人回答道："前有麂子逃，前有猎狗撵，要跟猎狗走，要去撵麂子，无暇帮你解。"猎人说过后，猎人也走了。窝梭列笃想，人心很不好，又变一尾鱼，继续试人心。话说一郎儿，上街去卖柴，上街去买菜，买回一尾鱼，拿刀剖鱼儿，鱼儿淌眼泪，不敢杀鱼儿，不敢剖鱼腹，放了鱼儿走。窝梭变麒麟，麒麟回天上，窝梭变鱼儿，鱼儿回东阳。麒麟告天状：地上的凡人，凡人心不好，凡人不能留，若把凡人留，麒麟将被杀，鱼儿要被剖，地面莫留人。地面的凡人，还有好人吗？地面有好人，好人有两个，伏羲和女娲。窝梭列笃神，三颗葫芦籽，送给他们俩，并且告诉说：二月初八日，赶快种葫芦，七月十四过，八月十五到，洪水要泛滥，洪水要漫天，洪水泛滥时，你们两兄妹，躲在葫芦里。洪水暴涨时，有人在喊道：行了，行了。又有人说笑：还不够泡田。洪水漫山顶，虾子吃松叶，洪水漫到天，大鱼摘星星。富贵的人家，打的金柜子，打的银柜子，打的铜柜子，打的铁柜子，统统落水底。伏羲和女娲，他们两兄妹，躲在葫芦里，葫芦随水漂，葫芦随水涨，水漫到山顶，葫芦落山顶。洪水退下来，洪水归低处，山头渐显露，葫芦随水降。洪水过去后，观音老母她，骑着神龙马，下凡找人种，下来找世种。骑马到河底，看见一堆物，疑是碎麻秆，原来是人骨，疑是河青苔，原是人心肺。骑马往前走，遇见土甲蜂，就问土甲蜂："土蜂，土蜂，是否遇人种，是否见世种？"土甲蜂答道："没有遇人种，没有见世种，如果遇见了，我就蜇死他。"观音很气愤："你是凶残蜂，挨鞭打的蜂。"顺手抽一鞭，打蜂成两节，土蜂成细腰。骑马往前走，遇见葫芦蜂，就问葫芦蜂："是否见人种？是否见世种？"葫芦蜂答道："人种我没遇，世种我没见，如果遇见了，我就蜇死他。"观音极气愤，马鞭抽蜂子，打蜂成两节，蜂子成细腰，并且咒骂道："你是恶毒蜂，冬天眠地下，春天才起来，养儿倒着养，吊在半空中，人种找到了，点火来烧你。"骑马往前走，遇见细马蜂，问问细马蜂："是否遇人种？是否见世种？"细马蜂答道："人种没有遇，世种没有见，若是遇人种，若是见世种，我用丝绵包，我已儿满堂，让人过寒冬，可惜没遇人，可惜没见种。"观音心欢喜，封赠细马蜂："你是好蜂儿，冬天你不眠，春天你不死，丝绵你做衣，冬春养育儿。"观音老母她，继续往前走，遇见小蜜蜂，问问小蜜蜂："是否遇人种？是否见世种？"蜜蜂回答说："没有遇人种，没有见世种，如果我遇见，我要好好帮，帮舔脚背汗，帮舔手背汗，人种我喜欢，世种我喜欢，可惜没遇见。"观音心欢喜，马上封赠道："你是好蜂儿，你住树筒里，养儿横着养，挨着人家住。"观音老母她，骑马继续走，遇见小棉蜂，就问小棉蜂："是否遇人种，是否见世种？"棉蜂回答说："是否是人种，是否是世种，我也不知道，在那打草山，河边杨柳下，有一大葫芦，里边嗡嗡响。"观音老母她，急忙找着去，果然是人种，人种找到了，世种找到了，伏羲和女娲。葫芦漂水中，要来捞葫芦，请鹰来帮忙，鹰爪抓葫芦，鹰爪抬葫芦，抬到岸边上，老鹰帮大忙，自从那以后，老鹰不吃草，专吃禽兽肉。葫芦口封蜡，葫芦打不开，要开葫芦口，谁开葫芦口，喜鹊来啄开，喜鹊帮大忙，自从那以后，就称它喜鹊，人人爱护它，不兴打喜鹊。要开葫芦腰，谁来打开它，老鸦开腰口，开出牛羊种，开出五谷种，老鸦帮大忙，自从那以后，老鸦闲牛背，任其在牛身。要开葫芦底，谁来开底口，老鼠开底口，开出五谷种，老鼠帮大忙，自从那以后，田间不打鼠，任由它尝新。人种找到了，世种找到了，人烟多起来，万物兴起来。

第十八个环节：婚育。

洪水退去后，世上无人烟，只剩两兄妹，伏羲和女娲。观音老母她，吩咐两兄妹，兄妹结成亲，成亲传人烟。兄妹不愿意，死活不成亲。不愿怎么办？就得想办法，这山烧堆火，那山烧堆火，火烟飘起来，两股火烟起，人烟接拢来；一股黄火焰，一股红火焰，火焰蹿起来，火焰接拢了，这是天意啊，你们要成亲，兄妹不同意。这山滚簸箕，那山滚筛子，滚到山脚下，簸筛合拢了，滚成一整套，这是天意啊，你们要成亲，兄妹不同意。这山滚上磨，那山滚下磨，滚到了箐底，上下合拢来，滚成一盘磨，这是天意啊，你们要成亲，兄妹不同意。兄妹逃跑了，经过一条河，兄妹来洗澡，哥在上游洗，妹在下游洗，洗过到山上，山腰有炭窑，窑中住下来。是谁先知事？乌龟先知道，脚跟蹬三下，兄妹成了亲。生儿又育女，儿子生九个，女儿育十个，九儿配九女，配成了九对，剩得一小女。九对各生九，九九八十一，九十九个人，要做百家姓，加上一窦姓，形成百家姓。剩得那小女，变成孤魂鬼，喜事她来吵，喜事要祛邪；白事她来闹，白事驱邪鬼；病灾她带来，有病送鬼神，邪秽从这起。有时害庄稼，有时害六畜。九月属虎日，喽底祭农神，驱除泥大肚，交还四眼鬼，让她去成家，莫来害粮畜。阿妈罗媄你，人嗜你不嗜，你有你喜好，偏好那婚配。婚配谁人兴？婚配由谁起？天公地母兴，天公地母起。天与地相配，地与天相配，日与月相配，月与日相配。太阳是儿子，月亮是姑娘，儿在什么地？女在什么地？挑水遇青蛙，青蛙相交叠，做活见交蛇，学蛙来相交，学蛇来相配。看见相交地，老熊相交处；路下有一处，野马相交处；岩边有一地，羚羊相交处；松林有一地，麂子相交处；栎林有一处，獐子相交处；山阴有一处，刺猬相交处；箐底有一地，野猪相交处；土堆有一地，蚂蚁相交处；石堆有一地，蚂蚱相交处；都跟妈无缘。水中有一地，龙儿相交处；海中有一地，鱼儿相交处；都跟妈无缘。街上有一地，官员相交处；集镇有一地，头人相交处；都跟妈无缘。荞场有一地，野鸡相交处；麦场有一地，斑鸠相交处；都跟妈无缘。村底有一地，狗儿相交处；村巷有一地，猪儿相交处；厩里有一地，牛羊相交处；檐下有一地，鸡禽相交处；厦下有一地，猫儿相交处；都跟妈无缘。房屋十二间，堂屋在正中，阿妈煮饭处，儿女吃饭处。房屋十二间，内屋那一间，栎木做床架，松木做床板，扑上羊毛毡，毡子的上面，花被子下面，那是相爱地，找到相爱处。男的不吭声，女的不开腔，借故跳蚤叮，假装虱子咬，男的开了口，女的开了腔，得到相爱地，有了相交始。时过三个月，女的脸色黄，害羞怕见人，房前梧桐树，梧桐树皮黄，脸黄也有伴，用不着害羞；有孕感害羞，红栎有蛀虫，身孕也有伴，用不着害羞。万事都有伴，怀孕有一场，母狗带两月，母猫带三月，母猪带四月，绵羊带五月，身孕也有伴，用不着害羞；梨树挂过后，六月梨身重，身重也有伴，用不着害羞；七月蕨棵摇，身摇也有伴，用不着害羞；八月核桃落，脱壳也有伴，用不着害羞；黄牛带九月，母马带一年，鸡禽二十天，万事万物中，没有不带身，没有不怀孕，用不着害羞；怀孕九个月，满月满日后，脱身有一天，房前核桃落，落地脱了壳；弯刀铁锈脱，铁锈脱落掉，脱身也相伴，用不着害羞。脱身在哪地？分娩在哪方？山头虎豹地，路上老熊地，路下野马地，不是生儿地，跟妈没有缘；岩边羚羊地，松林麂子地，栎林獐子地，跟妈没有缘；山阴刺猬地，箐底野猪地，不是生儿地，跟妈没有缘；水中龙儿地，海中鱼儿地，不是生儿地，跟妈没有缘；土堆蚂蚁地，石堆蚱蜢地，不是生儿地，跟妈没有缘；街上街头地，集镇官员地，不是生儿地，跟妈没有缘；荞场野鸡地，麦场斑鸠地，不是生儿地，跟妈没有缘；村底狗之地，村中猪之地，厩里牛羊地，檐下鸡禽地，厦下猫之地，不是生儿地，跟妈没有缘；房屋十二间，堂屋妈煮饭，儿女吃饭处，不是生儿地，跟妈没有缘；房屋十二间，内屋那一间，那是生儿处，那是生女地，找到生儿处，找到生女地。有了生儿处，有了分娩地，婴儿降生后，脐带连衣胞，脐胞分不开，要用什么分？剪脐需要铁，铁打大斧子，用来砍大树；铁打的锄头，那是挖地用；铁打的锯子，那是解板用；铁打的镰刀，姑娘割荞用；铁铸的大锅，用来煮猪食；铁打大剪子，用来剪羊毛，铁打小剪子，姑娘剪布用，剪脐不能用，没有剪脐铁。阿爹金指甲，阿妈银指甲，爹妈金银甲，脐带剪断了。阿爹拎着脚，阿妈拎着手，婴儿抱起来。胎盘要送出，胎盘送哪里？蒿枝草丛里，野杷籽树下，苎麻刺丛里，胎盘送那里。胎盘送出后，不包她不得，不裹她不得，包片要三块，裹布要三块，河中有青苔，青苔很柔软，用来包蝌蚪，用来包鱼儿，不能包娃娃；阳坡麻栎皮，裹儿倒合适，用来盖蜂筒，不能做裹布。阿妈剪衣摆，阿爹剪被角，衣摆做包片，背角做裹布。包片备好后，裹布备好后，还要洗娃娃，洗娃用的水，用水哪里找？大理洱海水，龙儿洗澡水，不能洗娃娃；山凹三塘水，塘水清幽幽，泡田栽秧水，不能洗娃娃；山上三塘水，野猪打滚水，不能洗娃娃；河头有一水，雀鸟喝的水，河尾有一水，黄牛喝的水，不能洗娃娃；阿妈的房侧，好水出三股，阿爹泡茶水，洗儿不能用；房后三塘水，猪常去打滚，不能洗娃娃；阿妈房下边，龙泉有三眼，常年淌不止，那是清净水，那是洗儿水，找到洗儿水。洗儿要有盆，要用什么盆？河边楸木树，用作猪食槽，洗儿不能用，马缨花木盆，家人洗脸盆，洗儿不能用；白铜做的盆，官员洗脸盆，洗儿不能用；土锅烧开水，水温调合适，不冷不热水，阿妈金嘴壳，阿爹银嘴壳，含水喷儿身，把儿洗干净。分娩地找到，包儿布找到，有了洗儿水，有了洗儿盆，娃娃洗好了，娃娃包起来。娃娃满三天，知道钻妈怀，知道吻妈嘴；娃娃满七天，二七十四天，三七二一天，一天一个样，一天天长大，娃娃满一月，已长三十天；娃娃满三月，见妈笑眯眯，见爹笑眯眯；五月坐得稳，七月就会爬，九月学走路，一天天长大，娃娃满周岁，已长一年整。长到三岁时，跟爹去下地，跟妈去放牧，一天天长大。一轮一十二，二轮二十五，二十五岁时，喜欢年轻人，喜欢去玩笑，喜欢巧梳妆，喜欢巧打扮，头戴五彩帽，手上戴镯戒，脚穿棉布鞋。三轮三十七，三十七岁时，称老不算老，说年轻不轻。四轮四十九，四十九岁时，儿女领大了，孙子没领大。五轮六十一，六十一岁时，说老似老人，父子一般大。六轮七十三，七十三岁时，发似枯松毛，耳似干香蕈，手指像耙子。七轮八十五，八十五岁后，满轮也满岁，七后无年轮，有轮无年岁，有岁无年轮，人生到终年。

第十九个环节：寻药。

七轮八十五，满轮有满岁，头发白花花，要么肚子疼，要么又头痛，年岁已满了，年轮也满了，人老病多了。有病要治病，治病去找药，十二条大街，虎胆配猴胆，不治妈的病；兔胆配鸡胆，不治妈的病；龙胆配狗胆，不治妈的病；蛇胆配猪胆，不治妈的病；马胆配鼠胆，不治妈的病；牛胆配羊胆，不治妈的病。十二条大街，没有医妈药，没有治病药。十二座高山，山中长草药，百种百味药，采制配成方，上千种药方，可以做药用，妈吃不管用。咯有不死药？咯有不病药？传说古时候，黄芪有三棵，人参有三棵，那是不死药，那是不病药，你也来采药，他也来挖药，头疼也去采，肚痛也去挖，黄芪和人参，跑到皇陵上，谁也不敢挖。话说有一儿，名字叫梭珍，不幸患麻风，村人怕传染，不让住家中，梭珍到山上，常住松树林，住旁出清泉。话说有一天，有条大蟒蛇，来到松树林，来喝清泉水。梭珍这儿子，想到一主意，捡来马蹄铁，找把镰刀来，铁蹄磨锋利，镰刀磨锋利，埋在蛇路口，支在蛇路上，蟒蛇来喝水，蛇肚被划破，从头划到尾。梭珍杀母蛇，剖腹又剥皮，公蛇匆匆到，向他请求道：蛇肉随你吃，蛇油任你搭，蛇骨莫拆散。梭珍照此做，公蛇到皇陵，采得了黄芪，挖得了人参，喂给母蛇吃，搭在蛇骨上，母蛇活回来，公蛇领母蛇，回到住地去。梭珍得黄芪，梭珍得人参，吃过蛇的肉，搭了蛇的油，治好麻风病，带上不死药，他就回家了，回家的路上，路边遇死狗，看看狗肚子，肚内无脏腑，捏了一团泥，放进狗肚子，泥团当狗心，人参和黄芪，搭在狗身上，死狗复活了，把狗带回家；路上见死马，死马无心肝，捏坨稀泥巴，泥团当马心，人参和黄芪，搭在马身上，死马变活马，把马赶回家。得到不死药，人参和黄芪，骆驼驮着药，上街去卖药，卖药到天上，听说小女儿，病死在家中，若有不死药，三天内可救，没有满三天，小女已火化，成灰无法救，梭珍很悲愤，就把不死药，投入火中烧，从此地面上，没有不死药，只有不疼药。阿哇大街上，三百六十户，不卖药三家，初一和十五，大年三十日，三日不卖药，只卖不疼药，没有不死药。罗嫫阿妈你，寻找不死药，这药找不到，有生就有死，你为生而死，你为生而去，死得也其所，去得也其所。不是吃药死，不是无服药，死也死得好，去也去得值。

第二十个环节：披麻戴孝。讲述孝布的来历及戴孝三年的习俗。

第二十一个环节：种树找木。

话说从前事，天干干三年，天旱旱三年，天干三年时，牛似多衣果，羊似橄榄果，火麻也晒干，草木全枯死。鹧鸪吃树籽，老鹰叼鹧鸪，树籽它不吃，树种得留下。伏羲和女娲，鹧鸪嗉囊中，取得了树种，树籽撒山上，左边撒三把，右边撒三把，九月霜降后，冬雨下三场，正月立春后，春雷响三声，春雨下三场，树种发芽了，树苗长出来，树木长成林，树种多起来。

先讲树的来历，然后讲各种树木的用途，此部分讲树木的性质和用途与盖棺部分的内容大致相似。

第二十二个环节：做棺漆棺。讲述木匠做棺材和油漆棺材的过程。

第二十三个环节：停丧地。讲述各种动物的停丧地后，告诉死者的停丧地在堂屋正堂的楸木条凳上。

第二十四个环节：早祭。这是天亮前把一切鬼怪驱出祭祀亡灵的场所的仪式。在此仪式中，毕摩边念经边用毕摩的法器麂子角挑开酒盖子，用鹰爪挑开盖子，把祭肉放在鹰翅膀（也是毕摩的法器）上，用豪猪刺挑开饭盖子，让亡灵享用祭品，让死者吃完后去亡灵地，永远莫回来。告诉死者他的东西都已经给他了，剩下的都是活人的了，没有他的份了。

这段经文主要是讲述季节变化与耕种知识的。讲从五月到冬月，每月的节日，做什么农活，如何收获和分配所得以及这些供品的来源。接着讲天快亮了，让死者来尝新，享受供奉，然后赶去新的地方（亡灵居住地），从此阴阳两界永远隔断。

第二十五个环节：锁天锁地。此段经文主要讲日月变化，认为太阳落山就是锁天门了，启明是开天门，公鸡叫开地锁，仪式到此时天快亮了，天门要打开了。

第二十六个环节：娘家献牲。天亮了，死者的娘家来献牲，舅舅领着亲友、吹喇叭的师傅、二朵西等，带着羊、酒、鞭炮等来祭奠，并负责第二天早上的伙食。经文也就是告诉死者，亲人都到场了，各样祭品都献上了，一样都不少，昨晚家人祭，今早亲友祭，让死者吃够，以后就不要再回来要东西了（彝族民间认为死者如果回来，对活着的人不吉利，鬼缠上会生病）。

第二十七个环节：小女献牲。这个仪式是在丧礼上专门迎接小女儿回来奔丧的仪式，经文主要讲的是蛇郎的故事，小女嫁蛇郎救母亲后，日子过得辛苦。仪式是放三个锅庄石，上置一瓦片，瓦片装地瓜根、梳子，孝子脚趾间夹松明，点火烧瓦底，演示经文中讲到小女儿嫁蛇郎后的生活情境。此段经文主要是为了赞扬小女儿的孝心。

第二十八个环节：换腔。天亮了，毕摩诵经的腔调要改变了，第二天早上毕摩要把酒、肉、饭各一碗端到大门处，各用一个碗盖着，给死者吃，让死者吃完人间的"最后一餐"，毕摩就转换念经文的腔调，所诵经文的内容是告诉死者死后该做些什么事，如何寻祖路，如何回到祖地等。也就是念彝族著名的《指路经》，念完经文之后，就要发丧了。

第二十九个环节：托生。毕摩告诉死者来世各种动物都不要去变，也不要变官员，官员事情多，连官员身边的动物、虫类都不要变；要变成谱颇（祖灵牌），变成某氏的祖先护佑儿孙，托生也就成好人。

第三十个环节：赶街神。经文告诉死者，十二个月中以十二属相或十二地支命名的街如何去赶，这些集镇命名今天大多还沿用。每街后面都有"湖广郎的街，江西郎的街"两句。此地是交通要道，过去是商旅必经之地，这也说明了历史上曾经有许多外地人到此经商做买卖。

十二个月都有街，死者都要去赶，三月还有阴街，死者可以赶。教死者如何挑选自己的马，要选白颜色的马（黑色是凶死者的马，黄色是官员的马，红色是短命鬼的马，白色是寿终正寝者的马）和马鞍，阳间的真马和马鞍不能要，只能要阴间的假马和假鞍。

第三十一个环节：祖灵。此段经文主要讲述祖灵的来历，传说从前有个姓张的老阿妈，只有一个儿子叫丁郎，儿子上山犁地，母亲为其送饭。第一天送早了儿子用鞭子打母亲，第二天母亲又晚些送，儿子依然鞭打母亲，第三天丁郎犁地，看见小羊跪着吃奶，看见地边乌鸦反哺，心里感到内疚。母亲准备好饭按正点送来，躲在马缨花树下不敢见儿子，丁郎见母亲，赶快跑过去，手里还拿着鞭子，母亲以为儿子又要打自己，转身往回跑，撞到了马缨花树上死了。丁郎后悔极了，扛回马缨花树放在堂屋里做母亲的替身，为母亲做谱颇（祖灵）。经文接着讲述了丁郎如何做祖灵，用松树或竹子代替马缨花做谱颇。谱颇放在正房楼梯口，小儿子管祖灵，所有节令都祭献，还要用红黑蓝三线系腰，蓝布做成无领衣，一年换洗一次，谱颇在家护佑子孙。

第三十二个环节：肝胆祭。这个仪式是安慰亲友和孝子的，由舅舅用尖刀戳肉（羊肝、羊胆和腊肉）喂给孝子吃，把酒斟好摆在刀面上端到孝子面前，让孝子喝下，以示对孝子的安慰，劝其节哀。毕摩诵的经文讲述了此仪式的来历：古时候有只白鹦哥与母亲一起住在水边的刺桐树上，母亲年迈眼瞎，鹦哥出去找食物喂养老母。一次拿了别人家的菜，被捉住关在笼里，七天后才逃回来，但母亲因饿而离窝，不慎落水而亡。鹦哥很伤心，去啄母亲的肝胆，肝胆苦臭，于是痛苦就减轻了。现在举行此仪式就是为了减轻孝子对死者的思念哀伤之情。

第三十三个环节：教路。毕摩为死者讲述如何到阴间的路，此处念的经文也是彝族丧葬中必须念诵的《指路经》，教导死者克服各种险阻到阴间，到阴间后如何生活等。

毕摩让死者来到面前，给死者指明阴路：跟着门前飞舞的引魂鸟，这引魂鸟指的是老人去世时用刺桐树削的一只木鸟，把它装在竹篮里，挂在门外厦子下，下葬后木鸟与篮子一起烧掉。送葬时孝子背竹篮在前面引路，象征引魂鸟飞出门了，鸟到哪里，死者就跟到哪里。引魂鸟出门，出门不知道路，门口有门神，让死者跪下磕头问门神，门神告知路。出门到屋后，在屋后咪西（土主庙）前，天神地神前跪下磕三个头，双手拜三拜，咪西告知路。遇到锁水神、山神庙都一样地跪磕后告知路。拜过诸神后，看见去的路：去路十二条，大路十二条，三条黑色的路是凶死鬼的路，三条黄色的路是官员的路，三条红色的路是短命者的路，都不要走，三条白色的路才是死者走的路。白路走通头，过三座山、三垭口、沼泽地，前面有三条大河，搭桥十二道，三道樱桃桥是吊死鬼的桥，三道柏树桥是官爷过的桥，三道松枝桥是夭折鬼的桥，三道杉松搭的桥是死者的桥。过了桥，到打草山，爬山很辛苦，但不能看山顶，手拿拐杖低头往上爬，走到半山腰，歇凉处有山泉三股，用树叶打水喝，不要喝多了。爬到山顶上，听人说古话，山顶杨梅多，顺手摘三个，吃一个解渴，拿两个哄阴差。过山顶后，又到山垭口，有三塘天水，一塘喝一口水。过大垭口，又有小垭口，酸多衣摘三个，一个嘴里含，两个哄猴子。过了山垭口，看见了阴间的天，高高兴兴一直往前走，不要再想儿女，不要再回头。

到了阴间，阴阳界大神问死因，回答是老了而死，为生而死来。然后继续走，来到阴间的混沌门，有只白狗，用油炒面哄狗，用麻秆打狗。进门后到了阴间的地，到了阴间，不要再想家人。之后是交代死者保佑后人，在阴间撒麦、养羊过日子，从此不要再找毕摩。

第三十四个环节：交牲。这是对死者交代祭品，把所献的牲羊数字刻在棍上，象征着羊躲在篾条上，清点后交给死者，刻数字的木棍叫"赶羊鞭"，送葬时在坟地烧掉。经文交代死者，该给死者的东西都给了（数字都刻着，让死者数清看清），不要再来向子女要，给的东西已够死者吃千万年了，请死者带上献牲和献粮到新的地方，不要再回来了。

第三十五个环节：找祖灵。此部分经文是讲述寻找祖灵的过程。经文以孝子的口吻讲述到处找寻死者，遍找不见，在毕摩指点下找到松树、竹子林，摇动的就是死者，于是找到祖灵，将其背回家。

第三十六个环节：讨眼珠。做好祖灵，祖灵的五官要用银子镶，银子由舅舅家给，此经文主要是做祖灵后让其有血有肉，把祖灵打扮起来的过程，交代祖灵如何守家业，子女如何祭奠祖灵。

第三十七个环节：娘家行别。这段经文主要是舅舅告诉孝子，以后要经常往来，与表妹成亲，遵循彝族姑舅表亲优先的婚俗。

第三十八个环节：护送祖灵。祖灵做好后，出殡前由舅舅护送到楼梯口的祖灵洞中供奉，经文交代祖灵要好好护家，儿子儿媳初一和十五上祭，一年洗一次祖灵。

第三十九个环节：驱虫。经文是由毕摩念经清洁祖灵，驱除蚊虫。

（六）出殡

第四十个环节：起棺。把棺椁从堂屋移到院中央停放，毕摩念诵经文告诉死者将要去的地方是半山腰，是死者下葬的地方。

第四十一个环节：福水祸水。举行纳福去祸的仪式。

灵柩从堂屋移至院中央停放，举行"鲁衣垢衣"仪式，棺木上横搭一麻秆（中空），仪式中主祭毕摩（也可由朵西替代毕摩，朵西是其助手，一般至少有两人）站在上方，先后用浊水和酒（或用糖水）倒入麻秆，厄颇（即朵西，代表孝子）蹲在下方，用碗接住，并一问一答。

毕摩：昨晚你家屋后咯是有老虎路过？

厄颇：是的。

毕摩：昨晚你家咯是发生了不幸的事？

厄颇：是的，发生了大不幸，已经过去了。

毕摩：（往麻秆里倒入浊水）不幸之水下去了，咯有来通了？

厄颇：下来了，来通了，老虎过路水下来了。

毕摩：（停止倒水）不幸之根咯有断掉了？

厄颇：（把接到的水倒掉）不幸之水下通了，已经断根了。

毕摩：（接着倒酒或糖水入麻秆）不幸之水断根了，福禄之水来了，你要接好牛羊水，骡马水，肥猪水，阉鸡水，儿子升官发财水，姑娘出嫁水；福禄水要下去了，你要接好。福禄水咯有下来了？

厄颇：断断续续下来一点点，来得不多。下来了，儿子当官发财水，姑娘出嫁水，牛羊水都来了，你再加把劲。

毕摩：（停止倒水）福禄水，繁殖水都下去了。[然后，厄颇把接到的酒（或糖水）洒向孝子或让孝子喝下]

第四十二个环节：分冬春。"鲁衣垢衣"仪式一结束，接着进行"楚奈吼"（分冬春）仪式，即毕摩（也可由朵西代替）手抓荞、米等（代表种子）撒向孝子，并就有关农业节令进行提问，孝子（朵西代言）作答。通过一问一答的形式，教会孝子怎样掌握农时节令，适时耕种。

毕摩：秋冬分了没有？

孝子：秋冬不分，早晚不知。

毕摩：九月霜降都过了，大雁往南飞，怎么会不分秋冬呢。（毕摩模仿大雁叫数声）听见没有？

孝子：没有听见。（毕摩继续模仿大雁叫，直到孝子说听见了为止）

毕摩：冬分了没有？

孝子：冬已经分了，还不会分春。

毕摩：正月初五都过了，偏渍也叫了嘛，怎么会不分冬春呢？

孝子：偏渍不叫，春也不会分。

毕摩：（撒种，并模仿偏渍叫数声）听见没有？

孝子：听见了，春已分了。

毕摩：二月惊蛰春分过，背背笼叫了没有？

孝子：没有听见，一样都不晓得。

毕摩：（毕摩模仿背背笼叫，边叫边撒种）听见了没有？

孝子：听见了。

毕摩：三月清明谷雨到，布谷鸟叫了没有？

孝子：没有听见。

毕摩：（毕摩模仿布谷鸟叫，并撒种）听见没有？

孝子：听见了。

毕摩：四月立夏小满过，石蛾叫了没有？

孝子：没有听见，不知道什么节令。

毕摩：（毕摩模仿石蛾叫，撒种）听见了没有？

孝子：已经听见了。

毕摩：听见石蛾叫，节令你们分得清。五月芒种、夏至节，芒种忙忙栽，夏至点火栽，快快犁田耙地去。

（偏渍：鸟名，俗称点水雀；背背笼：鸟名，系当地汉语俗称；石蛾：系

当地汉语俗称，属蛙科动物，栖息在山箐水底泥洞里，昼伏夜出）

　　第四十三个环节：犁牛。出殡前的仪式，孝子模仿架牛担，后拖刺槐或杉松枝叶、拖（犁）遍堂屋和各个房间，以及檐下、庭院等地，孝媳跟在其后簸糠，意在扫除一切不吉，经文讲述通过犁牛仪式，不幸让死者带走，福禄留下来。

　　第四十四个环节：起棺发丧。"洛莫"（犁牛）仪式一结束，所有孝子、亲属绕棺前三圈后三圈。毕摩祭经诵毕，毕摩离开，鸣炮，发丧，吹师发号吹送，女婿抬棺送山，整场丧葬活动结束。

　　埋葬完死者之后还有一些纪念性的活动，也需要毕摩主持并念诵经文，如月孝、分魂、年孝、三年脱孝、焚孝布、招福禄等仪式。

四、南华县五街镇彝族《祭奠经》的思想文化特点

　　从上面丧葬仪式过程中，可以看到彝族丧葬文化中体现的传统伦理道德等文化要素，五街镇彝族《祭奠经》的思想文化特点大致可以归纳为以下八个方面：

（一）孝道至上思想

　　丧葬仪式中孝道是贯穿始终的思想。彝族丧葬经中贯穿始终的就是孝道思想，父母生前为儿女操劳，死后儿女献祭尽孝道。这种孝的思想是彝族祖先崇拜的内动力，也是彝族传统道德的核心。仁、孝观念构成了传统道德的基本观念，化为彝族评价一个人道德水准的标尺，成为一个人道德追求的基本目标。

（二）灵魂不死观念

　　仪式中一切行为都是在安抚死者，为死者去另一个世界做准备，让死者去另一个世界好好生活，不要再来扰乱生者的生活。三个魂，一个去坟地，一个去阴间，一个变祖灵护家。祖灵供奉在小儿子家，小儿子、小儿媳初一、十五要献祭，一年要洗一次。

（三）祭死佑生目的

　　祭奠安抚死者，为死者建构一个新的世界，目的是让死者去世后护佑后代，保护家庭。

（四）生死轮回观

死是为生，衰老病朽之身死了，是为了灵魂的再生。

（五）二元相配的哲学观

体现了彝族二元相配的哲学观，"天与地相配，日与月相配，月与日相配……"男女相配，阴间—死人，阳间—活人，是两两相配相对的哲学观念，洪水后十个女儿中小小女儿无配偶，就成为邪秽为害人畜，要举行盛大的驱邪活动，即当地的喽底祭祀，表现了二元相配才是和谐与美的哲学观。

（六）以白色为吉色

孝花是白花，死者走的路是白色的，长寿正常死亡者是白色，凶死者为黑色，夭亡者为红色。当死者与家人分家时，黑色是死者的，白色是活人的（交牲），"黑壳白壳分，黑壳是妈的，白壳是儿的，黑炭白石不能混，黑炭是妈的，白石是儿的。黑壳白壳分，黑炭白石分，死人活人分，死人赴阴间，活人留下来"。相对于长寿者而言，凶死是不吉利的黑色，相对于死者和活着的人而言，死人的为黑色，活人的是白色。白色成为吉利的颜色。

（七）融合了儒、佛、道的思想和神灵

丧葬经书中创世神话和洪水神话中的神灵替换情况，如：

造天地、太阳、月亮——彭祖

射月亮、太阳的造箭人——鲁班

打盹过了八百年——陈抟

吃太阳，吃月亮——麒麟

找月亮，找太阳，分节令、年月——盘古

试探人心好坏的神——窝梭列笃神

找到的好人种——伏羲、女娲

洪水过后找人种，遇到各种蜂进行封赠——观音老母①

这些人物或神灵除了试探人心好坏的神——窝梭列笃神外，显然来源于其他宗教和文化，不是彝族原生文化中的神灵或人物。在当地有观音庙、老君殿等宗教建筑，也有彝族原始宗教的建筑如土主庙、山神庙等。经文中这

---

① 楚雄彝族文化院内部资料，《祭奠经——南华彝族罗罗颇丧葬口传祭辞》，主诵：普兆云；翻译：罗有俊；搜集整理：李福云、罗有俊；审改：朱琚元，2003年，第26–31页。

些混杂神灵与现实中道教、佛教、原始宗教并存的状况是一致的。

（八）较强的叙事性和浓郁的抒情性

民间神话传说的讲述，叙根古，传承文化，这些主要是在停丧期间晚上诵读的经文，丧葬仪式成为彝族传统文化的主要传承方式。经文里有很强的叙事性，如蛇郎的故事、创世神话、洪水神话、找祖灵、不死药等民间神话故事都是很吸引人的，叙事效果很好。经文与具体仪式相结合，边做仪式边念诵，具有较强的实用性。神话传说部分则有较强的艺术性，是彝族诗性思维的集中展示。

丧葬上的经文都是口传的，而且是五言诗的形式，韵文的艺术性很强，想象丰富，运用大量的比喻，语言生动，用生活中常见的植物、动物作比，一连串类比之后，才点到主体。因此，经文中一个意思可以展开很多类比，既明白易懂，又充满感情。经文大部分是毕摩念诵，有一些以舅舅、外甥问答的口吻（由毕摩的助手代替）来抒发亲情，整个丧葬经文中充满浓郁的亲情。许多段经文的开始，毕摩都是以亲切的口吻呼唤死者来听，然后用抒情的言辞安慰死者，指点死者，诉说死者对子女的养育之恩，孝子对死者的思念之情，以及众人对死者的祭奠。毕摩规劝死者，活着时已完成了该完成的，应该安心地去死者该去的地方，护佑子孙。告诉死者，万物都要死，人老了也要死，世间没有不死者，让死者不用心有恐惧。整个丧葬仪式，都是为了舒缓失去亲人的悲伤并表达对亡者的悼念之情的。"情感起初伴随仪式，后来，人们为了追求仪式而产生的情感重复和发展仪式。人类成为仪式方面的艺术家。"①

五、五街镇现在的丧葬仪式过程

南华县五街镇迤黑地村李炳胜②毕摩也给笔者简要讲述了他主持的一个丧葬仪式过程，可看作现在毕摩主持丧葬仪式的简化程序：

人刚死时需捏死一只小鸡，给死者做伴。

（一）扫棺

死者装棺前要扫棺，毕摩要念诵经文，经文大意：一扫天煞出，二扫地煞

---

① A. N. 怀特海著，周邦宪译：《宗教的形成：符号的意义及效果》，贵阳：贵州人民出版社2007年版，第4页。

② 李炳胜，男，1970年生，彝族毕摩。

出，三扫年煞出，四扫月煞出，五扫日煞出，六扫时煞出，死人进，活人出。

（二）装棺

死者里面穿平时的两套衣服，外面穿两套长衫，三套女儿拿回来的长衫，穿不完的放棺材里，盖棺材盖。

（三）停丧

整个停丧仪式伴随着相应的经文念诵：

（1）念《找毕摩经》。

（2）死亡的来历经。大意是：一年十二个月，年三十晚上洗脚扎红线（手上中指，手腕）不会被鬼牵去。吃完晚饭扎红线，死人去拜神（供在楼上的家神），上到楼梯一半就狗叫起来（亲戚三十不来），就是天上地上的抓鬼的来，他红线不扎就被当鬼抓去了。别人只吃完饭扎了红线就睡了，狗叫是阴差来了。

（3）泼水饭给鬼，家里就无野鬼。

（4）天地日月来历、洪水故事、葫芦传人故事。

（5）死者从出生到85岁时的成长历程。从小到大，父母养育到3岁可以赶集，7岁跟父母放牛，13岁学做活计，25岁喜欢玩跳歌，37岁成家，生儿育女，49岁儿女长大了，61岁有孙子，带孙子，家由儿媳妇管，73岁孙子大了，就是闲着在家里，85岁，种麦子黄了，鸟吃了，老人赶鸟，烧麦子吃，不熟就吃生了病，儿媳妇找不着药医他，所以他死了。

（6）天要亮了，毕摩给门槛外面摆饭、肉、酒各一碗，摆着给死者吃。

（7）天亮找灵牌，毕摩带着孝子到山上找松树或者金竹做灵牌。毕摩做灵牌，刻成人样，灵牌放楼上。

（8）棺材树从哪里来？天上王母撒下来。棺材木：小孩用松树，老人用罗汉松树。

（9）死人活人分家仪式，所有东西平分（象征性地），死人活人分开，阴阳分开，松树数根也分给死人。

（四）出殡

（1）念《指路经》。指完路出殡，棺材放院子，八个人抬出去，送葬时前后都有人走，多数走前面。

（2）念经把死者交给土主，死人由他管。

（3）扫墓坑，祭辞跟扫棺时一样。

（4）下葬念的经文与钉棺时一样。

下葬后毕摩告诉死者：草皮是他的碗，石头是他的门，地上点香围一圈是他的地盘，毕摩用鹰翅向天上比画到的地方就是他的天空。

（5）出殡回来时，毕摩叫死者的魂，叫其回来保佑家庭和六畜，回来后，从坟叫到灵牌位。丧葬仪式结束。

满一月时上坟，拿只鸡，主人家和毕摩去，也有的自己做，不叫毕摩，到坟上毕摩念诵经文，交代完死者，才在坟前杀鸡。

满一年的仪式与满一月时一样。

三年脱孝，所有亲戚都来，脱孝要念一晚上的经，仪式隆重，杀羊、杀鸡，孝子在坟前跪着。经文有：①孝布哪里来；②剪孝布；③七天洗孝布，孝布是死人的花，讲十二个月的花，要三年花（孝布）不戴，经念完了烧孝布，毕摩指挥着磕头（三次），脱孝，孝子白布换成红布（黑布也行）。舅舅帮孝子脱孝，戴孝时也是由舅舅帮孝子戴，孝布烧坟前，整个丧葬仪式结束，之后就没有固定的具体仪式了。

彝族的丧葬仪式在今天依然是十分隆重的，仪式过程较为繁复。死亡是任何民族都重视的，里面渗透了该民族传统文化的主要元素，它不会随时间的流逝而轻易发生根本性的改变。

第二节　喽底祭祀仪式

喽底祭祀仪式是南华县五街镇彝族原始宗教信仰中最盛大的祭祀活动，每年农历九月的第一个属虎日，当地彝族都要举行祭祀喽底神的仪式。

一、仪式过程

喽底祭祀仪式应该是当地彝族原始宗教与道教斗争妥协而产生的集宗教信仰与原始巫术于一体的驱邪活动。

仪式过程大致是：祭祀时间是每年农历九月的第一个属虎日，以自然村或者宗族为单位进行，惯例是由六户或者九户牵头组织，根据一定的顺序循环轮流。组织者中又会推选一位组织能力较强的担任理事负责各种组织协调工作。仪式过程是比较复杂的，所念的经文也比较多，如创世神话、洪水神话、兄妹婚神话、死亡来历神话等都在此仪式上念诵。祭祀的对象是用泥土做成的孕妇形象，在其头和脖子里事先装进羊血，肚子也装进羊的肚杂，仪式中毕摩边念经文边用法刀砍泥塑像（当地俗称"泥大肚"），使其血流淌出来，用鹰爪把肚杂抓出来，把它和木制的"四眼鬼"一起砍碎，表明魔鬼被杀死了，毕摩念《指路经》让他们回到他们应该去的地方，别来作祟。参加祭祀仪式的人也以自己家庭的人数，用树枝做相应数目的筷子交到祭坛前，毕摩把筷子捆起来打向邪魔，表明村子里所有人都参加了驱邪仪式，使其不敢回来危害村人及家畜、庄稼。

二、祭祀喽底神时毕摩吟诵的《请神经》内容

《请神经》内容要点如下：

今天日子好，某村全村民，全村各姓氏，齐聚喽底堵。九月属虎日，虎日来祭喽，虎日来献祭，祭荣华大会。

请灵光灵英，请观音玉皇，请王母老君，请八神八仙，请五皇九皇。请十二大将，请十方十万，请十方雷祖，请南斗北斗，请东斗西斗，请十八罗汉，请嗜酒都司，请天公地母，请地脉龙神，请走马皇帝，请何大力神，请二十四孝，请二十八宿。大理鸡足山，云南五华山，四川峨眉山，南京紫金山，南海普陀山，五方的诸神，诸神都请到。

某氏全族人，九月属虎日，祭荣华大会。请某氏祖神，请某氏祖灵，请后房土主，请水锁财神，请龙神福神，请山神土地，诸神都请到。

我是某毕摩，吾氏的鼻祖，吾氏的鼻神，请毕摩祖师，请十二鼻祖；请带路祖师，请通信祖师，请批方祖师，请女娲祖师，请孟王祖师，请开化祖师，请太子祖师，请普安祖师，请五帝祖师，请三皇祖师，诸神都请到。某村的村民，某氏的族人，九月属虎日，祭荣华大会，真心诚意祭，礼牲在前，回熟在后。

请到天上神，请到地上神，请到五方神，又请诸邪魔，请喽颇喽嫫。喽从哪里起？喽从哪里来？活人遭不幸，活人遇凶兆，不幸附身上，凶兆压垮身，去世赴阴间，腊月三十日，三十年尾街，三十卖不幸，不幸卖掉后，轻松赴阴间，不幸留世间，不幸变成喽，祸害人世间。喽从这里起，喽从这里来。

为人丁清吉，为六畜兴旺，为五谷丰登，为子孙满堂，天神地神来，山神土地来，鼻祖鼻师来，祭荣华大会，祛邪除瘟病。

造天造地，彝语称"门跶咪跶"。彝族各地方都有开天辟地的神话传说，

南华县五街镇、天申堂等地的创世神话认为：陆诺儿造天，奢尼女造地；金柱银柱做天架子，白鱼黄鱼做地底子；造天的伙子贪玩，嗜酒，把天造小了，造地的姑娘勤劳、敬业，把地造大了，天小地大，天盖不过地；栽藤树让藤蔓来缩地，大地缩回来了，出现了山川河流，拉天来盖地，天地相合了；造天天通洞，造地地通洞，用马刺根、三角刺做针，蜘蛛网、糯米草做线，云彩补天，地瓜叶补地，天地补好了。天地形成后，人住天地间，盘田种地，驯养牲畜，繁衍后代，而喽颇喽嫫没有自己的天地，常在人世间游荡，危害人类，毁坏庄稼，伤害牲畜，致使村民、族人受灾受难，粮食歉收，牲畜损失。喽底祭神，毕摩吟诵"造天造地经"，为喽颇喽嫫"创造"一个"新天地"，并将其驱往"新天地"，以免滞留人间，继续危害村民。

毕摩手持法器，面向祭坛，摇铃吟唱道：

喽颇喽嫫你，你们要新天，你们争新地，谁来造新天？谁来造新地？陆诺儿三个，他们来造天，奢尼女三个，她们来造地。造天怎么造？造地怎么造？金柱竖三根，银柱立三根，撑起天架子，有了造天处。开始造天地，奢尼勤造地，一天虱蛋大，一夜虱子大，一天又一天，一夜又一夜，边造边增大，两天鸡蛋大，两夜棒头大；越造越宽大，有了筛子大，有了簸箕大，有了揽筛大，有了晒场大，九牛耕的地，有了那么大；越造地越大，地盘造大了。造天的陆诺，一个嗜好酒，一个喜好茶，一个爱赌玩，嗜酒的酒醉，好茶的茶晕，爱赌的贪玩，造天窄又小。拉天来盖地，天盖不过地。造天的儿子，对造地女说：地面栽草木，如果无草木，大地会开裂。

地上栽藤树，青藤爬九山，青藤蔓九箐，藤蔓来缩地。山中穿山甲，请它来打洞，九山打九洞，藤蔓爬九山，藤蔓穿九洞，拉扯藤蔓根，大地缩回来，有山又有河，形成大小山，形成大小河，大小山连绵，山山有垭口。

造天天通洞，造地地开裂，没有补天布，没有补地布，天上白云彩，用云彩补天，地上地瓜藤，地瓜藤补地；没有缝天针，没有缝地针，箐里马刺根，缝天有一针，地边三角刺；没有缝天线，没有缝地线，高处蜘蛛网，可做缝天线，地上糯米藤，可作缝地线。栽藤缩大地，大地缩回来，天就能盖地，天地相合了，天地补好了。喽颇和喽嫫，缝地有一针；你们有新天，你们有新地，你们居新天，你们住新地，不要来世间，危害人畜粮。

造日造月，当地彝语称"奔巧兄巧"。日月神话传说为：彭祖造日月，太阳造九个，月亮造七个，结果九天天不黑，七夜天不亮；麒麟吞食日月，剩得一日一月，太阳躲到东海洋，月亮藏到山背后；初一接太阳，十五迎月亮，日月接回来，太阳胆小又怕羞，晚上不敢走，白天也要用金针银针刺人眼，月亮晚上走，据毕摩讲，"造天地"和"造日月"本可以在一个祭祀仪式上一起吟诵，但为了强调天地间日照月明和季节的重要性，让喽颇喽嫫更加喜欢新天地，就分成两个仪式进行。毕摩吟诵《造日月经》，目的在于让喽颇喽嫫更加喜欢为其"创造"的新天地，有天有地，又有日月点缀，与人世间无异，何必滞留世间危害人类呢？

助手插香燃香，献上祭品。毕摩手持法器，面向喽神座，摇铃诵道：

喽颇喽嫫你，有了新的天，有了新的地，天上无太阳，天上无月亮，地上无阳光，地上无月照，还要造日月。

谁来造太阳？谁来造月亮？彭祖造太阳，彭祖造月亮，太阳造九个，月亮造七个，九日轮流出，不到九天时，天就不会黑；太阳出九天，轮到月亮出，七月轮流出，不到七晚上，天就不会亮。九天天不黑，七夜天不亮，不分早和晚，不分昼和夜。陈抟这儿子，上山挖生地，七代不锄地，九载不耕地，他在地中间，手挂锄头把，站着打个盹，嘴里雀筑巢，已孵九窝鸟，锄柄被虫蛀，一动成灰粉，散落到地上，脚背地瓜爬，指间结瓜果，只是打个盹，就已八百年，时过这么久。

九日和七月，天上轮流出，不分年和月，不分月和日，不分昼和夜，做弓又制箭，要去射太阳，要去射月亮。

盘古分天地，一年十二月，大年十三月，小年十二月，每月三十天，月大三十天，月小二十九。七月做准备，八月去撵山，九月撵獐子，撵獐不出獐，撵獐出麒麟，麒麟吞太阳，麒麟吞月亮，吃剩日一个，日躲东海洋，月避山背后，不敢再出来。

初一是朔日，十五是望日，朔日接太阳，望日接月亮，日月接回来。月亮就说道：一个晚上走，一个白天走。太阳回答说：晚上不敢走，白天我害羞。月亮又说道：若是怕害羞，金针送三束，银针送三束，人家来看你，金针刺眼睛，银针刺眼睛。月亮晚上走，太阳白天走，夜晚有月亮，白天有太阳。喽颇和喽嫫，有了新太阳，有了新月亮。

喽颇喽嫫你，有了新天地，又有新日月，你去居新天，你去住新地。

洪水滔天，彝语称"夺衣涌纳衣租"或"竖秃呢"。当地洪水神话梗概是：猎人下野鸡扣子，套住了下凡试探人心善恶的窝梭列笃神，麂子、猎狗、猎人都不愿帮其解开套绳，窝梭列笃神又变成鱼来试人心，也被剖腹烹食；只有伏羲和女娲兄妹俩心地善良，天神赐予葫芦籽，教兄妹俩种瓜住瓜房，躲过洪水灾害；洪水过后，观音找到葫芦，打开葫芦接出两兄妹，种五谷，养六畜，人烟旺起来，万物兴起来。喽底念《洪水经》，追溯世间万物的来源，有牲有粮献祭喽颇喽嬷。

助手插香燃香，献上祭品，助手鸣锣，毕摩面向祭坛，摇铃诵道：

栎木做扣公，橡木做扣母，箭竹做扣舌，麻绳做套索，上山下扣子，下河支扣子，下扣套野鸡。风吹扣子弹，水冲扣子跳，野鸡没扣得。重新想办法，用铁做扣公，用锡做扣母，用铜做扣舌，铁链做套索，山头下扣子，山腰下扣子，山脚下扣子，河边支扣子，野鸡没套得，扣着一巨物，套住一巨物，窝梭列笃神。

七月做准备，八月去撵獐，撵獐不出獐，撵獐出麂子，麂子往前逃，经过窝梭前，跑过列笃旁，窝梭求救道："阿哥麂子你，请帮我解扣。"麂子回答道："我后猎狗撵，再后猎人追，无暇帮你解。"麂子过去了，猎狗就来到："猎狗阿哥你，请帮我解扣。"猎狗回答说："前有麂子逃，后有猎人跟，无暇帮你解。"猎狗过去了，猎人又来到："大哥猎人你，请帮我解扣。"猎人回答道："前有麂子逃，前有猎狗撵，要跟猎狗走，要去撵麂子，无暇帮你解。"猎人也走了。

窝梭列笃想，人心很不好，又变一条鱼，继续试人心。话说一郎儿，上街去卖柴，上街去买菜，买回一条鱼，拿刀剖鱼腹，鱼儿淌眼泪，不敢杀鱼儿，不敢剖鱼腹，放了鱼儿走。

窝梭变麒麟，麒麟回天上，窝梭变鱼儿，鱼儿回东洋，麒麟告天状，鱼儿告地状；地上的凡人，凡人心不好，凡人不能留，若把凡人留，麒麟将被杀，鱼儿要被剖，地面莫留人。

地上的凡人，还有好人吗？地上有好人，好人有两个，伏羲和女娲。窝梭列笃神，三颗葫芦籽，送给他们俩，并且告诉说：二月初八日，赶快种葫芦，七月十四过，八月十五到，洪水要泛滥，洪水要漫天，你们两兄妹，躲在葫芦里。

洪水暴涨时，有人在喊道：行了，行了。有人却说笑：还不够泡田。洪水漫山顶，虾子吃松叶，洪水漫到天，大鱼摘星星。富贵的人家，打的金柜子，打的银柜子，打的铜柜子，打的铁柜子，统统沉水底。伏羲和女娲，躲在葫芦里，葫芦随水漂，葫芦随水涨，水漫到山顶，葫芦落山顶；洪水退下来，洪水归低处，山头露出来，葫芦随水降。

洪水过去后，观音老母她，骑着神龙马，下凡找人种。

骑马到河底，看见一堆物，疑是碎麻秆，原是人骨头，疑是河青苔，原是人心肺。骑马往前走，遇见土甲蜂，就问土甲蜂："土蜂，土蜂，是否遇人种？"土甲蜂答道："没有遇人种，如果遇见了，我就蜇死他。"观音很气愤："你是凶残蜂，挨鞭打的蜂。"顺手抽一鞭，打蜂成两节，土蜂成细腰。骑马往前走，遇见葫芦蜂，就问葫芦蜂："是否见人种？"葫芦蜂答道："人种我没遇，如果遇见了，我就蜇死他。"观音极气愤，马鞭抽蜂子，打蜂成两节，蜂子成细腰，并且咒骂道："你是恶毒蜂，冬天眠地下，春天才起来，养儿倒着养，吊在半空中，人种找到了，点火来烧你。"骑马往前走，遇见细马蜂，问问细马蜂："是否遇人种？"细马蜂答道："人种没有遇，若是遇人种，我用丝绵包，我已儿满堂，让人过寒冬，可惜没遇人，可惜没见种。"观音心欢喜，封赠细马蜂："你是好蜂儿，冬天你不眠，春天你不死，丝绵你做衣，冬春养育儿。"

观音老母她，继续往前走，遇见小蜜蜂，问问小蜜蜂："是否遇人种？"蜜蜂回答说："没有遇人种，如果我遇见，我要好好帮，帮舔脚背汗，帮舔手背汗，人种我喜欢，可惜没遇见。"观音心欢喜，马上封赠道："你是好蜂儿，你住树筒里，养儿横着养，挨着人家住。"

观音老母她，骑马继续走，遇见小棉蜂，就问小棉蜂："是否遇人种？"棉蜂回答说："我也不知道，在那打草山，河边杨柳下，有一大葫芦，里边嗡嗡响。"观音老母她，急忙找着去，果然是人种，人种找到了，伏羲和女娲。

葫芦漂水中，观音老母她，要来捞葫芦，请鹰来帮忙，鹰爪抓葫芦，鹰爪抬葫芦，抬到岸边上，老鹰帮大忙，自从那以后，老鹰不吃草，专吃禽兽肉；葫芦口封蜡，封蜡打不开，要开葫芦口，喜鹊来啄开，喜鹊帮大忙，自从那以后，就称它喜鹊，人人爱护它，不兴打喜鹊；要开葫芦腰，谁来打开它，老鸦开腰口，开出牛羊种，老鸦帮大忙，自从那以后，老鸦闲牛背，任其在牛身；要开葫芦底，谁来开底口，老鼠开底口，开出五谷种，老鼠帮大忙，自从那以后，田间不打鼠，任由它尝新。

人种找到了，人烟旺起来，万物兴起来。今天来喽底，找来各神枝，壮牲祭献神，五谷敬献神。

树木来源，彝语称"西示鲁洼"。其内容梗概是：远古的时候，天干干三年，动物被晒得干渴萎缩了，草木全被晒死了；后来，伏羲和女娲从鸥鸪嗦囊中取得树籽，撒到山上，树木才多起来。喽底诵《树木来源经》，目的是为喽神寻找"最好"的板材，以及描述了各种树木在生产生活和祭祀活动时的使用习俗。

燃香，供祭品，鸣锣，毕摩面向神坛，摇铃诵道：

喽颇喽嫫你，某村全村人，某氏全族人，来到山顶上，今天来祭敬。喽颇喽嫫你，硬是要好木，硬是要好材，普安的徒弟，某氏毕摩我，要木给你寻，要材给你找。

树木哪里来？伏羲和女娲，他俩来种树。树种哪里来？话说从前事，天干干三年，天旱旱三年，动物被晒缩，牛有多衣大，羊有杨梅大，草木全晒死。鹧鸪吃树籽，老鹰叼鹧鸪，树籽鹰不吃，树种得留下。伏羲和女娲，鹧鸪嗉囊中，取得了树籽。树籽撒山上，左边撒三把，右边撒三把。九月霜降过，冬雨下三场，正月立春后，春雷响三声，春雨下三场，树籽发芽了，树苗长出来，树木长成林，树种多起来。

有了树木后，又要找好木，又要找好材。房后柏枝树，柏枝是好枝，帝王用的木，官员用的材，与喽没有缘；坡上枸椒树，枸椒是好树，砍做牧羊棍，与喽没有缘；阳坡黄栎树，黄栎是好树，砍来做犁弯，与喽没有缘；山阴青冈栎，青冈是好树，砍来做犁底，与喽没有缘；阳坡锥栗树，锥栗是好树，砍枝喂牛羊，与喽没有缘；深箐樱桃树，树也长得直，凶死用的树，与喽没有缘；七月立秋后，松叶渐渐落，松树是好树，短命用的木，夭折用的材，与喽没有缘；路边枋香树，枋香是好树，奠土用的树，与喽没有缘；山中杉松树，杉松是好树，老人用的树，与喽没有缘。箐底塞闷西（彝语：一种乔木），树干直标标，塞闷是好树，那是喽颇树，那是喽嫫树，喽底用的树，与你有缘分。

喽颇喽嫫你，要木得好木，要材得好材，插枝有好枝，得到好神枝。

寻药，彝语称"柒中"。有了草木，人们通过实践，对各种植物的功能逐步有了认识，发现有些植物可以当药用，减轻人们的疾病痛苦。为村民解除病灾困扰，毕摩念《寻药经》，让喽底神不要来为害村民，祝愿村民安安康康，不要有灾难。

燃香，供祭品，鸣锣，毕摩面向神坛，摇铃诵道：

远古的时候，伏羲和女娲，山上撒树籽，箐中撒草籽，草木长起来，草木多起来。十二座高山，十二条深箐，山中长草药，箐中长草药，百种百味药，采制配成方，上千种药方，可以当药用，可以来治病。

可有不死药？可有不疼药？百种百味药，上千种处方，都是不疼药，不是不死药。传说古时候，黄芪有三棵，人参有三棵，还有一种药，那是不死药，那是不疼药，人人去采挖，头疼也去采，肚痛也去挖，黄芪和人参，跑到皇陵上，谁也不敢挖。

　　话说有一儿，名字叫梭珍，不幸患麻风，生怕传他人，不让其住家，梭珍到山上，常住松树林，住旁出清泉，林中一蟒蛇，常来喝泉水。梭珍这郎儿，想到一主意，捡来马蹄铁，找把镰刀来，铁蹄磨锋利，镰刀磨锋利，埋在蛇路口，支在蛇路上，蟒蛇来喝水，蛇肚被划破，从头划到尾。梭珍杀母蛇，剖腹又剥皮，公蛇匆匆到，向他请求道：蛇肉随你吃，蛇油任你搽，蛇骨莫拆散。公蛇到皇陵，采来了黄芪，采来了人参，然后找一药，把它采了来，喂给母蛇吃，搽在蛇骨上，母蛇活回来，公蛇领母蛇，领着回去了。梭珍吃蛇肉，梭珍搽蛇油，治好麻风病，拔起"不死药"，带上了人参，带上了黄芪，他就回家了。回家的路上，路边遇死狗，看看狗肚子，肚内无脏腑，捏了一团泥，放进狗肚子，药搽狗身上，死狗复活了，把狗带回家；路上见死马，死马无脏腑，捏坨稀泥巴，放进马腹腔，药搽马身上，死马变活马，把马赶回家。

　　找到"不死药"，摘下数片叶，就把不死药，锁进柜子里，吩咐母和媳，不许开柜子。吩咐好家人，"不死药"叶片，人参和黄芪，骆驼驮着药，出门去行医，上街去卖药，医好许多人，救活许多人。其母在家中，由于很好奇，打开柜子看，刚好是十五，月明月圆夜，"不死药"飞出，飞到月亮里，变成梭罗树。梭珍去行医，行医到天上，独儿在家里，病重而死亡，若有不死药，三天内可救，没有满三天，尸体已火化。梭珍赶到家，独儿的尸体，已经烧一半，半身已成灰，成灰无法救。梭珍极悲愤，救儿心又急，就把"不死药"，人参和黄芪，投入火中烧；儿子没救活，"不死药"烧了，从此地面上，只有医病药，没有不死药。阿哇大街上，三百六十户，不卖药三家，初一和十五，大年三十日，三日不卖药，只卖不疼药，没有"不死药"。

　　喽颇喽嫫你，你找不死药，这药找不到，你死变成喽，不能怪他人。某氏毕摩我，为你采献药，你去你居地。不要再害人，不要再害畜，不要再害粮。①

　　这些经文中的神话内容，与丧葬仪式上的内容大同小异。

三、关于喽底神来历的民间神话故事

　　喽底祭祀活动中祭祀的对象被塑造成一个孕妇形象，对此形象的来历，

　　① 此仪式的具体过程及念诵经文可参见罗宗贤：《南华史苑》（一），香港：世界文献出版社2010年版，第81－114页；《喽底——驱邪祛秽——南华县五街镇彝族罗罗颇喽底祭礼习俗纪实》，调查整理：李福云、罗有俊、罗宗贤；祭辞翻译：罗有俊；审改：朱琚元。本文中《请神经》的材料参见该书第86－99页。

民间神话故事中有多种解释。

在丧葬经中神话的解释是：

　　洪水退去后，世上无人烟，只剩两兄妹，伏羲和女娲。观音老母她，吩咐两兄妹，兄妹结成亲，成亲传人烟。兄妹不愿意，死活不成亲。不愿怎么办？就得想办法，这山烧堆火，那山烧堆火，火烟飘起来，两股火烟起，人烟接拢来；一股黄火焰，一股红火焰，火焰蹿起来，火焰接拢了，这是天意啊，你们要成亲，兄妹不同意。这山滚簸箕，那山滚筛子，滚到山脚下，簸筛合拢了，滚成一整套，这是天意啊，你们要成亲，兄妹不同意。这山滚上磨，那山滚下磨，滚到了箐底，上下合拢来，滚成一盘磨，这是天意啊，你们要成亲，兄妹不同意。兄妹逃跑了，经过一条河，兄妹来洗澡，哥在上游洗，妹在下游洗，洗过到山上，山腰有炭窑，窑中住下来。是谁先知事？乌龟先知道，脚跟蹬三下，兄妹成了亲。生儿又育女，儿子生九个，女儿育十个，九儿配九女，配成了九对，剩得一小女。九对各生九，九九八十一，九十九个人，要做百家姓，加上一窦姓，形成百家姓。剩得那小女，变成孤魂鬼，喜事她来吵，喜事要祛邪；白事她来闹，白事驱邪鬼；病灾她带来，有病送鬼神，邪秽从这起。有时害庄稼，有时害六畜。九月属虎日，喽底祭农神，驱除泥大肚，交还四眼鬼，让她去成家，莫来害粮畜。①

　　剩得一小女没有婚配，化为邪祟，有时害庄稼，有时害六畜，所以要举行仪式让其婚配，交还四眼鬼，让她去成家。喽底邪祟是兄妹婚的后代小女儿没有婚配而变成的。这里体现的是彝族传统哲学中阴阳相配才能和谐的观念，与道家的思想也是一样的。

　　大平地村的彝族毕摩周开增讲到喽底邪祟，是十八罗汉中有两个回不到天上去，这两个罗汉的两碗水洒了，就害庄稼。所以要举行仪式驱邪。

　　罗仕荣毕摩讲述的喽底传说是现在民间对此仪式的又一种叙事性较强的阐释：

　　从前有一家人，父母让兄妹俩去提水，葫芦底钻一个洞，兄妹俩总是打不满葫芦的水，花了很长时间，一只鸟就叫："葫芦底通了，葫芦底通了。"哥哥生气，捡起石头打鸟，把鸟的腿打断了，鸟说："你把我的腿接起来，我把你葫芦底的洞补起来。"于是哥哥用树枝绑在鸟的断腿上，鸟拉了泡屎在葫

---

①　楚雄彝族文化院内部资料：《祭奠经——南华彝族罗罗颇丧葬口传祭辞》，主诵：普兆云；翻译：罗有俊；搜集整理：李福云、罗有俊；审改：朱琚元，第34页。

芦底上，把洞填上。兄妹俩提着葫芦水回到家，发现父母不在了，留了一碗水给他们喝，他们生气不喝，并把水倒在外边的鸡、犁身上，鸡升上了天，成为天空的鸡窝星；犁也升上了天，成了天空的犁头星。兄妹俩知道父母升天了，于是到处跑着寻找父母，他们跑了很多很多天，走了很多很多路，最后爬上了最高的山顶，认为那里离天近，从那里可以爬到天上见父母，他们终于因劳累而死，没有到达天上。于是他们的魂化作怨鬼，回到人间祸害庄稼及家里的禽畜等，因此每年要到高山上举行仪式驱鬼。

此故事有几个核心要素：

兄妹俩：他们升不了天化为害人的怨鬼，与洪水神话中兄妹俩是对立关系。彝族洪水神话中的兄妹是传人种的共同始祖，此故事中却变为危害庄稼、牲畜、人的厉鬼。化为邪祟的原因是没有升天而产生的怨恨所致。

葫芦：洪水神话是传人种的宝器，洞口是人出来的口。此故事中葫芦底洞口却是导致兄妹俩接不满水的原因，也就是兄妹俩成不了仙的原因。

水：兄妹俩是去提水而与父母分开，又是因误把父母留下的神水泼了，失去升天的机会而化为厉鬼的。故事中的神水也应当是与洪水神话中的洪水相对应的。

喝水成仙升天的故事在道教中是常见的母题，鸡犬升天的故事也是道教中广为流传的母题。

广为流传的洪水神话中的葫芦（母体、女性原型）成为仪式中被众人残酷砍杀的对象，真是耐人寻味。仪式中的泥大肚形象是魔鬼的象征。泥大肚的原型也应该是葫芦，大肚的形态是孕妇形象。耐人寻味的是，罗仕荣的爷爷让他不要去做此仪式，认为做了不出三年就会死，是否代表了原始宗教与道教的冲突？原始神话中的葫芦（孕妇）成了被驱逐砍杀的魔鬼，毕摩认为如果自家的祖神法力不够，主持此仪式就会死，只有自认为祖神法力足够强的毕摩才敢去主持此仪式。此仪式的传说中，不能升天成为此邪祟产生的直接因素，似乎道教的成仙故事是导致此魔鬼产生的原因。驱除恶鬼也要法力强的毕摩来主持，而且仪式中来参加仪式的所有人都要把筷子捆起来象征性地去打泥大肚，去告诉她所有人都打她了，让她不要来危害村里人。也就是要毕摩的法力再加上参加仪式的所有人的力量才能对付得了此鬼，可见人们对此鬼的恐惧程度。仪式中把女性形象作为邪祟形象来驱杀，这个女性形象也应该是男性话语背景下产生的宗教阐释，也可以从中看到人类社会发展变迁的朦胧影像。"在宗教的这一原始阶段（由仪式和情感所支配的），人们所面对的实质上是社会现象。当全社会维系于同一仪式、同一情感时，仪式显得尤其威严，情感变得特别活跃。于是，集体的仪式和集体的情感，其作用便得到确定，成为维系诸野蛮部落的力量之一。它们成为精神生活的第一线曙光，表明精神生活已得到升华，精神不复只专注于满足身体需要的任务。但是，反面观之，宗教已复堕落，变为了社交活动。"① 今天的祭祀活动更多的是一种社交活动了，现在罗仕荣他们村基本上是自发地去祭祀。

喽底仪式在最高的山头举行，道教道士的修炼在山中，山也是宗教中的通天柱，传说中两兄妹故事（父母升天）想升天，跑到高山上，高山离天近，也有祭天之意。

此仪式融汇了道教的观念和原始宗教的观念，仪式的方式是原始宗教的，两种观念形态是互渗和冲撞并存的。此仪式把升天成仙的道教思想、原始宗教与道教之间的矛盾等用符号、故事的形式展示在参与者的活动中。"宗教意义的与众不同的本性，并不简单地在于一个事物可以在观念上被视为另一个事物的表现；意义不仅像红灯表示'停止'或者像百合花的意象表示纯洁那样是外延的。宗教比认知再现独特得多的地方，在于意义和符号的参与性。宗教符号和宗教话语不仅简单地表示某种东西，它们还是说话和做事——而在说话和做事的时候，它们还改变人的感觉，以其独有的力量增强日常世界的氛围，使人感觉到神的显现，用义务把参与者约束起来。宗教语言的目的不仅在于表现一个世界，而且还在于把一个世界表演出来。神性是通过语言、故事、意象、建立圣地和神圣时刻等等而被表演出来的。"②

丧葬仪式和喽底祭祀活动的经文中，可以看到史诗《梅葛》中神话的主要内容，尽管某些母题有细微的变化，神灵名字也有差异，但其核心母题是一致的。创世神话、洪水神话、死亡神话、事物来源的神话在这些重要的仪式上都要由毕摩进行讲述，是毕摩主持仪式经文的核心构成部分，当然也是彝族史诗《梅葛》的核心内容。

彝族毕摩对史诗《梅葛》神话的仪式化演述具有较强的神圣性和传统的规定性，正是仪式化的演述场域使史诗中神话的内容与宗教信仰相结合，其神圣性保证史诗传统的稳固性，使其内容的变异性不大。仪式的庄严性使史诗的演述往往采用吟诵的方式，音乐性不强，缓慢的声音突显出仪式的严肃性；歌手对史诗内容的演唱，主要是在一些喜庆的仪式上，往往采用对唱的形式，音乐性较强，较为欢快，歌手世俗性的演唱内容变异性也相对较大。

---

① A. N. 怀特海著，周邦宪译：《宗教的形成：符号的意义及效果》，贵阳：贵州人民出版社2007年版，第5页。

② 佩顿著，许泽民译：《阐释神圣：多视角的宗教研究》，贵阳：贵州人民出版社2006年版，第98页。

第四章 彝族创世史诗的传承方式
——以《梅葛》为中心

彝族史诗以彝族宗教活动的祭祀辞为核心,大致分为口传和文字传承两种,毕摩经的传承也是分为口传和文字传承两种。在著名的彝族四大史诗中,《查姆》《勒俄特依》保存在彝族文字传承的毕摩经中,《梅葛》《阿细的先基》则是口传的经典。下面我们以口传史诗《梅葛》为例来探讨彝族史诗的传承方式。

梅葛的传承与民俗环境和民间演唱习俗有密切的关系,它的文化传承场域在原始宗教的各种仪式上和婚丧礼俗以及各种娱乐场合。梅葛传承方式是口耳相传,毕摩在梅葛的神圣性传承中起到重要的作用,原始宗教是梅葛生存的土壤,梅葛是它的表达系统,毕摩是二者结合的媒介。歌手在梅葛的世俗性传承中起到重要的作用,他们使梅葛与人们的日常生活结合起来。可以说,毕摩传承的梅葛是人们宗教信仰的载体,歌手传承的梅葛是人们日常生活礼仪及娱乐交往的表达方式。

第一节 口耳相传的传承方式

与其他许多民间文学一样,梅葛的传承方式属于口耳相传。梅葛广义来看是一种史诗演唱传统,它没有文字的记载,毕摩、歌手皆是靠耳听心记史诗的内容曲调,在各种表演场域反复演练,形成"大脑文本"。他们对史诗的演述往往与某些仪式粘连在一起。不同的仪式是不同的语境,由不同身份的人(歌手、毕摩)用不同的曲调演述相关的内容,表达不同的情感。《梅葛》与彝族的其他几部史诗《查姆》《阿细的先基》《勒俄特依》一样,都可归入"以传统为取向的文本",它们与彝族传统文化有密切的联系。除《勒俄特依》是四川凉山彝族的史诗外，其他几部都是云南彝族的史诗。试比较《梅葛》与《勒俄特依》的异同：

《梅葛》与《勒俄特依》的异同

史诗	内容分类	演唱者	演唱场合	传承方式	禁忌
《梅葛》	赤梅葛	毕摩	丧葬仪式及祭祀活动	师传（口传）	演唱场合不能混
	辅梅葛	歌手、毕摩	婚礼、日常生活	口传	
《勒俄特依》	黑勒俄	毕摩、歌手	丧葬仪式	师传（文字传承、口传）	演唱场合不能混
	白勒俄	歌手、毕摩	婚礼、日常生活	文字传承、口传	

从上表中可看出，它们的相似之处大于不同之处。最大的不同点是《勒俄特依》有彝文文字写定的文本，而《梅葛》没有文字写定的文本。

一、口耳相传传承方式的田野观察

彝族史诗不管是文字传承的还是口传的，在传承方式上，主要还是以耳听心记为主，2005 年 4 月 13 日笔者在四川凉山彝族自治州美姑县做《勒俄特依》的田野调查时，访谈了美姑县毕摩曲比尔日：

问：你会唱《勒俄特依》吗？
答：会唱。
问：你是怎么学会唱的？
答：有书，从小就背。
问：你参加过比赛吗？
答：二十多岁时经常参加，现在有些忘记了。
问：你参加比赛时看书唱吗？
答：不看。

歌手、毕摩在演述史诗时，是不会拿着书本去照着念的，特别是在较长时间的对唱竞赛中，他们依靠的主要还是"大脑文本"。

梅葛为什么没有文字记录，在云南省姚安县的马游一带流行的解释是：梅葛本来是有书的，在神把梅葛传给人的时候，人嫌书麻烦，就把书吃到肚子里了，所以马游的梅葛没有书，只有口耳相传。世间书有十二本，梅葛有十三本，比书多一本。民众用民间传说故事来说明梅葛无文字的原因，并以此来解释梅葛内容的庞杂。作为史诗的梅葛，本身就是作为毕摩的祭辞传承下来的。毕摩经的传承方式，分为文字传承和口耳相传两种。梅葛属于口耳相传的毕摩经，故无文字记载。梅葛的传承方式，由毕摩吟诵的内容，也就是史诗的核心部分，它的传承是严格的。一般是父传子（或侄），如果是传徒弟，据马游等梅葛流传地区的彝族老人说，弟子必须拜师，通过过犁头的仪式，方可传授。过犁头的仪式就是把一定数量烧红的犁头摆放在地上（一般是男九女七，现在毕摩一般是男的担任），上覆黄纸，毕摩边喷苦蒿水边念咒语施法，拜师者赤脚踩犁头走过，无烫伤者算通过仪式，可以正式拜毕摩为师，跟随毕摩学习。徒弟可参与做各种祭祀活动，熟悉相关祭祀仪式，背诵相关祭祀仪式的祭辞，边听边看边学。经过几年的学习，耳濡目染，口耳相传，出师后就可以主持祭祀活动，吟诵"赤梅葛"的内容了。否则，一般人是不能吟诵"赤梅葛"的。这种家传或正规拜师学艺的传承方式，应该是梅葛比较正规的传承方式，它与原始宗教的传承结合在一起，成为宗教信仰的一个重要组成部分。

梅葛从神坛进入世俗生活后，它的内容扩大，神圣的娱神功能退隐，多了世俗的娱乐功能，这样，民间歌手就出现了。民间歌手演唱不是家传，也无须拜师仪式，爱好者在各种喜庆场合的梅葛对唱中，多听多学，耳濡目染，通过口耳相传的形式学会唱，也有个别人会向唱得好的歌手请教，但不必正式拜师。歌手们除了在各种喜庆场合互相学习，提高自己的演唱水平外，还会到外村进行竞唱。据马游的老人们讲，以前，马游周边的左门、葡萄、三角等村的歌手到马游来，与马游的歌手对唱，马游的歌手们需全力以赴，若唱输了，需要办伙食招待对方。尤为重要的是，若输了，马游人会觉得很丢面子。因此，在对唱时，老歌手们会在一旁指导年轻的歌手，听众也会群策群力支持本村的歌手。这样的对唱有时可以进行几天几夜。年轻歌手在这样的场合，认真听，悉心学，慢慢地成长起来。马游麻古地村的罗学华（1966年生）是在当地唱梅葛调较有名的青年歌手。2001 年笔者对他进行过访谈。下面是其中的一段对话：

问：你拜过师傅吗？

答：没有。

问：你怎么学会唱梅葛的？

答：喜欢嘛，别人唱的时候就去旁边蹲着听。听多了，就会唱了。

问：多大喜欢梅葛的？

答：小娃娃就喜欢听。

问：你一般什么时候唱梅葛？

答：想唱就唱了。高兴难过都会唱。

问：你在哪儿唱梅葛？

答：不一定，山上做活、讨媳妇、有亲戚来都会唱。

二、神圣场域毕摩的师徒式传承

毕摩在彝族文化中出现较早。彝族历史上发展较早的一些部落，至少到公元前二、三世纪已进入奴隶制，彝族先民"开始踏入阶级社会的门槛时，'兹''莫''毕'三者，作为奴隶社会的统治机构中的代表人物，即已同时产生。'兹'彝语意为权力，是彝语部落古代最高的统治者，旧译为君。'莫'彝语意为长老，调解人，旧译为臣，或管事。'毕'是祭舞司，旧译为师，或巫或军师"。彝文古籍记载："君施令，臣断事，师祭祖。"① "古代彝族社会，大约从秦末汉初（公元前 205 年）到元朝初年（1279 年），这一漫长历史时期几乎大部分彝区都长期停留于奴隶制阶段，生产方式落后，精神文化单一。可以说，毕摩文化的思想体系之建构是在彝族奴隶社会各个历史阶段上原始崇拜诸宗教形式不断发展的过程中，尤其是在祖先崇拜发达并逐渐脱离原始崇拜多神信仰的杂芜混乱而日趋系统的过程中完成的。这种滥觞于彝族古代社会各个历史时期的原生宗教，作为一种集体无意识的文化积淀深埋于彝人的心理结构和传统观念之中，并为彝族古代社会君—臣—师三位一体的统治政权奠定了基础，对整个彝族文化的发展产生着巨大的影响和指导作用。"②

毕摩文化主要有三个来源：原始巫术如占卜、禳解、诅咒、盟誓、神判等；原始崇拜如自然崇拜、图腾崇拜、灵魂崇拜、祖先崇拜等，其中以祖先崇拜为核心，祖先崇拜的序列大致是图腾女始祖崇拜—母系氏族女性祖先崇拜、父系氏族祖先崇拜—部落祖先崇拜—家支宗族祖先崇拜—家庭近祖崇拜；汉族道、儒、佛文化的渗透。毕摩文化是彝族社会原生宗教高度发展的产物，作为一种宗教系统而言，在其泛灵论的思想体系中，万物有灵论和灵魂不灭观是其理论基石，祖灵信仰是其崇拜主体及其中心宗教形式，儒、释、道文化是其理论伸张的有力支点。但值得注意的是，毕摩文化在其兴起、繁荣到

---

①　余宏模：《彝族毕摩简论》，《凉山彝族奴隶制研究》，1981 年第 1 期。

②　巴莫曲布嫫：《鹰灵与诗魂》，北京：社会科学文献出版社 1999 年版，第 39 页。

鼎盛、发展的漫长历史进程中，始终以彝族人观念信仰中的泛灵观，"三魂说"和祖先崇拜为根本，立足于彝族自身的文化基石，建立起了一个趋于完整的宗教思想体系，而为彝族社会的各阶层所接受和认同，从而成为彝族传统的主体文化。① 毕摩的传承有家传和师传两种主要形式，家传以父传子为主，也有伯传侄的；师传也多限于亲戚中，如舅传甥等。毕摩的传承一般都有完整的系谱，传承的代数越长，祖神威力越强，法术也就越有效。毕摩的传承原则奉行传男不传女，以世家传承为主导，以非毕摩世家的传承为辅。② 司理祖先与后代关系的中介是毕摩，这就要求做祭祀的毕摩要身体完美，遵守毕摩的各种禁忌；出自毕摩世家；生辰八字与祖灵不冲克等。

毕摩是彝族原始宗教活动的核心，是彝族祖先崇拜的具体操作者和传承者，彝族的崇祖敬宗活动离不开毕摩。"毕摩的任务和使命不是帮助人们获得自身的解脱、灵魂的得救和死后进入天堂，而是通过与鬼神交流，帮助人们趋吉避凶，去祸纳福，实现五谷丰登、六畜兴旺、人丁繁衍、家族壮大的现实需求。为人们的生存和发展提供一种信仰和精神上的支持和满足。"③

彝族的祭祀仪式很多，规模因祭祀对象的不同而大小不一，平时生病或家里有不吉利的事发生都要驱鬼，最大规模的隆重祭祀仪式是与祖先有关的祭祀活动。每种仪式都有相应的经文，经文以述源的方式讲述祖先、神灵、仪式的来历，每次仪式毕摩都会呼唤祖神毕摩及各种神灵来助阵，对仪式的内容要讲明来历。毕摩必须熟记各种仪式的经文，不能混用。如在《驱鬼经》中开头就说彝族居住的地方都有毕摩在作毕，不容许鬼怪的存在，接着讲鬼的起源变化，毕摩如何制伏鬼怪等。④

与丧葬和祭祖有关的大型祭祀仪式往往是由多个毕摩合作而完成的，虽然有一个主要的诵经文的毕摩，但往往还有不少毕摩参加。彝族的祭祖大典中要颂上百部的经文，每一道程序都有相应的经要诵。作为毕摩经典的史诗《梅葛》，其内容也是固定不变的，它只能在一些特殊的具有神圣性的祭祀仪式上进行吟诵。

---

① 巴莫曲布嫫：《鹰灵与诗魂》，北京：社会科学文献出版社 1999 年版，第 38 页。

② 巴莫阿依：《论凉山毕摩阶层的特征》，转引自苑利主编：《二十世纪中国民俗学经典·信仰民俗卷》，北京：社会科学文献出版社 2002 年版，第 311 页。

③ 巴莫阿依：《论凉山毕摩阶层的特征》，转引自苑利主编：《二十世纪中国民俗学经典·信仰民俗卷》，北京：社会科学文献出版社 2002 年版，第 311 页。

④ 苏学文、卢志发、沙马史富译著：《彝族颂毕祖经通释》，昆明：云南人民出版社 2006 年版，第 201 – 209 页。

三、世俗场域歌手的自学式传承

歌手对梅葛的学习，不需要像毕摩那样的祖传和从小严格训练，他们是因为自己喜欢和具有此方面的天赋而自主学习的。

歌手的传承方式是因时而变、融入世俗生活而具有创造性的传承，歌手的传承方式也是口耳相传。歌手的传承没有严格的限制，只要喜欢，可以在各种场合通过听唱而学习；演唱的内容也不是完全固定的，歌手在掌握了梅葛演唱的基本程式之后，在相对固定内容下，可以进行再创造，可以加进一些新的内容；演唱水平的高低，就由歌手在相对固定的演唱程式中发挥创造性的能力来决定了。其吟唱方式由纯正师徒传承型中由毕摩个人吟诵，转变为第二种歌手传承的创造型中由两人对唱。两人对唱具有竞赛的性质，自由灵活度加大，歌手的表演空间拓展。这也就是梅葛的演唱凭绕来绕去、繁复取胜的原因。因此，要成为一个受人尊敬的好歌手，他必须具有较强的创造性，演唱水平的高低由歌手自身的综合素质决定。

从田野调查来看，父母唱得好的，子女也会喜好。如在姚安马游村的郭有忠、郭有珍兄妹俩都是当地有名的梅葛演唱歌手，郭有珍在新中国成立后参加过楚雄州彝剧团，到许多地方演唱过梅葛，现在是唯一的国家级梅葛传承人，她的三个女儿和一个儿子也是梅葛唱得较好的歌手。

第二节　毕摩和歌手在创世史诗传承中的作用

在梅葛的传承过程中，毕摩和歌手都有其各自不同的作用，可以说，毕摩使之与民众的神圣生活相关，歌手使其与民众的世俗生活相结合。

一、毕摩在史诗传承中的重要作用

毕摩进行宗教活动的根本是唱诵经典，以经文的力量来感动神灵，祈求神灵的保佑，驱除邪秽灾魔，一句话，就是依靠语言的神秘力量来达到禳灾祈福的目的。由于彝区的祭祀活动往往是几天，最长的甚至达四十多天。毕摩念的经不能重复，因此，一个毕摩所掌握的祭辞要十分丰富，才能立足于彝区，得到大家的承认和尊重，也才能胜任祭祀活动的主持者角色。这样，毕摩在规范祭辞的过程中，大量搜集整理民间流传的神话故事、民间歌谣等，使民间文学和宗教合而为一，毕摩经典基干主要来自于民间，可分为口头经典和文字经典两种。毕摩经中最早的经典应当是口头的各种祭辞，经过代代口传，不断规范，最后成为公认的"经典"而在毕摩中传播，祭坛也就成了文坛。

文字传承的毕摩经，是毕摩用文字记录下来的口传经典。在记录过程中，经过了记录者的又一次筛选和整理，经过文字整理的经典比口传经典有较强的规范性，宗教思想也更浓郁，由于文字的固定性，也就避免了口传经典的变异性。

梅葛的基本内容都在口承的毕摩经中，它的不同部分，也就是毕摩在节日、婚姻喜庆和丧葬等不同仪式上的祝祭批解之词。是各种仪式不可或缺的组成部分。在姚安、大姚等地能系统演唱梅葛的都是毕摩。毕摩是最早对梅葛进行搜集整理、规范、保存运用、传承的人。由于毕摩活动中的宗教神圣性，作为祭辞的梅葛，自然也具有神秘性，对它的传承和运用就必须遵循一定的规矩和禁忌，这也就确保了传承过程中，传承者不得擅自增减它的内容，使它在口耳相传的过程中，变异程度减到了最小，使得一些古老的神话完整地保存了下来。这些神话反过来又保证了毕摩祭辞的神圣性，让信众相信毕摩的法力，提高他们的地位，增强经典的力量，扩大在彝民中的影响力。毕摩正是运用梅葛作为祀神的祭辞，来与神进行沟通。如果说毕摩是人神沟通的中介的话，梅葛则是沟通的工具，毕摩用它传达人意，祈求神佑。

梅葛中的祭辞是经过历代毕摩的搜集、筛选、整理，凝聚了历代人的智慧而成的。从民间神话故事、歌谣到规范的五言诗的祭辞，它肯定走过漫长的道路。它从简单到复杂，从散乱到规范，这个过程汇聚了彝族人民的智慧，反映了他们的社会发展进程，表现了他们的宗教信仰与道德理想。当毕摩们给这些民间文学穿上神圣的外衣，让它走进神圣的祭坛，它就具有了神秘的力量，成为人神沟通的工具了，而毕摩也就无意间成为彝族民间文学的搜集、整理、规范和传承者了。当然，毕摩的搜集、整理、规范和传承，目的是运用，让它为毕摩从事的原始宗教信仰服务，是一种工具和手段。毕摩对民间文学的搜集、整理和传承的目的不在于要从文学的角度传承梅葛（民间文学），不是为了娱人，而是为了教化和娱神。但史诗梅葛的形成和传承，毕摩的贡献首当其功。可以这样说，如果没有毕摩的搜集整理和传承运用，史诗梅葛也就不可能传承下来。今天的现实也证明了这一点，在梅葛的主要流传区域，当毕摩一个个离世，作为祭辞的梅葛在现实生活中也就只剩下一些断片。原始宗教信仰是梅葛赖以生存的土壤，神祀人员毕摩是它赖以传承的依托。当宗教信仰淡化，神祀人员消失的时候，作为口耳相传的祭辞，梅葛也就必然要从神圣的祭坛走向日常的世俗生活，它的形式、内容、功能、传承方式等也就随之发生了相应的变化。特别是毕摩走向民间以后，除了丧葬和嫁娶中一些特殊的仪式由毕摩唱诵外，其他部分就人人可唱了。据20世纪50年代的调查，唱得较为全面的仍然是毕摩，如《梅葛》一书的原始演唱者就是李申呼颇、李福玉颇、郭天元、自发生等毕摩。现在，许多村寨都没有毕摩了，就连有梅葛之乡之称的姚安马游，也没有了。大姚的昙华虽有毕摩，据调查也只能唱诵一些片段，而不能像过去的毕摩那样完整地唱诵了。毕摩唱诵的梅葛人们称之为古腔调，它的内容古老、形式固定。他们唱诵的创世、造物、丧葬等部分构成史诗《梅葛》的主体，也是它的原生部分。

2013年，笔者对楚雄南华县五街镇的田野调查中，虽然没有统计到彝族毕摩具体的精确统计数字，但从笔者调查的几个村落看，它们都有毕摩，大多还是祖传的毕摩，他们有祖传的法器和口传的经文，一般仪式都是毕摩及其助手主持。毕摩的助手当地叫二朵西，一般也是祖传的，他们的法器是一面锣。在仪式中，他们既是仪式的组织者，也会转换身份，比如在丧葬仪式中，他们往往又是以孝子的身份念诵经文或回答毕摩的问题。一般在丧葬仪式上一位毕摩至少要有两名助手。笔者调查的迤黑地村当时有1302人，301户，毕摩有6人，年老的3人，年轻的3人，年轻毕摩是老毕摩的徒弟。世家传承的毕摩有李维寿82岁，李维祖70岁，李炳胜45岁，李炳任38岁。与他们一起做法事的助手（也就是二朵西）是新村的李炳胜55岁，李炳飞40岁。三街等周边地区都请他们主持祭祀仪式。

大平地村民小组50岁的周开增也是彝族毕摩，他十七八岁跟父亲学着做法事，听说经文，边听边记。他说毕摩主要从事的活动有毕摩教路、奠土、盖房仪式、祭坟地、祭土主、祭祀山神、送鬼、祭龙等原始宗教祭祀活动，还有每年九月属虎日的喽底祭祀毕摩也去念经主持。毕摩祭祀要请各种神莅临助威，要请的神有二三十个，寺庙中的神、土主神、祖先神等都要请，凡是知道的神都会念到。二朵西不请神。该村祖传毕摩有三个，二朵西有三个。人死后仪式从请二朵西开始，毕摩主要为死人教路，教路经文是靠口头传承的。教路时间一般是一个晚上，主持丧事教路的毕摩一人，二朵西两人，死者若是女的由娘家请毕摩，男的由本家请。也有两家都请的，娘家请的说娘家的事，本家请的说本家的事。教路时孝子穿麻布孝服，麻布孝服是几代留着传承下来的，年孝是麻布穿一年，一年后不穿麻布衣服，脱年孝穿一天，麻布脱了带两年白布，三年脱白布孝是二朵西去念经。彝族人日常生病或家中诸事不顺等都要送鬼，毕摩和二朵西都会送鬼，鬼是算出来的，什么样的鬼都有，一般是家中或村中死去的人的灵魂。一般人即使知道了鬼是谁也送不掉，必须由毕摩或者二朵西去送。但有些厉害的鬼必须毕摩去送，如凶死的，死了没举行教路仪式的（他会回来害人），没有生过孩子就死了的，年轻人十五六岁就死了的，没有家人祭祀的野鬼及那些非正常死亡的鬼都很厉害，这些鬼就必须由毕摩去举行送该鬼的仪式才能送走，二朵西送不走这些鬼。老人死后变成的害人鬼一般要好送一些，只要进行教路仪式就好了。送鬼时一般要有鸡、油、盐、米、茶等祭品。

在五街镇彝族的宗教生活中，毕摩起到至关重要的作用，丧葬仪式必须有毕摩主持和念经教路，重要的村落祭祀活动也必须由毕摩来主持诵经，创世史诗《梅葛》中的神话内容大多会在这些仪式上讲述。也就是说，当地彝族民众的生老病死都离不开毕摩，《梅葛》中的神话故事是他们用来沟通天地人神，保障这片土地上艰难生存的彝族民众精神和谐的工具。

二、歌手在史诗传承中的地位

彝族史诗的传承过程中，除了毕摩在神圣的祭祀仪式上演述以外，歌手也起到了重要的作用。

民间世俗生活的演述场域中，梅葛的调式变得欢快活泼，内容也有了发展变化，这就是梅葛中被称为"辅梅葛"的部分，是在婚嫁的喜事场合或节日等世俗生活场域由歌手唱的梅葛调。

"辅梅葛"是由歌手演唱的，歌手演唱的梅葛调，大致可分为家调和野调，家调是在家中和一些喜庆场合唱的，主要内容有"创世""造物"等叙古的故事，演唱者多为老年人，故称为"老年梅葛"，又被称为"家梅葛"。野调主要是青年男女表达爱情的，一般只能在野外唱，不能在家中和长辈面前唱，演唱者多为青年，故称为"青年梅葛"，又被称为"山梅葛"。除此之外，还有许多儿歌被称为"娃娃梅葛"。

梅葛走入民间日常生活之后，从毕摩唱诵的单一调式而变得十分复杂，调式繁多，据说有七十二调（另一说是芦笙调为七十二调，梅葛调式则多不胜数）。在内容上也变得十分庞杂，歌手的演唱会把现实生活的内容扩充进来，这是史诗世俗化之后，它所具有的内部交往功能、娱乐功能和教育功能增强的结果。在史诗发挥娱人功能方面，歌手起了重要作用，同时，由于歌手的传承和演唱不像毕摩的传承和唱诵那样有严格的规矩和禁忌，也不像毕摩的传承那样需较长时间的严格训练，并在祭祀仪式中反复实践，从而确保其传承过程中内容的稳定性。因为歌手在掌握了梅葛调的基本曲调和主要叙事程式后，在演唱基本内容的同时，歌词也有即兴创作，歌手在口耳相传的过程中，使史诗的内容在传唱过程中变异性增大，不同歌手的演唱就可能出现不同的异文。

歌手演唱史诗，是在特定的民俗情景之中，用特定的形式表达特定的文化观念和审美趣味。它既受歌手知识能力的局限，更依赖于演唱空间听众的反响，它不仅仅是简单的记忆复原，更是歌手和听众一起完成的一个再创造的表演过程。热情的听众会刺激歌手的演唱欲望，带给演唱者精神上的满足，甚至决定演唱者演唱的内容，演唱者会根据在场听众的需要来决定演唱的内容。对于听众和歌手来说，演唱的过程和演唱的内容一样重要。演唱的过程是一个娱乐的过程，人们喜欢听它、唱它，就在于它给这个特定情景中的人，都带来了快乐，这种特殊的艺术审美满足感使人们乐此不疲，代代相传。这也就是梅葛到现代衰落的重要原因。因为人们有更多的方式可以满足娱乐的需要，电视等现代娱乐手段的普及，逐渐取代了梅葛在人们精神世界的重要地位，歌手在人们心目中的地位也就降低了，听众减少，歌手也就随之减少了。

歌手在梅葛的传承过程中，做出过重要的贡献，他们使梅葛从宗教祭辞变为人们的娱乐方式之一，使它从娱神变为娱人，同时也就丰富了它的内容和曲调，使梅葛成为人们文化生活的重要组成部分。使神圣的祭辞演变为世俗化的民间艺术，在更大范围内满足了当地彝族人民生活的广泛需要，与人们世俗的日常生活结合在一起，歌手在其中起了一个桥梁的作用。毕摩使创世史诗《梅葛》与原始宗教合而为一，而歌手则使创世史诗梅葛与世俗生活相结合，完成了梅葛从神坛到歌坛的华丽转变。

第三节　毕摩和歌手对创世史诗的演述方式
——以《梅葛》《查姆》为中心

彝族创世史诗的演述主要是在一些仪式场域，如在祭祀祖先、祭祀神灵、丧葬等仪式上由毕摩吟诵，在婚礼等一些场域则多是由歌手演唱，毕摩和歌手的演唱音乐调式和氛围都因为仪式氛围的不同而有所不同。一般毕摩是经过严格训练的祭司，对史诗的创编是极其有限的，受制于仪式的程序和祭祀对象，以娱神和祖先为主；歌手则是因为喜欢而自学的，他们可以根据在场听众的需要来演唱，可以尽情展示自己的才艺，歌手的演唱往往是群体性的合唱或对唱，娱乐为主。

南方少数民族的创世史诗大多是祭司在一些原始宗教信仰的祭祀仪式上的祭辞，祭祀仪式的神圣性也规定了祭辞的严肃性，因为那些词语是吟诵给神灵和祖先的，既代表了人们对神灵祖先的尊崇，也表达着人们对它们的祈求。创世史诗的演述具有混融的特点，即仪式、音乐节奏、动作（舞蹈）、词语等相结合，"处于混合艺术的组成之中，并由身心净化的需求而引起的原始诗歌，赋予仪式和祭祀以形式，适应了宗教净化的需求"①。原始宗教的神圣性使祭司不能对其进行"随意创编"或"演述"，它必须遵循仪轨的要求，按照祭祀对象去吟诵那些特定的祭辞。

彝族的创世史诗是祭祀仪式上的祭辞，祭祀仪式上作为祭司的毕摩是不能念错经文的，祭祀仪式的神圣性制约着毕摩对彝族创世史诗的"创编"与"演述"。毕摩的"创编"与"演述"大致受制于以下三个方面的因素。

一、毕摩对史诗和仪式的学习

"毕摩"是彝语的音译，由于彝族各地方言和意译不同，又写作奚婆、鬼师、必磨、鸡莫、布慕、比目、兵母、白毛、呗耄、白马、白末、笔母等。从事毕摩的主要是男性。"笔母专限于男性，或由家中老辈传授，最普通者为伯叔父，如家中老辈无执巫业者，则从师学习之，学习经典，同时即从经典中学习文字，古笔母亦能记账、写信、记歌谣，写木刻等工作，为罗民中教育程度最高之人。"②

彝族的毕摩往往从小就受到严格的训练，从经文的背诵抄写到仪式程序的把握，有一个较为完整的教育过程。彝族的毕摩主要是以世家传承为主，他们都有明确的谱系，谱系往往是父子连名式的，极个别的有爷孙、叔侄连名。在毕摩的谱系中，子孙如没有做毕摩的就不会出现了，如果中间出现某一代不做毕摩的也要交代清楚。毕摩的学习和传承在经书中亦多有记载：

有无不学的工匠，没有不学的工匠，如有不学的工匠，即使有匠器，匠者艺不精；有无不学的毕摩，没有不学的毕摩，如有不学的毕摩，即使有百卷经书，作毕之事他不会，浩卷经书难传承，毕法毕理难传承。勤奋学先辈，谦虚学祖上，谨记前贤语，融会又贯通，祖道孙行，千卷经书祖传孙，祖先颂毕声朗朗，子孙颂毕韵朗朗，毕韵朗朗父传子，父颂扬神威，子颂扬神威。熊黑嚎林间，虎豹啸林间，雄鹰翔高空，豺狼荡四野，猎狗嗅觉灵，勇士善

---

① 维谢洛夫斯基著，刘宁译：《历史诗学》，天津：百花文艺出版社 2008 年版，第 265 页。
② 吕大吉、何耀华主编：《中国各民族原始宗教资料集成——彝族卷、白族卷、基诺族卷》，北京：中国社会科学出版社 1996 年版，第 217 页。

战斗，毕摩子孙永传毕。①

　　彝族毕摩吉克·尔达·则伙讲述了自己从 6 岁到 12 岁拜师学习情况：
"老祭司吉克·鸠诺·瓦尔教我背诵经文和识字的方法是：一天分为三个时段
有不同的要求——晚上一句一句地领念，教我一首一首地背熟，不看文字；
清晨督促我狠下功夫背诵记忆牢了，白天教我认真地识字写字，先背熟后再
认字，较为便于记忆。"②　"老祭司教我做法事道场的具体要求是很严格的，
掌握牢记哪类法事道场诵哪些经文，哪些步骤用哪几道经文，哪种法事和道
场有哪些步骤，先后程序是怎样安排的，哪种法事道场需要什么牲畜作牺牲，
要多少，什么种类的神枝和数量及怎样插、怎样摆，各组神枝和草像、木像
代表什么等。在很复杂的步骤中不说是缺漏章节，就连弄错顺序和插错位置
也是不允许的。"③　除了学习仪式程序，还要学习相关的道德礼仪："老祭司
对我的传统道德教育是：利用做道场法事的机会，常给我讲传说和故事。严
格要求背熟经文，认真做道场法事，强调不能遗漏内容，不能残缺步骤，不
许增删经文章句，不能颠倒顺序，不准看人马虎应酬。常以'祭枝不足伤主
人，经文删减伤祭司'等来约束自己。用'盗贼三天探后面，看看是不是露
马足；祭司三天听后面，问问是否吉祥平安'等谚语作解释。给病人驱鬼祈
神能使病员恢复健康，入户祭祀祈祷能让人家人丁兴旺、六畜发展才有面子
和增高威信等道理诱导我刻苦勤奋和努力学习好。"④

　　彝族的祭祀仪式很多，规模因祭祀对象的不同而大小不一，如云南彝族
撒尼支有祭祀"虫王"的习俗，岁时祭祀每年两次，时间在农历七月初七和
冬月十七日，大的祭祀十二年进行一次。祭祀虫王的山在昆明市东郊阿拉乡
三瓦村西面。清代山顶建有"三皇庙"，山腰有"虫王庙"。十二年祭祀虫王
时"呗耄念诵的经典十分繁杂，大致可分为四个科：《三皇科》《祖师科》
《报恩科》《白文科》，每一科包括许多经典，少则三本经，多则十二本经"⑤。

---

① 苏学文、卢志发、沙马史富译著：《彝族颂毕祖经通释》，昆明：云南人民出版社 2006 年版，
第 109－200 页。
② 吉克·尔达·则伙（彝族）口述，吉克·尔达·史伙（彝族）记录，刘尧汉（彝族）整理：
《我在神鬼之间——一个彝族祭司的自述》，昆明：云南人民出版社 1990 年版，第 24 页。
③ 吉克·尔达·则伙（彝族）口述，吉克·尔达·史伙（彝族）记录，刘尧汉（彝族）整理：
《我在神鬼之间——一个彝族祭司的自述》，昆明：云南人民出版社 1990 年版，第 25 页。
④ 吉克·尔达·则伙（彝族）口述，吉克·尔达·史伙（彝族）记录，刘尧汉（彝族）整理：
《我在神鬼之间——一个彝族祭司的自述》，昆明：云南人民出版社 1990 年版，第 25 页。
⑤ 吕大吉、何耀华主编：《中国各民族原始宗教资料集成——彝族卷、白族卷、基诺族卷》，北
京：中国社会科学出版社 1996 年版，第 329 页。

　　彝族成年人死后都要做"教路"（彝语"摩玛"）"招灵"和"送灵"三步道场（纵使没有子女的也须由直系旁系亲属来尽义务承办），这三步中，第一步教路和第三步送灵两次道场都会给死者的灵魂指明"升天路径"，即按先祖们迁徙的路线，教他（她）和他们（超度送灵道场包括两个祖灵以上）沿所指点的地名一站一站地平安顺利到达先祖居住地——天堂（彝语"什姆恩哈"）；招灵是从焚葬地招灵魂附在灵牌上供在屋内，待第三步超度送灵，所以不需要教路。① 教路经是彝族丧葬仪式中必须吟诵的，也是运用比较多的经文。

　　大型的祭祀及和祭祖有关的祭祀仪式往往是由多个毕摩合作完成的，"规模大，步骤烦琐和消耗极多的'诅咒凶死鬼，解除祖灵受难，祷祝后人平安'的大法事由我们十多个祭司整整做了十一天才结束（为黑彝罗洪体云诅咒凶死鬼）"。② 送祖灵大道场的规模很大，"猪年（1974），我承办了一起大规模的道场——送我祖灵的'杰尔嘎博'大道场。……因为道场规模大，所用的牲畜及各种财物也很多，程序烦琐，步骤更繁杂，由百来人帮忙和三十三个大小祭司忙碌了足足九天才结束。"③ 在禄劝县民族宗教事务局古籍办公室保存的一份《关于举行九天九夜祭祖大典纪事》的资料记录了同治四年（1865）彝族祭祖大典的过程：对主要祭祀场地、主要仪式和顺序及毕摩的分工做了安排，45 道程序中由主祭毕摩主持的有 23 场，其他的由另外参加的毕摩主持④，在这样大型的集体祭祀活动，"群体性"的演述语境中，毕摩对经文的准确熟练程度要求极高，不能出差错，否则对毕摩的声誉损害是很大的。

　　据毕摩方赏生讲，史诗《查姆》的内容主要是在祭祖大典上演述，祭祖大典有九天的、七天的、三天的，规模不一，九天是大家支的祭祀，七天是小家支（从大家支分出的家支）祭祀，三天就是更小的家支（再分的家支）的祭祀。祭祖大典程序复杂，人员众多，所诵经文也繁多，平时一般的祭祀

---

　　① 吉克·尔达·则伙（彝族）口述，吉克·尔达·史伙（彝族）记录，刘尧汉（彝族）整理：《我在神鬼之间——一个彝族祭司的自述》，昆明：云南人民出版社 1990 年版，第 131 页。

　　② 吉克·尔达·则伙（彝族）口述，吉克·尔达·史伙（彝族）记录，刘尧汉（彝族）整理：《我在神鬼之间——一个彝族祭司的自述》，昆明：云南人民出版社 1990 年版，第 71 页。

　　③ 吉克·尔达·则伙（彝族）口述，吉克·尔达·史伙（彝族）记录，刘尧汉（彝族）整理：《我在神鬼之间——一个彝族祭司的自述》，昆明：云南人民出版社 1990 年版，第 132 页。

　　④ 参见朱崇先：《彝族氏族祭祖大典仪式与经书研究——以大西邑普德氏族祭祖大典为例》，北京：民族出版社 2010 年版，第 37 - 42 页。

不吟诵《查姆》，而是根据祭祀对象不同而吟诵相应的经文。①

一个有声望的大毕摩是经过严格的训练和长久的实践活动练就的，他们熟练掌握了仪式规范和经文，仪式规范和经文吟诵是合二为一的。抄写背诵作为经书的创世史诗也就是他们作为毕摩必须完成的内容，史诗也成为他们学习的教材和使用的工具。

二、毕摩的仪式化演述与歌手娱乐化演述

彝族的祭祀仪式有很多，不同的仪式有不同的程序，也有相配合的经文，这是不能混淆的。在毕摩吟诵经文的过程中，不同的仪式程序步骤对毕摩忆起经文诗句具有提示性，让其在大脑中储存的经文迅速调集起来，在大脑中已存在主题的牵引下，用毕摩早已烂熟于心的程式化诗句滔滔不绝地念诵下去。

毕摩对史诗的演述会受到多方面的压力，既有现场众多的其他熟悉经文的毕摩的压力，也有在同文化背景中的其他仪式参与者的压力，更有无形中的神灵鬼魂的压力，还有念错经文会伤及自己的经文神圣性的压力，这些众多潜在的压力对毕摩来说是切实能感受到的。毕摩成长过程中受到严格的训练，他们必须努力学习，跟着师傅参加各种仪式，眼观耳听，反复演练实践，将仪式程序和相关经文的主题和程式化句法烂熟于心，可以随着仪式的进程做到张口就来，不会说错或遗漏诗句。毕摩从小受过专门训练，经文和仪式的程序步骤早已融入他们的大脑，形成了他们独有的大脑文本。如果说歌手的大脑文本是由故事范型、主题和程式化句法、相配合的音乐曲调等构成的话，毕摩的大脑文本则是由故事范型、主题和程式化句法、仪式语境及仪式步骤、吟诵腔调等相互交融构成。毕摩对史诗的创编相比较于北方英雄史诗的歌手而言，受到的约束就更多，仪式的神圣语境使毕摩学习经文要更加准确。

彝族的毕摩经有口传的，也有文字书写的文本。他们对史诗的记忆过程

---

① 方贵生，男，彝族，云南省双柏县人，1950年出生于毕摩世家，其祖父是毕摩，父亲不是，他四五岁时学过一些彝族文字，后来书被烧了。直到1978年28岁时又跟随岳父施学生（双柏县彝族著名的大毕摩，史诗《查姆》就是他保存并翻译成汉语的）学习彝族文字和学习毕摩仪式的操作，1982年开始参与翻译一些毕摩经书，1983年施学生去世，他便一直参与毕摩经的汉译工作，他懂彝族的语言文字，也熟悉毕摩仪式，会讲汉语，但没有学过汉字，认识的很少。在楚雄州民委组织的百部毕摩经翻译的浩大工程中，双柏县毕摩经翻译是由懂汉文的施文贵、李友华、潘林宏和方贵生组成，六年翻译结束后，方贵生回到了自己家所在的下莫且法村。2011年他被认定为国家级查姆传承人，也是唯一的查姆国家级传承人，双柏县的查姆传习所就设在他家里，他收藏有不少彝族古籍文献。

有口头背诵的，也有背诵加文字书写结合的。彝族著名的创世史诗中口头创编与书写结合起来传承的有《查姆》《勒俄特依》等；口头传承的创世史诗有《梅葛》《阿细的先基》等。在仪式化的演述语境中，彝族创世史诗的变异性较小，它不仅仅是这一次演唱的这一首歌，它也是无数次演唱的这一首歌。

在彝族的口传史诗中，歌手对史诗的演唱是二人对唱的形式，比如《梅葛》和《阿细的先基》，当歌手演唱的时候都是以问答的形式进行，问答的演唱方式使歌手在问与答之间转换，当一方问不出来问题或者答不出问题的时候，就算输了。对唱的形式也起到了主题牵引和转换的功能，一方以主题设问，另一方根据设问来回答，以此循环往复地往下走，使演唱不间断，可以唱几天几夜。从《梅葛》和《阿细的先基》的句式特征也可以看出这种转换特征。同一个问题的基本句式是一样的，具有相同的程式化句法。

据笔者的调查，过去梅葛歌手的演唱方式，除了在一些婚礼等仪式上对唱外，还有村庄与村庄的比赛，据梅葛的流传中心地马游村的老人说，当年邻村（如葡萄村，邻近马游村的另外一个村子）的歌手会来与他们村的人比赛唱梅葛，参加者除了双方著名的歌手外，还有许多村民。同村的人会互相提醒帮助，以战胜对方而为自己的村子赢得荣誉。唱输的一方就要凑钱请唱赢的一方吃饭喝酒。这种赛唱性质，要求歌手有较强的临场创编能力，需要储存大量的主题和程式化诗句，才能做到张口就唱。梅葛在彝族语言里就有繁复、绕来绕去的意思。因此，歌手要靠自己对史诗主题与程式化诗句的积累，在比赛中以自己多变的内容和诗句压倒对方，使对方词穷而服输。史诗演唱的高手一定是具备很强的史诗创编能力，具有超常的天赋和综合能力的。梅葛中青年梅葛主要是情歌，也是青年男女对唱的形式。娃娃梅葛是儿歌，也是对唱，往往以回答问题、猜谜语等形式进行。梅葛歌手往往没有经过毕摩那样的专门训练，他们是从小耳濡目染学会演唱的，并有相配合的音乐曲调，不同的内容有不同的曲调，可以说属于歌诗。

查姆的内容毕摩是在祭祖大典等仪式上吟诵，歌手则是在婚礼等场合用彝族的阿色调演唱。据笔者的调查，阿色调是双柏县彝族中备受民众喜爱的民歌演唱曲调，曲调音阶变化多，婉转动听，抒情性强。其演唱的方式是由一个人主唱，两个人以上撑腔。撑腔就是主唱者唱完一句，其他人在其尾音接唱阿色，"阿色"的音调是变化的，主唱人的起音以撑腔人的"色"尾音接唱。阿色调的音阶变化在"阿"字上，"色"为尾音的落点。这样主唱者和撑腔者的演唱就融为一体，我的落音是你的起音，反之亦然。除了主唱者外，其他在演唱场域的人都可以成为撑腔者以"阿色"和之，可以说是一种以和声来转换音阶的集体演唱方式。阿色的撑腔主要在音乐转换中起到启承作用，你启我承，在音乐的高低转换中主唱者和在场的听众互相依托，演唱者的音乐声调变换必须有人撑腔才能承接与开启转换。因此，听众既是欣赏者，也是演唱者。演唱主体的身份在此场域中是不断变换的，这使得演唱场域气氛热烈，爱好者乐此不疲。

阿色调男女都可以唱，女声的腔调较男声的高亢。婉转优美的阿色调是彝族人民集体娱乐的好方式，深受人们喜爱，主唱歌手也会得到人们极高的肯定。阿色调的抒情性较强，"阿色"本身无实际的含义，是众人抒发情绪的表达方式，是诗歌中的感叹词。"我们反复地说明感叹字确乎是歌的核心与原动力，而感叹字本身则是情绪的发泄。"① 阿色调中和声是抒情，主唱者演唱的是叙事内容。阿色的撑腔相当于副歌伴唱，主唱歌手起到主导作用，整个氛围是轻松愉快的。

而毕摩在仪式上是吟诵，音乐性不强，缓慢吟诵，基本上是一个调到底，没有歌手演唱阿色调的音阶变化。笔者听毕摩在丧葬仪式上吟诵查姆中的"吾查门查"（《丧葬经》，神话的主要内容与创世史诗《查姆》基本一致），方式是由两个毕摩吟诵，是一种吟唱的方式，两个人的吟唱声调上有承接，但听来变换没有阿色调变换多，基本上是一个腔调到底，声音缓慢悠长，听着有苍凉悲怆之感。丧葬仪式上吟诵这种缓慢的腔调，适合于葬礼的悲伤氛围。

歌手对史诗的演唱要求具有一定的音乐天赋，尤其是嗓音天赋，而且歌手一定是出于兴趣主动去学习，因为彝族的史诗歌手并不以演唱史诗为生计，这与北方英雄史诗演唱中那些以演唱史诗为生计的歌手是有较大区别的。这也可能是受制于仪式的彝族史诗叙事大多篇幅不长，歌手不能像北方英雄史诗的演唱歌手那样能创编大部头史诗的重要因素。

三、对毕摩歌手演述史诗的不同要求

彝族的史诗是在相关联的祭祀仪式上演述的经文，特别是在彝族最重要的祭祖大典上吟诵的经文，它是以一种述源的方式来讲述天地万物、人类及各种文化的来源，毕摩的吟诵必须是准确无误的。在彝族创世史诗《阿赫希尼摩》的序歌中讲述了史诗演唱的要求：

---

① 闻一多：《神话与诗》，长沙：湖南人民出版社 2010 年版，第 158 页。

阿赫希尼摩，万物的母亲，仅仅知道此，还不算会讲，还不算会唱。希尼的爷爷，奶奶和父亲，母亲和丈夫，儿子和女儿，名字叫什么？个个要讲出，样样要说清。希尼的故事，若有谁知道，知者可以讲，若是不全知，最好就莫言。若是胡乱讲，讲错成笑话，让人当笑柄，就像小狐狸，行在山林间，蹑手又蹑脚，不敢见人群；就像小野猫，斑纹似豹子，仔细再一看，原来是只猫。希尼的故事，若是不知道，最好就莫唱。若是胡乱唱，无法唱得清，就像小斑鸠，飞行天空中，翱翔似老鹰，仔细看一看，显出斑鸠样。

吟诵古老歌，不能差分毫，就像小酒碗，碗边不能缺；就像小酒壶，壶口不能破；就像竹筷子，筷头不能脏。吟诵古老歌，头尾要说清。若是不会唱，就像蚯蚓般，爬行在地上，头尾难分清。吟诵古老歌，不能有差错。若是不会唱，难把事讲清。吟诵古老歌，不能有缺欠。[①]

这与印度的《吠陀》和《摩诃婆罗多》的演述方式很相似，据黄宝生先生介绍，印度的这两部经书和彝族史诗的演述一样是一字不能错的，诵的时候旁边还有人监督。它们的演述场域也与宗教信仰有关系，特别是《吠陀》，本身是婆罗门教的经书。[②] 彝族史诗在不同的演述场域有不同的内容，毕摩的身份也会因为场域的改变而转换，据巴莫曲布嫫对四川凉山彝族诺苏支系的"勒俄"的调查研究，毕摩在主持仪式的时候是祭司，在克智论辩中则是代表某一方的辩手，"勒俄"的演述也有相应的禁忌，比如在婚礼上就不能演述关于阿鲁射日的内容。但在祭祖大典上就要演述整部的"勒俄"。[③] 今天见到的20世纪50年代收集翻译的《梅葛》文本内容都是由毕摩提供的，它们属于不同的演述场域。起源神话叙事、丧葬部分主要是在祭祀仪式和丧葬仪式上由毕摩吟述，婚事、恋歌部分主要在婚礼和男女交往的场域由歌手演唱的，在婚礼等场合或叙古的对歌比赛中，毕摩的身份可能又变为歌手，这也间接地证明巴莫曲布嫫对"勒俄"的调查情况。梅葛的演唱具有场域的限制，也有演唱者身份的限制和转换，毕摩在不同的演述场域扮演的身份是不一样的，在具有神圣性的祭祀场域，他们是祭司，在世俗的赛歌场域他们又可能是

① 云南省少数民族古籍整理出版规划办公室编：《彝族创世史诗——阿赫希尼摩》，昆明：云南民族出版社1990年版，第1-2页。
② 黄宝生先生在中国社会科学院文史哲学部主办、中国社会科学院民族文学研究所承办的第三期IEL"国际史诗学与口头传统研究讲习班"上的报告《印度古代文化的口承传统》，时间：2011年12月14日14：40—15：40；地点：中国社会科学院科研大楼1539室。
③ 巴莫曲布嫫在中国社会科学院文史哲学部主办、中国社会科学院民族文学研究所承办的第三期IEL"国际史诗学与口头传统研究讲习班"上的报告《口头传统研究：建构田野》，时间：2011年12月17日09：30—11：30；地点：中国社会科学院科研大楼1103室。

歌手。

梅葛和查姆都是彝族不同支系的叙事传统，梅葛流传于云南楚雄姚安、大姚、永仁等县自称为罗罗颇和里颇的彝族中，查姆是流传于云南滇南纳苏（古称聂苏）彝族的一种起源叙事传统。它们都是渗透于当地彝族的民俗生活传统中的，既是毕摩主持的原始宗教信仰的祭辞，也是歌手在婚丧礼俗中用梅葛调和阿色调演唱的长篇古歌，它们的民俗传承场可以说是大同小异。

彝族史诗的演唱，由于演唱场域和演唱者身份的变化，其音乐形态是不一样的，每种内容都有相应的音乐调式，内容和音乐的调式是融为一体的。如梅葛中的老年梅葛是神话等内容，歌手在对唱时都是以一句悠远婉转的"哩哩罗"开始，音乐和内容都是固定的，往往是在一些仪式如婚礼等场合，由老年人对唱。中年梅葛和青年梅葛有固定的音乐调式，但内容是可以自己编的，歌手可以根据自己的情况来编歌词。中年梅葛又称为"诉苦调"，主要唱自己生活中遇到的各种痛苦。青年梅葛又叫"相思调"，是青年男女互相倾诉感情的，歌词也可以自己编。但音乐的调式基本上是固定的。音乐曲调的把握对歌手来说是非常重要的，首先他得会唱，掌握音乐的节奏。"在口头表演中，音乐常常起到关键的作用。在不同的文化中，史诗的表演往往是讲唱结合，伴奏音乐极为密切地联系着情感，那是由诗歌之魂激发出来的情感。歌手通常强调，他们发现没有音乐的表演是非常困难的，甚至是不可能的。讲述与音乐是一种活的统一体，它在今天得到更为认真的研究。"① 在对彝族史诗的调查中，我们也注意到音乐曲调对史诗演唱的重要性。

毕摩和歌手对史诗内容的演述之区别，主要在于演述场域和演述功能的区别，在祭祀场域是神圣的，以娱神祈求祖先庇佑为主要目的，歌手的演述则是在世俗的场域以娱人为主要功能。功能不同，演述内容和演述方式也就有所区别。

彝族史诗传承人毕摩对史诗的学习使用都在传统的规定范围内，他们对史诗的学习和演述与北方英雄史诗歌手对史诗的学习和演述有较大的差异。美国学者米尔曼·帕里和艾伯特·洛德从对英雄史诗的研究中总结出来的"口头程式理论"似乎不能全部适应于彝族史诗的研究（或者说不能全部适应于中国南方民族的以神话为主要内容的史诗研究），以口头程式理论研究中国北方英雄史诗的研究专著和论文这些年也出版了不少，北方英雄史诗在歌手对史诗的创编问题上是可以套用口头程式理论的，从出版的专著和论文中也可以看到研究者对此理论的套用，他们从史诗歌手对史诗的主题、程式化用

---

① 米尼克·希珀著，尹虎彬主编：《中国少数民族文化中的史诗与英雄》，桂林：广西师范大学出版社 2004 年版，第 290 – 291 页。

语、诗歌步格等来寻找歌手对口头传统的把握和应用。北方英雄史诗与南斯拉夫史诗及荷马史诗等以英雄成长、冒险、成婚或者英雄外出、冒险、回归等为叙事线索，以围绕中心英雄人物的一批英雄的事迹为叙事的内容，它们在主题、程式用语等方面也有共同之处。史诗的传承人歌手多是职业化的，以此为谋生之手段。这些英雄史诗歌手在对史诗的掌握和表演方面也有相似之处，史诗的功能也是娱乐性为主。这与彝族史诗（南方民族史诗）伴随仪式化的演述语境是有较大差异的，彝族史诗的传承人毕摩在仪式上演述史诗是以娱神为主，在仪式化语境中是不容演述人去"随意创编"的，必须依据大脑文本"照章"吟述。当然，彝族史诗也是口头传统的产物，无论是有文字书写本的《查姆》《勒俄特依》，还是纯粹口头传承的《梅葛》《阿细的先基》，作为口头传承的产物，都可以找到主题、程式化的句式和用语，只不过与北方英雄史诗相比有自己的特点，因为彝族史诗与南方民族的其他创世史诗一样，它的内容是以神话为主的叙事，神话叙事自有其叙事方式，南方创世史诗具有比英雄叙事更古老的仪式化叙事传统。它的主题就不是宴饮、战马、铠甲等，而是创世、事物起源、洪水、人类再生等；它的演述场域也不是茶馆、咖啡馆而是宗教的祭祀仪式或婚礼等仪式场域，所以对南方史诗的研究就要更多考虑其原始宗教祭祀的仪式化语境，传承人的祭司身份、神话的叙事体系、文化生态、民族历史等问题。

第五章 彝族创世史诗《梅葛》《查姆》文本研究

《梅葛》《查姆》两部史诗的主要内容是神话，以神话的方式讲述世间万物及人类的来源，下面对两部史诗中的创世神话和人类起源及灾难神话进行简单的比较分析。

第一节 《梅葛》《查姆》中的创世神话

目前学术界对《梅葛》的研究成果较多，对《查姆》的研究成果较少。下面对两部史诗文本的创世神话内容进行比较分析，依据的文本是由楚雄州文联编的彝族史诗选《梅葛卷》和《查姆卷》（云南人民出版社 2001 年版），文中引用的诗句没注明出处的也出于此版本。

《梅葛》《查姆》由创世神话、人类起源神话和事物来源及习俗起源等构成史诗的主体内容。

《梅葛》的第一部是创世神话，包括开天辟地和人类的起源神话。

《梅葛》的第二部是造物，包括盖房子、狩猎和畜牧、农事、造工具、取盐、养蚕。

《梅葛》的第三部是婚事和恋歌，包括相配、说亲、请客、抢棚、撒种、芦笙、安家。

《梅葛》的第四部是丧葬，包括死亡、怀亲。

《查姆》的上部是神话，包括序诗；第一章"天地的起源"；第二章"独眼睛时代"；第三章"直眼睛时代"（干旱的来临、直眼睛人）；第四章"横眼睛时代"（洪水滔天、找葫芦、配亲、民族的来源）。

《查姆》的下部是事物的来源，包括第一章"麻和棉"（种麻、种棉）；

第二章 "绸和缎"；第三章 "金银铜铁锡"；第四章 "纸和笔"；第五章 "书"；第六章 "长生不老药"。

从以上两部史诗的章节内容，既可以看到它们有相似之处，也有不同之处。可以说不同之处多于相同之处。特别是在神话部分，两部史诗在叙事符号的使用方面是有较大的差异的，而创世神话是两部史诗的核心内容。下面看看《梅葛》《查姆》两部史诗中创世神话的异同。

一、《梅葛》《查姆》创世神话的主要内容

《梅葛》《查姆》中的创世神话，其主要内容如下：

(一)《梅葛》天地万物的起源神话

《梅葛》的第一部分就是创世神话，是关于开天辟地和万物起源的神话，大概占史诗五分之一的篇幅。

对天地万物的起源，《梅葛》是这样说的：格兹天神要造天，他放下九个银果，变成九个儿子，九个儿子中，五个来造天，一个叫阿赌，一个叫庶顽，一个叫贪闹，一个叫顽连，一个叫朵闹，这就是造天的儿子。格兹天神要造地，他放下七个金果，变成七个姑娘，七个姑娘中，四个来造地，一个叫扎则，一个叫晋则，一个叫慈则，一个叫勤则，这就是造地的姑娘。造天的儿子拿云彩做衣裳，拿露水当口粮。造地的姑娘拿青苔做衣裳，拿泥巴当口粮。他们开始造天地，天地用什么做模子呢？人们从日常生活出发，用直观思维方式，想象天地的模子是：

篾帽做造天的模子，簸箕做造地的模子，蜘蛛网做造天的底子，蕨菜根做造地的底子。

在造天地过程中，造天的五个儿子喜欢赌钱玩闹，他们吃喝玩乐，懒惰混日子。四个姑娘则忘我地劳动，不分日夜，不管风雨，辛勤造地。过了很久，天地造好了，但是，天小地大，合不拢，兄弟几个放心玩耍不当回事，却急坏了造地的四个姑娘，她们恐怕天神责骂。天神知道了，告诉四个姑娘，地做大了，有人会缩，天做小了，有人会拉。缩地拉天，使天地大小相等：阿夫会缩地，阿夫会拉天。请阿夫的三个儿子，拉住天边往下拉，把天拉得大又凹。放三对麻蛇来缩地，麻蛇围着地边箍拢来，地面分出了高低。地边还箍得不齐，放三对蚂蚁咬地边，把地边咬得整整齐齐。放三对野猪来拱地，放三对大象来拱地，拱了七十七昼夜，有了山来有了箐，有了平坝有了河，天拉大了，地缩小了，这样合适啦。天地相合啦。天地造好了，也合上了，

但牢不牢呢？用打雷来试天，天裂；用地震来试地，地通洞。五个儿子用松毛做针，蜘蛛网做线，云彩做补丁，把天补起来；四个姑娘用老虎草做针，酸角藤做线，地公叶子做补丁，把地补起来。天地补好了，但还在摇晃，于是格兹天神说：水里有三千斤的公鱼，捉来撑地角；有七百斤的母鱼，捉来撑地边。公鱼不眨眼，大地不会动，母鱼不翻身，大地不会摇，大地稳实了。但天还在摇摆，天神叫五兄弟去引老虎，用虎的脊梁骨撑天心，用虎的脚杆骨撑四边，天撑稳实了。虎尸化为世间万物，虎四根大骨作撑天的柱子，虎的肩膀作东南西北方向，虎头作天头，虎尾作地尾，虎鼻作天鼻，虎耳作天耳，虎的左眼作太阳，右眼作月亮，虎须作阳光，虎牙作星星，虎油作云彩，虎气成雾气，虎心作天心地胆，虎肚作大海，虎血作海水，虎大肠变大江，虎小肠变成河，虎肋骨作道路，虎皮作地皮，虎的硬毛变树林，虎的软毛变成草，细毛作秧苗，骨髓变金子，小骨头变银子，虎肺变成铜，虎肝变成铁，连贴变成锡，腰子作磨石，大虮子变成老水牛，虮子蛋变成绵羊，头皮变成雀鸟。虎肉分十二份，给老鸦、喜鹊、竹鸡、野鸡、老豺狗、画眉鸟、黄蚊子、大蚊子、黄蜂、葫芦蜂、老土蜂、绿头苍蝇各一份。只有饿老鹰没有分到，它飞到天上，用翅膀遮住了太阳，天地一片黑暗。由绿头苍蝇飞上天，在鹰翅膀上下了子，使之生蛆而落下，蚂蚁把掉到地上的老鹰抬走，于是分出了昼夜。

（二）《查姆》天地万物的起源神话

《查姆》的上部是神话，神话的内容占了史诗近三分之二的内容。

《查姆》对天地万物的起源是这样说的：

远古的时候，天地连成一片，只有一团团的雾露混沌不清，于是众神仙之王涅侬倮佐颇召集众神仙：仙王儒黄炸当地、水王罗塔纪、众龙之王罗阿玛及他们的儿女来商议，安排日月星辰，造宇宙天地山川。

众龙之王罗阿玛到太空中种活了一棵梭罗树，树分四杈，杈生四叶，叶夜晚开四朵白花。涅侬倮佐颇派长子撒赛萨若埃到一千重天种梭罗树，树分四杈，杈生四叶，叶白天开四朵红花。红花白花轮流在太空，红花是太阳，白花是月亮。涅侬倮佐颇派次子涅侬撒赛歇在太空撒上星辰，星王曾色锡在太空中笑着打开了风水门，太空的雾露中有了天地，雾露变气孕育万物在天地间生长。涅侬倮佐颇开口指点地要造成簸箕样，天要造成篾帽圆。造人之神儿依得罗娃的女儿涅滨矮造了大海河川。水王罗塔纪管水里的万物，罗阿玛到月中的梭罗树上找来了各种植物的种子。涅侬倮佐颇又开口指点地面要有高山、雨露、阳光，才能种粮食。罗阿玛按照涅侬倮佐颇的吩咐来到平原，洒下大雨冲出山川沟壑。过了许多年月，月亮、太阳都不干净，不够亮，于是涅侬倮佐颇派水王罗塔纪的姑娘去到撑天的三座山上挑来蓝、金、绿的海水，把日月星辰身上的灰尘洗去，从此天地不混沌，日月星辰放光明，分出了昼夜和四季，植物庄稼就繁盛生长。天一睁眼，太阳就露笑脸；天一闭眼，月亮、星星笑作一团。万物在动中生，万物在动中演变。这就是天地万物的来源。

二、《梅葛》《查姆》创世神话的文化内涵分析

创世神话是远古先民对天地万物来源的解释，世界各民族中，创世神话的类型和母题各具形态，神话的多样性也是人类文化多样性的体现。中国是一个多民族的国家，神话一方面具有丰富多彩的特征，另一方面，由于民族的迁徙、融合等原因，神话要素也有交融互渗的现象，不同的民族神话中，相似的母题也是经常可见的。《梅葛》《查姆》创世神话中的基本母题，在中国乃至世界各民族的神话中也可找到相似的。但作为彝族这个特有民族的神话，它又体现出彝族文化的特殊性。

（一）《梅葛》《查姆》创世神话的神灵体系

创世神话中，对于天地万物来源的解释，对最初的发动者各有不同，但大多都有神灵在起作用。对《梅葛》《查姆》的创世神话进行比较，就会发现两部史诗的神灵体系不同，神灵在创世过程中的作用也是不同的。《梅葛》创造天地的过程比较复杂，其他天体都是虎尸化生而成。神灵的关系较简单，就是格兹天神和他的子女，没有分管的神灵。而《查姆》的创造天地过程较简单，没有具体的过程，而其他天体和植物的来历却有交代过程，是众多神灵完成的。神灵的关系也复杂，有主神涅侬倮佐颇和他的两个儿子，还有分管的神灵和他们的子女。二者的区别见下表：

史诗	天地之初	具体造天地的神	造天地的过程	天地的形状	造其他天体	造其他物体
《梅葛》	无具体交代	造天的五个儿子：阿赌、庶顽、贪闹、顽连、朵闹；造地的四个姑娘：扎则、晋则、慈则、勤则	五个儿子造天，儿子懒惰，天造小了；四个姑娘造地，姑娘勤快，地造大了。经过复杂的过程天地才造成	簑帽簸箕	虎尸化生	虎尸化生

（续上表）

史诗	天地之初	具体造天地的神	造天地的过程	天地的形状	造其他天体	造其他物体
《查姆》	雾露翻腾	罗阿玛 撒赛萨若埃 涅依撒赛歇 曾色锡 涅滨矮 罗塔纪	雾露中有了天地	簸帽簸箕	太阳、月亮是梭罗树开的花，涅依撒赛歇在太空撒上星辰。罗塔纪的姑娘到撑天的三座山上挑来蓝、金、绿的海水，洗净了日月星辰身上的灰尘而使之发光亮。分出昼夜和四季	涅滨矮造了大海河川，罗阿玛到月中的梭罗树上找来了各种植物的种子，又下大雨冲出山川沟壑

《梅葛》中的天地是创造者辛苦努力的结果。经过辛苦的创造后，由于天造小了，于是拉天缩地，咬边拱地，使天地相合。接着测试出天地的牢固程度不够，又进行补缀天地，又捉来公鱼撑地角，母鱼撑地边，用虎的脊梁骨撑天心，用虎的脚杆骨撑四边。才完成了天地的创造过程。这是一个多么辛苦复杂的过程！《梅葛》中的天地产生属于神、人共同劳动创造型。

《梅葛》的其他天体和物体的来源是典型的尸体化生型。

而在《查姆》的创世神话中，天地是在天神的意念里雾露混沌中自行生成的，开始交代天地不分，翻滚的雾露中有天地，天地互翻，混沌不清。之后星王曾色锡在太空中笑着打开了风水门，"雾露缥缈太空中，雾露里有地，雾露里有天；雾露变气育万物，万物生长天地间"，属于自生型。接着又说天神"开口来指点：地要造成簸箕样，天要造得簸帽圆"。其生成过程并没有清楚交代。（从雾露中产生，如果把雾露的成分看作水的话，似乎也可以归为水生型。天神"开口来指点"，似乎又是神造型。天地的产生过程神话中的交代模糊，没有《梅葛》交代得清楚。《查姆》的创世神话中其他天体和物体来源是较特殊的，是由梭罗树上长出的，交代了生成的具体过程，明确地属于自生型。总的来看，《查姆》的创世神话中天地万物的来源都可以归为自生型。

（二）《梅葛》《查姆》创世神话的文化符号体系

原始初民是按照自己能够感知到的具体形象去理解自然界的，具体地说，就是原始初民以为自然界的一切都和人一样有意志、思想，还有人的形象，原始初民就用人格化的方式去同化自然力。所以神话中神的形象，其实就是人类按照自然界和人类自身的模子塑造出来的。《梅葛》《查姆》创世神话中都认为天的形状像篾帽、地像簸箕；《梅葛》中才要放三对麻蛇来缩地，麻蛇围着地边箍拢来，地面分出了高低；地边还箍得不齐，放三对蚂蚁咬地边，把地边咬得整整齐齐；放三对野猪来拱地，放三对大象来拱地，目的是使天地的形状相一致；地比天大，需要缩小，所以地面分出了高低。神话的事迹反映在彝族的十八月太阳历名称中：彝族十八月太阳历，即一个月二十天，一年十八个月，另加五天"祭祀日"，全年三百六十五天的太阳历，一个月的各日，一年的各月各有其名。十八个月的名称为：风吹月、鸟鸣月、萌芽月、开花月、结果月、天干月、虫出月、雨水月、生草月、鸟窝月、河涨月、虫鸣月、天晴月、无虫月、草枯月、叶落月、霜临月、过节月。一个月二十天的名称是：开天日、辟地日、男子开天日、女子辟地日、天黑日、天红日、天紫日、火烧天日、水冷日、洪水日、葫芦日、伏羲皇帝日、伏羲姐妹日、寻觅人日、野蜂日、蜜蜂日、人出日、天窄日、地宽日、地缩日。[①] 每日的名称就是直接从神话中来的。

天圆观念在彝族的向天坟形状中也有体现，坟的形状主要是圆形的。与彝族十月太阳历的观测相关的是彝族向天坟，向天坟及其所在南北走向或北南走向的山冈，可作为彝族观测太阳运动和斗柄指向的观象台或观象场。向天坟择墓顶朝天之向，故又名"天向坟"（以平面八方而言）或"朝天坟""望天坟"，向天坟形制有三圆台金字塔形、单圆台形、井栏形、圆锥形、圆丘形、简陋圆圈形等。在楚雄州境内已发现的有三圆台金字塔形、单圆台形、简陋圆圈形等种类。三圆台金字塔形向天坟有土垒石砌三圆台与小型石质三圆台两种类型。禄丰县高峰乡罗古甸子坝北面苏官坟梁子（因此山南有明、清苏氏土巡检祖坟而得名）的向天坟，是云南境内现存规模较为完整的一座土垒石砌三圆台金字塔形向天坟。

《梅葛》虎尸化生万物，此类型巨人或动物尸体化生万物的神话，在中国神话和世界神话中都有，如盘古开天地后死而化生万物的神话，印度和北欧神话中也有巨人化生万物的神话。白族的《创世歌》中也讲到巨神人化生万

---

①　陈永香：《田野中的彝族文化》，北京：线装书局 2008 年版，第 194 – 195 页。

物。藏族和哈尼族有牛化生万物的神话。此类型的神话，无论国内国外，虽然是不同民族的神话，但在体现人类的原始思维规律方面，大体是相似的。只是由于民族历史文化的不同，其化生的对象却各有不同。《梅葛》中为什么是虎呢？虎在彝族的传统文化中，是一个重要的文化符号，被看作图腾，是祖先，是百兽之王，是英雄的象征等，彝族的十月太阳历中的十二生肖，纪日的第一位就是虎。十月太阳历的纪日方法并不是 1～38 的顺序纪日，而是用十二属相作为纪日的循环周期。十二属相在"八方之年"的每一年中的顺序各有不同（可参见彝族十月历历谱详表）。纪日的十二兽是：虎、兔、龙、蛇、马、羊、猴、鸡、狗、猪、鼠、牛。彝族巫师也借助于十二属相建立起一整套的命星、八字、吉日、凶日的思想体系。

十二属相与彝族的日常生活有密切的关系，故安排历日时，尽可能考虑到它们使用的方便。对彝族虎崇拜的问题学术界已有诸多讨论，此不赘述。

史诗中用虎的脊梁骨撑天心，用虎的脚杆骨撑四边，最后把天撑稳了，虎骨成为撑天柱，撑（顶）天柱的母题在女娲神话和苗族、拉祜族等的神话中都有，也是创世神话中较为普遍的母题，常见的顶天柱有神山、龟足、大树、虎骨、牛骨、金银、玉石等。《梅葛》中在造好天后，主动测试天的质量（稳不稳），然后由于天造得不结实，所以出现撑天柱的母题，与其他神话相比又自具特色；虎为万物的来源，正是史诗流传区域对虎崇拜的具体体现。虎的文化符号，在《山海经·西次三经》有："玉山，是西王母所居也，西王母如人，豹尾虎齿而善啸。"《山海经·大荒西经》有："有神，人面虎身，文身。"昆仑神话中西王母的"虎齿"或者"有神，人面虎身"等与彝族的虎崇拜，应该有遥远的渊源关系，源于氐羌的彝族，其祖先的活动氐羌区域包括甘青高原、西域和西藏高原，昆仑神话产生于西部区域。

《梅葛》中说水里有三千斤的公鱼，捉来撑地角；有七百斤的母鱼，捉来撑地边。公鱼不眨眼，大地不会动，母鱼不翻身，大地不会摇，大地稳实了。用鱼托地的母题，满族、拉祜族等的神话中都有叙述，满族的《天神创世》里说，天神阿布卡恩都里用土做了大地后放在水面上，命令三条大鱼驮着它。[1] 这些构想与汉族"女娲补天"构想大致是相同的，"可见处在经济文化发展相似阶段的人们的心理状态，也是大体相似的"[2]。

《查姆》创世神话说涅侬倮佐颇派众龙之王罗阿玛去太空中种活了一棵梭

---

[1] 刘亚虎：《神话与诗的"演述"——南方民族叙事艺术》，北京：北京大学出版社 2006 年版，第 124 页。

[2] 袁珂：《中国神话史》，重庆：重庆出版社 2007 年版，第 350 页。

罗树，树分四权，权生四叶，叶夜晚开四朵白花。涅侬俸佐颇又派长子撒赛萨若埃到一千重天种梭罗树，树分四权，权生四叶，叶白天开四朵红花。红花白花轮流在太空，红花是太阳，白花是月亮。梭罗树成为日月的来源，也是各种植物的种子的来源。"这种栽树开花成日月的说法很是独特，目前还未见第二例。"① 梭罗树成为宇宙神树，这在西南其他一些民族的神话中也有提到。树分四权，权生四叶，树干是中心，"四"应就是指东西南北四个方向，权的四和叶的四加起来成为八，八方是彝族的哲学概念，即东、东南、南、西南、西、西北、北、东北八方。在彝族十月太阳历以八方纪年（民间亦多八方，八角图案）。十月太阳历的纪年，其年即东年——布多年，东南年——绿呼底年，南年——依姆年，西南年——欲舌姑年，西年——布切年，西北年——起底呼年，北年——依巫年，东北年——尼舌姑年。按"八方之年"推算，十月太阳历每年一闰。在一个"八方之年"内，十二兽纪日为 243 周半，经历两个"八方之年"。十二兽纪日为 487 周，纪日兽又回到最初一兽，从而得出回归年的时间长度为 365.2422 日，已接近密值。彝族民间推算忌日使用的也是八年为一个循环周期。这可能是"八方之年"纪年法在彝族民间的遗存。这里的四与"黄帝四面"的"四"含义应该也是一样的，都有指示方位的意思，从中也可推测彝族神话与汉族神话的遥远关联。星星则是涅侬撒赛歇在太空撒上星辰，满天星辰是神撒的，至于涅侬撒赛歇撒的星辰源于何物，没说明，当是源于派涅侬撒赛歇去撒的天神，也就是他的父亲。《查姆》创世神话中天地万物的创造，是在主神涅侬俸佐颇的授意下，众神合作的结果。

（三）《梅葛》《查姆》创世神话的历史文化意蕴

马克思在谈到神话时说：任何神话都在想象里并借助想象以征服自然力，支配自然力，把自然力加以形象化，是在民众幻想中经过不自觉的艺术方式所加工过的自然和社会形式本身。马克思清楚地指明了，神话起源于人类企图认识自然、征服自然力的强烈愿望和要求，这便是神话产生的原动力。人类生活在大自然的怀抱里，以自己的血肉之躯，与大自然搏斗。原始人类是借助想象，通过把自然力加以形象化的方式创造神话的，这是神话艺术构思的核心。神话对自然和社会形式本身的加工，是一种不自觉的艺术加工。当原始的初民把自然力和社会现象人格化时，他们并不以为这是幻想或加工，他们十分真诚地相信，世界本来就是神话中的样子。在原始人的观念中，神并不是幻想的东西，而是现实中实实在在有的，人们凭借着这些神的威权，

---

① 陶阳、牟钟秀：《中国创世神话》，上海：上海人民出版社 2006 年版，第 134 页。

在幻想中去实现认识自然、征服自然力的愿望。在原始民族中，神话包含的不仅是古老的故事（且多看成历史故事），而且是有关事物起源的道理，不可动摇的信念及言行的规矩等。

《梅葛》《查姆》神话中，我们也可探寻其遥远的历史影踪，《梅葛》中创世大神格兹天神和《查姆》创世大神涅依倮佐颇，天地万物的创造是他们发动的，他们是组织者。格兹天神是让自己的儿女去创造天地，派儿子引来老虎变万物，他是家长、父亲的角色。涅依倮佐颇则是召集部下商量，然后安排部下及自己的儿子和部下的女儿共同完成了天地万物的创造，他既是家长、父亲的角色，同时还是领导者，角色比格兹天神要复杂，操的心也比他多。从神话中可以看到彝族远古时代已经有了男女分工，有了社会分工，有了领导人（天神）等。

"那些被当成神话进行研究的所谓野蛮民族的神话，在野蛮民族那里，从来就没有被当成神话，野蛮人根本就没有神话这个概念，对他们而言，那些世代相传的故事是真实的，那是他们祖辈的经历，是他们赖以生存和维系团结的真实知识，那就是他们的历史……那些被神话学和人类学视为野蛮人的神话的东西，说穿了，就是无文字族群的口头历史。或者说，所谓神话，无非就是与书面历史不同的口头历史、口头传统。"①《梅葛》《查姆》神话是彝族先民在神话思维中对远古社会历史文化的口头记忆，在口头传统中世代相传，成为神圣的宗教仪式语境中对有关事物起源的解释，不可动摇的信念及言行的规矩等神圣的话语。

神话是神话思维的产物，彝族先民的神话创作者在"创作"时，他们的"思维活动主要是在两个方面展开：思维活动程序的确立和思维形式的选择，即如何创作和创作何种内容。这两方面具有一致性，神话创作者要构建特定的神话故事，描述万物的神奇起源，所选择的是一种非说理论证的思维程序，即运用想象、投射和幻化等方式记叙神话世界所欲描述的各种深层秩序，同样，神话创作者的思维活动内容并不是高度抽象或无象的概念，而是一些具体的物象和心象。"②《梅葛》《查姆》神话的创作者在描述天地万物的来源时，面对宇宙、星体、大地万物，运用想象、投射和幻化、类比等方式，即心物渗透的方式把所见物象和所经历心象用作解释客观世界的材料。在超现实、超自然的神话世界里，是彝族先民对于"自然和社会形式本身"的一种

① 刘宗迪：《作为学术神话的神话概念》，中国民俗学网，http：//www. chinesefoUelore. org. cn/web/index. php？page＝2&NewsID＝5775. 2009 － 08 － 16.
② 黄泽、黄静华：《神话学引论》，海口：海南出版社2008年版，第115页。

"不自觉的艺术加工"。从中依稀闪烁的是彝族先民的天真想象和远古时代的"自然和社会形式本身"。从《梅葛》《查姆》的创世神话所反映的社会生活来看,《查姆》创世神话所反映的社会生活应是稍晚于《梅葛》创世神话反映的社会生活。《梅葛》中的女性意识也比《查姆》要强,造地的女性得到比造天的男性更多的肯定与赞扬。《查姆》中男性的作用得到更多的体现。

《梅葛》神话中所讲述的远古时代生活,应是狩猎时代的社会生产方式和社会生活,其中对狩猎生产的过程有生动描述:"造天五弟兄,胆子有斗大,他们会撵山,他们去引虎。手中紧握大铁伞,伞把装上铁弯钩。十二架山梁上引一引,老虎张着大嘴走出来,老虎抖着身子走出来,老虎被引出来了。老虎张着血盆大口奔来,老虎抖着斑斓的身子扑来,造天五弟兄,忙把伞撑开,挡住了老虎,钩住了老虎,老虎被哄住了,老虎被钩住了。山草掺上棕,棕毛掺山草,索子搓出来……牵着老虎走回来。"虎的威猛,打猎者的智慧与勇敢,栩栩如生地描摹出来。在虎尸体化生万物中,虎肉分十二份,给老鸦、喜鹊、竹鸡、野鸡、老豺狗、画眉鸟、黄蚊子、大蚊子、黄蜂、葫芦蜂、老土蜂、绿头苍蝇各一份。虎肉是平均分配的,是狩猎时代平均分配猎物的生活习俗的生动记录。《梅葛》的创世神话中出现了较晚时期的金银等东西,但"这些神话,仍应属于人类童年时期产生的神话,因为它们反映了人类童年时期的天真烂漫的幼稚心理,只要我们不把人类童年时期制约在原始社会范围内就行了"①。

《查姆》神话中所讲述的远古时代生活,应是农耕时代的社会生产方式和社会生活,其中万物的起源是农耕生产的生动体现,万物之源梭罗树是种植的,日月是它开的花,植物的种子是月中来,讲到了各种农作物:谷子、苞谷、麻、棉、荞子、洋芋、甘蔗等。讲到要有雨露、阳光,粮食才能生长。水(雾露)非常重要,是天地之源,日月不亮是用水洗干净的,由此又分出了昼夜和四季,日月循环,万物在运动中生长等。

《梅葛》《查姆》创世神话的展演语境是与原始宗教信仰有关的各种宗教祭祀仪式和相关的习俗活动。梁启超曾讲道:"语言文字之后,发表思想的工具,最重要的是神话……和神话相连的是礼俗,神话和礼俗合起来讲,系统的思想可以看得出来。"② 史诗中的创世神话是彝族的毕摩在祭祀仪式活动中的语言表达形式和神圣宗教思想的载体。

---

① 袁珂:《中国神话史》,重庆:重庆出版社2007年版,第352页。
② 梁启超:《神话史、宗教史及其他》,转引自马昌仪编:《中国神话学文论选粹》,北京:中国广播电视出版社1995年版,第93页。

由于在传承方式上的差异，《梅葛》《查姆》的创世神话叙事的方式也呈现出明显的不同。《梅葛》的创世神话叙事性较强，线索清晰，特别是对天地的形成过程的叙述，较为详细，而《查姆》对天地的形成过程的叙述就较为简略，对万物的来源叙述也没有《梅葛》具体。《查姆》中对一些事物的起源多从功能上解释，如阳光、雨露、季节都是农作物生长的需要。在细节上，《查姆》中三次出现一个非常可爱的表情"笑"：星王笑在太空中，太阳露笑脸，月亮、星星笑作一团。《查姆》有更多人类生活气息。

《梅葛》《查姆》是彝族历史文化的百科全书，反映了彝族漫长的社会生活和精神生活。在流传区域的彝族中具有崇高的地位，是他们解释宇宙万物和文化起源的神圣经书。其中的创世神话，既有神话共有的特征与类型，又具有彝族文化的鲜明印记。无论是神灵体系还是其中的文化符号，都凸显出与世界其他民族神话不同的独特性。彝族作为中华大家庭的一员，从《梅葛》《查姆》中的创世神话也可以看出它与中华文化遥远的渊源关系。

上面对《梅葛》《查姆》创世神话的简单分析，由于本文依据的《梅葛》《查姆》两部史诗文本是通过整理和翻译的文本，两部史诗都有不同的异文，翻译和整理当中必然会存在文化理解、语言差异等问题，可能使本文的分析存在一些难以避免的偏差。

第二节　《梅葛》《查姆》中的人类起源与灾难神话

人类起源与洪水（或干旱）灾难人类再生的神话故事，许多民族都有此类神话传说。它们大多数都在各民族的宗教经典中有记载，由于各自地理环境、自然条件、生产方式等的差异，作为意识形态的洪水神话也呈现出丰富多变的情节模式。著名的如希伯来的挪亚方舟洪水神话、希腊的丢卡利翁洪水神话、汉族的鲧禹治洪水神话等，它们都在流传的民族中产生了深远影响，并且成为其宗教或道德教化的神圣话语。彝族也有人类起源与洪水灾难的神话故事，并成为彝族宗教经典的重要组成部分，洪水灾难神话成为权威对那些没有道德的人进行惩罚的神圣话语依据，渗透了浓郁的原始宗教气息和深厚的彝族传统道德感。

一、《梅葛》《查姆》中的人类起源与灾难神话简述

《梅葛》《查姆》中人类起源与洪水神话十分丰富，有彝族文化的共同

性，但在叙事的方式和内容上又有差异性。

（一）《梅葛》中的人类起源与洪水神话

《梅葛》的创世部分中讲述天地和世间万物的由来，有了天地万物，但还没有人，人是如何来的呢？神话中人类的起源是这样讲述的：

天地万物造好了，格兹天神来造人，天上撒下三把雪，落地变成三代人：

头把撒下独脚人，只有一尺二寸长；独自一人不会走，两人手搂脖子快如飞；吃的饭是泥土，下饭菜是沙子，月亮照着活得下去，太阳晒着活不下去，这代人无法生存，被晒死了。

撒下第二把，人有一丈三尺长……这代人穿树叶，吃林果，住山洞。四季不分，天上有九个太阳和月亮，做着活计瞌睡来，一睡几百年，身上长青苔，这代人被晒死了。

格兹天神左手拿錾，右手拿锤，来錾太阳月亮，只各留一个在天上，然后分出四季，让草根树皮长出来。

撒下第三把，人的两只眼睛朝上生。格兹天神，撒三把苦荞，撒在米拉山上，撒三把谷子，撒在石山岭，撒三把麦子，撒在寿延山，麦子出穗了，谷子出穗了，荞子长出来了。

没有火，天上老龙想办法，三串小火镰，一打两头着，从此人类有了火，什么都有了，日子好过了。

这代人心不好，懒惰，一天到晚就吃饭睡觉，他们糟蹋粮食，格兹天神看不过，决定换人，他派武姆勒娃下凡来，把第三代人换一换。武姆勒娃变只大老熊，堵水漫山川。直眼人学博若，有五个儿子，一个姑娘。兄弟五人犁田地，犁三天都被老熊翻过来，兄弟几人商议下扣子拴住了老熊。四兄弟都不愿救老熊，都喊打杀，只有小儿子救了老熊。武姆勒娃告诉四兄弟，要水漫山川换人种了，叫四兄弟分别打金、银、铜、铁柜，给小儿子三颗葫芦籽，叫他种出葫芦，与妹妹一起躲进葫芦。四兄弟打好了柜，杀了老熊，熊头淌入东洋大海，塞住出水洞，水就涨起来了。水淹了七十七昼夜，天神下凡治好水，人烟没有了，格兹天神四面八方找人种，先后遇到葫芦蜂、松树、罗汉松、小蜜蜂、柳树、乌龟，天神根据他们的心肠好坏，给予了不同的封赠。天神找到大海边，找到了葫芦，吩咐兄妹俩成亲传人种。兄妹俩拒绝。于是天神叫他们在山顶上滚石磨，滚筛子簸箕，皆合一起，兄妹还是拒绝成亲。天神又比鸟、树、鸭、鹅，最后，兄妹俩说：我们两兄妹，同胞父母生，成亲太害羞。要传人烟有办法，属狗那一天，哥哥河头洗身子，属猪那一天，妹妹河尾捧水吃，吃水来怀孕，一月吃一次，吃了九个月，妹妹怀孕了，生下一个怪葫芦。哥哥不在家，妹妹好害怕，把葫芦丢在河里。天神知道了，顺河水找到大海边，找到葫芦，戳开葫芦，先后走出了汉族、傣族、彝族、傈僳、苗族、藏族、白族、回族。人烟兴旺了。

以上是史诗《梅葛》中人类起源与洪水灾难人类再生神话的基本内容。它介绍了人类的起源和干旱与洪水及人类再生的神话，讲述了几个民族的来源。这些神话透露出许多远古的信息，它虽是神话思维的产物，但从中我们可以解读出远古人类的某些文化特征、思维特征、生产生活方式及社会特征。

（二）《查姆》中的人类起源与洪水神话

1. 独眼睛时代的人

《查姆》中的人类起源与洪水神话讲到人类起源的神话说龙王的女儿叫赛依列，她说"要造独眼睛时代的人"，就叫儿依得罗娃造出了人类的第一代祖先叫"拉爹"，他们是天地日月星的儿女，独只眼睛生在脑门心。这代人不会说话，不会种田，跟野兽一样，有时还会人吃人，他们生活在树林里，住在山洞中，使用木棒和石头做工具，渴了喝凉水，饿了吃野果草根树皮，他们分不出食物的味道，在哭笑中生存。他们慢慢认识野兽的习性，从敲击硬果溅起的火花产生的森林野火中学会了使用火和吃熟食。他们不会种植粮食，神仙之王涅依俅佐颇召集仙王儒黄炸当地、水王罗塔纪、龙王罗阿玛来商议：龙要放出来，雨要落下地；粮食种子要撒下，人才有吃的东西。水王罗塔纪放出四海水，四方行风雨；仙王儒黄炸当地四方去撒种，粮食树木遍地长；龙王罗阿玛四方浇水，四季有风又有雨，山山流出清泉水，五谷种得成了。

独眼睛这代人，世上万物样样都有，一颗米有鸡蛋大，稻子长得像竹林，一粒苞谷鸭蛋大，苞谷秆子高过房顶，一颗蚕豆鹅蛋大，蚕豆苗棵高过人。

独眼睛这代人，不分男和女，不分长幼尊卑，不分白天黑夜，不分日月大小，不分春夏秋冬。

仙王儒黄炸当地找来独眼人，吩咐他管理这代人，把四季分明，撒种收割分清，道理讲明白。但独眼睛这代人，辜负了仙王一片心。所以神仙之王涅依俅佐颇召集仙王儒黄炸当地、水王罗塔纪、龙王罗阿玛来商议："独眼睛这代人心不好，要换掉这代人，要找好心人，重新繁衍子孙。"仙王儒黄炸当地扮作"讨饭人"，寻找好心人。只有一个做活人对乞讨的"讨饭人"表示了善心。"讨饭人"告诉做活人："独眼睛这代人要不得，要换掉这代人，干旱要来临，万物晒死活不成。"做活人请求指引，"讨饭人"说："我把葫芦送给你，葫芦里有喝不完的水，葫芦里有吃不尽的粮食，还有长生不老药，你一天喝一口水，你一天吃一把米。灾难来了你进葫芦去，三年不会缺水，三年不会饿肚子。"

2. 直眼睛时代的人

（1）干旱来临。

干旱来临了，万物都晒死活不成了。顶天柱被晒断，三座大山被晒塌，星星晒得出汗，月亮晒出泪水，梭罗树晒得枯黄。神仙之王涅侬倮佐颇召集仙王儒黄炸当地、水王罗塔纪、龙王罗阿玛及水王罗塔纪的姑娘来商议：天旱三年，江河干涸，大地开裂，草木枯萎，玉石俱焚，独眼人晒死，要留"做活人"，做大地的主人。仙王儒黄炸当地四方寻找做活人，在蜜蜂的指引下，在苏罗赛文的赛措山上找到了唯一留下的独眼人，孤独的独眼人请求仙王儒黄炸当地帮他寻找伴侣，仙王儒黄炸当地答应了，派出仙姑撒赛歇，但撒赛歇看到脏污丑陋的独眼人，不愿与他成家，乘着雾露飞上了天。涅侬倮佐颇又让水王的女儿去帮助独眼人，她舀四瓢水给独眼人，洗干净的独眼人变成了年轻漂亮的直眼人。水王的女儿把此消息告诉了仙姑撒赛歇，仙姑撒赛歇重返苏罗赛文的赛措山，找到了年轻漂亮的直眼人，两人认两棵香樟树做了爹娘，做了夫妻，两人在香樟树下建房生活。他们没有粮食和水，涅侬倮佐颇又让水王的女儿去把水和五谷的种子撒向大地，白狗把种子衔给他们，他们种植五谷，过上了幸福生活。

（2）直眼睛人。

一天撒赛歇生下了一个皮口袋，口袋里传出了哭声，龙王罗阿玛派撒赛萨若埃用剪刀把口袋剪成三截，袋中跳出 120 个蚂蚱，跳三跳变成 120 个胖娃娃，儿子 60 个，女儿 60 个，他们的名字叫"拉拖"，他们成亲做一家。上截口袋的 40 个配成 20 家住在高山上，种植桑麻；中截口袋的 40 个配成 20 家住坝子，种谷、瓜；下截口袋的 40 个配成 20 家，住河边打鱼捞虾。过了 9700 年，人口多得世上住不下了。

直眼睛这代人，他们不懂道理，只管自己，爹死了拴着脖子丢在山里，娘死了拴着脚杆抛进沟里。

神仙之王涅侬倮佐颇召集水王罗塔纪、龙王罗阿玛、古木折意巴（又称盘古，参与造天地，重换一代人，原注）来商议换人：不讲道理的人不换，就看不见善良和纯朴。于是水王罗塔纪、龙王罗阿玛派涅侬撒赛歇到人间查访好心人。经过多方查找，涅侬撒赛歇找到了好心的庄稼人阿朴独姆兄妹。告诉他们即将发洪水换人种，世上只留兄妹俩传后代。

3. 横眼睛时代的人

（1）洪水滔天。

洪水要来了，涅侬撒赛歇给阿朴独姆兄妹一颗大瓜种，兄妹种瓜，瓜藤上结了个大葫芦，涅侬撒赛歇又给他们一碗米和一把种子。他们带着米和种子进了葫芦，蜜蜂用蜡封住葫芦口。涅侬撒赛歇吩咐老龙下大雨，雨下了七十七天，淹没了大地，水天相连，葫芦飘到天上边。涅侬傈佐颇召集众仙商量治水：派水王罗塔纪姑娘、古木折意巴共同治水。古木折意巴打开东西南北四方水门，又派白尾巴乌鸦去叫石蚌踢开山体和水眼，洪水开始下降，水王罗塔纪姑娘再派白老鹰把太阳和月亮衔出来，晒烤水，九天九夜后洪水落了九千丈，出现了山川树木，葫芦也落在了竹树间的岩石上。

（2）找葫芦。

涅侬撒赛歇来到人间找葫芦传人烟，先后遇到土蜂、野蜂、老鼠、小绿雀、喜鹊、小蜜蜂，向他们打听葫芦的下落，根据不同的回答给予不同的封赠。最后是小蜜蜂告知了葫芦的下落。

（3）配亲。

涅侬撒赛歇打开葫芦口，走出了阿朴独姆兄妹，世上只剩兄妹俩，于是涅侬撒赛歇让他们成亲传人烟，兄妹听了觉得兄妹不能做夫妻。涅侬撒赛歇让他们到东北山滚筛子簸箕，两边合在一起了，但兄妹俩还是不愿成婚；又到东西山滚石磨，两边也合在一起了，兄妹俩依旧不愿成婚；再让他们站在河头河尾穿花针，花针穿上了。涅侬撒赛歇说：三件东西试三次，三次相合在一起，水顺沟流道理在，你俩应当作夫妻。兄妹只好答应做夫妻。

（4）民族的来源。

阿朴独姆兄妹成亲后，生下三十六个娃娃，他们都是哑巴。涅侬撒赛歇叫爹娘砍来竹子放在火塘里烧炸，火星溅到哑巴身上，他们发出"阿子子""阿喳喳""阿呀呀"……的声音。后来三十六个孩子各走一方分了家，"阿子子"是彝语，"阿喳喳"是哈尼语，"阿呀呀"是汉语，彝族山头烧火地，傣族挑担住坝子。从此各人为一族，三十六族分天下，三十六族常来往，和睦相处是一家。

二、《梅葛》《查姆》中人类起源与灾难神话比较

《梅葛》《查姆》两部史诗中对人类起源和洪水灾难的故事叙事生动，人类都是经历了三代，前两代人都是干旱导致死亡，第三代人是由于洪水灾难。洪水灾难后通过兄妹婚形式而传下的人类，也就是今天的各民族。对远古人类曾经经历的洪旱灾难，用神话思维的方式生动地展现出来，并解释了灾难的原因是人的无道德和神的意志的结果。对其内容的异同用表格来比较如下：

作品名	人类的代数	人类来源	人类的外形	遇到的灾难	灾难产生的原因	结果
《梅葛》	第一代	格兹天神撒下第一把雪	小矮人：独脚人，一尺二寸长、一人不会走、两人手搂脖子快如飞	旱灾：月亮照着活得下去，太阳晒着活不下去	没交代	全晒死了
	第二代	格兹天神撒下第二把雪	巨人：人有一丈三尺长、穿树叶、吃林果、住山洞、好瞌睡	旱灾：天上有九个太阳和月亮	没交代	全晒死了
	第三代	格兹天神撒下第三把雪	人的两只眼睛朝上生	天神用洪水换人	心不好、懒惰	只有依靠葫芦幸存下来的好心的兄妹俩
	第四代	兄妹婚的后代	横眼睛			兄妹婚生葫芦，从中出来后代：各民族的来源
《查姆》	第一代	独眼睛时代的人：儿依得罗娃所造	独只眼睛生在脑门心	干旱来临万物晒死，独眼人也晒死了	辜负了仙王一片心，不分善恶和四季，心不好	只有依靠葫芦幸存下来的好心的"做活人"
	第二代	直眼睛时代的人：做活人与仙女的后代	直眼睛（蚂蚱变成的）	洪水滔天：天神用洪水换人	不懂道理、自私、无道德	只有依靠葫芦幸存下来的好心的庄稼人阿朴独姆兄妹
	第三代	横眼睛时代的人：阿朴独姆兄妹婚的后代	横眼睛			阿朴独姆兄妹婚生下葫芦，从中出来后代：各民族的来源

从上表可以看到两部史诗中神话的异同：

基本母题：两部史诗中神话都包含了各民族神话普遍具有的母题，即人类起源神话，被旱灾、洪水毁灭，人类再生的神话内容，基本的情节模式是神造人—干旱毁灭人类—神再造人类（《梅葛》中是神撒下的雪变成人，《查姆》中则是幸存的做活人在神的帮助下通过仙婚的形式传下了直眼睛的第二代人）—洪水毁灭人类—兄妹婚再传人类。人类再生型洪水神话中所叙述的兄妹结婚再生人类是一个非常多见的母题，如瑶族、壮族、布依族、苗族、毛南族、水族等 41 个民族的神话都有关于洪水后兄妹婚再传人类的说法。

人类的来源：《梅葛》的人类的前三代是格兹天神撒下的雪变成的，即人是神创造的，源于雪（水），第四代是兄妹婚的后代。《查姆》中龙王的女儿叫赛依列，她说"要造独眼睛时代的人"，就叫儿依得罗娃造出了人类的第一代祖先叫"拉爹"，尽管没有具体交代是用什么东西造的人，龙王的女儿起意造的人，也可以推测人的起源与水有关。第二代是人神婚的后代，第三代是兄妹婚的后代，从兄妹婚开始，《梅葛》《查姆》的神话母题合在一起。

两部史诗的神话思维中都体现了生命源于水的朴素唯物观。在神话流传地区的彝族的信仰民俗中至今还保存有对水源祭祀的活动，农历正月初一的早晨，每家都会到平时取水的水源地方插上香，放一片肥肉，祈求水源长流；农历二月属龙日有祭祀龙的活动，当日由村中长者主持清理沟渠水塘，杀猪或羊祭祀龙后集体野餐。人类起源神话在各民族中都有流传，体现了各族先民们对自身的热切关注与积极探讨，是早期人类自我意识的觉醒，而且常常与原始宗教有着密切联系，应是人类早期多种社会生产生活条件和生存需求共同作用的结果。

人的外部特征：《梅葛》的人可以分四代，第一代独脚人（小矮人）和第二代巨人，他们是形体不正常，全被晒死了。《查姆》第一代人独只眼睛生在脑门心，是五官不正常，独眼人也被晒死了。《梅葛》的第三代与《查姆》的第二代在形体上没差别，五官都是直眼睛，他们都因不懂道理、自私、无道德感而被神用洪水毁灭了。《梅葛》的第四代和《查姆》中的横眼睛人，他们都是洪水中依靠葫芦幸存下来的好心兄妹婚生下的后代。他们是彝族的远祖，形体五官与现在的人无异。神话中人类发展过程中，遇到的致命灾难都是旱灾和水灾。被毁灭的人类在形体上都有不正常的地方，《梅葛》中第一代人矮、独脚，第二代人高大、嗜好睡觉，第三代以后的人与《查姆》中的相一致，都是眼睛不正常。无论形体还是眼睛的怪异，它们都是象征性的，其象征意蕴应是一致的，既蕴含了人类自然进化和文化进化的历史进程，又是神话传承者和讲述者对其讲述语境中的人们的肯定和警告。肯定此语境中的人们是洪水后神选的有德行的人的后代，是比那些被毁灭的人类更高级更正常的人。同时，也警告人们要遵守相应的道德规范，否则会受到神灵的惩罚。

人类毁灭性灾难产生的原因：《梅葛》中第一代和第二代人是由于身体的缺陷没法生存而被晒死了，第三代人是人的两只眼睛朝上生，灾难产生的原因是这代人心不好、懒惰，一天到晚就是吃饭睡觉，他们糟蹋粮食，格兹天神看不过，决定换人。《查姆》中灾难产生的原因是涅侬倮佐颇认为："独眼睛这代人心不好，要换掉这代人，要找好心人，重新繁衍子孙。"直眼睛这代人，他们不懂道理，只管自己，爹死了拴着脖子丢在山里，妈死了拴着脚杆抛进沟里。不讲道理的人不换，就看不见善良和纯朴。导致人类灭顶之灾的是人类自身的无道德。《梅葛》中的第三代人和《查姆》中第二代人的致灾原因相同，都是人类的无德行为使天神决定要寻找有道德的人做人种，换掉无德行的一代人，是人类自己的过失造成了大灾难的降临。

人类的被救赎和再生情况：《梅葛》中神给善良的小儿子三颗葫芦籽，叫他种出葫芦，与妹妹一起躲进葫芦。《查姆》中涅侬撒赛歇给善良的阿朴独姆兄妹一颗大瓜种，兄妹种瓜，瓜藤上结了个大葫芦，涅侬撒赛歇又给他们一碗米和一把种子。他们带着米和种子进了葫芦，蜜蜂用蜡封住葫芦口。洪水来临，人类被毁灭。阿朴独姆兄妹依靠葫芦得以幸存，洪水后，兄妹成婚再生有道德的新人类。《查姆》中两代人的灾难来源都是人类的无道德行为使神灵生气而造成的，《梅葛》中第三代人才是因为道德不好而遭毁灭，《查姆》的神话道德说教的目的要比《梅葛》强得多，《梅葛》的神话要比《查姆》的神话古朴、率真得多。

人类的避水工具：葫芦（瓜），在中国南方少数民族的洪水人类再生型神话中，葫芦是一个普遍使用的避水工具，有的说是伏羲与女娲，有的说是伏哥与羲妹，有的说是本民族所尊崇的文化英雄，其中以伏羲与女娲最有代表性，对此学术界已有不少研究成果。葫芦应是早期人类母体原型崇拜意识的反映，体现了人类对母性的直觉意识，它投射了早期人类对世界和人的形象的间接经验。人在童年阶段，几乎都依赖与母性的联系，而女性的"基本特征指的是女性作为大圆、大容器的形态，它倾向于包容万物，万物产生于它并围绕着它，就像一笔永恒的财富。产生于它的一切事物都属于它并且继续服从于它；即使个人逐渐独立了，女性原型也会把这种独立性相关地处理为她自身的永恒存在的另一非本质形式"①。在初民的无意识所支配的自我和意识中，原型女性都是极端重要的，在人们的心理世界里，她是一种决定性的力量。"假如我们把初民未定型的身体—世界等式同女性基本特征的方式女人＝身体＝容器结合在一起，我们便为人类远古时代得出一个普遍的象征公式：女人＝身体＝容器＝世界。"② 神话中使人类得以躲避洪水灾难的葫芦也是一种容器，这种容器包孕了人类，是母体崇拜的体现，也是在人类漫长的历史发展中对母体经验在时间长河中的沉淀。它对应于母权的社会意识，彝族也曾经有很长的以母为尊的历史，即使进入父权制后，女性依然有较高的地位。据笔者的调查，在史诗梅葛神话流传中心区域的姚安县马游村，直到现在，基本上是男女平等，在分家时，如有女儿未嫁在家的，也可以分得一份房产。虽然婚俗中是男娶女嫁，但观念上并不认为女不如男。在梅葛的流传区域的彝族中有用葫芦制作祖灵的习俗，认为祖先是从葫芦中出来的，死后灵魂也要回到葫芦中。

人类的再生：干旱毁灭人类后，神再造人类情节简单，《梅葛》是神直接撒下雪变成人；《查姆》中要复杂些，干旱毁灭了独眼人后，神帮助幸存的独眼人获得仙女的爱情而再传人类。

洪水后，兄妹成婚再造新的人类。《梅葛》中兄妹俩拒绝成婚，于是天神叫他们在山顶上滚石磨，滚筛子簸箕，皆合在一起，兄妹俩还是拒绝成亲。天神又比鸟、树、鸭、鹅，最后兄妹俩，属狗那一天，哥哥河头洗身子，属猪那一天，妹妹河尾捧水吃，吃水来怀孕。妹妹生下一个怪葫芦，从中先后走出了汉族、傣族、彝族、傈僳族、苗族、藏族、白族、回族。人烟兴旺了。

《查姆》中洪水后涅侬撒赛歇让兄妹成亲传人烟，兄妹听了觉得兄妹不能做夫妻。涅侬撒赛歇让他们在东北山滚筛子簸箕能合在一起，兄妹不愿成婚，又到东西山滚石磨能合在一起，兄妹还是不愿成婚，再让他们站在河头河尾穿花针能穿上，兄妹最后只好答应做夫妻。他们生下三十六个娃娃，全都是哑巴。涅侬撒赛歇叫爹妈砍来竹子放在火塘里烧炸，火星溅到哑巴身上，他们就会说不同的语言，三十六个孩子各走一方分了家，从此各人为一族，三十六族分天下，三十六族常来往，和睦相处是一家。

---

① 埃利希·诺伊曼著，李以洪译：《大母神——原型分析》，北京：东方出版社 1998 年版，第 16 页。

② 埃利希·诺伊曼著，李以洪译：《大母神——原型分析》，北京：东方出版社 1998 年版，第 42 页。

三、《梅葛》《查姆》人类起源与灾难神话的文化意蕴

《梅葛》《查姆》中认为人是从水出，这是彝族先民对水是生命之源的最初观察体验和朴素唯物主义认知，神话的产生据研究是在旧石器时代，那时的原始部落或氏族多依水而居。到了旧石器时代晚期，人类已开始制作并使用简单的工具，能够从事集体采集或狩猎活动，原始农业也在此时萌芽，而干旱和水灾对原始农业来说，都是致命的巨大灾难，生产力水平低下的原始先民是难以对抗这样的自然灾害的。于是面对大河的泛滥成灾或天降大雨或大干旱等自然灾害，迫使先民们不得不经常与之做抗争，于是洪水或干旱便作为一种典型的自然现象较早地进入神话，神话中所反映的洪水或干旱毁灭世界是具有客观基础的。当然，在先民的神话思维中，这一切又把人无道德的行为和神的惩罚联系在一起。洪水（干旱）灾难的神话就成为一个人类世界较为普遍的神话母题。"这些洪水故事构成了世界史中原型神话的必要组成部分……洪水英雄甚至成为在经历了最险恶的灾难和罪恶的洪流之后都能够幸存下来的人类原始活力的象征。"[①] 洪水前的人类，是神直接创造的，而洪水之后，人的祖先就是经过神挑选的义人的子孙。因此，也可以说，洪水考验是人类从蒙昧到文明的一个象征的通过仪式。通过了仪式而幸存的人类，已不同于先前的人，他们是有道德的、进入文明阶段的人。这对人类自身在宇宙中位置的确认，对自身文化史的认识，皆是重要的。

神话是消除了个人因素的集体的梦，它所显示的问题和解决问题的方法对整个人类皆是直接有效的。在神话中，洪水前，人与神的关系密切；洪水后，人与神的关系就趋于淡化，直至人神真正完全分离，天神不再插手人间的事，人开始真正地靠自己生存，洪水的灾难是人从神的创造物到人自身的结果这个分裂过程所必需的考验，是人从直觉思维转向理性思维的表征。洪水考验（或是灾难考验）是通过原型，它对应于广泛存在于各民族中的成年通过仪礼。只有通过灾难考验的人类才是脱离了原始状态的真正意义上的文明的人类，同样，只有通过成年仪礼考验的人才是脱离了孩童状态的真正意义上的成年人。通过考验前，人面对的是神；通过考验后，人面对的就是人类自身了，它也脱离先前人类的种种不正常状态（如形体或眼睛的怪异、没有道德规范等）而进入一种正常状态（形体正常、有道德感等）。同样，在成年仪式前，处于孩童时代的人面对和依靠的是父辈，他们要依靠父辈生存，

---

① 约瑟夫·坎贝尔著，张承谟译：《千面英雄》，上海：上海文艺出版社 2000 年版，第 44 页。

也不懂多少人生道理，无须负什么责任。而通过了成年仪式后，就是成人了，必须负起成人的种种责任，依靠自己的能力去生存。这类考验神话的实质含义是"自己族类的祖先因为自己的能力、德行而得到神的认可，从而在种族灭绝性的灾难中，得到了神的帮助而生存下来，并得到神特殊的喻示而繁衍后代，从而更显示出神圣的地位；同时，也更显示与神的神秘联系，以得到神更多的眷顾"①。

《梅葛》中兄妹是以哥哥河头洗澡，妹妹河尾喝水的方式传人烟。《查姆》是兄妹答应做夫妻而传人类。神话中都是兄妹不愿成婚而要通过多种占验方式来确定是否成婚，对此钟敬文先生曾说："在洪水神话中，还有兄妹利用烧烟、滚磨的方式决定能否结婚的情节，有人解释说：这是在抗拒血缘婚。实际上，原始人做事情，特别是一件非常的事情，都要占卜，占卜是原始信仰表现的习惯方式，我们现在的'八字合婚'也是一种占验，占卜。原始人对这种事情没把握，而且婚姻事情要得到神意的许可，占卜是得到神意的手段。"② 直到今天，在彝族的民俗生活中，在做许多重要的事情前都还保存着占卜的习惯。占卜的方式很多，集体的大事和个人的大事，大多要由毕摩进行，毕摩往往有经书作为依据。一般的事情，个人也可自行占卜。常见的占卜方式有黑白占卜、单双数占卜、鸡挂卜、动物的肩胛骨卜、胆卜、十二生肖、铜钱卜等。这样的占卜行为在各民族的民俗信仰中也是普遍存在的。

兄妹婚是人类的再生型神话中较为常见的母题，兄妹（或姐弟）间的血缘婚，是人类再生神话、始祖神话中婚姻的大宗样式。兄妹婚神话其实是禁忌兄妹婚的神话，兄妹婚神话中渗溢着极为沉重的"乱伦"负罪感，而且还负载着令人恐惧的"乱伦"邪恶感，"乱伦"在彝族和一些少数民族都被视为天灾人祸之源而遭到禁止。这类神话里总要制造出一场天灾，结果世上只剩下兄妹俩；然后又安排他们碰上种种奇迹，征得天意特许婚配；最后还要让他俩生育下畸胎或异物，以此表示上天的制裁。而且人们也仿佛耻于做他们的后代，偏偏从他俩种的葫芦或瓜里诞生。社会发展了，对血缘婚否定了，于是民间口头文学就找借口为兄妹婚开脱，一是讲洪水泛滥后，天地间只剩兄妹二人，如不婚配，人类将灭绝。二是他们的行为是按神的意思为传人类不得已而为之的，是情有可原的。而对兄妹婚后果（生出怪胎等）危害性的渲染恰恰又隐藏着人类对血亲婚的深深忧虑。人类婚姻从最初的杂乱婚、血

---

① 刘亚虎：《南方民族洪水神话的结构及意蕴》，见杨甫旺主编：《楚雄民族文化论坛》（第一辑），昆明：云南大学出版社 2007 年版，第 68 页。
② 钟敬文：《中国民间文学讲演集》，北京：北京师范大学出版社 1999 年版，第 138 页。

缘群婚、普那路亚群婚、对偶婚到后来的一夫一妻制，经历了一个漫长的发展过程，兄妹婚的出现只能是继血缘群婚、普那路亚群婚之后的一个新阶段。兄妹婚这一情节还蕴含着两个文化意义：一是兄妹婚的情节标志着人类进入了对偶婚时期；二是兄妹两人不愿成婚，因为是兄妹，这就意味着人类已摆脱了乱伦的群婚阶段，而进入族外婚，这是人类婚姻史上一个新时代的进步。

《查姆》中仙姑撒赛歇和独眼人的婚姻过程叙述中，撒赛歇看到脏污丑陋的独眼人，不愿与他成家，乘着雾露飞上了天。涅侬倮佐颇又让水王的女儿去帮助独眼人，她舀四瓢水给独眼人，洗干净的独眼人变成了年轻漂亮的直眼人。水王的女儿把此消息告诉了仙姑撒赛歇，仙姑撒赛歇重返苏罗赛文的赛措山，找到了年轻漂亮的直眼人，两人才做了夫妻，开始建房过家庭生活。这与彝族中曾经普遍存在的不落夫家婚的婚俗是一致的。不落夫家婚，是指新婚夫妻举行婚礼之后，新娘第二天便离开夫家，回到娘家长住，直到生育之后，才到夫家长住，过稳定的一夫一妻制生活。从母权制过渡到父权制。不落夫家婚就产生在这个时代变革的过渡时期。在母权制时代，女子地位在男子之上。随着生产力的提高，财富的积累和交换的扩大，父亲要求把遗产给亲生儿子，这样男子就不愿再从妻居，而要把女子娶进家来。这就必然引起妇女的反抗，她们留恋母权制，不愿离开自己氏族出嫁到男子家去，她们对不得不离开自己氏族，嫁到男子家中感到强烈的不满，但母权的时代过去了，无论怎样的反抗也难以改变严酷的现实。不落夫家婚是从妻居到从夫居的中间状态。在云南的一些少数民族中都曾经有过这样的过渡状态的婚俗存在，新娘嫁到男方家举行婚礼之后，立即返回娘家居住，一般要等到三五年以后，或有了孩子之后，才到夫家长住，开始一夫一妻制的家庭生活。

《梅葛》《查姆》是彝族毕摩的经书，其神话本身是原始宗教信仰的重要组成部分，史诗神话的流传，本身就与彝族的原始宗教结合在一起，原始神话和原始宗教互为载体，它们体现了彝族先民的世界观。"原始人的思想意识是一种尚未完全分化的意识形态，其中既包括原始唯物主义，也包括唯心主义；既包括科学思想的萌芽，也包括宗教思想的萌芽；既有积极因素，也有消极因素。原始人在大自然面前，总是软弱无力的。一方面幻想能征服自然的各种奇迹，另一方面也有时向大自然屈服，或乞求大自然的帮忙。这是原始的一种客观实际思想，是原始神话产生的原因，也是原始宗教产生的根源，这就表明，宗教与神话是不容易分开的。应该强调的是，神话的确是古代神话宝库中极为宝贵的文化遗产。它不仅具有艺术价值，还有历史科学价值。神话对于研究原始社会可提供科学依据。虽然，神话只能折射地反映历史事实，但若能掌握正确方法和理论，也不难从中看到当时的情况。而且对于尚未创造文字的民族，这些神话是考察他们历史的重要依据。"①

在《梅葛》《查姆》的主要流传区域，原始宗教信仰的氛围浓郁，在当地彝族的年中行事、人生仪礼、民间信仰中，都可寻找到史诗中创世神话内容的痕迹，许多人对神话解释的内容都知道，他们认为古时就是那么说，那么做的，所以也就那么说，那么做了。这在民间信仰和人生仪礼中是明显的。彝族中盛行祖先崇拜，在史诗的丧葬部分对此作了详尽的叙述。在彝族的葬礼中，过去都要请毕摩吟诵经文，演唱史诗神话是民间信仰生活的一个重要内容。"起源神话表达了人类理解宇宙的渴望，从中心到圆环可以满足人们求得依赖与安全的愿望，追求生命整体和谐的价值实现。人可以投入天地鬼神的世界里去体现出生命的本质，如宇宙般的永恒长存，能经常回到起源的创造性上，对应着有序的宇宙法则，确立人在宇宙中的地位与存在的意义。人类在长期生活实践下形成的观念与行动，具有自我实现的终极目的与至高价值，人在自然生存状态中，有着内在完善的境界追求与生命回归。不管外在环境如何恶劣，人性必然还是朝向相应宇宙和谐的生存法则。"②

人类起源及洪水灾难神话对彝族的民族文化和民族精神建构有特殊的意义：它以其权威性统摄和强化民族心理，形成统一的道德意识；以其可怕的后果规范民族的行动，形成共同遵循的行为模式；以其同源同祖的意识增强民族的向心凝聚力，形成同族的认同感；以其元典性成为民族文化的源头，成为民族叙事的原型。保存在宗教经典中的这些神话故事，在神圣的宗教仪式中反复讲述，不断地诠释、强化着一个民族的宗教道德意识，使其成为一个民族文化观念的来源，化为民族共同的集体意识而影响和制约着民族文化的发展方向。

第三节　《梅葛》《查姆》文本的程式语词和程式句法分析

《梅葛》和《查姆》是楚雄彝族从古至今口耳相传的史诗。这两部活形态的史诗之所以广为传播、在流传区域彝族群众中家喻户晓，与口头程式有极大的关系。下面运用"口头程式理论"，通过文本分析来探讨《梅葛》和《查姆》的口头传统特征，对史诗语词程式中数字程式、人名程式、方位程式

---

① 杨堃：《民族与民族学》，成都：四川民族出版社 1983 年版，第 62 页。
② 郑志明：《想象——中国神话与仪式》，贵阳：贵州人民出版社 2010 年版，第 155 页。

和句法程式中平行句法程式、韵律情况等进行分析，探讨《梅葛》和《查姆》中较为典型的程式运用情况，这些程式的运用为史诗吟诵者提供了记忆上的便利，也加强了史诗的艺术感染力。

"口头程式理论"是 20 世纪兴起的美国民俗学重要流派之一。帕里的研究成果之一就是程式的概念，他认为程式就是在相同的格律条件下为表达一种特定的基本概念而经常使用的一组词。在他看来，口传史诗中出现的语词、句子的重复现象，不是陈词滥调而是有其特定的含义和独特蕴含。洛德认为程式是思想与吟诵的诗行相结合的产物，也就是说口传史诗在吟诵的过程中，思想是自由的，诗行则有一些限制。通过口头程式理论对史诗进行程式分析研究，我们得以知晓，"传统是如何模塑歌手和听众的，是如何限制歌手的自由发挥，给予这种发挥一个基本的范围，又为这种发挥提供使用便利而又威力无比的传统手段"[1]。

彝族史诗《梅葛》和《查姆》能够广为传播，并在其流传地彝族中家喻户晓，程式在《梅葛》和《查姆》传统演绎中的功能，是一个典型的反复出现的创编规程，史诗的演唱者运用程式将史诗的一个诗章和其他诗章联系起来，将史诗吟诵者的表演经验统一为完整的整体。

听过《梅葛》和《查姆》演唱的听众或是看过这两部史诗文本的读者，都会发现其中有些词组、句子，甚至是一些句子的组合会出现重复的成分，这些反复出现的单元是高度固定化了的，即使有些变化，如在反复出现的短语单元前后附加某些句法成分，但是其核心部分也是很突出的。程式就是这样一个特定的单元，是特定的含义与词语的组合，它有相对固定的韵式和相对固定的形态，由歌手群体所共享和传承，反复地出现在演唱文本中。《梅葛》《查姆》的文本程式句法分析，主要分为两个步骤：程式语词分析和程式句法分析。

一、语词程式

构成史诗《梅葛》和《查姆》的语言，是语词、词组和句子，语词应是构造诗句的最小单位，它们是固定的、通常不可再切分的部分，是诗句最基本的构造单元，这些单元稳固而且形成系统。程式是在诗节中出现频率比较高的词语。史诗演唱者在用程式进行口头诗歌创作时，许多相同的语词会反复出现于演唱过程中，史诗演唱者正是通过这些看似重复的语词程式来进行

---

[1]　朝戈金：《口传史诗诗学：冉皮勒〈江格尔〉程式句法研究》，南宁：广西人民出版社 2000 年版，第 134 页。

思考和演唱。对诗歌语词程式的分析一般有关于地名的程式、器物的程式、方位的程式等。朝戈金先生在其著作《口传史诗诗学：冉皮勒〈江格尔〉程式句法研究》中有过"特性修饰语"等语词程式的分析。在此对《梅葛》和《查姆》进行语词程式分析，主要是对其典型的数字程式、人名程式等运用情况进行分析。

（一）数字程式分析

数字在彝族文化中占有重要地位，数字程式贯穿在史诗《查姆》和《梅葛》的程式语词中。"三"是《查姆》和《梅葛》中常用的数字程式。在各种宗教祭祀活动和日常生活中，彝族文化和数字"三"都紧密联系，数字"三"在彝族文化中具有深远的文化内涵，从古至今彝族人都把"三"作为崇拜之圣数。《查姆》中较多关于时间数字的程式，如：

三年见不到闪电	566[①]
三年听不到雷声	567
三年不刮一阵清风	568
三年不洒一滴甘霖	569
两人把种子晒了三天	893
两人把种子泡了三夜	894
拿在日下晒三天	1023
拿在月下露三晚	1024
一连砍三天	1547
三天火不熄	1551

《查姆》中关于时间的程式，主要是以数字"三"作为程式且出现的频率很高。史诗中"三天""三年"等时间不具有实在意义，是彝族传统文化具象思维在史诗中的语言表征。史诗中的时间程式语句与现实之间的关系是一种隐喻关系。这种象征性的时间就是一个固定的单元，在史诗演唱者那里是惯用的脱口而出的语词。

《梅葛》中也出现了很多的数字程式，其中出现数字程式"三"是最多的，多处可看见数字"三"，史诗《梅葛》中用数字"三"与量词组成数量词，用来形容人、自然物等事物的数量。

野香樟木撒了三岭	1112[②]

[①] 此处数字是笔者对云南人民出版社1981年版《查姆》依序排列的诗行号。

[②] 此处数字是笔者对云南人民出版社1959年版《梅葛》依序排列的诗行号。

马缨花树撒了三岭	1113
白皮松树撒了三凹	1114
橡树栗树撒了三坡	1115
橡树栗树撒了三箐	1116
三层楼上头	2744
有三个竹筒	2770
有三垧板田	2776
有三垧蒿子地	2777
傣族人三个	2784
阿卡人三个	2785
春雨下三阵	2795
秋雨下三阵	2804
大印盖三颗	2869
托子盖三颗	2870
三个白族小姑娘	2875

史诗中所呈现出的对数字"三"的偏好，与彝族现实生活中对祖先的崇拜诸多现象有相通之处，彝族的供奉祖灵等祭祀活动多处与"三"相关，如祖灵房分三间、转头转三圈、祭酒祭三杯、烧香烧三炷，叩头叩三次，杀三牲作为祭品等。

史诗中出现的数字"三"，多数都是虚指，没有特定的含义，它绝大多数表述都是建立在形而上的想象或是对传统的遵从之中，表达的是一种抽象的概念和感觉。

关于数字"十二"的程式。在《梅葛》和《查姆》中，"十二"是常见的数字程式。如：《查姆》中"画成万物十二册""写成字数十二本"。[1] 与《查姆》较为相似，《梅葛》中出现数字"十二"的频率较高。比如："十二架山梁上引一引"，"不能多一份，不能少一份，索子搓成十二份"，"虎肉分成十二份，一份也不多，一份也不少"。[2] 而数字"十二"又可衍生出"一百二十"也是再自然不过的想法了，"一百二十"是《查姆》中常见的数字程式，彝族传统文化中用具象思维来表达现实存在的抽象事实。他们用"一百

---

① 云南省民族民间文学楚雄、红河调查队搜集，郭思九、陶学良整理：《查姆》，昆明：云南人民出版社1981年版，第115页。

② 云南省民族民间文学楚雄调查队搜集翻译整理：《梅葛》，昆明：云南人民出版社1959年版，第10、11、14页。

二十"来表示数量的庞大或频率非常高。

变成一百二十个胖娃娃	951①
一百二十个小"拉拖"	959
每到一家要作一百二十个揖	1028
每到一户要磕一百二十个头	1029
缫得一百二十堆	1812
搜遍了一百二十个峰峦	1836

　　史诗中数字"一百二十"的运用都有其特定的意义，有利于听众的接受和理解，如"作一百二十个揖、磕一百二十个头"，表示独眼人的道德败坏和天神寻找好心人的不易。又如"搜遍了一百二十个峰峦"，是为了赞许彝族英雄的勇敢和勤劳，彝族创业者不畏艰辛的精神。楚雄彝族的十二兽舞在乌蒙山广大彝族地区千百年来一直流传着，十二兽舞又称"母虎舞"，彝家人自称为"罗嬷捏姿"，是彝族古老的虎图腾崇拜中以祭拜母虎神为主要内容的原始祭祀活动。除此之外，彝族还有以十二兽纪日的历法。这样就不难理解彝族对"十二"这个数字是怀有感情的。因为数字"在实际应用中，它还或多或少与被计算的东西联系着。在集体表象中，数及其名称还如此紧密地与被想象的综合的神秘属性互渗着，以致与其说它们是算术的单位，还真不如说它们是神秘的实在"②。在史诗《梅葛》和《查姆》中，关于数字程式的使用有其特殊含义和文化意蕴。

（二）人名程式分析

　　史诗《梅葛》和《查姆》中的主人公以神和人为主，他们有些是开天辟地有着赫赫功绩的神仙，有些是历尽艰辛有着大无畏精神的勇士，或者是披荆斩棘创造彝族灿烂文明的功臣，他们无疑都是彝族文化的缔造者、彝族文明的开拓者。因此在史诗的演唱过程中，歌者总是向听众灌输着这样的信息：这些神和人是有神力的，他们的名字是不能磨灭且值得彝族人民永远铭记的，因此史诗的歌者将他们的名字作为史诗诗章发展中着力关注的部分。帕里认为："首先，我们既会因为在史诗中精确地发现，每一位在诗中起重要作用的英雄都有一个带有既定的格律意义的主语程式而感到满足。其次，也会由于察知诗人每一次都将这种程式与其他词汇结合起来运用以表达他的核心思想

---

① 此处数字是笔者对云南人民出版社 1981 年版《查姆》依序排列的诗行号。
② 列维·布留尔著，丁由译：《原始思维》，北京：商务印书馆 1985 年版，第 202 页。

而满足。"①

在史诗《梅葛》和《查姆》中对人物名字反复强调，却不是孤立毫无意义的重复，这些名字是有规律地反复出现在口头诗歌当中，在满足步格的条件下反复地出现在诗行中，形成了有关人名的程式，这些程式也是史诗中最稳定的程式。如在《查姆》中，（龙王）罗阿玛、（水王）罗塔纪、（仙王）儒黄炸当地、（神仙之王）涅侬傈佐颇，这些人物只要在史诗中出现，就与人名之前的称呼连在一起不分割，也就是说这一语词高度固化，具有相当的稳定性，无论它们出现在史诗的任何地方，这一语词都不会发生变化，因此也被称为"固定单元"，是具有程式特点的人物姓名单元。

史诗的演唱者，总是会不厌其烦地照搬英雄或神的名字，并且使他们的名字成为史诗不可分割的一部分。例如在史诗《查姆》"纸与笔"部分，这部分讲彝族先民纸与笔的来源，彝族的英雄歇阿乌带领歇索的三个儿子历经千辛万苦寻找做纸的树皮和做笔的竹枝。其中的人名"歇阿乌"和"歇索的三个儿子"，作为人名程式多次反复出现。"纸与笔"这部分总共只有170行，其中"歇阿乌"的名字就出现了18次，"歇索的三个儿子，跟着歇阿乌"这句出现了六次。在《查姆》的"长生不老药"这部分中，史诗叙述彝族长生不老药的由来和失去长生不老药的过程。整个部分共有280行，其中艰难寻找长生不老药的英雄"拉兵也欧"的名字出现了12次，帮助"拉兵也欧"的"西说阿墨勒姑娘"的名字出现了12次。

在史诗《梅葛》中也出现了人名的程式，但因为《梅葛》中所涉的天神和英雄这样的人物形象较少，所以与《查姆》相比，关于人名的程式要少一些，但也有所涉及，如"门世地培阿地方，住着阿省莫若，阿省莫若有竹种，阿底莫若去要竹种。阿底莫若找回竹种来，撒到河边沙滩上"②，史诗中的这段话，总共只有六句，而其中寻找竹种的彝族祖先的名字就出现了四次。

《查姆》和《梅葛》中有些造物神和创世英雄，他们的名字频频出现，一方面，史诗的演唱者对神和英雄的名字不断重复，有利于观众加深对神和英雄的记忆，对英雄业绩的铭记和歌颂，为的是让听众不忘历史，也利于听众对史诗情节的理解和接受。另一方面，事实上也是史诗演唱者的需要，人名程式的运用让演唱者有了即兴创作的时间。

① 阿尔伯特·贝茨·洛德著，尹虎彬译：《故事的歌手》，北京：中华书局2004年版，第109页。
② 云南省民族民间文学楚雄调查队搜集翻译整理：《梅葛》，昆明：云南人民出版社1959年版，第82页。

（三）序数程式和方位程式分析

在《梅葛》文本当中我们可以看到许多序数程式，这也是史诗中较为常见的表达策略，即通过序数排列将事物列举出来，这个序数一般置于句首。如"戳开第一道，出来是汉族，……戳开第二道，出来是傣族，……戳开第三道，出来是彝家，……戳开第四道，出来是傈僳，……戳开第五道，出来是苗家……"①序数排列还常常引申变通为月份、时令排列，如："正月去背粪，二月砍荞把，三月撒荞子，四月割大麦，五月忙栽秧，六月去薅秧……"，"长到八月二十日，长到九月二十日，长到十月二十日，长到冬月二十日，长到腊月二十日……"②

《查姆》中也有以数字顺序排列的例子，如"他一无弟妹，二无父母，三无兄长"，"万里路上不见人，伴我的只有太阳；千里路上不见树，只剩两棵香樟；百里路上无鸟飞，只有斑鸠低声唱……"，"百里无草木，千里无鸟兽，万里无人烟"③。在史诗《梅葛》和《查姆》中以序数程式出现的诗句还有很多，这里就不一一列举。

除此以外，《查姆》中常见的还有方位程式，即以东南西北方向排列来展开叙述，如"东方水门开，南方水门开，西方水门开，北方水门开"，"东方的人吃了，东方的人永远不会死；南方的人吃了，南方的人永远不会死；西方的人吃了，西方的人永远不会死；北方的人吃了，北方的人永远不会死"；④这种方位程式有时还会以固定搭配的方式出现形成新的程式，如"东方放绿龙，南方放红龙，西方放白龙，北方放黑龙"，"东方浇瓢绿龙水，……南方浇瓢红龙水，……西方浇瓢白龙水，……北方浇瓢黑龙水，……"，"找到东方去，遇着老绿龙。……找到南方去，遇着老红龙。……找到北方去，遇着老黑龙。……找到西方去，遇着老白龙"⑤。

史诗《查姆》中存在以"东方、西方、南方、北方"这些方位排列为序

---

① 云南省民族民间文学楚雄调查队搜集翻译整理：《梅葛》，昆明：云南人民出版社1959年版，第45页。
② 云南省民族民间文学楚雄调查队搜集翻译整理：《梅葛》，昆明：云南人民出版社1959年版，第79、84页。
③ 云南省民族民间文学楚雄、红河调查队搜集，郭思九、陶学良整理：《查姆》，昆明：云南人民出版社1981年版，第34、35、70页。
④ 云南省民族民间文学楚雄、红河调查队搜集，郭思九、陶学良整理：《查姆》，昆明：云南人民出版社1981年版，第60、133页。
⑤ 云南省民族民间文学楚雄、红河调查队搜集，郭思九、陶学良整理：《查姆》，昆明：云南人民出版社1981年版，第22、23、107页。

展开叙述的情况，这种方位程式在篇幅不大的《查姆》文本中出现了五次以上，并且我们不难发现，"东方"和"绿龙"，"南方"和"红龙"，"西方"和"白龙"，"北方"和"黑龙"总是一并出现。方位词和有颜色的龙，它们之间的搭配并不是混乱的，而是固定有序规律地组合在一起。如史诗吟诵者在演唱过程中，唱到东方的时候脑海里浮现的总是"绿龙"，而唱到南方时头脑里自然而然想起"红龙"而不是其他的白龙、黑龙、绿龙。这种固定搭配有着彝族传统文化的意蕴，同时也是《查姆》中运用语词程式的一种表现。

二、程式化传统句法

"程式化传统句法"是朝戈金先生在其著作《口传史诗诗学：冉皮勒〈江格尔〉程式句法研究》中对《江格尔》文本进行"口头程式理论"分析时所提出的，他分别从史诗的步格、史诗韵式、平行式的分析三部分来进行史诗句法形态的分析。在此借鉴"程式化传统句法"来分析《梅葛》和《查姆》在句法方面的特点。

（一）《梅葛》和《查姆》平行式分析

"平行式，也有译为'平行结构'或'平行法则'的，其核心表征是相邻的片语、从句或句子的相同或者相近句法结构的重复。因而平行式的核心是句法的。构成平行的，至少要两个或者两个以上的单元彼此呼应——意象、喻义、字面乃至句法结构上可供比较，才有可能建立起平行的关系来。"① 平行式是彝族史诗中的一种风格化的手段，其特点是：不仅相邻诗句之间构成平行，有时也会在两行或者四行诗句构成的一个单元与另一个相似的单元之间构成这种平行式。在史诗《梅葛》和《查姆》中平行式的运用极为广泛和多样。

1. 排比平行

如《梅葛》中有这样的平行式的程式句法：以四行诗句构成一个单元，与另外好几个单元构成排比平行式。

> 坝区山腰上，
> 罗汉松树盖了三间房，
> 哪个来住房？

---

① 朝戈金：《口传史诗诗学：冉皮勒〈江格尔〉程式句法研究》，南宁：广西人民出版社2000年版，第193页。

彝族来住房。

高山梁子山，
青松赤松盖了三间房，
哪个来住房？
彝族来住房。

坝区平坝上，
香树盖了三间房，
哪个来住房？
汉族来住房。①

　　这是采用问答的形式出现的一个相当规整的平行式，史诗《梅葛》中与上述单元构成排比平行的，不仅仅只有两个单元，而是有好几个单元，这里就不一一列出了。这种一问一答的平行式结构除了帮助史诗吟诵者在表演过程中创编外还同时有助于带动现场气氛。吟诵者采用这样的程式在一定程度上也吸引了听众的注意力。

　　钟敬文先生在给朝戈金的《口传史诗诗学：冉皮勒〈江格尔〉程式句法研究》写的序文中曾这样说过："实际上，这些所谓的'起兴'之句，在当时的民歌咏唱可能就是一种民间自发产生并沿传的程式要求。"②《梅葛》中就有一些"起兴"的句子，其中很多都是属于排比平行式，如：

天上黑云嫁白云，
天上绿云嫁黄云，
七星姊妹嫁星星，
天亮星嫁过天星，
天虹嫁地虹，
爹妈的女儿也得嫁。③

---

①　云南省民族民间文学楚雄调查队搜集翻译整理：《梅葛》，昆明：云南人民出版社 1959 年版，第 52 页。
②　朝戈金：《口传史诗诗学：冉皮勒〈江格尔〉程式句法研究》，南宁：广西人民出版社 2000 年版，第 4 页。
③　云南省民族民间文学楚雄调查队搜集翻译整理：《梅葛》，昆明：云南人民出版社 1959 年版，第 174 页。

《梅葛》中以两行诗句构成一个单元，与其他单元构成平行的还有很多，如：

> 黄蜂分一份，
> 黄蜂分着了心喜欢。
> 葫芦蜂分一份，
> 葫芦蜂分着了心喜欢。[①]

《查姆》中，歇索的三个儿子去找棉花籽，最终在孔雀身上找到了九颗棉花籽的描述：

> 剖开孔雀头，
> 不见脑浆只有三颗棉花籽；
> 剖开孔雀心，
> 没有心血只有三颗棉花籽；
> 破开孔雀骨，
> 没有骨髓只有三颗棉花籽。[②]

这三个单元之间互相平行，在这个平行式里，变换的只有孔雀身上的部位。头韵和尾韵也一路押下来，它在内涵上是平行式，在格律上也具有平行式高度严整的特征。史诗中歌手经常会重复运用同一诗句表达相同的意义，这种表达一般是前后语句意义的平行、对置。平行法的运用一般都是同彝族传统韵文的语词或诗句表达习惯相关的，所以这样的平行法就不只是语词的简单叠加，它们同样处于程式化表达的目的所需。

2. 递进平行

如《查姆》中，叙述阿勒阿德两兄弟到处去找水时，这样讲道：

> 走到文依地方，
> 找到一股水；

---

① 云南省民族民间文学楚雄调查队搜集翻译整理：《梅葛》，昆明：云南人民出版社 1959 年版，第 16 页。

② 云南省民族民间文学楚雄、红河调查队搜集，郭思九、陶学良整理：《查姆》，昆明：云南人民出版社 1981 年版，第 85 页。

走到赛铁梗邹地方,

找到两股水;

走到塔罗莫科地方,

找到三股水;

走到靖宁梗邹地方,

找到四股水;

走到多别鸟井地方,

找到五股水;

走到买迷峨井地方,

找到六股水;

走到文依梭泽地方,

找到七股水;

走到梁子黑龙水地方,

找到八股水。[①]

这段文字一共有八个句子,后面的七个句子只是在第一个句子的基础上变动了两个部分,一是地点的变动,二是数字的递进。此外的成分则是以循环重复为特征,而且其句式和韵律也非常和谐,头韵和尾韵也一路押下来,它在内涵上是平行式,在格律上也具有平行式高度严整的特征。很显然,这种保持大部分固定的成分,而又在数字上递进的叙述,是有利于史诗演唱者记诵的。

(二)《梅葛》和《查姆》的韵律情况

同其他众多的彝文古籍一样,《梅葛》和《查姆》都很注重押韵。《查姆》中有很多押句尾韵的段落,有些是句句押韵,有些是隔句押韵,这里列举隔句押韵的段落:

种子长在月中间。

月里那棵梭罗树,

树上良种数不完;

奇花异草由人选,

---

①   云南省民族民间文学楚雄、红河调查队搜集,郭思九、陶学良整理:《查姆》,昆明:云南人民出版社1981年版,第101页。

　　树木药材由人拣，
　　树上藏有谷子、苞谷，
　　树上储存果木麻棉；
　　还有荞子、洋芋，
　　还有甘蔗蜜甜，
　　有种籽才有万物，
　　有万物才有人烟；
　　有种籽祖先才能生存，
　　有粮食人类才能繁衍。
　　罗阿玛呵，想得周到，
　　罗阿玛呵，想得最远。①

　　史诗演唱者通过传统的手段，运用这些押韵的句子，并且信手拈来、得心应手，使得各种韵律优美、句式复杂的诗句，从他们的唇间泉涌而出。正是这些千锤百炼的程式为史诗《查姆》提供了某种难以言说的音韵美感。

　　又如《梅葛》中，也有一些押韵的诗句，押尾韵的如：

　　放三对麻蛇来缩地，
　　麻蛇围着地边箍拢起来；
　　地面分出了高低，
　　地边还箍得不齐；
　　放三对蚂蚁咬地边，
　　把地边咬得整整齐齐。
　　放三对野猪来拱地，
　　放三对大象来拱地。②

　　对《梅葛》和《查姆》押韵情况的简单陈列举证，我们发现史诗演唱者会得心应手地运用一些手段使诗歌韵律优美动人。

　　除此以外，《查姆》中对事物颜色的形容采用了叠词的表述方式，如：

　　① 云南省民族民间文学楚雄、红河调查队搜集，郭思九、陶学良整理：《查姆》，昆明：云南人民出版社 1981 年版，第 10 页。
　　② 云南省民族民间文学楚雄调查队搜集翻译整理：《梅葛》，昆明：云南人民出版社 1959 年版，第 7 页。

绸缎染得红彤彤

绸缎染得光闪闪

树干黄澄澄

树花晶晶亮

树叶白生生

树花亮堂堂

看见一棵铜树明晃晃

满树红彤彤

树叶亮堂堂

树干黑黝黝

树叶嫩汪汪

锡树白花花

银石洗得白生生

金石洗得亮堂堂

铁石洗得黑黝黝

铜石洗得明晃晃

戴金戴银闪闪亮

金子银子亮晃晃

    这些叠词的运用使得史诗所描绘的事物富于形象性，吟唱起来富于节奏和韵律，史诗吟诵者朗朗上口利于记忆，而听者也能感受到和谐的音律，声声悦耳从而具有一定的艺术感染力。

    除此之外，《梅葛》和《查姆》在演唱时都有固定的调子，《梅葛》需要用"梅葛调"来演唱，而《查姆》需要用"阿色调"来演唱，这种固定的曲调，使得高低起伏的乐音按一定的节奏有秩序地横向组织起来，由于语言的腔调、声音的高低、语势的轻重缓急和声调的抑扬顿挫而形成的韵律是曲调线的自然基础。固定曲调的使用，就决定了它们的"歌词"即史诗文本是韵文体诗歌，遵循一定的韵律规则。因此，《梅葛》和《查姆》在演唱时要使用固定的曲调，事实上就是一种程式化的表现。

    运用"口头程式理论"对史诗《梅葛》和《查姆》进行分析，可以使我们对史诗传统的基本特质和总体风格有较为明晰的把握，从而尝试着去了解彝族口传史诗的共性及其规律性的传承机制。在许多情况下，程式都不是给歌手提供一个僵死的语词解决方案，而是一个有一定张力和自由度的框架结构。程式是一定句法结构和一定韵式的结合，不同的史诗其中程式句的数量也不一样，史诗程式句的多少与其文化语境有着密切联系，而且不同地域史诗的程式化特征不同。尽管《梅葛》和《查姆》的流传地域使用不同的彝语方言，但《梅葛》和《查姆》作为彝族民间史诗，其口头程式的整一性仍然鲜明。

第四节　彝族创世史诗中始祖意象符号的叙事特征
——以《查姆》为中心

　　起源叙事在南方民族的创世史诗中是一种基本的叙事方式，南方民族的创世史诗以神话为核心，它们都具有大致相同的演述语境和文化功能，演述语境都是在各种祭祀仪式上由祭司进行诵读，以祈神娱神（包括祖先）为主要目的。通过这种方式，特别是在丧葬和一些大型的集体祭祀场域中来讲述，为死者或神灵建构一个虚拟的世界，这个世界的参照背景则是人们生存的现实空间的景观。因此创世史诗中虚拟的神灵和时空也就是现实社会中人类生活的社会、历史、文化的投影，可以说是用神话思维对人类自己走过的历史照镜子式的反映。在神话思维中的人类社会历史文化的镜像有些模糊和变形，但其中的痕迹还是可循的。

　　用神话虚构的方式来传达宗教思想是南方创世史诗的传统，史诗中充满想象的神的功绩，神与人的矛盾，人的谱系等，传达的一个基本观念就是人必须遵循道德，达到神要求的水准，否则会被神谴责惩罚；人活在时间的变迁中，有生老病死，人也生活在各种社会关系中，与他人的各种错综复杂的社会关系构成了人类社会，虚构的创世史诗正是向人们传达这样的基本思想。

　　从神话时代到史诗时代，是人的自我主体意识觉醒的时代，史诗确定了人在万物中的主体位置。史诗整合了神话时代的文化要素，开启了人类文明史的新时代，创世史诗中活动的中心主体是人类，动植物用自己的特长为人类服务，洪水神话中"封赠"的情节有浓厚的巫术意味，动植物因为对人类的态度和作用的不同而获得了不同的属性。到了创世史诗的下部，动植物更是为人所用。创世史诗中交融互植的方式完成了人与动植物地位的转换。"人，始终是创世史诗描写和关照的主要对象。它包括对人类起源的解释，对人类自身历史发展的追溯，对人类在向文明进程中所经受的种种磨难的反思，对人类各种物质的精神文化发明与创造的叙述，对从人诞生、成年到死亡，即所谓人生三部曲的关注，以及对人的本性的探索和认知等等，形成了史诗内容和结构的主体，这些方面虽然在后期神话里都有反映，但从深刻性和系统化的程度看，它远不能和创世史诗相比。尤其是对人的本性的探索，在史诗中达到了一种理性的认识，在某些方面可以与古代哲学家媲美。"①

一、彝族创世史诗中的始祖意象符号叙事

叙事是由一条或几条线把各种事件和人物活动构成一个完整的结构。这个结构有开头、中间、结尾。人物的关系，事件与人物的关联，事件与事件的联系，它们如何形成一个结，这个结在叙事过程中又如何逐一解开或再生新的结，新的结又如何再解开，这就构成了叙事文学中的所谓叙事结构。人物和事件的从纠结到解结的过程也就是叙事的过程。"一个文化就是一个拥有共同叙事传统和记忆的社群。叙事是讲故事的文化技巧的构成要素，用于组织个体和集体的记忆，它们由一系列被叙述的事件组成，与一个或多个行为角色相联系，并按照一定的次序进行选择和安排。"②

在南方少数民族的创世史诗叙事中，叙事结构大同小异，彝族创世史诗的叙事在其中是较有代表性的，也可以说是较为成熟的。彝族创世史诗篇幅较长，故事结构完整，想象丰富，修辞手法多样，使用大量的意象符号，艺术水准很高。

在彝族创世史诗中，神话意象符号叙事是其叙事的主要特征，意象符号在创世史诗叙事中起结构史诗的作用。

在西方，不管是在历史上，还是在当代学术界，由于本身存在着各种各样的符号，而不同的人对符号本性与功能的认识不尽一致，于是符号的定义也有很多。奥古斯丁就给符号下了这样一个定义：符号是一个能让我们想起另外一个事物的事物。洛克把符号定义为一种观念的表象。康德的符号内涵是对洛克的发展，也强调主体的一种表示能力，但他指出符号中内含着概念。莫里斯之符号定义的表述是：一个符号"代表"它以外的某个事物。他从行为科学的角度对此解释道："如果任何事物 A，是一个预备刺激，这个预备刺激在发端属于某一个行为族的诸反应序列的那些刺激在对象不在场的情况下，引起了某个机体中倾向于在某些条件下应用这个行为族的诸反应序列去做出反应，那么，A 就是一个符号。"莫里斯是从刺激与反应的中介角度来界定符号的。波兰哲学家沙夫对符号的解释是："每一个物质的对象、这样一个对象的性质或一个物质的事件，当它在交际过程中和在交际的人们所采用的语言体系之内，达到了传达关于实在即关于客观世界或关于交际过程的任何一方

① 张福三：《人的觉醒》，北京：中国戏剧出版社 2004 年版，第 41 页。
② 赵宗福主编：《昆仑神话与世界创世神话国际学术论坛文集》，西宁：青海人民出版社 2012 年版，第 176 页。

的感情的、美学的、意志的等内在经验的某些思想这个目的的时候，它就成为一个符号。"沙夫又是从交际与传达的角度来界定符号的。罗兰·巴特在结构主义语言学基础上，提出符号是"一个像看门户的两面神一样有两方面的存在物。……是一种表示成分（能指）与一种被表示成分（所指）的混合物。表示成分（能指）方面组成了表达方法，而被表示成分（所指）方面则组成了内容方面"。巴特还把一种起源于功利主义和可使用习惯的符号称为"功能符号"。T. 谢拜奥克认为，符号是一种信息，而符号学所研究的课题正是各种各样的信息的交换，这种交换是由发信源、受信源、通道、信息代码和上下文五个要素共同构成的。而从心理分析学角度看，弗洛姆认为，符号是人的内心世界即灵魂与精神的一种象征；弗洛伊德提出"符号是用来掩盖某种不便暴露的内容"的睡梦符号说；荣格则认为，符号不是对信息的掩盖而恰恰是对信息的揭示。①

关于艺术作品中的意象，朗格认为："当某物呈现出来纯粹诉诸人的视觉即作为纯粹的视觉形成而与实物没有实际的或局部的关联时，它就变成了意象。如果我们完全看作直观物，我们就从它的物质存在抽取了它的表象。以这种方式所观察到的东西，也即成了纯粹的直观物——一种形式，即一种意象。意象就是一种现实实物离开了现实背景的纯粹直观物，是一种纯粹的形式，是一种抽取了实际物质形式的表象。它是通过抽象而成的，仅为人的感觉而存在。"② 意象的主要功能就是承载了艺术家的情感与思想。"意象的真正功能能它可作为抽象之物，可作为象征，即思想的荷载物，承载艺术家的情感与思想。"③ 一切艺术都是创造出来表现人类感情的知觉形式。"各种现实的事物，都必须被想象力转化为一种完全经验的东西，这就是作诗的原则。"④

彝族创世史诗中的意象符号是彝族先民以自然和人类社会生活现象为观察的对象，在纷繁复杂的现象背后对本质的抽绎，凝练和浓缩了现象后高度概括的文化载体，意象符号承载了早期人类漫长的社会文化发展史，对宇宙自然的观察认知，人类精神的成长历程。囊括但凡人类早期所见所闻，所思所想的众多现象，最后都以神话意象符号象征的方式呈现出来，具有百科全书的特性。

---

① 转引自吴风：《艺术符号与美学》，北京：北京广播学院出版社 2002 年版，第 31 页。
② 转引自吴风：《艺术符号与美学》，北京：北京广播学院出版社 2002 年版，第 141 页。
③ 转引自吴风：《艺术符号与美学》，北京：北京广播学院出版社 2002 年版，第 152 页。
④ 转引自吴风：《艺术符号与美学》，北京：北京广播学院出版社 2002 年版，第 171 页。

意象符号的选择、组合在创世史诗的创作机制中就起了很关键的作用，它涵容了一个民族文化的基本要素，也体现了一个民族叙事思维方式的主要特征。

彝族创世史诗意象符号的选择除以彝族祖先崇拜为核心的始祖意象符号外，往往以人自我的身体符号如眼睛、肢体的不同来表现人类历史文化发展从不完善到完善的历程，以对人是否有用（或者说与人类关系的亲疏）作为动植物符号的选择标准来区分善恶美丑，体现的是从蒙昧到文明的文化进化史和贬斥丑恶赞扬美善的道德观和审美观。

在彝族创世史诗意象符号叙事的方式上，彝族创世史诗是围绕彝族文化中的祖先崇拜为核心的树枝型叙事方式。祖先崇拜是树根，树干是各支系彝族中的家支文化父子连名制，这些树干又不断生出新的枝条（大家支不断分化出小的家支；父子连名则是要子子孙孙绵延不绝，在彝族中没有儿子就断了父子连名，是会被人看不起的。据调查，彝族男人如果没有儿子，死了抬出去时杠子要矮于肩膀下，抬杠子的人手下垂抬杠子出去，有儿子的则是杠子放在肩膀上抬出去）。他们共同的根就是六祖分支前的彝族共同的始祖阿朴独姆。阿朴独姆是彝族创世史诗中洪水之后的唯一遗民，正是他与妹妹成婚繁衍了人类。现在史诗《查姆》流传的区域，在葬礼上（正常死亡的五六十岁的人）都要吟诵史诗中的神话，特别是神话中关于阿朴独姆的故事是必须吟诵的。现在葬礼简化，仪式上整部创世史诗吟诵的情况基本没有了，但神话的主体部分依然是要吟诵的，由毕摩根据仪式的长短选择其中的部分来吟诵。彝族在仪式中每用到一样东西都要由毕摩吟诵其来源，也就是追溯事物的源头。起源叙事是彝族创世史诗的主要叙事方式，也对应于彝族传统文化中的祖先崇拜和社会组织形式中的基本结构形态即家支文化和父子连名制。

彝族创世史诗中神话的意象符号组合叙事的方式多是宇宙的起源—人类的起源及进化史—自然界万物（动植物）的来源及各自的属性的原因—人类创造物的起源—人类文化节庆婚丧习俗的起源。对应于彝族传统文化的祖先崇拜—家支文化—父子联名的由根到枝的树型文化发展观念和社会结构。

彝族创世史诗中主要是神话故事，神话叙事进程中往往是以提出问题、回答问题的方式展开叙事，特别是在仪式上毕摩或歌手对唱的语境中，是以设问—回答—再设问—再回答这样一种循环往复的方式展开长篇故事的演述。叙事的时间顺序是以天地未开之时—天地、人类、万物的产生—文化的产生这样由远而近；叙事中的人物主角由创世神—众神—人类始祖、动植物—各民族的顺序而出现；创造万物的顺序是自然空间混沌未开—天地分开—日月星辰出现—万物各归其类的秩序井然的空间；社会生活空间由神灵—人和动物混杂—人从动物中分化出来，除去了野蛮粗野—建立了文明的生活秩序，创造了各种文化；人性从蒙昧（没有道德）—逐渐开化（道德水平较低）—文明（有道德）；人的长相从非正常（形体怪异）—正常（形体与现代人一样）。

彝族创世史诗中，流传于滇南彝族中的《查姆》是到现在还有彝文写成文本流传的史诗，文字的固定性使其稳定性较强。下面就以《查姆》为例来看看彝族创世史诗始祖意象符号叙事的特征。

二、《查姆》中的始祖意象符号叙事

《查姆》的上部主要是创世神话和人类起源神话。开始是序诗：主要交代了人类起源神话中独眼睛、直眼睛、横眼睛三代人，"亲亲的阿哥，亲亲的阿姐，请慢慢听彝家的查，请细细听彝家古根"。引出正文。

史诗第一章是天地起源，史诗开篇说远古之时没有天地，是天地相连的混沌状态，只有翻滚的雾露，接着用一组程式化的句式"没有……"铺排了混沌不分时代什么都没有，在混沌的状态中，天神涅侬倮佐颇出场了。先描述世界之初的混沌不清，然后再让神灵出场，这种铺垫突出了神的无边法力，也突出了神创世的不容易，为之后艰难的创世过程做了预设。史诗是在仪式上演述的，这种描写方式也吸引了听众的注意力，引起了他们的好奇心，使听众产生了强烈的心理预期。主神一出场，就开了个群神会，商议造天地之事，会议之后，创世过程中起到重要作用的神是龙王的女儿。创世神话中的几个重要的神灵也就是几个重要的文化意象符号。

在《查姆》叙事方式中，承载了情感与想象的艺术符号的组合方式构成了史诗的叙事方式。在第一章的创世神话里，其天地产生之前是混沌的原始意象（或称为原母意象），混沌成为一切之始点，从这个原母意象中生出了之后的一切，构成原母意象的主要材料是雾露，也就是水，水是生命形式存在的基本物质元素。史诗中叙述的是万物起源于雾露，水成为生命之源，这也成为史诗叙事的内在生命线。从开始到之后的一系列创世活动，人类起源到万物起源之中，水为生命本源的意象贯穿了整部史诗，成为一条内在的线索。创世中的龙王、水神（都是女性）都是水意象的表现形式，它们构成了混沌—水（生命之源）—水中女神—女性始祖的意象符号序列。到洪水神话，水毁灭了无德行的人类，水的过多或过少（干旱）是独眼人和直眼人毁灭的直接原因。水的意象成为整部史诗叙事线索的关节点，上部的创世、人类起源神话中如此，下部的事物起源中水的生命之源意象在叙事中的作用淡化，

但依然是条隐藏的线索。

除了水为生命之源的意象是史诗叙事的主要线索的关节点之外，另一个叙事关节点就是男性始祖意象。祖先崇拜是彝族原始宗教的核心，史诗的演述一般也是在祭祖大典等仪式上，整部史诗叙事的原点就是宇宙和人类从无到有的过程，这个过程也就是从男性始祖意象开始而生出之后的所有的一切。因此，史诗中生出日月的梭罗树，天神到阿朴独姆都是男性始祖意象生发出来的不同时期的祖先意象。代表生命之源的水（女性始祖）意象和男性始祖意象二者交融互渗，衍生出了史诗中的其他意象符号。从而构成了《查姆》意象符号群叙事的基本方式，成为其内在推动情节发展的动因，同时也是其基本内在的哲学基础和文化背景。在今天的史诗流传区域，祭龙和祭祖依然是其重要的仪式，这两个仪式也必然要演述史诗中的一些主要内容。下面就史诗文本来看水意象和男性始祖意象这两个核心意象是如何展开叙事的功能的。

彝族史诗的叙事是对万物起源的阐释，"起源"成为核心的概念。万物及人类从何而来？回答此问题，并把问题用叙事的方式来编织史诗的宏大故事，这个故事的结构还是开放性的，可以把彝族历史文化发展的漫长历史都"编织"进去，成为彝族历史文化的百科全书。那么，在故事构成的"经""纬"中，"经"的选择是十分关键的，它要把众多事件、人物联系起来，把宏大的时空和漫长的历史文化有机融合成一个引人入胜的"故事"。在《查姆》中，这个"经"就是由一个极具衍生力的始祖意象符号贯穿其中，起到"编织"故事的内在线索的"经"作用。这个符号的哲学基础就是万物源于"混沌"，也就是老子所说的"道"，即"一生二，二生三，三生万物"的衍生方式。《查姆》中这种叙事思维顺序是：混沌（雾露、水）—天地—万物；梭罗树—开红花白花（日月）—满天星辰。阿朴独姆兄妹婚—葫芦—多民族的始祖。

世界万物的来源是在混沌的雾露中产生出来的，产生的方式是男性始祖意象符号的天神涅侬倮佐颇利用了生命之源的水意象符号（女性始祖意象符号）。天神派由水意象符号而产生的龙王罗阿玛、水神罗塔纪、涅滨矮（女神）的力量完成了创世。

天神涅侬倮佐颇派龙王罗阿玛和长子撒赛萨若埃在太空中种了梭罗树，树上长出了日、月；派自己的次子涅侬撒赛歇在太空中撒上星辰，星王曾色锡在太空中打开风水之门，雾露在太空中变气育万物。

天神涅侬倮佐颇指点涅滨矮（女神）造河川，水神罗塔纪管水中地上的万物，龙王罗阿玛到天上的梭罗树上找来了种子，各种植物的种子有了，也有了人烟。天神涅依倮佐颇又指点造成了山川的平原，有了太阳、种子、土地，人类才能生存。

龙王来到平原、按照天神的吩咐下大雨冲出了沟河山川、峻岭深箐、丘陵河滩。

天空的太阳、月亮"亮而不明"，天神让水王罗塔纪的姑娘去洗干净，罗塔纪的姑娘挑来海水洗去日月身上的灰尘，从此天地不混沌，昼夜四季分得清。"天地间的事，地转动是第一"，"万物在动中生，万物在动中演变"，天地万物就在运动中生成了。此处没讲人类是如何来的，而是讲适合人类生存的环境是如何在天神涅依倮佐颇的指点下由众神创造完成的。

在创世的过程中，雾露产生的气、雾露产生的水、龙王、水王是原生的物质和决定性的力量。男性始祖意象符号天神与女性始祖意象符号（"水"意象产生的"龙王""水神"等）二者成为创世的发动者和完成者，也是叙事中的核心意象，在完成创世以后的叙事中的意象符号依然是这两个意象符号叙事的衍生叙事。

第二章是人类的起源。创世之后是人类发展的艰难历史，它以人体的眼睛为叙事的意象符号标志，眼睛是人体上最重要的一个器官，眼睛形态的变化来象征人类文明发展的不同形态，这在彝语支民族中还是常见的，在《查姆》中尤为突出。

第二章人类的起源神话故事的叙事思维与第一章的创世神话中的叙事思维也是一致的，"独眼"对应"混沌"，象征人类蒙昧未开，也如世界之初的"混沌"一样，也是"一"。由一生出二，"独眼人"变化而来的"直眼人"已是两只眼睛，"混沌"中生出了天地，梭罗树上长出来了日月。"直眼人"文明程度不高，与创世以后"亮而不明"的日、月对应。干旱后幸存的"独眼人"被水神用水洗干净身体后与仙女繁衍了"直眼人"。洪水后阿朴独姆兄妹婚繁衍了"横眼人"，也就是与现代人一样的人，与经过水神用海水洗过的日、月变得干净明亮，成为适合人类生存的环境相对应。人类起源中起到关键作用的"葫芦"也对应于天地未开之时的"混沌"，"混沌"中产生万物，葫芦中产生了现代人的始祖。人类起源神话中与创世神话中，创世与毁灭不义人类的指令发出者男性始祖意象天神涅依倮佐颇相对应的是独眼人时代的"做活人"，直眼人也是横眼人的始祖的阿朴独姆，阿朴独姆的后代创造了各种文明。万物来源的女性始祖意象混沌对应民族来源的葫芦。

在《查姆》神话的叙事思维中，意象符号群的构成始终围绕着"生命之源"的女性始祖符号和男性始祖意象符号的序列而进行，使其叙事构成了一个完整的故事结构，情节生动，人物形象鲜明。由水意象符号衍生的龙王、水神在整部史诗叙事情节转承中起到了很关键的作用。史诗上部的神话中，水都是一种决定性的力量，万物由其产生，人类文明发展过程中生存毁灭由其决定，旱（缺水）是蒙昧的"独眼人"毁灭的原因，"独眼人"遗民"做活人"从脏的野蛮人变为干净的有一定文明程度的人，是水王罗塔纪姑娘用水洗干净的。"做活人"与仙女所生的后代"直眼人"已比"独眼人"进化到了更高的层次，但他们的文明程度依旧不高，德行有亏，再次被洪水（水过多）毁灭了，洪水遗民阿朴独姆兄妹到了文明程度最高的"横眼人"时代。操纵水即女性始祖意象符号的是男性始祖意象符号，始祖意象是其叙事的核心动力，是男性始祖意象的天神向龙王、水王（水意象——女性始祖）发出指令。让他们去创世，去毁灭或帮助人类，纵观整部史诗，正是人类的祖先们（男性祖先和女性祖先）的共同协作，在艰难跋涉中创造了人类灿烂的文明，是人的智慧和力量充分地利用了自然界。史诗在歌颂神的时候，充分肯定的是人，人类的祖先，人在自然界的主体地位，无论是天神、水神，他们都是人类的象征。

如果说天神是男性始祖象征的话，那么水神就是人类女性始祖的象征。整部史诗叙事中水为万物之源，无论衍生为水神还是葫芦，她们都与世界的创造和人类的生存关系密切，充分体现了原母原型衍生万物的功能。世界的创造和人类的文明发展中，是天父始祖衍生而来的人类始祖即男性始祖"做活人"，阿朴独姆等和女性始祖的合作协调过程中共同完成的。史诗叙事虽是产生在男性话语的背景中，以男性始祖为指令的发出者，但女性的作用也得到了充分的肯定。

《查姆》神话叙事中有众多的文化意象符号，但在叙事中起到叙事结构功能的意象符号核心是祖先意象符号，其他意象符号是围绕此意象符号而起到叙事作用的。把生命之源的意象理解为女性始祖意象的话，天神涅侬倮佐颇等可以理解为男性始祖意象。史诗中是以男性始祖意象为核心来叙事的，它也就对应了彝族传统社会中社会组织的基本形式家支结构和父子连名制。

家支组织结构和父子连名制是以祖先崇拜为基础的血缘纽带联结的社会结构形式，是以男性为尊的血缘谱系。背父子联名的家谱是对男孩子从小就要进行的教育，也是一个男性在传统彝族社会立足的根本之一。彝族父子连名制中共同的始祖是洪水遗民阿朴独姆。传说他的六个儿子成为彝族不同支系的始祖，因此在彝族的丧葬仪式中，在正常死亡的成年人的葬仪上都要讲述阿朴独姆的神话。

在玉溪市的峨山县县城现在还建了六祖广场，正面是阿朴独姆的巨大塑像，塑像基座上的雕刻是洪水神话的画面，广场两边是他六个儿子的塑像。

这是现代旅游文化中对神话传说中的始祖意象符号利用，也说明史诗中男性始祖意象符号的深远影响，它已构成了彝族传统文化的基础，成为其民族认同的共同文化符号。

《查姆》在叙事中上部神话是以生命来源的始祖意象展开，在下部中则出现了死亡意象，出现了生死转换观念。上部的洪水神话中人类两次被毁灭，但那是低级的人类向更高级的人类的转换，并没有悲哀的色彩，面对毁灭，情感上依然是明朗、向上、乐观的情绪。毁灭与重生的故事向人们叙述了人的内在人性如何由恶向善的过程，同时也是外在的形体从残缺到完整的过程，也就是人类从内在品质和外部身体都逐步完善的过程。到下部最后一章，则叙述人类不得不面对的死亡，有了生命的悲剧意识。史诗的叙事从宇宙万物及人类的诞生到死亡，生命意识贯穿其中，成为叙事的内在驱动力。

《查姆》在叙事过程中，运用了多种艺术手法。《查姆》中叙事艺术性最强的是人类起源神话部分，一方面使用了毁灭不道德者的同一主题反复的方式，象征人类蒙昧的不道德的独眼人被干旱毁灭，到直眼人时代依然有缺陷而被洪水毁灭，毁灭主题的重复，使故事更曲折，叙事性更强，对仪式语境中的听众更有道德的震慑力。

在《查姆》的叙事中，还大量使用了对话的方式，对话的主体有神—神，神—人，神—动植物，人—人等，这样在叙事中就塑造了一系列鲜明的神、人、动物的艺术形象，使情节的展开更具有戏剧性，在史诗的演述中更能吸引听众的注意力，增加艺术的感染力。

《查姆》中也大量使用了隐喻，大到整部史诗是彝族先民艰难文明发展史的隐喻，中到人类起源中眼睛的隐喻，小到具体诗段中的隐喻。如在人类起源神话中独眼睛和直眼睛人的隐喻：外形特征怪异—内在品行不正常—被干旱和洪水毁灭（换人种的必然性要求），是外形和关系的双重隐喻。由独眼睛人和直眼睛人是不正常的，推导出他们的本性整个是不好的，内在与外在是同一的。由此导出他们被毁灭是必然的（否则不正常），是外形不正常与整个内在不正常的双重否定。也就是早期人类外形和内在发展皆不同于正常人（或者说进入文明时代的人）的外形和关系的双重隐喻。史诗中诗句的隐喻如"天一睁眼，太阳就露笑脸；天一闭眼，月亮、星星笑作一团"，把天与人想成是同一性的，日月的转换是天睁眼、闭眼的结果。人睁眼就看得见东西，白天明亮，看东西分明，二者有同一性；人闭眼就看不见东西，夜晚也看不清东西，二者有同一性。多种艺术方法的使用，使《查姆》在叙事艺术上达到了很高的艺术水平。

《查姆》的意象符号叙事方式也是彝族众多史诗的叙事方式，其思维方式源于彝族宗教信仰的核心即祖先崇拜，祖先的意象符号成为彝族心灵寄托的载体，其思维方式的惯性使彝族的史诗虽然不同支系的叙事有差异，但始祖意象符号始终是他们共同的叙事原型。

第五节　彝族创世史诗中的修辞手法

彝族创世史诗采用了多种多样的艺术表现手法，如比兴、夸张、对偶、复沓、排比、铺陈叙事等，下面列举彝族史诗的诗句实例，简要介绍彝族史诗中四种最常用的艺术表现手法。

一、形象生动的比喻

比喻指的是用某些有类似点的事物来比拟想要说明的事物，使得事物形象生动具体，深奥的道理变得浅显。彝族史诗的比喻常常采用身边的事物做喻体，深入浅出，将深奥的道理用最常见的事物来传达，通俗易懂，使得不同层次的听者都能听懂。这样的手法，使得诗歌在讲述事物的过程中，显得朴素、形象、生动。

在《梅葛》"婚事和恋歌"一章"相配"中："树开花了，草也开花了，百兽开花了，百鸟也开花了，家禽开花了，耕畜也开花了，没有不开花的草木，没有不开花的鸟兽。草木鸟兽开完花，人类忙着把花开。春风吹到傣族头顶上，傣族也开花。吹到高山彝族头顶上，彝族也开花。吹到坝子里的汉族头顶上，汉族也开花。吹到回族头顶上，回族也开花。吹到擀毡匠头上，擀毡的人也开花。"先述说草木鸟兽都开花了，人们也应该开花，表达人们相恋结婚的理所应当。又如《梅葛》"死亡"中："早晨太阳出，晚上太阳落，太阳会出也会落，人和太阳一个样，会生也会死。高山长树木，发出嫩芽绿又旺，长出叶来叶很稳。只说高山树木不落叶，哪知九月叶会黄，风吹黄叶叶就落。人死就像落叶样，到死时候也会死……"先说人们日常都能看到的自然现象，由此及人，再说人也会死，没有恐惧，没有夸张，而是实实在在的讲述，表现了彝族人民对于死亡最朴素的看法。

在"尼苏夺节"中"歌花是金花，舞花是银花"表现了彝族人民对歌舞的喜爱。如《尼苏夺节》"歌舞"中男女恋人对唱的誓言："愿做松柏树，能够傲霜雪。愿做块磐石，石烂不变心。愿做一座山，山崩情不移。"用隐喻的手法表现了对爱情的坚贞。如《阿赫希尼摩》"序歌"中大量运用了比喻，在讲到警示人们在唱述"希尼"的故事时态度一定要严肃认真，不能乱讲，不能信口开河，诗中这样唱述："若是胡乱讲，讲错成笑话，让人当笑柄，就像小狐狸，行在山林间，蹑手又蹑脚，不敢见人群；就像小野猫，斑纹似豹子，仔细再一看，原来是只猫。""吟诵古老歌，不能差分毫，就像小酒碗，碗边不能缺；就像小酒壶，壶口不能破；就像竹筷子，筷头不能脏。"用这样生活中常见的事物做喻体告诫吟唱者应该具备的素质和应有的态度，道理深入浅出，通俗易懂。如《阿赫希尼摩》"洪水泛滥"中："都木的儿女，清早去干活，如同一群蜂，一起去采蜜；太阳落山时，一起往家回，又似一群蜂，纷纷采蜜归"，用蜜蜂比喻勤劳的彝族人民，朴素生动。《勒俄特依》"洪水漫天地"中，为了说明洪水过后天地发生了巨变，就用了一连串的比喻："阿子达果山，只剩一根蕨草够长的那么一点。合木叠译山，只剩一个人够站的那么一点……"共用了 19 个比喻，而且句式相同，都是"××山""只剩××一点"。以此表述洪水淹没了一切。

在《查姆》"独眼睛时代"中，讲述人类的第一代祖先"他们是天地的儿女，他们是太阳的儿女，他们是月亮的儿女，他们是星星的儿女"，用排比的手法传达了对祖先的膜拜和敬仰之情。

二、铺陈叙事的表现手法

铺陈叙事在彝族创世史诗中比较常见，彝族创世史诗的这种独特的铺陈叙事手法，常常是把事物一件件详细地罗列叙写出来，以达到烘托强化主题的目的。下面列举部分彝族史诗中铺陈叙事的例子来看其特点：

在《查姆》"天地的起源"中赞扬水王罗塔纪姑娘的勤劳，诗中这样唱述："罗塔纪姑娘，去到撑天的三座山上，挑来一挑蓝海水，挑来一挑金海水，挑来一挑绿海水，去洗日月身上的灰尘。罗塔纪姑娘，洗完星星洗月亮，洗罢月亮洗太阳。星星洗得亮晶晶，星星黑夜眨眼睛；月亮洗得亮堂堂，月亮黑夜闪银光；太阳洗得白生生，太阳白天耀眼明。"

在《查姆》"麻和棉"中也铺开来写彝族人民种麻和种棉的过程，如《种棉》中就讲述了从寻找棉花籽："歇索的三个儿子，剖开孔雀头，不见脑浆只有三颗棉花籽；剖开孔雀心，没有心血只有三颗棉花籽；破开孔雀骨，没有骨髓只有三颗棉花籽。"到播种："歇索的三个儿子，来到地里中棉花。"到收棉花："歇索一家人，忙着收棉花。棉花堆满一屋，满屋都是花。"到纺纱织成纱帕，再到染布的整个过程，最后"从那个时候起，江边白彝人，身穿棉布衣，头包黑纱帕"。《查姆》中"绸和缎""金银铜铁锡""纸和笔"

以及"书"中也运用了铺陈叙事的手法。

在《梅葛》"开天辟地"中洪水过后，格兹天神费尽千辛万苦终于找到了人种，但兄妹俩不愿成婚，为了使他们成婚继续传人种，诗中这样讲述："说了很多，比了很多：兄妹在高山顶上滚石磨，哥在这山滚上扇，妹在那山滚下扇，滚到山箐底，上扇下扇合拢来。'你们两兄妹，要学石磨成一家。'人是人，磨是磨，我们兄妹俩，同胞父母生，怎能学磨成一家。""说了很多，比了很多：兄妹高山顶上滚筛子，兄妹高山顶上滚簸箕。哥在山阳滚筛子，妹在山阴滚簸箕。滚到山箐底，筛子垒在簸箕上。'你们两兄妹，要学筛子簸箕成一家。'人是人，筛子是筛子，簸箕是簸箕，我们兄妹俩，同胞父母生，怎能学筛子簸箕成一家。"接下来"天神"继续用雄鸟与雌鸟、公树与母树、公鸭与母鸭、公鹅与母鹅都成一家来劝解兄妹二人，但二人始终不肯，于是"要传人烟有办法，属狗那一天，哥哥河头洗身子，属猪那一天，妹妹河尾捧水吃，吃水来怀孕。一月吃一次，吃了九个月，妹妹怀孕了，生下一个怪葫芦。哥哥不在家，妹妹好害怕，把葫芦丢在河里。"天神知道后，请来野猪、獭猫、黄鳝、兔鹰、虾子找到了葫芦，并戳开了葫芦，从中走出了不同民族。诗歌娓娓道来，铺陈叙述，道出了其中的曲折，却又不觉累赘。《梅葛》"造物·盖房子"一节中，同样运用了铺陈的手法，从种植建房用的树木和草，到给人与动物盖房："坝区山腰上，罗汉松树盖三间房，哪个来住房？彝族来住房。高山梁子上，青松赤松盖了三间房，哪个来住房？彝族来住房。……河里盖了三间石头房，什么来住房？石蚌来住房。江底盖了三间房，什么来住房？鲤鱼来住房。各样房子都盖齐，各样房子都盖好，鸟兽虫鱼有房住。"

三、节奏鲜明的复沓

复沓指的是句子和句子之间或章与章之间可以更换少数的词语，达到强调情感，突出主题思想，增强节奏的作用。彝族史诗中复沓手法也比较常见，复沓的运用使得史诗的节奏加强，情感突出，以引起听众注意。

在《尼苏夺节》"乐器"中为了强调阿康四处寻马却无所得，诗歌反复讲述："头上两只眼，没见你的马。发边两只耳，也没听人说。"在此节诗歌中出现了五次。如《勒俄特依》"洪水漫天地"中居木武吾为了弄清三个儿子"哑"的原因，派遣了蜘蛛、鸡、兔子、小麻雀一众差使到恩体谷兹家去探听，诗中这样讲述："后又派遣鸡中聪明者，派了一对野公鸡。恩体谷兹啊，骂声'你这不吉利的鸡，玷污了天庭'。随即跃身起，追打野公鸡。野鸡脸颊被打红，那时红脸颊，现在脸颊仍然红。""再派兽中聪明者，派遣兔子去。恩体谷兹啊，骂声'你这不吉利的兽，玷污了天庭'。随即跃身起，赶来追打兔。兔子鼻梁被打缺，那时缺鼻梁，现在鼻梁仍然缺。""又派鸟中聪明者，派去小麻雀。恩体谷兹啊，骂声'你这不吉利的鸟，玷污了天庭'。随即跃身起，撮起火灰烫。"在不懈的努力下，终于弄清治疗的方法，治好了三个儿子。

在《梅葛》"开天辟地"中天地虽然已经开辟，但天地之间什么也没有，诗中这样讲述："天上没有太阳，天上没有月亮，天上没有星星，天上没有白云彩，天上没有红云彩，天上没有虹，天上什么也没有。地上没有树木，地上没有树根，地上没有大江，地上没有大海，地上没有飞禽，地上没有走兽，地上什么也没有。"这样反复吟唱，突出了其后虎尸化万物的重要性。

彝族史诗中也常常应用对比手法，突出事物的特征。在《梅葛》"开天辟地"中格兹天神的五个儿子和四个姑娘来造天地，但是五个儿子爱玩，四个姑娘却非常勤劳，结果天造小了，地造大了，诗中这样唱述："造天的五个儿子，胆子有斗大，个个喜欢赌钱，个个喜欢玩闹"；"造地的四个姑娘，心灵手又巧，个个喜欢干活，个个喜欢造地"。

在《尼苏夺节》"姐弟成婚"中："诺谷在世时，是非分得清，赏罚很严明。""诺谷去世后，君不遵法纪，臣不守法律。"如《查姆》"独眼睛时代"和"直眼睛时代"中要换人种，要让"好心人"继续传人种，仙人到人间寻访"好心人"，遇到了不同的人，到了不同的人家，就用了对比的手法，展现出"好心人"的美德，仙人将躲避灾难的办法传授给他，最终在经历了"旱灾"和"洪水"之后只有善良的"好心人"才能留下来，为人们树立了正确的道德伦理规范。

四、独特的夸张手法

夸张指的是用夸大的词语来形容事物，突出事物的特征，以启发读者的想象力。夸张也是彝族史诗中常用的艺术表现手法，夸张的运用常常能突出事物某方面的特征，突出其与众不同的独特性。彝族史诗中也喜欢运用夸张的手法来塑造神灵、祖先的光辉形象，表现他们的丰功伟绩。

在《阿赫希尼摩》"希尼摩生万物"的"孕育"一节中，就用了夸张的手法表现希尼摩的与众不同以及孕育万物的伟大："阿赫希尼摩，嘴皮红彤彤，耳有十四只，眼睛有六双。昂首一声吼，地动天也摇。身重九千九，尾长八十八，双腿粗又长，骨节有十二，筋骨九十九；奶筋十四条，每条奶筋上，长着两只奶，上下各一只，全身长满奶。""阿赫希尼摩，肚中孕万物，何止这一些，长有翅膀者，翱翔天空的，有脚会走者，有嘴会吃的，凡是有血者，有胆有肺的，有头有尾者，天空千万物，地上万万千，样样都具备，希尼肚中孕。"

在《尼苏夺节》"开天辟地"中这样描写"俄谷"："距今亿万年，有一条老龙，名字叫俄谷。头有九千围，身长八万庹，尾有七百绕……""俄谷老龙爷，八万八只脚，夜里忙踩泥。九千九双手，白天勒捉泥，日夜不停歇。四千年开天，三千年辟地。一共七千年，造好了天地。"突出了"俄谷"的伟大，开辟天地的不易，足见彝族人民对"俄谷"的敬仰。

在《查姆》"独眼睛时代"中形容神的力量："仙王儒黄炸当地，四方去撒种。粮食种子丢一把，粮种遍地长，人间处处有食粮。""龙王罗阿玛，舀起四瓢水：东方浇瓢绿龙水，刮风又下雨，种子冒新芽，草木吐新蕊。雨下到的地方庄稼都抽穗。南方浇瓢红龙水，刮风又下雨，百花竞开松柏翠，有雨的地方，桑麻甘蔗节节生。西方浇瓢白龙水，刮风又下雨，雾露全散尽，种子落土里。风吹到的地方，蜂飞蝶舞百鸟啼；雨落到的地方，土地湿润冒清水。北方浇瓢黑龙水，刮风又下雨，草木常开花，枯树发新枝；风吹到的地方，桃李含苞开鲜花；雨下到的地方，枝头果实累累。"夸大了神的力量来表现对自然的敬畏。

第六章　彝族创世史诗与彝族传统文化

彝族创世史诗是彝族各种祭辞的艺术汇集，与彝族的传统文化浑融一体，与彝族的历史文化、宗教信仰、民俗文化密切相关，承载了彝族传统文化的众多元素。

第一节　彝族创世史诗与彝族的历史文化

彝族创世史诗是彝族文化的重要组成部分，是彝族传统文化中诗化的历史，作为彝家"根谱"的彝族创世史诗以神奇美妙的想象承载了彝族的历史文化。

彝族创世史诗反映了对先民的追忆，对人类起源的解释，对各种自然现象的认识。例如《查姆》中对人类的起源是这样说的：雾露缥缈大地，变成绿水一潭，水中有个姑娘，名叫赛依列，她叫儿依得罗娃最先来造人。人类最早的那一代……名字叫'拉爹'；'拉爹'下一代，名字叫'拉拖'；'拉拖'的后一代，名字叫'拉文'。《梅葛》中对宇宙的形成是这样说的：天地混沌未开时，格兹天神开天辟地，造天五兄弟用"虎的脊骨撑天心，脚骨撑地边，虎头做天头，虎尾做天尾，虎耳做天耳……虎的左眼变成太阳，右眼变成月亮，虎须变成阳光，虎牙化为星星，虎油成了云彩，虎气成雾气，虎心做地心，虎肚作大海，虎血做海水，大肠变大江，小肠变成河，虎肋做道路，虎皮做地皮，虎毛变成草木、秧苗，骨髓变成金子银子，虎肺虎肝变成铜铁，虱子变成牛羊，头皮变成鸟雀……"① 虎的身体幻变成了日月星辰与天地万物，一个完整的宇宙，一个完整的人类世界就这样诞生了。

---

① 楚雄州文联编：《彝族史诗选·梅葛卷》，昆明：云南人民出版社 2001 年版，第 12 - 16 页。

　　这是彝族先民在蒙昧时期，由于落后的科技和低下的生产力而对万物的解释，也是一种想和自然和谐共处的愿望，原始宗教——万物有灵论便出现了，是彝族先民原始朴素的世界观。每个民族都有自己的童年，自己的宗教时代，从而进入自由的科学时代。为了生存、求知，每个民族都要在童年时代做许多色彩斑斓的梦。于是，远古时期的神灵便诞生、发展壮大了，且经久不衰。在每个民族的文化形态中，由于历史的特殊安排，总是或浓或淡地渗透了宗教文化。每个民族的庞大神灵家族的出现，都是历史的必然，例如彝族先民头脑中宇宙的形成即如此。

　　英国著名人类学家泰勒对文化的定义是："所谓文化或文明，乃是包括知识、信仰、艺术、道德、法律、习俗以及任何人作为社会成员而获得的各种能力和习惯在内的复合整体。"美国著名人类学家马文·哈里斯对文化的定义是："文化是社会成员通过学习从社会上获得的传统和生活方式，包括已成模式的、重复的思想方法，情感和动作（即行为）。"① 我们一般认为文化应当包括如建筑、交通、衣食、宗教、政治、哲学、文学、价值观、审美观、道德、教育等。《梅葛》由"创世""造物""婚事和恋歌"和"丧葬"四部分组成，几乎囊括了彝族的所有文化。彝族史诗是一部真正的"百科全书"，承载着彝族的文化。彝族创世史诗是彝族历史文化的载体，也是传承彝族文化的重要方式。

第二节　彝族创世史诗与彝族的民族精神

　　民族精神是一个民族在长期发展过程中形成的全民族主导的精神力量，是决定民族素质的重要因素，彝族在几千年的发展中创造了丰富的文化成果，形成了独具特色、内涵丰富的民族精神，这些民族精神蕴藏在彝族的传统文化里，历久弥新，影响和启迪着彝族人民。在漫长的历史长河中，彝族人民克服了自然界的种种困难，凭着自己的勤劳与智慧，以自己的方式创造了本民族辉煌灿烂的文化，也形成了独具特色、内涵丰富的民族精神。

　　本尼迪克特（Ruth benedict）认为："个体生活历史首先是适应由他的社区代代相传下来的生活模式和标准。从他出生之时起，他生于其中的风俗就在塑造着他的经验与行为。到他能说话时，其文化的习惯就是他的习惯，其文化的信仰就是他的信仰，其文化的不可能性亦就是他的不可能性。每个出

---

① 转引自鲁云涛：《民族文化与民族文学》，昆明：云南民族出版社 1991 年版，第 2 页。

生于这个团体的孩子都将与他一起分享它们，而出生在另一世界的孩子，则不能分享到这个世界的千分之一风俗。"① 民族精神是一个民族的共同心理，从本尼迪克特的观点可以看出，一个民族长期形成的民族传统、民族文化、道德观念、风俗习惯和心理特征，会自然而然地渗透到民族精神中来，而民族精神也会时刻影响着族群里的每一个人。民族精神蕴藏于文化中，也反作用于文化，一个民族的民族精神与文化集大成的史诗是有密切联系的。

一、创世史诗与民族精神的联系

彝族的民族精神蕴含于彝族史诗中，彝族的民族精神又影响着史诗文本的建构方式。

（一）从民族精神的含义谈二者的联系

关于民族精神的定义有很多，《中华民族凝聚力学》中认为："民族精神是民族成员在长期的生活实践中创造的，他集中地表现了一个民族在一定客观环境下建构自己生活的独特方式和该民族共同的世界观和价值观念。"② 不管以何种方式何种语句来描述民族精神，一个共同点就是民族精神是一个民族在长期历史发展过程中形成并且上升到思想体系的民族共同心理。民族精神是一种社会意识，是一个民族对其社会存在、社会生活的反映，是民族文化的深层内涵。对于一个民族来说，民族精神是其成员所认同的世界观、人生观和价值观，所遵循的思维方式和行为方式，所体现的心理素质、理想信念和性格特征的总和。相对于其他民族来说，民族精神是一个民族的自我意识与自我认同，是一个民族的集体人格的体现，一个民族区别于其他民族的精神特质的总和。

中华民族在漫长的历史发展过程中形成了独具特色、内涵丰富的民族精神，突出地表现为热爱祖国、不屈外力、勤劳勇敢、豁达乐观、不畏强暴、见义勇为、英勇奋斗等精神特质。这种民族精神特质对整个中华民族的统一、稳定和发展起了不可取代的巨大作用，有着超越时代的深远影响。中国传统文化中历来黜幻想而务实际，政治思想讲求"修身，齐家，治国，平天下"，重视国计民生；学术活动力求经世致用，兴国安邦；立身行事，讲究脚踏实地，实实在在，鄙视华而不实的幻想与空谈。

---

① 转引自宋蜀华、白振声主编：《民族学理论与方法》，北京：中央民族学院出版社 1998 年版，第 52 页。

② 张磊、孔庆榕主编：《中华民族凝聚力学》，北京：中国社会科学出版社 1999 年版，第 25 页。

彝族创世史诗是以创世神话为基本内容，以天地、万物、人类、社会、文化之起源、演变、发展为叙述程式的史诗，其主要特征是由众多的或单一的神话连缀、构筑而成的韵文体叙事系统，是韵文化、体系化了的神话或韵体神话之体系。彝族的《梅葛》《查姆》《阿细的先基》《天地祖先歌》和《勒俄特依》等创世史诗里所描述的天地、万物、人类、社会、文化之起源、演变、发展的过程中所体现的民族共同心理便是早期先民们的精神，彝族传统的民族精神蕴含于彝族的创世史诗中。

（二）从民族精神的种类来谈二者的联系

谢选骏在《神话与民族精神》一书中认为民族精神有三种，而三种民族精神都是源于对宇宙本原的三种理解程式："1. 对自然'奥秘'和宇宙'本源'的好奇，渴望探究自然和社会万象背后'原因'及基本力量这一倾向，在古代各民族的思想中都有不同程度的表现（不同的民族采取的认识途径和表达方式并不一致）。2. 对宇宙本原的不同追求方式和不同理解方式、观照方式导致不同思想体系的出现。3. 对宇宙本原的追求和探究，主要是从对'知识系统'的兴趣出发（例如希腊，从知识的角度理解宇宙本原的特点）。"[1]

由于这三种理解程式的不同，也促成了各民族群体意识的差异，因此形成了不同的民族精神。但也由于各民族在理解宇宙本原时所形成的共同心理的差异，促成了各民族文化传统的差异与文本构建的差异。

彝族的创世史诗遵循了以上说法中的第一和第二种理解程式。虽然各民族的创世史诗几乎都是以创世神话为基本内容，以天地、万物、人类、社会、文化之起源、演变、发展为叙述程式，但由于彝族用自己原初的思想与方式理解天地万物、人类起源，并用自己的方式观照天地万物、人类起源，所以有了区别于其他民族的彝族创世史诗文本。

因为古代各民族对宇宙本原的理解程式的不同导致了民族精神的不同，但也因为古代各民族在最初理解宇宙本原时所抱的心理与思想，即各民族的共同心理不一样，也导致了各民族对创世史诗文本构建的相异，因此也可以得出结论：民族精神又影响着创世史诗的建构方式。

以《梅葛》为例，彝族先民用天神完成了开天辟地、制造出了人类，用虎体幻化了万物，产生了整个宇宙。这样的创世文本与其他民族的创世史诗相比是别具一格的，而这一差异产生的缘由是彝族先民原始的爱好和平的共

---

[1] 谢选骏：《神话与民族精神》，济南：山东文艺出版社1986年版，第234页。

同心理。文本中对于民族的来源产生了"一个'葫芦'九个民族"的文本构建，在《查姆》中又产生了"三十六个民族同父同母"的文本构建；因为彝族先民崇尚勤劳的共同心理，产生了创世过程中的"男强女弱"，而《梅葛》文本中在造天造地时是"女强男弱"的文本构建，因为尚善的心理，有了《梅葛》中"小儿子"善举成人的文本建构。

二、彝族的民族精神在彝族创世史诗中的体现

在多年的发展中，彝族和其他民族一样创造了自己丰富的文化成果，形成了自己独具特色、内涵丰富的民族精神，这些民族精神支撑着彝族的生存和发展，成为维系和凝聚彝族的精神纽带，对彝族的生存和发展起着精神支柱和动力支持的作用。

彝族在漫长的发展历程中，形成了独具特色、内涵丰富的民族传统、民族文化、道德观念、风俗习惯和心理特征，也形成了独具特色、内涵丰富的民族精神。根据张岱年教授说的："在中国思想史上，一种思想能够满足两个条件才能称为民族精神：一个是有广泛影响，被许多人所接受，还有一个是它能够促进社会的发展。"① 彝族创世史诗体现了彝族先民艰苦创业、自强不息的民族精神，探寻先辈艰苦创业、自强不息的进取历程，可以追溯到开天辟地时期的造天、造地、造物。彝族创世史诗也体现了彝民兼收并蓄即融汇南北、海纳百川的开放精神，这一精神主要体现在彝族创世史诗文本中主张民族融合，强调兼收并蓄，能够融合其他民族的文化，积极主动地学他人之长，补己之短，学以致用，善于学习、包容众长的事例中。彝族创世史诗还体现了彝族先民豁达乐观的人生态度、崇德尚善的优秀品质、民族团结的社会理念和不屈不挠的民族精神，这些民族精神根植于彝族历史的土壤中，薪火相传，熠熠生辉。

三、彝族创世史诗对彝族民族精神的塑造

彝族史诗是彝族先民在其长期的生存和发展中形成的古老的传统文化，内容也囊括了一个民族的思想、观念、意识、心理和世界观、人生观、价值观等，包含了彝族特有的审美观念、审美意识，理解自然，理解人生，明智地处理人与自然、人与社会之间关系的许多有益的启迪。这些启迪在现代化程度比较发达的今天，不仅没有失去意义，反而彰显出它的不朽价值。彝族

---

① 张磊、孔庆蓉主编：《中华民族凝聚力学》，北京：中国社会科学出版社 1999 年版，第 25 页。

创世史诗蕴含着彝族的民族精神，同时也塑造着彝族的民族精神。

中国传统文化中的不少思想观念与精神因素对于巩固和延续封建的国家秩序起着重要的作用，因而受到自近代以来人们的强烈批判。然而，其中的精华部分所蕴含的哲学意识、道德观念和艺术见解，不论是过去还是现在，又都在培育中华民族的优秀精神品格方面起着其他方式难以替代的重要作用。从 20 世纪以来，中国已经发生重大历史演进的文化转型，传统的民族文化受到了严峻的挑战，大有以西方文化取代传统的民族文化的"革命"之势。但是，经过一个历史阶段的剧烈动荡和时间淘汰之后，多数人还是清醒地认为，传统的民族文化及其所包含的民族精神，它的精华不仅凝结成了它的过去，也可以滋生出新的未来。尤其是其中所包含的中华民族特有的优秀精神品质，对于这个民族的发展，对于我们国家的进步，都是不能拒斥的。

彝族史诗中蕴含着的彝族先民的群体意识，有糟粕也有精华，但彝族史诗文本中蕴含的优秀精神品质可以在经过解读之后，与现代思想相结合，在形成与塑造民族精神的过程中起到非常深刻也非常直接的作用。例如：不论是彝族历史上形成的哲学、政治、道德观念，还是它所创造的音乐、绘画、服饰、舞蹈等艺术作品，或者是它在建筑艺术、风俗习惯中所凝结的审美意识等等，都可以汇聚成彝族人民自身的素养，逐渐积淀为民族心理、民族品格，使彝族获得持续不断的精神力量，而不至于因为精神力量的疲软或坍塌失去生存与发展的推动力。

第三节　彝族创世史诗与彝族的宗教文化
——以《梅葛》为中心

彝族史诗大多保存在彝族的毕摩经中，可以说是原始宗教信仰中祭祀各种神灵祖先时的祭辞。原始宗教信仰的核心是神圣的，是史诗形成和存活的土壤。史诗是原始宗教信仰的载体。史诗承载了原始宗教信仰的核心内容，它以神话的形式呈现在史诗中，沉淀着历史行进中彝族人民对宇宙万物的起源等的哲学思考和人类自身历史经验的总结，千百年来影响着人们的意识和行为。毕摩使神圣与世俗兼容，使宗教仪式与史诗表演融合起来。原始宗教信仰的深层观念形态由毕摩对史诗的吟诵传达给在那个特定表演空间的信众（仪式的参与者）。原始宗教信仰是宗教仪式的核心和内驱力，毕摩是仪式的主持者，史诗的吟诵是毕摩主持仪式、沟通神灵的主要手段。原始宗教信仰、毕摩、史诗的吟诵在仪式的表演中是三位一体的，他们传达共同的文化信息，形成史诗《梅葛》流传地区彝族特有的传统宗教文化系统。"神话、宗教与哲学都是人类智慧的结晶，都是长期自我生命追求与反省的成果，在文字尚未被普遍运用之前，人已会以包容天地的心态去探讨宇宙的诞生与发展。人与自然间有着互为一体的认知，虽然后来有能力去分辨天地万物，但人的生命主体还是相连在天地万物之中，甚至强调人不可失去这种关联性，肯定彼此间有着性命相通的德性，更加重视人与自然间有着原本存在性的精神感通。人意识到天地的形上存有，感受到鬼神的超越存在，进而强调自身神圣能量的开启，在巫术的仪式操作下，以人神混融的方式重复着宇宙原初的节奏，感念始祖与英雄的文化开启，并将其转换成安顿现实生活的精神力量。它是宇宙又中又圆的现实，是人们经由中心的想念来确保圆环的生活秩序与伦理法则。"①

　　彝族原始宗教信仰中的神灵很多，但大多与彝族的生产生活密切相关，祖先崇拜是其核心，同时对山神、土地神、火神、虎神、鹰神等的崇拜也是普遍的。下面以《梅葛》为例来看彝族创世史诗与原始宗教的关系。

一、原始宗教信仰是创世史诗《梅葛》存活的土壤

　　创世史诗《梅葛》流传地区主要是云南省楚雄州大姚县的昙华、永仁县的直苴村、姚安县的马游村、牟定县的腊湾村、南华县五街镇等地的彝族中。这些地区无论是物质生产还是人自身的生产，无论是日常生活还是特定的岁时礼仪都具有浓郁的原始宗教信仰氛围。

　　创世史诗《梅葛》流传地区地处山区，海拔都在 2000 米以上，气候寒冷，山高坡陡，箐深水冷。自然环境较为恶劣。生产模式基本上是以农耕为主，兼以畜牧和少量的狩猎活动，由于气候的原因和耕作较为粗放，农业产量不高。较早的农业是采用"火耕法"，在《梅葛》流传地区，这种耕作法虽有改变，但仍可见到其痕迹，比如撒荞子，就要烧荒地。砍树晒干后，以树枝烧地以肥土，这是确保荞子丰收的重要一环。荞地一般在高山的坡地上，土质不肥沃，可谓"种一面坡，收一锣锅"，尽管人们付出了辛勤的劳作，仍不能保证荞子有好收成。因此，在原始宗教的信仰中，人们就只有祈求神灵的保佑了。在这些地区，在砍荞把子时，要先砍三把荞把子，在地里摆好，插上代表天、地的松枝，摆上刀，然后用酒、肉、米、香祭祀，以求神灵的保佑，使荞子得以丰收。到撒荞子时，要去祭祀山神，每家的男人都要去祭。

---

　　① 郑志明：《想象——中国神话与仪式》，贵阳：贵州人民出版社 2010 年版，第 154 页。

在牟定县腊湾村，过去在生产队种荞子时，由队长安排人去祭祀山神（2003年11月，我们去实地考察，山神是一棵大栎树，在寨子山上的一个山丫处，树看上去很古老，树冠伸出约十米，枝杈纵横。树根前方有石砌的高台，上有石砌的长方形的神位，里面有些烧剩的残香），现在是各家的男人自己去祭祀山神。

在《梅葛》流传的中心地带马游村，与人们的物质生产有关的祭祀活动还有正月的架牛、出羊、出牛、开秧门、祭财神、六月二十四的祭田公地母等活动。在过去还有祭龙活动，新中国成立后停止了。另外大年三十的祭猎神、杀猪时祭猪神等也是物质生产相应的习俗。

人类生存下去的另一个前提是人类自身的生产。物质生产是为了已有个体的存活，而人类自身的生产则是为了种族的延续。只有两者兼备，人类才能生生不息、代代相传。因此，对每个种族来说，种的延续是至关重要的，围绕此点，任何氏族都特别重视婚姻，从而使婚俗成为世界上最丰富多彩的民俗，纵观人生礼俗，最大的三个密集点是诞生礼、婚礼和丧礼，这三者都跟生育礼俗有关。

在《梅葛》流传地区，彝族的自身生产习俗是颇具特色的，它与当地的民间信仰关系密切，同时也受社会经济文化发展水平的制约。

在这些地区，都信奉土主，据实地调查，几乎每个村都有自己的土主庙。现在，土主庙大多已是残垣断壁，在"破四旧"活动中已被破坏，只有个别村子有修复。土主庙虽破，但对土主的信仰系统并没有失传，断墙瓦砾中的土主，仍然年年享受着人们虔诚的香火和供奉，它仍然活在人们的观念系统中，年复一年，日复一日地关注着人们的生老病死，保佑着村庄和每户人家的平安幸福。

在马游村、腊湾村等《梅葛》流传的彝族村落，生了孩子以后，满月时取名字，一般是抱一只老公鸡到土主庙中由爷爷或外公或舅舅取名。母亲不能取名，只有母亲而无父亲的孤儿要请人开名，请不到人的，遇到动物，就叫动物的名字，如"小黑狗"这样的名字就由此来。到土主庙中取名，要先拜土主，然后在土主面前取名。取好名字回家时，由取名者一路喊着孩子的新名字到家神前，拜家神、杀鸡招待取名字的人。一般只是男孩到土主庙取名，由父亲背着去取。取名回来以后，如果小孩哭闹，认为小孩不喜欢他的名字，就到路上搭桥请第一个过桥的人重新取名字。如果等不到过桥的人来有动物路过，就以该动物为名。如果连动物也没有路过的，就以桥为名。搭桥给孩子取名字的人以后孩子就称他（她）为干爹（妈）。如果小孩是在山上生的，就以该山为名，如需改名，得请毕摩卜算方可，不能随意改。

　　在马游村，如果没有儿子，可以"接儿子"（过继），一般是接姐妹兄弟家的孩子。接儿子也是很隆重的仪式，先要请人去说合，对方同意以后，要送彩礼，与讨媳妇的礼数是一样的。同意过继的儿子要先拜别自己村庄的土主，到了养父母家，要拜养父母所在村庄的土主，以后就成了养父母正式的儿子，他将有义务为养父母养老送终，他也有权利继承养父母的所有财产，权利和义务都与亲生儿子一样。被过继的儿子对自己的亲生父母与被嫁出去的女儿对自己的亲生父母的权责是一样的，也就是说他没有责任赡养亲生父母，也无权利继承亲生父母的财产。就社会身份来说，他已属于养父母家的人了。

　　结婚时，同样要拜土主。在马游村，婚礼当天，要拉一只羊到土主庙杀了献祭，同时要带上酒、香等，由毕摩向土主"交代"，新人以后就是该土主管辖下的人了，从土主庙回来，再拜家神，之后，新娘就是夫家的人了。

　　在葬礼时，因人已死，就不再拜土主。安葬时拜山神。在马游村，人们认为山神是管阴间和野外的东西的，而土主主要是村落的保护神，保佑活着的人以及家畜等。当生了马驹、牛犊等也要到土主庙进行祭祀，建房要到土主庙祭祀。过年要接土主，家中有不顺的事，也会到土主庙进行祭祀。因此，对土主的信仰，是《梅葛》流传区域信仰系统的重要组成部分，他们认为土主是最大的"鬼"，他们把信仰中的对象都称为"鬼"，但鬼有善恶之分，像土主、家神（祖先）一类的属于善鬼，对善鬼是进行祭祀，以求佑护；而对致人病灾的恶鬼，则是驱赶之，把他们赶出人们的生活区域，所以送鬼多送到村外的沟坎对面，有一个明显的界线相隔。

　　楚雄彝族自治州永仁县直苴村，也是彝族创世史诗《梅葛》流传的重要村落。当地彝族的信仰世界，可以说是原始宗教与巫术相交混，神鬼共存，祈福于神，送灾于鬼。直苴村的信仰习俗主要是围绕祭祀自然神和驱送鬼祟而进行的。

　　直苴村受其他宗教影响的痕迹不明显，无寺庙道观等其他地方常见的宗教建筑。神的载体都是一些自然物，如山神就是在公路边的一堆石头，较大的神阿戛米斯嫫的神位是一棵大树，栽秧时祭的土地神是一块石头等。神与神之间没有形成明显的统属关系，基本上是各司其职。这些神都是与人们的生产生活关系密切的神，它们直接与人们的生存相关，对它们的祭祀，对当地人来说，是关系到存亡的大事。对神的祭祀活动是神圣的，人们是以虔敬之心来对待的，它也有相应的禁忌。在这种场合，《梅葛》作为祭辞自然也是神圣的，它直接表达人们对神灵的祈求。

　　对神灵、祖先的祭祀活动，在《梅葛》流传地区的彝族中是普遍存在的。

他们的信仰世界中，还没有形成一神信仰，是多神的世界，山有山神，地有地神，天有天神，这些神并未形成一种统属关系，是各司其职，各安本分。它与当地传统社会组织形式也是相一致的。

在马游、直苴等地，新中国成立前的社会组织形式是伙头制。在马游被称为老幼（音译）制。老幼是基层的民间社会组织，一般由七人组成，他们通常是由村中德高望重的人组成。村中的行政首脑是保长，保长下面是老幼组织，他们既监督保长的行为，同时也执行其行政命令。老幼组织也主管村中较大的祭祀活动。

马游村的自、骆、罗三大姓，每年要选出一个人做伙奔（音译），伙奔一年一轮换，一般由有能力的人担任，被选上者不得推辞，伙奔是义务为众人服务，本人无特权。他主要的任务是收取众人拼凑的仪式用品（肉、米等）、主管祭祀用品，通知村民参加祭祀活动。他听命于老幼组织，不参与行政活动。伙奔被称为"出头人"，一般任期满一年后轮换，男女皆可担任，无特殊禁忌。

马游村的村落组织与永仁县直苴村的伙头制，有相似之处，也有差异，关于直苴村的伙头制与民间信仰的情况，笔者 2000 年做过较为详细的调查，大致情况如下：

伙头负责主办节庆活动和村落对外的各种交往活动及伙头交接仪式。① 直苴彝族过春节，主要过初一"小年"、十五"大年"，他们说"初一不大，十五不小"。从正月初一到十五，整个节庆活动与伙头之间的交接活动联系在一起，年岁辞旧迎新，伙头也新人替换旧人。伙头实行轮换制，每年正月初一举行交接仪式。

以前村中成年的男子皆有权利、责任和义务做伙头，由谁任伙头，要经过伙头组织会议的民主推举决定，一般一次讨论选出三届任伙头的人。任伙头的人条件为家境稍好，个人人品好，夫妻健在，家里没有不幸事件发生，有能力种伙头田及能完成伙头各种职责者，选上的不得推辞不做。

伙头的交接仪式是每年正月初一早上，上任届满的伙头在自家院子里摆

---

① 栽秧前，伙头主持伙头田的祭祀，主要祭"陆黑尼"（石头）和田上方斜半坡上一棵树（坡上如今只有此树独在、甚大），伙头田不祭不能开秧门，伙头田没种其他田也不敢种，祭完田，举行赛牛活动。伙头田必须先由伙头的妻子先插秧，他人忌插，认为违者会招灾。每逢旱涝虫灾等，伙头要主祭祀当地供奉的各种原始宗教神，有英雄祖先化身的土主神阿戛米斯嫫、龙神、雷神、山神、田神、瘟神等。伙头在任期间，必须遵守的禁忌有：穿自制的麻布衣、黑色的麻布帽子、自制的草鞋，忌穿其他服饰，必须穿彝族传统服饰。行为上禁止参加丧事，忌遇野兽，禁做玉米、燕麦炒面和把烧盐坨放在菜里，认为炒面和放盐会发出爆破声，它的声音与下冰雹等的声音有相似之处，会引来冰雹等自然灾害。饮食上不能吃自行死亡的畜肉、禽肉。

上一张方桌，把伙头的象征物——"器伙"①（木箱）从供奉处取出来，放在桌上。然后，伙头辖区的村庄和伙头的亲戚等都派出祝贺队伍，来到伙头家的院子。"器伙"摆在桌上时，中老年男子围着桌子跳舞。之后是中青年妇女牵手而跳，男子不再跳，在旁边观看。晚上，伙头组织内七人一起商量送"器伙"的事，如无变故，按顺序送即可，如有变故（如家中死了人，有重大灾难等），依次往下推即可，如三届已任完，就选出新的三届任职者来。

初一晚上村民亲戚等在伙头家的院子里跳一夜舞，初二早上天刚亮就把木箱从上任伙头家草堆中取出，由四人送往新任伙头家，新任伙头一家人要躲藏起来，送木箱的人把木箱放在正房对面的面房草楼中捂起来。新任伙头等送来的人走了后，在正月属虎日把"器伙"从草堆中取出，放在正房墙洞中，献祭，说一些请求祖先佑护的话。亲戚们着新装前来祝贺，并跳彝族传统舞蹈，新任伙头开始履行伙头的职责。此后，每逢初一、十五，伙头都要按自己的食量盛六小碗糯米饭，每碗上放一片肉，祭祀"器伙"，祭毕即自己吃掉。

伙头制今已不存，但在民众中影响犹在，它对维护该地彝族传统社会秩序曾起过积极的作用。

伙头主持祭祀的主要神灵如下：

1. 祭土主神和雷神（阿戛米斯媄和美姑哩）

直苴村最大的神是在直苴大村背后约 500 米高的山顶上的阿戛米斯媄（媄为大之意），无庙宇，神位为一棵大树，没有偶像。此神的祭祀在每年的农历 2 月 16 日前后的属虎日，天刚亮去，临近中午回来。祭祀地点在山上松林中的一棵大松树下，由伙头家出一只大公绵羊，在松树前由七人杀死，羊杀死后，从羊鼻子处砍下羊头，留着羊角，献供在松树下，从羊脖子处砍下一块肉分给"器西"的其他六人，其余的放到锅里煮。锅、柴等用具，由伙头指定一家人背来，其他人不能背。伙头家还要准备米、酒等食品，同时，还备 12 根松枝（代表 12 个月），插在大松树脚下。上插一厘米宽的红白纸条，伙头在每一根松枝上挂一条，凡去的人都要挂纸条。每人带半碗米与伙头家的混煮，吃的东西煮好后，伙头主持祭祀，咒语多与开发直苴的祖先有关，如"您是从沿里沿里拉巴搬来的大神，经过洗地拉务的大神，今天杀羊

---

① "器伙"是伙头的标志，神圣而神秘。调查中，对其中装的东西有不同说法。有虎骨、牛骨、黄金、豆腐和肉等几种说法。苏平认为，木器为长方形，分上下两层，上层四面凸凹不平，形似山峰，放六根虎骨，下层内装米。供奉时，旁置一瓶酒。李迎春说，他哥做伙头时，他见过的是不分层，内放十二块豆腐和十二片肉，到交接时将旧的扔掉，说那代表 12 个月的供品。一位 80 多岁的老奶奶说，她丈夫当年在村公所没收来的木箱她打开看过，有 12 根骨和一块黄金。李必荣认为是 12 根牛骨。

来祭您，请您保佑人畜平安，粮食丰收……"之后分祭肉给众人，大家用手拿着吃，不能摆在地上吃，参加劳动的和伙头吃两份。再把纸条、12 根松枝，羊角挂在松树的最高处。越高越好，认为越高其庇佑的范围越广。此神主要功能是地方保护神，是较原始形态的土主神。

在祭阿夏米斯嫫大神的同时，在大树的旁边还祭"美姑哩"（雷神），杀两只公鸡，插一根松枝，一丛老树枝（三杈），小棍条做成楼梯状，上面削出三条白痕，中间用火炭画花，用山草绳从松树枝间吊下来，下面留皮是黑色，楼梯前支四根树枝，四边用小棍横搭，共 12 根，将祭品的碗摆在上面，先念祭阿夏米斯嫫的祭辞，然后再念雷神的祭辞，主要是祈求全村人平安，雷不要打伤人等。

祭此二神的参加者为男性，年龄不限。穿满襟传统彝族服饰，不戴帽。妇女、汉族不准参加。从禁忌和祭辞看，此神乃是祖先崇拜与自然崇拜的集合。祭辞大意是祈求传说中开发该地的兄弟俩保佑其风调雨顺、人畜兴旺。其目的是维护本民族的纯洁性，为自己悠久的历史而自豪，也为共同的祖先而显亲近。因此拒绝外族参加，同时也有女性月经不洁等观念的影响，女性不能参加。

2. 祭龙神

农历六月的第一个属龙日伙头主持祭祀，地点在直苴坝的出口处，雷雨旱涝皆祭。他们认为雨不过五月十三，因此六月祭。伙头主持，祭辞主要是祈求保佑风调雨顺、四季无灾等。遇干旱无雨，以泥土塑龙身浸河水中，祈求降雨。这是惩罚性的巫术祈雨活动，他们认为，龙管雨水，干旱乃是龙神蓄意捣乱，故用暴力惩罚它，迫使龙服从人们的愿望，以达到降雨的目的。

3. 祭土地神（陆黑尼）

祭祀此神的地点在直苴村伙头田上水口的田埂内，有一块黑色卵形石，一半在土里，一半在外面。祭祀时间在农历四月初的属狗日，此可能与彝族民间传说中稻种是由狗带来的有关。以前祭祀是杀一只公绵羊祭祀，最近的一次祭祀是在 1982 年，祭祀时杀了一只公鸡，毕摩主持（此时已无伙头）。此神是保护该地稻田的土地神（又称秧神），主要祈求其保佑该地稻米丰收。

4. 祭"米组"

位于村公所对面的缓坡上，神位是两棵粗壮的松树。据现场观察，在树高约 15 米处用竹条紧箍一羊头（或一对相连着的羊头），过去是由伙头主持集体祭祀。具体是在松树下插三枝直的松条，杀一只公绵羊。羊和酒由伙头出，酒只祭神，人不喝。各家也有拿鸡去的，在一个大锅中一起煮熟后，自己捞起在神前祭献，祈求保佑人畜兴旺平安。鸡可在当时吃，也可带回家吃。

此神为女性神，主管雨、雪等，统管人间的生育，权力没有阿戛米斯媄（男性）大，两神遥相对，产生人间万事万物，暗蕴了当地彝民对生育繁衍的企盼。当地彝族无孩子或小孩夭折皆要祭"米组"管辖的十姐妹神，要"米组"管好她们，不要让她们来伤害小孩子。具体仪式是在山上僻静的路边，别人看不到的地方，用三根栎树枝插成三角形，在树枝上拴上红布条，在三角上三炷香，铺上一小片松毛，对其念词祈求。

5. 祭"叉尼"

此神是抵御瘟疫的保护神，位于且么，在村里房外的场坝上集体祭祀。祭祀前，伙头派二人到山里去找香樟木枝条，要12丛，每丛12根，每根横削，不得超过三刀，一、二、三皆可，然后一排横插。杀公绵羊一只，绵羊伙头出，祈求此神保佑村庄无瘟疫，祭肉大家分吃。祭祀完后，樟木条大家抢回去插在自家的门上，认为能驱邪避秽，年内大吉，抢得越多越好，一个人一般最多也只能抢到两根。该地医疗卫生条件极差，常有疫病流行。人们无力对付疫病的蔓延，而求诸神灵，祈求其保护。参加祭祀仪式者为男性，民族不限，安排祭仪活动的是由伙头指定的专门的一家人。

6. 锅庄神（供勒莫）

彝族的火塘是火神之位，是供奉祖先的地方，在靠墙的火塘边立1～3块石头就是锅庄神位。每家都有锅庄神，这是家庭保护神，许多人生仪礼皆在此举行，招魂与此也相关。

上面这些神都是与人们的生产生活关系密切的神，它们直接与人们的生存相关，对它们的祭祀，是当地人的大事。伙头主持祭祀的活动是神圣的、庄重的，人们是以虔敬之心来对待的，作为祭辞的梅葛自然也具有神圣性，它直接表达人们对神灵的祈求。

在村落较大的祭祀活动中，组织活动者是伙头（伙奔），但祭祀时祭辞吟唱一般是由毕摩来完成的，毕摩是彝族原始宗教信仰的主要传承人和体现者。史诗《梅葛》，原始宗教是它生存的主要土壤，原始宗教活动，也就成为它传承的一个主要文化传承场。《梅葛》中一些古老的神话内容，正是在这种庄严神圣的场合中由毕摩通过祭辞的形式吟唱出来，传达给参与祭祀活动的民众。古老的民族历史文化，在这些祭祀活动中，代代相传，成为彝族民族文化的"根谱"。今天，随着原始宗教信仰的淡化，村落自然组织的消失，它生存的土壤逐渐丧失，神圣变为世俗，《梅葛》中许多古老的文化因子逐渐消亡。特别是随着精通各种古老祭辞的毕摩的一个个逝去，古老的"梅葛"也随他们的离去而只剩下一些断片。

彝族中盛行祖先崇拜，认为人有三个魂，死后一个回到祖先所在地，一个在坟里，一个在家中祖灵中。祖先可以庇佑活着的子孙，对祖先的灵牌要四季供奉；如果供奉不好，惹祖先生气，是会有灾祸降临的。因此，彝族特别重视葬礼，葬礼必须在毕摩的主持下进行。在葬礼上，毕摩吟诵"赤梅葛"是不可缺少的步骤。在已整理出版的"赤梅葛"如姜文荣先生搜集的《蜻蛉梅葛》，以及楚雄彝族文化研究所编印的内部资料《俚泼古歌》《祭奠经》等，都是在葬礼上吟诵的创世史诗，内容虽略有差异，但主干部分则是相同的，与1958年出版的《梅葛》主干部分差异也不大。

楚雄姚安、大姚、永仁一带的彝族，葬礼的基本仪式是一样的。在人死后三年，一般要做一次"冷斋"的祭祀活动，为超度亡魂，在作"冷斋"时，也必须请毕摩来诵经。从永仁罗罗泼支系的《冷斋调》（彝文研究所内部资料）来看，它的内容依然是一首创世史诗，神话的主干部分依然是由万物的起源、人的来历、洪水神话等构成。做完"冷斋"，对亡魂就没有大的祭祀活动了，只是到过节及喜庆日子在祖灵洞前进行简单的祭祀活动，这些简单的祭祀活动多由一家之主主持。因此，葬仪和做"冷斋"活动可以说是赤梅葛传承的重要场合。这个场合传承的是创世史诗《梅葛》的主干部分，或者说是原生态的部分。可以说，庄严的祭祀场合和丧葬仪式，正好为梅葛提供了一个表演的空间，是原生态的史诗生存和表现的主要土壤和舞台，原始宗教信仰及祖先崇拜是史诗产生的条件和存在的基础，是它传承的内在动因和行为的心理依据。

辅梅葛传承的重要场合就是喜事场合。喜事场合中，尤为重要的是结婚的场合，嫁娶场合是一个喜庆的场合，这种场合演唱的辅梅葛，它曲调欢快，内容庞杂，歌词往往有歌手的即兴创作，但主要内容还是有一般性的规定的。

在婚礼上，只有一些特殊的仪式需要由毕摩来吟诵，马游称为退邪神，昙华、直苴等地称为驱鬼或去邪气，该仪式大同小异，主要做法是一致的。

在马游村，退邪神仪式是这样的：在成亲这一天，新娘进入喜场时，在喜场门口置一张木桌，上铺草席及布，四角各置一枚拴有红线的方孔铜币，新娘背对喜场，肃立于木桌之上。然后在毕摩的主持之下直接驱赶"邪神"，"邪神"被称为"天聋地哑"。由新郎村中无儿无女的单身汉装扮，戴上面具，头戴篾扎的上大下小形如倒立鱼笼的帽子，如无帽，套一条羊皮口袋，身披羊皮或女人衣服，两脚套两麻袋，让旁人认不出装扮者的身份，看上去令人恐怖。毕摩持松枝在新娘身上扫拂，以扫去新娘身上附着的鬼邪。毕摩念诵祭经，天聋地哑则用棍棒四处敲打，在送亲队伍中乱窜，随便摸捏送亲的人，口中不停地发出"哦呵呵！哦呵呵"的吼叫声。随后，新娘的哥哥或弟弟又用棍棒在喜棚，特别是新娘住的喜棚内四处敲打，待"邪神"被驱赶走之后，新娘才踏着青松毛进入新郎家。马游村最后一次退邪神活动是1962年梅葛歌手郭天元在世时为其侄子自友成出外上门及自友和娶亲时举行的，整个仪式中都伴随着梅葛的演唱。

除了退邪神由毕摩主持外，新娘拜见夫家的祖灵和夫家所在村庄的土主庙的仪式也是由毕摩主持的。婚礼既是神圣的，也是世俗的，梅葛调的演唱有毕摩主持的仪式上的诵经内容，这是与神和祖先有关的，更主要的是欢快的"辅梅葛"的演唱。因为婚礼的基调本身就是欢乐的，是轻松幸福的世俗生活的一个凝聚点。

婚礼上演唱的梅葛，内容有些部分与葬礼上是相同的，如创世的内容。只是婚礼上主要是歌手演唱，气氛欢乐，调子欢快；而在葬礼上，只能由毕摩吟诵，气氛肃穆，调子低沉、缓慢。可以说，婚礼上演唱的梅葛，是由毕摩在神圣场合诵唱的梅葛走向世俗化的结果。也就是说，在漫长的历史进程中，梅葛由神圣的祭坛逐渐渗透到了世俗的日常生活，神圣的娱神功能逐渐加进了世俗的娱人功能。吟诵者也就由专职的毕摩扩大到了民间的歌手，由于民间歌手的出现，梅葛中也就不断加入了世俗生活的内容，衍生态的东西与原生态的内容相结合，形成了我们今天所见的广义的梅葛。

二、创世史诗《梅葛》是原始宗教信仰的表达系统

彝族是个能歌善舞的民族，他们的喜怒哀乐，常常是以歌舞的形式来表达。无论是爱情的欢乐、离别的忧伤、死亡的痛苦、生存的艰辛，还是文化的传承，对子孙的教育，他们常常是以不同的音乐调式唱出来的。

梅葛主要流传在自称罗罗颇和俚颇的两个彝族支系中，马游村的彝族自称罗罗颇，大姚昙华的彝族自称俚颇。虽然自称不同，但他们在语言上都属于彝语中部方言，他们演唱的梅葛调，互相也能听懂。

梅葛作为这两个彝族支系的古代文化结晶，它的传承机制，既是复杂的，又是简单的。从传承场域来看，它无所不在，渗透在人们神圣的信仰和世俗的生活系统中，并成为其中的一个重要组成部分，人们的一生都伴随着它，特别是人生的一些重要关口，梅葛的演唱是其过关的"通行证"。复杂的婚丧仪礼，都是在梅葛的吟唱中进行的。说它简单，就在于它在口耳相传的过程中，已化为生活本身的要素，人们不用刻意去模仿或学习，在人的成长过程中，耳濡目染，自觉不自觉地就已学会了它，并运用于实际的生活之中。这种学习，除了日常生活外，还有就是置身于一些特定场合，如祭祀、丧葬和喜事等场合。

梅葛的传承除了原始宗教信仰中对神的各种祭祀活动外，再一个就是与彝族的祖先崇拜观念相关的祭祖活动和丧葬仪式了。这些活动也是具有神圣性的，只有毕摩才能主持。作为毕摩在祭祀场合的祭辞，它只能在神圣的场合由神职人员毕摩吟诵，在祭祖、送魂等活动中，毕摩都要吟诵与创世有关的神话，讲述世界万物的起源经过、人类的来历、民族的迁徙以及生产劳动和祖先的业绩等。它的吟诵主要体现的是教育功能、娱神祈福和文化的传承功能。目的是祈求现世的平安和幸福。因此，梅葛（赤梅葛）是彝族原始宗教活动的独特表达系统，它的传承和使用皆有特殊的规矩和禁忌。

喜事场合演唱的辅梅葛，歌手可以根据自己的水平进行即兴创作，是一种个人才艺的展示。演唱是轻松愉快的，更多的是沟通人与人的感情，娱乐功能是主要的。

当梅葛由歌手演唱，而走入百姓生活，成为民众生活的一部分，主要功能由娱神而扩大到娱人后，它的神圣性淡化了，世俗性就增加了。它的内容也拓展了，调式变得丰富，演唱和传承方式的禁忌减少，传承场也由单一的祭祀场合转为丰富的生活场合。主要功能成为娱乐和教化后代（传规矩）。这是梅葛从神坛走向世俗生活的结果。众多的梅葛调式构成了梅葛流传的地区彝族的一个独特表达系统，就如当地歌手说的："没有梅葛，我们就不会说话了。"因此，在谈情说爱、婚丧嫁娶乃至日常的娱乐活动中，人们多用唱梅葛调的形式来表情达意，这成为一种悠久的历史传统和独特的文化现象。

第四节　彝族创世史诗与彝族的民俗文化

彝族的民俗文化是五彩缤纷的，无论是以火把节为代表的节日文化，还是婚丧礼俗、民居民俗等，都具有浓郁的民族特征。在民俗生活中，表现出较强的原始宗教氛围，或者说，原始宗教的文化特质是构成其民俗生活的核心。民俗生活是原始宗教观念的表象化，二者互为表里，形成了彝族生活的文化生态系统。下面以彝族创世史诗《梅葛》《查姆》为例来看看彝族史诗的民俗生态系统。

一、彝族创世史诗《梅葛》的民俗文化场

彝族创世史诗《梅葛》的展演和传承都与其特定的民俗文化密切相关。作为口传的创世史诗，它的活态性就表现在它始终与当地彝族的生产生活习

俗粘连在一起。一方面，它在漫长历史进程中不断地把彝族人民的知识经验累积其中；另一方面，又在各种重要的民俗活动场合来反复演述，以其神圣的权威性来强化习俗的规范性，从而维护族群共同的权益，使社会生活得以正常运行，增强民族的文化认同。梅葛的流传地区，无论其生产生活民俗还是岁时节日及民间信仰，都具有浓郁的原始宗教的氛围，都是梅葛不同内容的民俗文化场。

民俗文化的产生和存在，有许多原因，但最根本的一个原因则是"人类要活下去"这样一个简单而又异常沉重的主题，物质生产和自身繁衍是这个主题的核心。面对这个主题，在特定的地理环境的制约下，人们代代相传，在顺乎自然的艰苦劳作中，在创造衣食住行必不可少的物质资料中，逐步形成与之相适应的一系列民俗。

（一）梅葛流传地区的生产习俗

梅葛流传的中心地带马游村，行政隶属于楚雄州姚安县官屯乡，以彝族为主，杂居有少数汉族。彝族有自、罗、骆、郭四姓，自称"罗罗"。马游村的开发大约是在宋代大理国时期，姚安府土司高家招抚自、罗、骆始祖为佃，在此开挖土地，辛勤创业，繁衍子孙。直到清雍正八年（1730 年），高氏改土归流，三姓转向姚安府领田粮立户。随着时间的流逝，三姓中又分化出其他一些姓氏，并且有少量汉族从三姓中购得少量田地而迁移进来。虽形成杂居状态，但彝汉在习俗方面基本保持了自己的文化传统。马游村以农业为主，种稗子（当地称小米）、玉米、荞、土豆等农作物，产量不太高，兼以畜牧业。这种生产方式，是受当地特定的地理位置和气候环境制约的。马游村地处海拔两千多米的山区，三面环以高山，西面有一豁口，成为风口，大理苍山雪风吹来，气候寒冷。虽然土地平整，但寒冷的气候使农作物生长缓慢，产量极低。

马游村早在康熙年间已经兴办义学，在马游原小学的旧址，有一石碑对兴办义学的事情有详细记载，汉文化通过学校教育渗透到马游村的传统文化中。最明显的影响是马游彝族的丧葬形式由原来的传统火葬改为土葬，但丧葬仪式则较为复杂，基本保持了彝族传统的形式，特别是由毕摩唱诵赤梅葛，是丧礼不可或缺的部分。

马游村民众的日常生活习俗与当地的生产力水平是相一致的，有许多与劳动生产有关的信仰习俗，与农耕生产有关的祭祀活动一年中有多次。简述如下：

1. 过年接土主

正月初三村中开始打跳，一家一天轮流进行。在打跳前，当庄的这家人要拿着一只鸡、肉等到土主庙献祭，放土炮，然后把土主接回家供在家中的神斗上。去接土主时要请一个毕摩，两个葫芦笙手，两个竹笛手，家中摆上神斗、香，用树枝串上两块用火烧过的肉插在神斗里。第二天轮到下一家打跳时又用树枝串上两块，到第三家打跳时，把第二家的肉收起，依次类推，神斗上插着的肉始终保持四块，到正月十五，把所有收到的肉集中在一起，把土主送回土主庙，肉献祭后煮食，表示年已过完，各家可以从事农事活动了。上年的最后一家，是下一年的庄家，接送仪式一样，接时会说："请你老土主回到村中，让我们的粮食长出来，样样好起来。"这种接送土主的活动，是一种娱神活动，目的很明显，要土主保佑五谷丰登，人事康泰。因为土主是村寨的保护神。

2. 架虎

农耕生产离不开牛，因此在正月的第一个属虎日各家要架虎（虎即牛），把牛从厩中拉出来，架担子，架双黄牛，在院子中烧香、磕头，要用饭、肉、茶、酒敬献后喂牛，之后才可以用牛犁地。此仪式现在还存在。

3. 砍荞把子

正月初五以后可以砍荞把子，日子自定，以不冲克家人的属相为主。上山砍荞把子要带上酒、肉、米、香（12 支香代表 12 个月，闰年带 13 支）祭祀神灵，祈求荞子的丰收，到撒荞子时还要去祭祀山神。

4. 祭龙

过去，在三月的第一个属龙日，全村要举行祭龙活动。

5. 祭田公地母

四月开秧门时，各家要在自己的田边用肉、鸡蛋、酒、香、红绿剪纸等进行祭祀，由妇女先用左手栽三丛秧，然后才用右手栽，认为这样栽秧手才不会痛。到六月二十四的火把节，也要到田地边祭田公地母。

6. 尝新节

八月的第一个属龙日或属猴日过尝新节。

7. 出羊、出牛

正月初四后择一属马、猴日出羊、出牛。

出羊：出羊日要搭一个小笼子，里面有个小架子，出羊时，小笼子放在地上，点上香，放上《牧神图》进行祭祀，祭完后把《牧神图》卷起放在竹筒里，小笼里还有一个小箱子装碗筷，还要放两只鸡脚，小笼子放在火塘边，不能轻易挪动。除非是羊群迁到另外的地方，女人不能碰这个笼子，六月二十四祭羊神时要把笼子升到一个小架子上，一直到生下第一个小羊一星期后才能放下。

出牛：正月初四后选一个吉日，选一吉利方向，主人家拿肉、酒到山上祭神，全家人去，再约上几家人到山上野炊。出牛仪式后，才可以上山放牛，之前牛是关在厩中的。

8. 祭祀猎神

马游地处山区，打猎曾经是人们的生产方式之一。每年三十祭家神的同时要祭猎神。上山时，用三杈的松枝，点上香，摆上酒，烧纸、磕头祭祀猎神。打到大的猎物，如獐子，要把膀子吊在家堂的猎神旁祭祀猎神。

以上这些习俗都是与劳动生产有关的。它们影响和规范着人们的生产活动，它是受地理环境和社会经济环境所制约的。地理环境是人类所生存的自然系统，它与人类互相作用，构建了人类文化的地理环境，它是人类生活的外在客体，又日渐渗入人类的主观因素，是"人化的自然"；社会经济环境则是人与自然直接关系的产物，是民俗文化赖以植根的土壤和生发的物质前提。

除了劳动生产之外，人们的日常生活习俗中，较为重要的就是人生仪礼了。在人生仪礼中，与梅葛关系密切的是婚礼和丧礼。

（二）梅葛流传地区的生活习俗

在人们的日常生活习俗中，人生仪礼是较为重要的习俗。在马游村彝族的人生仪礼中，与梅葛关系密切的是婚礼和丧礼。

1. 婚礼

在马游村，过去的婚姻形式是一种姑表与舅表优先婚配制，即姑表舅婚被认为是亲上加亲，舅父的儿子享有迎娶其姑母的女儿的优先权，舅父的儿子不娶，姑母的女儿才能选择外嫁，若不征得舅父的同意，姑母的女儿另嫁，舅父可强迫其退婚而嫁给自己的儿子。舅父有合适的女儿也要优先由姑母的儿子选择。另嫁或另娶要征得对方的许可，擅自嫁娶会遭到家族或社会的谴责。由于这种婚姻形式，许多人的婚姻并不是以感情为基础，而是由父母包办的。为适应这种婚制，当地的婚俗中就有一种相应的调节，即"超哩诺麦哩卓"关系，"超哩"意为"男青年"，"诺麦哩"意为"女青年"，"卓"意为"找"，也就是"找伙伴"或者"找情人"之意。以在婚外找情人的方式来补偿包办婚姻带来的不足，这种关系是得到当地习俗允许和支持的。

建立了"超哩诺麦哩卓"关系的男女，以女方居处的访宿为主，偶尔也有女子到男方居处访宿，访宿者一般天亮前离开，不能让对方的配偶看到。这种关系只能在血缘关系之外进行，在马游，就出现了夫妻同劳动，同生活，但不同房，各有自己的情人，与情人所生子女随女方居住，丈夫则有义务养自己妻子与其情人所生的孩子。这种情人关系，过去在当地一般是公开的，事实上是对包办婚姻的一种反拨、补偿机制。

马游村的婚仪主要由"讨话""订婚""婚前准备""迎亲和送亲""退邪神""丧婚""芦笙舞""教亲""犁喜场""回门"几个步骤组成。这整个过程中，都伴随着梅葛的演唱。从年轻人谈情说爱到最后结成夫妇的整个过程中，唱梅葛都是其重要的组成部分。在马游婚俗中，"退邪神"和"犁喜场"是独具特色的，是原始宗教信仰在婚俗中的体现。

2. 丧礼

在马游村的丧葬活动中，整个丧葬仪式都伴随着梅葛的唱诵，是丧葬仪式的核心部分。马游的老年人说，虽然梅葛没有书，但葬礼上毕摩唱的内容是固定的，不能改变。毕摩的演唱对万事万物、人生历程一一历数，为死者指路，引导他的灵魂回到祖先的聚居地。如唱到死人和活人分家时，需用一堆松果，边唱边分成两堆。十二属相的动物要分清。家畜是活人的财产，野畜是死人的财产，如家猪和野猪、山羊和岩羊等一一判明。再如，唱万物的起源时，说到格兹天神分树，将各种树的用途一一说明，而这些说法成为一些仪式的依据，如香樟树是毕摩用的，青松树是祭祀用的（制作祖灵用松树）等。赤梅葛的民俗文化传承场，除了由毕摩主持原始宗教中对神的各种祭祀活动外，就是跟彝族的祖先崇拜观念相关的祭祖活动和丧葬仪式了，这些活动也是具有神圣性的，只要在祭祖、送魂等活动中，毕摩都要吟诵与创世有关的神话，讲述世界万物的起源经过、人类的来历、民族的迁徙以及生产劳动和祖先的业绩等。

这些社会生产生活习俗和信仰习俗，都渗透于人们的日常生活中，正如钟敬文先生说的："民俗文化是在一定群体成员生活中最基础的，也是极重要的一种文化。因为世上没有比民俗文化更为广泛地紧贴群众生活、渗透群众生活的文化现象了。"①民俗就是老百姓所认同和遵循的日常生活行为方式。人表面上是作为个体而单独存在，但生活在群体中，他就必须遵循群体的轨范，这种轨范渗透到人们生活的每一个层面，个人从出生到死，都被纳入它运行的轨道，这个轨道是人类作为群体生存和发展所必需的。因此，钟敬文先生说："民俗文化是对应群体人们的需要而产生的。人们的需要是多种多样的（从基本物质生活的需要到各种精神生活的需要），为它们而产生和存在的民俗文化的机能，自然不可能是单纯的、独一的。但是，这种功能概略地总括

①　许钰：《口承故事论·序》，北京：北京师范大学出版社1999年版，第1页。

起来，不外两点——顺利生活和轨范生活。"① 在马游的婚礼中有梅葛演唱的敬亲调、葬礼中的"做规矩"一段，正是一种做人规范的教育方式。在马游人的人生仪礼中，它有一个非常重要的实际功能，就是规范生活，传承传统文化。这在婚礼和葬礼中表现特别突出。

（三）梅葛流传地区的演唱习俗

在梅葛流传地区人们谈情说爱、婚丧嫁娶乃至日常的娱乐活动中，人们多用唱梅葛调的形式来表情达意。特别是在婚礼中，从议婚到完婚，整个过程都是以唱的形式进行的。如梅葛流传中心地区的马游村，过去整个婚礼都是伴随着梅葛的演唱，婚礼上演唱的梅葛调，一般是二人对唱，参与者有唱得较好的歌手（一般是由主家请的），亦有村中的梅葛爱好者。马游村的婚礼中首先是媒人讨话，彝语称为"麦若娘"，是指说亲的男方请媒人试探女方父母的态度，以对唱梅葛的方式进行。媒人由善唱梅葛的老人充当，须经得住女方家的车轮战。女家除父亲与舅父外的亲属都可以参加对唱，媒人要从容应对，直到第二天清晨方让媒人离去。媒人要经过三番五次地前往说合（对唱），女家方会答应。接下来的是定亲，定亲之后一段时间，双方商议婚礼，定下成亲的日子（都以对唱梅葛的方式进行）。然后就是搭喜棚举行婚礼。在婚礼过程中，有拦路唱梅葛的习俗，就是用青松毛铺在离新郎家一段距离的路上，双方歌手对唱，新娘家送亲的歌手只有回答了男方歌手提出的问题后，方能喝酒通过。到了新郎家门口，同样要对唱，喝拦门酒，方可进青棚，在青棚中，歌手对唱青棚调。据说过去有的歌手可以对唱三天三夜，青棚调所唱内容非常丰富，从天地万物的起源一直唱到人们的生产生活，可以说包罗万象，有历史、宗教、风俗、天文、历法、人的生老病死等，具有很强的叙事成分，用丰富的比喻、排比、拟人等表现方法，歌手之间有较强的竞赛性质。唱赢的歌手会受到群众的尊重。在婚礼之后，还有一个仪式，就是教亲，也是以唱梅葛的方式来进行的。

婚礼的第二天上午，送亲客人和新郎家的主要亲戚在喜棚中分两排坐定，送亲客人以新娘舅父为主，新郎家以母亲及舅父为代表，双方以梅葛调对唱，新娘舅父先唱，大意是两家有缘才结为亲家，你家家境如何殷实，教育子女如何有方，但我家姑娘在家时什么都不会做，到了你家后多加教导……新郎母亲及舅父除对答一些谦虚的话之外，对一年四季农活要做些什么，如一月砍荞把子，怎样砍，砍些什么树，堆放在什么地方；四月栽秧，怎样拔秧、

---

① 许钰：《口承故事论·序》，北京：北京师范大学出版社 1999 年版，第 1 页。

怎样栽秧，要忌些什么等。家务如何做，邻里如何处，家庭成员如何称呼等，也都详细地唱给新娘听，使新娘知道自己的角色任务。这已成为一种悠久的历史传统和独特的文化现象。

梅葛的民俗文化传承场，除了以上这些正式的场合外，平时的日常生活也是其民俗文化传承场，如青年梅葛，在青年男女恋爱的时候唱，老年梅葛在有客人来的时候，也会聚在来客那家唱。2001年笔者到马游村的梅葛歌手罗正贵家，当晚，村中的老年男女梅葛爱好者就自发地来了七人（三男四女），对唱梅葛，他们唱的是"传烟调"，节奏欢快，有戏谑之意。同时，还有三个年轻人和四个小孩子在旁边听，气氛热烈。节庆日子，也会聚在一起唱。总之，除特定的日子外，平时人们高兴唱就唱，想唱就唱。除了一些唱爱情的曲调不能在长辈面前唱之外，歌手们演唱的梅葛无特殊的禁忌。

梅葛产生于原始民族形成时期，在那个时期，正是人神共存的时代，史诗的形成标志着公认的民族神话的形成。"神话是借助于幻想和神化的手法，采用文学的形式——诗歌或散文——表达出来的原始时代的人们对自然的奥秘、社会人文情况、人类本身以及人们在生产生活中的原始知识的一种积累和解答。其思想是建立在原始仿生观念、原始宗教观念和原始哲学观念的基础上的。"① 史诗是一个共同民族形成的需要，反过来，它又成为维系氏族生存发展的"根谱"，特别是在与其他氏族的文化碰撞过程中，彝族人民就需要用梅葛作为民族认同和民族识别的文化符号，同时，也用它来传承文化知识，构建信仰系统，规范行为模式，以保障人们生活的顺利进行。一方面，它以神话的形式折射出远古彝族先民的社会生活及其历史发展过程，用一种特殊的形式解释民族的起源、万物的起源、文化的起源等。另一方面，史诗是口耳相传的，是一种自然的历史化，也就是"一种以集体的加工的方式自然形成的将一个民族的历史发展不断增益进史诗中去的运动形态"②。从史诗的内容看，创世造物部分中祖先业绩被加以神化，同时，又增益了历史发展过程中不同时期的群体思想及实践活动，如"狩猎畜牧""农事""盐""蚕丝"等活动，是一个历史发展的漫长过程中的实践活动。而"婚事和恋歌"与"丧葬"部分，则是与人们的现实生活密切相关的活动，它为人们的日常生活制定了规则，成为一个操作系统，这种不断增益的结果，也就使梅葛随着彝族人民的历史发展而获得了与日俱增的历史因素。这种自然历史化的过程，就使得史诗具有一种民族文化"百科全书"的性质，成为知识的系统和宝库，

---

① 万建中：《民间文学引论》，北京：北京大学出版社2006年版，第110页。
② 李子贤：《探寻一个尚未崩溃的神州王国》，昆明：云南人民出版社1991年版，第299页。

被当作本民族的"根谱"。

梅葛作为口传的创世史诗，它的活态性就表现在它始终是与当地彝族的生产生活习俗粘连在一起的。它在漫长历史进程中不断地把彝族人民的知识经验累积其中，同时，在各种重要的民俗活动场合来反复演述，以其神圣的权威性来强化习俗的规范性，从而维护族群共同的权益，使社会生活正常运行，增强民族的文化认同。梅葛是特殊的民俗环境的产物，它的民俗文化传承场既在婚丧礼俗、原始宗教的各种仪式上，又在各种娱乐场合。这特定的民俗环境正是它生存与传承的土壤，民俗环境改变之后，它的传承也就失去了依托。因此，随着现代物质生活的改善，精神生活的多样化，文化机制的变迁，梅葛的传承走向了式微。

二、查姆的民俗文化场

查姆作为滇南纳苏（古称聂苏）彝族的一种起源叙事传统，是渗透于当地彝族的民俗生活传统中的。它既是毕摩主持的原始宗教信仰的祭辞，也是歌手在婚丧礼俗中用阿色调演唱的长篇古歌。它与梅葛的民俗场可以说是大同小异。查姆的国家级传承人方贵生讲述的查姆流传的核心地区大麦地村委会下莫且法村的年中行事如下：

正月初二祭祀山神：方贵生说，正月初一是天神的生日，初二祭祀山神也就是祭祀天神，祭祀时地神、日神、月神、风神、树神、雷电神等都要请到。祭品有糕点、米、酒、茶，每家杀一只鸡，全村人都去一起煮饭吃。念祭山神经，为全村人叫魂，吃完饭后回家。回家时拿一个鸡蛋、两只香、一只松树枝、一小块红布、丝线穿针（叫魂用）拿回家放在家堂上（无家堂的放在灶上）。

二月二祭祀龙：在出水口的一棵大树下杀一头猪和一只鸡（牛羊不能祭），念祭龙经，献酒请各种能保佑的神灵，在出水口煮吃祭品。

二月初八祭祀土地神：村后面的土地神树前，土地神树与山神树在一起，土地神树在左边，山神树在右边。祭祀品用鸡和猪。树前用青冈栎树枝搭一个门（一枝树枝弯成弧形），土地神树上绑四棵松树枝和竹子，用树叶包几棵松树叶子插在竹子里，回家时每家带两棵回去放在家堂上和灶上。念祭祀土地神的经，洒水求雨，学四季鸟叫，称为"天叫"，一边叫一边洒米，同时另外一个人用簸箕接着，问：给接着了？回答：接着了。然后回去时每家带一点米回去放在家堂上。

三月清明上坟：以前不在坟上插纸，现在插纸修理坟，把杨柳枝放在坟头上。

五月端阳节：在家杀鸡祭祖。

六月六祭祀谷神：田埂上插三杈松树枝，杀一只鸡，念祭祀谷神的经文。

六月二十四火把节：点火把去田头烧害虫，老人死了不满三年的上坟祭祀。

七月半：与汉族一样祭祀祖先。

八月十五中秋节：月亮出来，在平台的桌子上用酒、瓜果祭祀月亮。

冬至：用糯米粑粑蘸蜂蜜放在家堂上祭祖。

腊月二十四：老人死了不满三年的上坟祭祀。

过年：与汉族一样。不过十月年。

对查姆的民俗文化后面还有专章论及，此处不再赘述。

毕摩仪式上吟唱梅葛、查姆的内容不能自行改变，歌手在对歌场域的创编也只能在听众熟悉的文化情景中进行。笔者 2001 年到姚安县马游村调查梅葛，村里彝族民众对史诗的内容是比较熟悉的，包括 20 多岁的年轻人，他们也会讲史诗中神话的内容。记得一天晚上，有几个年轻人来到我们调查组几个人住的村委会，与我们坐在火塘边聊天，他们就给我们讲人类的起源神话中关于独脚人和巨人的故事。一个小伙子讲得眉飞色舞，边讲边比画，讲独脚人走路，两个人搂着脖子走路，巨人很高但在田里做活就睡着了，鸟在其头上做窝等，很生动形象，基本情节与 20 世纪 50 年代翻译出版的史诗文本是一致的，多年后的今天笔者对当时的情景还记忆犹新。2001 年，我们请马游村中的老年梅葛歌手对唱梅葛，翻译出来的录音与 50 年代的文本在神话等内容基本情节上的差异并不是太大①。2012 年 3 月，笔者对梅葛国家级传承人郭有珍进行访谈时，她就可以即兴发挥，用梅葛调唱对我们的到来表示欢迎和感谢的内容，在一些场面上她都可以根据场景的变化而即兴演唱应景的内容，但对老年梅葛她只能唱一些片段。2012、2013 年，笔者在双柏县、峨山县、新平县的彝族民众中对查姆进行田野调查时也了解到当地彝族民众对史诗中的神话故事都是很熟悉的，他们很多人可以用散文讲述史诗中的神话故事。毕摩在仪式活动中也还在讲述相关的神话，尤其是彝族始祖阿朴独姆的神话在丧葬仪式（寿终正寝者的葬仪）上是必须讲的，史诗中的述源神话的内容演述是具有传统的规定性的。

笔者在 2012 年 3 月 13 日到 15 日对查姆的主要流传地双柏县的安龙堡和

---

① 参见李云峰、李子贤、杨甫旺主编：《〈梅葛〉的文化学解读·附录部分》，昆明：云南大学出版社 2007 年版。

大麦地两个乡镇进行田野调查，对当地彝族的毕摩、阿色调歌手、民间艺人等进行访谈，考察当地独具特色的土掌房、祭祀龙、山神等的信仰空间，观看了当地著名的花鼓舞、四弦舞，观看毕摩在祭祀仪式上对查姆的吟诵，直观地体验了查姆流传区域彝族浓郁的民俗文化风情，深刻认识到史诗的生存与流传正是依赖于这片土地上生活的人们的生产生活方式，它的活态性是蕴含于民俗生活之中的，民俗生活改变了，它自然也就会改变了。

安龙堡和大麦地两个乡镇在地理上是相连的，地处山区河谷地带，与外界的交通很不方便，我们去时还是土路（据了解现在路已修好了），村庄间直线距离可能不远，但都是山路，感觉就是走过一山又一山，山上植被很好，风景奇美，山腰上常可见层层梯田，坡度很大。据当地人说，一个背篓或南瓜等东西要是拿着掉了，就可能滚下山脚，你捡回来可能就要一天的时间了。如方贵生家居住的村庄，彝语叫下莫且法村，翻译为汉语就是"岩子上马掉下去的地方"，据说当年马帮的马因为此处陡峭掉下去摔死而得此村名，村庄地处山腰处，坡度较大，几乎没有平整的地方。

这一片区域的自然风光是很美，但人们的生存条件就相对比较艰难，可以说是楚雄州经济发展相对比较缓慢的地区，与梅葛流传中心的马游村相比，安龙堡和大麦地的经济发展相对落后。2012年3月22日笔者到马游村调查梅葛，马游村到县城的路都是柏油路，村子里的路面都是水泥路。从它的梅葛传习所、小学校、村庄的房屋等外观上就可以看出当地的经济发展水平高于双柏县的查姆的流传地。正是当地经济文化发展的相对缓慢，地域文化相对较封闭的状况，使此地的彝族传统文化保存更多，更具有彝族民族文化氛围。马游村受汉文化的影响较大，已经没有毕摩，而安龙堡和大麦地却有几十个不同年龄层次的毕摩。比如《查姆》一书的保存翻译者施学生大毕摩虽然已去世，但因为是毕摩世家，他80多岁的哥哥施学义收了弟子，其中40多岁的罗勇兴就是他的弟子中在当地比较有影响的毕摩，他的儿子施有亮也是毕摩。而施学生的女婿方贵生是他的嫡传弟子，现在成为国家级查姆传承人，查姆传习所就在他的家里。施学生的孙子施文贵既是毕摩，也是楚雄彝族文化研究院彝族典籍翻译和研究的专家。

现在查姆在毕摩中的传承情况要比梅葛在毕摩中的传承情况好些，在滇南彝族中，还有大量毕摩在学习和使用它，它更多还是在祭坛上，梅葛的演唱则更多的是在世俗化的歌坛上了。梅葛、查姆的演变受宗教、民俗等文化生态的影响，文化生态与自然生态又有着密切的关系。后文将分别探讨两部史诗的生态系统和现状。

第七章 彝族创世史诗的生态系统
——以《查姆》为中心

　　《查姆》是彝族先民讲述天地、日月、风雨、人类、民族、衣食及动植物的起源的一部创世史诗，主要流传在哀牢山滇中南彝语南部方言彝族纳苏颇阿车人聚居地区。"查姆"为彝语音译，彝族人把叙述一种事物的起源称为一个"查"，也就是说"查"为种类或类别（即篇、章）；"姆"则可为母、大之意，即为根基或本源，所以"查姆"就是彝族先民认识和解释物质世界的基本学说，因而被称为彝族的"根谱"。查姆最初以口头传诵的形式出现在彝族纳苏颇阿车人生活中。在还没有文字之前，居住在滇中哀牢山地区的彝族先民就已在民间口头流传查姆了。在长期流传过程中，经过不断的补充丰富、加工修改，逐步形成了规模宏大的创世史诗。彝文产生之后，经过毕摩的记录整理，形成了彝文文献传抄的《查姆》文本。

　　纵观人类的文化发展历史，无论何种文化的产生都与其自然环境有着密切的联系，不同的民族群体于其所生活的自然环境中培育了自己的文化。自然环境也渗透到文化中，在人对自然的观照中形成文化的自然。

第一节 《查姆》的自然生态环境

　　虽说地理环境决定文化的理论有失偏颇，但地理环境对文化有巨大的影响，这是不可否认的。无论是人类的物质生产还是精神文化，都被深深地打上了地理环境之烙印。不同地理环境条件下，有不同的物质生产类型，同时也形成不同的文化形态。无论对哪一个阶段的人类文明进行研究，都不能忽视人地关系的考察。恩格斯说："我们必须时时记住：我们统治自然界，绝不像征服者统治异民族一样，绝不像站在自然界以外的人一样——相反地，我们连同我们的肉、血和头脑都是属于自然界，存在于自然界的；我们对自然界的整个统治，是在于我们比其他一切动物强，能够认识和正确运用自然规律。"[1] 这种地理环境和文化的辩证统一的观点，在文化与环境的研究中应该说是具有指导意义。

查姆流传的滇西北楚雄、滇东玉溪和滇南红河处于亚欧板块康滇古陆之地，同为红河水系养育。楚雄，位于红河水系上游，居东经 $100°43' \sim 102°30'$，北纬 $24°13' \sim 26°30'$。金沙江、元江为水岭分南北，形成二水分流。境内多山，全州山地面积占90%，彝族等多民族生活在以哀牢山脉为主的群山之中。查姆主要流传于楚雄南部的双柏县境内，同时在玉溪的新平县、峨山县及红河州的彝族中也有流传。

一、双柏县简介

双柏县地处哀牢山脉以东，金沙江与元江水系分水岭南侧。跨东经 $101°03' \sim 102°02'$，北纬 $24°13' \sim 24°55'$ 之间。全县总面积 4045 平方公里，总人口 14 万余人。东邻易门、峨山县，南界新平县，西与镇沅、景东县接壤。全境群山叠嶂，地势由西北向东南倾斜，石羊江斜贯而下，将县境分为东西两片，马龙河纵贯南北，绿汁江绕于东南。哀牢山盘亘西部，石碑山、老熊山屹立南侧，白竹山、三尖山、三家厂大山虎踞东部，老黑山雄踞北面，西部大梁山，最高海拔为 2946 米。境内群山连绵，逶迤多姿，具有山川相间、峡谷纵横、高低悬殊、北水南流的区域地貌特点。最低点位居三江口，海拔 556 米。县境东南部的大麦地镇和安龙堡乡，是彝族史诗查姆的主要流传地带。安龙堡乡与大麦地镇山水相依，总面积 270 平方公里，辖安龙堡、新街、柏家河、它宜龙、法念、说全、六纳、青香树八个村委会，有 95 个自然村，总人口九千余人。大麦地镇总面积 321 平方公里，辖大麦地、河口、底土、光明、峨足、普龙六个村委会，有 54 个自然村，总人口六千余人。两地同为山区，崇山峻岭，有千里彝山山脉，山底河谷纵横，切割深度大，河坝错列。处于 1700 ~ 1800 米海拔。同属于亚热带季风气候。年平均气温高，日照长，降雨量偏少。但在安龙堡乡和大麦地镇境内有绿汁江、它此河、各阿纳河、阿帕冲河、者都河、冲洛母河、底土河、河口河、邦三河、傣鱼河、荔枝河等长流河和季节河，因此，形成了此地域内的河谷性气候。庄稼多为一年一熟，少数地区两年三熟。粮食作物有水稻、玉米、小麦、大麦、高粱、小米、

---

[1] 转引自马天瑜、何晓明、周积明著：《中华文化史》，上海：上海人民出版社 1990 年版，第28 页。

荞、马铃薯。经济作物有油菜、花生、葵花、元豇豆、芝麻、甘蔗、烤烟。蔬菜有青菜、白菜、萝卜、韭菜、豆类。经济林果有板栗、木瓜、梅子、滇橄榄、药材、山林特产等。林木有云南松、栎、黄杨、铁刀木、麻栗树、青冈栎、锥栗树及针叶混合林。农业生产以水田、旱地耕作为主，间有陡坡地、轮歇地、雷响田。生产方式以农耕为主，兼有少量的牧业和渔猎生产。

二、玉溪地区的峨山县、新平县、易门县简介

此地生活的彝族均为尼苏颇（后称纳苏颇，他称阿车人），另外有部分山苏、车苏人居于其境。

玉溪地区的峨山县、新平县、易门县是彝族尼苏颇阿车人的主要聚集地，亦是查姆文化流传的主要地区之一。

峨山县地处滇东南低纬度高原，属于高原地貌，多平坝、山丘和零星丘陵，地形较破碎，形成中山与深切河谷相间的地貌形态。所处位置历有"临群岩邑，省会南藩"之称，依成因及形态差异，境内群山地貌分为河流侵蚀地貌、岩溶地貌、断陷盆地三种类型。境内最高山峰火石山，海拔 2583 米，最低点在丫勒河谷与新平、双柏两县接壤处，海拔 820 米。气候属于低纬度高原气候，空气干燥，降水量少，"冬无严寒，夏无酷暑，冬春干旱，夏秋多雨，雨热同季"。植物与生产分南亚热带低热河谷粮、甘蔗双季稻区，中亚热带粮、油经济林区，北亚热带中山粮、烟、林、牧区，南温带高山林、牧粮区。

县境面积 1972 平方公里。总人口 13 万余人。辖 4 镇 8 乡，有 73 个村委会。全县彝族人口 7 万余人，有纳苏、聂苏、勒苏 3 个支系。纳苏分布于县境西部、西北部的富良棚、大龙潭、甸中、塔甸、岔河等乡镇和亚尼乡的部分地区。聂苏分布于县境东部、东南部、南部的锦屏、小街、宝泉、化念、高平等乡镇。彝族村寨多位于依山傍水、背风向阳的地方。

现称纳苏（他称阿车人）人主要分布在紧邻双柏县安龙堡纳苏阿车人集聚区的富良棚乡，此乡辖富良棚、塔冲、美党、翻家村、迭舍莫、婀娜、石板 7 个村委会，53 个自然村。大龙潭乡，辖司城、以他斗、绿溪、各雪、班德、鱼塘、迭所 7 个村委会，59 个自然村。甸中镇，辖甸中、西就、甸头、大寨、镜湖、下营、小河、小甸中、昔古牙、甸尾、白土 11 个办事处，58 个自然村。塔甸乡，辖塔甸、嘿腻、瓦哨宗 3 个村委会，21 个自然村。岔河乡，辖云美、谢礼、青河、棚租坝、文山、安居、河外 7 个村委会，53 个自然村。亚尼乡，辖亚尼、七溪、海未、大西 4 个村委会，46 个自然村。原称聂苏

（后称纳苏，他称阿车人）人多聚居在锦屏乡。此乡辖柏锦、沐勋、大白邑、登云、石泉、土官、富泉、新村、厂上9个村委会，78个自然村。小街镇，辖小街、石邑、兴旺、由义、文明、永昌、舍郎、牛白甸、棚租、大维堵10个办事处，57个自然村。宝泉乡，辖大海洽、水车田、乐德旧、雨来救4个村委会，24个自然村。化念镇，辖化念、凤凰、罗里、党宽、水湾哨、大巴格6个办事处，51个自然村。高平乡，辖高平、桃李、宝山、总果、小法那5个村委会，32个自然村。

在同一自然文化带内的新平县，居住着众多纳苏颇阿车人。新平县地处云南中部偏西南，东经101°16′30″～102°16′50″，北纬23°38′15″～24°26′05″，面积4223平方公里，总人口23万余人，彝族人口11万余人。新平县是一个群峦叠嶂、林海苍茫的山区县，境内元江水自西北向东南斜贯而下，将县境分为东西两片，哀牢山脉绵亘江西，迤岨、磨盘、鲁魁雄踞江东。哀牢山脉的大磨盘山海拔3165.9米，是境内最高峰，漠沙乡南蒿村的元江岸边为最低点，海拔仅422米。哀牢山区土质肥沃，雨量充沛，水力资源丰富，保留着原始森林29万多亩，江东诸山群，松林满山，夹嵌梯田层层，彝族纳苏颇人多居住于此地理环境中。新平彝族有聂苏、纳苏、车苏、山苏、腊鲁、拉乌、咪俐、密查、香堂、罗武、蒙化等自称和他称之人。聂苏主要居于扬武镇的鲁魁山、磨盘山，纳苏居于新化乡、老厂乡及平甸乡的费贾、桃孔、白鹤、者甸一带。

易门县也是此大区域内聂苏颇、纳苏颇主要集聚区。易门县位于云南中部，东经101°53′～102°18′，北纬24°27′～24°57′之间。东与安宁、建宁接壤，西与双柏相连，北与禄丰交界，南部毗邻峨山。总面积1571平方公里，总人口171934人。彝族总人口43661人，占全县总人口数25.4%。全县辖蒲贝、十街、铜厂、小街4乡和龙泉、绿汁、六街3镇，55个村（居）委会，771个自然村。纳苏颇支系聚居县境南部和西部的马头、金田、竹子、腊品、者拉等10个行政村和平阳地、平淮子等自然村，其他杂居于全县各地（包括水塘自称阿陆和沙衣自称密义的彝族）。聂苏颇支系聚居于县境西部的底尼行政村和老吾行政村、落水洞片及浦贝乡旱坝，方屯乡梅营老凹等自然村。

三、红河州简介

查姆文化流传地除以上两大片区，红河州也是流传较广的地区。

红河州总面积2057平方公里，境内峰峦起伏，沟壑纵横，红河水绕县而过。境内自称彝族尼苏、卜拉两支系，聚居于海拔600～1800米的山区。尼苏人（后来演变成纳苏颇、阿车人），人口有 2 万余人，主要分布于浪堤、大羊街、乐育、宝华、甲寅、阿扎河、石头寨等区 48 个自然村。元阳县，总面积 2189.88 平方公里，总人口 31 万人。境内山高谷深、沟壑纵横、深切割山地中居住着自称尼苏、卜拉、阿鲁、姆基四种彝族支系人。石屏县，有彝族人口 14 万余人，有尼苏、纳苏颇人居住于境内。建水县，有自称尼苏、卜拉的彝族支系人。彝族人口近 6 万人。尼苏颇人主要分布于曲江区甸鲁坝以及南庄区羊街坝，李浩寨区勒白乡、甸尾、利民、岔斜等地。蒙自县，县境面积 2308 平方公里，总人口近 40 万人，有彝族聂苏颇、仆瓦颇、姆基三个支系人。彝族人口 8 万余人，聚居于蒙自旱坝地区。

查姆文化流传地带除以上几片集中区域外，还有几处分散性地域。普洱地区的景东县，县境面积 4465.85 平方公里，总人口 34 万余人。境内群山丛集，千峰耸翠，涧壑交错，溪流纵横。有密撒濮、腊鲁濮、罗罗濮、咪俐、香堂等自称的彝族人聚居于其间。彝族人口 13 万余人。镇源县，县境面积 4136.81 平方公里，总人口 20 万余人。境内哀牢山和无量山纵贯全境，有"五谷五岭"，沟谷交错，又有高山深谷，陡峭的山势形成了复杂的地形。境内有红河水系和澜沧江水系。赖此二水之育，境内聚居有阿车（他称）、罗武人。彝族人口近 3 万人，分布于红卫镇、杏城乡、恩坝乡、古城乡、勐大乡、里崴乡、振太乡、恩乐乡、文龙乡、者东乡。其中阿车人聚居于和平丫口村和者东乡樟盆村。除以上片区，在墨江、思茅等地也有阿车人居住地区，有"查姆"文化的分散性流传。

第二节 《查姆》的文化生态环境

生活于不同自然环境、地理环境的族群，在其生产生活中会形成独特的文化生态系统。依所生存的地理自然因素，以生产生活之所见，产生了自己对世界的认知，这种认知最初是朦胧浅显的，其动因源自于他们对世界的未知领域和未知事物现象探知的强烈欲望，从而形成了他们自己的思维方式和对事物的认知方法。

查姆中讲述的事物的起源、天地起源、物种起源、人类起源、文化的起源等都是彝族尼苏人最初对自己赖以生存的自然环境中诸物象的认知结果，从而形成了他们特殊的文化心理。下面看看查姆的文化生态状况。

一、民间文学及文化典籍

彝族在其悠久的历史岁月中,创造了灿烂多彩的民族历史文化。有的是由毕摩用彝文字记录形成的彝文古籍作品,而更多的则是以口耳相传的形式流传于民族民间生活中。在哀牢山东南部查姆文化生态区域中,有《洪水滔天的故事》、创世史诗《查姆》(文献本)、《阿普多莫若》(彝文本)、叙事长诗《赛玻嫫》(又称《七妹与蛇郎》《做蛇妻》),叙述事物及物种起源的《吾查门查》《莫米间扎节》,彝族历史人物《笃慕故事》《两兄妹》《种籽的起源》《金银铜铁锡的由来》。以文献本和口头流传较广的还有《太阳金姑娘与月亮银儿子》《龙王四姑娘》《雪峨养雀》《罗塔纪姑娘》《呗三阿故事》,还有迄今被追溯为彝剧雏形的《阿左分家》。以上彝文古籍、民间文学作品较集中地流传在双柏县大麦地镇、安龙堡乡区域内。在红河及滇东南一带,影响较广的有《阿赫西尼摩》(彝文文献本)、《戈阿楼》、《阿细的先基》、《逃婚的姑娘》等一批脍炙人口的民间文学作品和文化典籍。

哀牢山腹地,查姆文化生态流传区,是彝族文化产生的悠久之地,在这块地域中,文化的丰富性、文化类型的独特性、文化遗存的多样性,是康滇古陆中独特的一片文化富藏秘境,是一个多样性和多元文化地带中心。

二、民间文化艺术

哀牢山腹地文化具有多样性,所存民间艺术富有其独特性。现今遗存于大麦地镇峨足村的"小豹子笙",每年农历六月二十四日和七月十五日跳驱邪纳吉的傩舞,模仿小豹子的生活习性,表现它极强的生活能力和繁衍能力。跳傩舞时,纳苏颇阿车人在男孩子身上绘上豹纹,扮作小豹子到各家各户去跳驱邪纳吉的舞蹈(相传早先是由男性壮年赤身作舞,后来感觉不雅,遂以十多岁的男孩作舞),是现存的一种以战胜自然、趋利避害,表现早期人类繁衍壮大的民间舞蹈。

双柏县法脿镇小麦地冲彝族自称俚俚颇人的"老虎笙"傩舞是虎崇拜的体现,每年农历正月初八至十五日要跳"老虎笙",又称"虎笙节"。有祭虎、迎虎、扮虎、跳虎、送虎神的民俗祭仪。以此种民俗,演绎彝族崇虎、敬虎,视虎为族类祖先,尊虎为氏族图腾之物的原始先民所传承下来的文化心态。

双柏县李芳村彝族尼苏颇罗婺人的火把节期间的"大锣笙"傩舞是火崇拜的产物。在彝族的火把节期间,彝族人要祭祀火神、点火把,于田间祈农,作锣笙舞;敲锣入户驱邪纳吉跳锣笙舞。锣笙舞粗犷古朴,内容有表现生活、生产、除邪、祭天祈求农耕神、敬祖祈福的多段舞蹈。

农耕舞"叽咕利哟哟",是流传于大麦地镇光明村的一种独有的农耕舞蹈。当地彝族人每当听到布谷鸟鸣春之时,由妇女肩扛锄头,手拿镰刀跳有关农事的舞,意在提醒人们已经开春,农事节令将来临,望人们及早做好各种农事的准备。

彝族纳苏颇阿车人中盛行一种四弦舞。每当月夜升起,老艺人便背着四弦琴,带领着青年男女,在村旁的场院跳起四弦舞。"骡子驮棉花""新街妹"是当地流行的四弦曲。安龙堡青香树村民间艺人李富祥,用他娴熟的四弦弹奏技巧及富有特色的舞蹈,1958 年曾经到北京人民大会堂表演,受到舞蹈专家们的青睐。民歌中著名的有阿色调、四季调等曲调,也是彝族民众喜欢的演唱曲调,查姆中的内容大多也会用这些曲调进行演唱。

三、原始宗教信仰

彝族人认识事物,认识世界,都源自于对原始宗教的信仰。自然界中的一切,都赋予它独特的意义。万物有灵是彝族原始宗教的基础。从宇宙至自然诸物,都有其成因及形成过程。在原始人看来,人与物之间,不同类型的生命之间,生物与非生物之间并没有截然不同的区别。诸物的内核中都有着神和灵所附,这即为彝族人对世界和诸物的朴素认识。

彝族的原始宗教信仰包括自然崇拜、动植物崇拜、祖先崇拜等。查姆中的一些神话内容,也会在这些神灵的祭祀仪式上讲述。

(一) 自然崇拜

1. 火神崇拜

火与彝族人民的生产生活密切相关,彝族人称火为灵物、圣物,从而产生崇拜。火给人类带来了光明,由于火的利用,促使人类从蒙昧时代走入文明时代。火有着巨大的功能,人类学会使用火,使人类脱离了茹毛饮血的时代。火给人类带来甚多好处的同时,有时也会带来灾害。人们敬奉火的同时又畏惧火。所以,人们对于火的崇拜是带着既敬奉又畏惧的心理,由此便产生了祭火之习俗。每年农历正月十五日和六月二十四日火把节时,要举行祭火仪式。年始祭火时,主要进行火之产生起源的祭祀。楚雄双柏县法脿镇一带彝族尼苏颇人做祭火仪式时要由毕摩主持祭祀并诵《祭火辞》来祭火神:"天上有天神,地上有地神,火呢有火神,火神出现了。……人呢学干活,大山干活去,翻土板石块。石块碰石块,火星碰出来,火燃烧起来。木块树上擦，火燃烧起来拿刀来砍树，刀把甩脱了，刀把石上捣，捣出火星来。"① 这里记述了碰撞、敲击、摩擦等自然产生火的过程。此外还有雷电起火及钻木取火。

人类学会使用火后，发现火对人类有无比巨大的作用，而发生火灾时又对人们产生极大的危害。《祭火辞》中说："野火烧了去，山林被烧光，什物都烧死。走兽飞禽死，虫子也烧死。那时吃生食，烧死处捡吃。熟的才好吃，找熟食食用。熟吃不生病，要食用熟食。烧的只知烧，煮熟吃不知。想着吃好的，吃呢烧野火。野火烧出去，越烧越旺盛。草棚也烧了，一天天烧去，大火扑不灭。干旱年时中，星火会燎来。会燃烧野火。野火烧出去，日晒野火旺。烧尽只见灰，烧光见堆炭。野火烧过后，树木不生长，小米也不生。日出不见火，日落见火烧，野火仍在烧。火呢有火神，要祭祀火神。火燃旺了扑，火太大要压。火星子要焐，大火要压小，野火要扑灭。扑火要用水，用水要请水，请水来灭火。扑火找水源，找着有水源，汲水去灭火，就便处取水，在附近取水。找着有大水，大水接过来，接来拿来洒，接来舀去泼。野火扑灭了，此后不再烧。月月无野火，四季无野火，年年无野火。"②

农历六月二十四火把节时，祭祀火的同时要用松枝扎成牌坊式的火门。要由毕摩或长者二人抢先点火入门。谁抢先点燃火门，谁就成了火把节的主人。于是主客问答式地唱起《掌火歌》：

> 十二月一轮火把节，火把节一年过一回，
> 今年火把节已过去，来年再过火把节。
>
> 男：十二月一轮火把节，一年过去了，
> 今年哪样来掌火？
> 女：今年老鸦来掌火，娘是黑的，
> 儿也是黑的，娘儿一样大。
> 男：十二月一轮火把节，两年过去了，
> 今年哪样来掌火？
> 女：今年喜鹊来掌火，娘是花的，
> 儿也是花的，娘儿一样大。
> ……③

---

① 李友华世传毕摩经书，家存，未整理出版。
② 李友华世传毕摩经书，家存，未整理出版。
③ 朱文旭：《彝族火把节》，成都：四川民族出版社 1999 年版，第 263－269 页。

《掌火歌》中唱十二年火把节，每年的火把节由一种动物来主持，主持者亦即掌火者，十二种动物为老鸦、喜鹊、野鸡、箐鸡、画眉、鹞鹰、豪猪、麂子、狐狸、小牛、毛羊、小猫。对歌中，人们每唱完一节，便冲一次门。每一节为三年，即第一节为老鸦、喜鹊、野鸡各掌一次火把节的火；第二节为箐鸡、画眉、鹞鹰；第三节为豪猪、麂子、狐狸；第四节为小牛、毛羊、小猫。门由两个人各举一只手拉成一道门，对唱的人各站立门一端，每唱完一节，人们便手拉手高吼着："阿噜噜噜，阿噜噜噜……嗯嗯嗯……"冲进大门一次。第一次冲的门为茅草门，第二次冲的门为竹子门，第三次冲的门为铁门，第四次冲的门为银门、金门，有些地方又称为脏门、石门、铜门、铁门。门，称作主家，往往主家即为对歌中的男方。主客双方冲门前要对冲门歌。主方唱："我的门是茅草门，门上挂着狗头，门是脏的，你过不得。"客方便唱："我有毕摩领着走，毕摩边走边打醋碳，跟着毕摩就过去了。"主方唱："竹子门上有狗屎。"客方唱："我用扫帚扫尽狗屎就过去了。"主方唱："我的门是铁门，你进不来。"客方唱："铁匠师傅我领着，大锤一打我们过。"主方唱："我的门是银门金门，你进不来。"客方唱："银匠师傅我领着，边敲边打闯进来。"人们冲进四道大门后，方进入歌场，开始火把节的跳歌、摔跤、赛马、射箭、打秋千活动。[①]

对火感到神秘而敬畏的尼苏颇人，把火的一切功能作用都归为火神的活动。《祭火经》说："现在来祭火，火生源来久。火是雷神火，火是雷送来，火是风神火，火是风送来。火伴行人走，火是驱恶火。火伴家人坐，火是衣食火。火塘里的火，火光永不灭。火光多热乎，火是人魂窝。……猎人带身上，火保佑猎人，烧肉祭猎神，狼虫远远逃，山鬼不近人。行人带身上，火保佑行人。煮饭祭火神，冰雪化成水，饿鬼不拢身。勇士带身上，保佑作战人，烧火祭号旗，战场风雷涌，敌方望披靡。妇女带身上，保佑一家人，烧火祭家神，邪物出房去，污秽不近人。……草木会怕火，牲畜会怕火，鬼魂邪恶会怕火，火也会烧人，人偏不怕火，同火来做伴，如人和影子，不可来分开……。"[②]

彝族人将火作为火神的化身加以崇拜，进行各种祭火活动。烧山耕种要祭山火，上山狩猎夜宿要祭火，家中要祭火塘。祭火神日常在农历正月初一、二、三日，或三月里择一吉日进行撵火神活动。至时，推举一人为"火神"，此人用锅烟子把脸抹黑，穿上破烂不堪的衣服，先后走进各家各户。"火神"

---

① 朱文旭：《彝族火把节》，成都：四川民族出版社1999年版，第269－272页。

② 朱文旭：《彝族火把节》，成都：四川民族出版社1999年版，第258－261页。

一进屋，人们就手持棍棒将他赶出屋，越赶人越多。最后，全村人把"火神"赶出村外。祭火神中，要诵《送火神经》："善良毕摩我，来到主人家，来占鸡骨卜。集中全寨人，准备好祭牲，准备好祭粮，杀鸡献火神，杀羊献火神，祭献火神后，驱逐火神后，地里的庄稼，滋生出新芽，牧场的牲畜，都生下崽子，财富多富足。……来驱逐火神，请施彻毕摩，来驱火灾神，……火神如沉重，就像石头滚，滚到远方去；火神如是轻，就像叶子瓢，瓢到远方去。"

将不吉的邪恶火神赶走后，人们用棕叶系上尖木片，挂在进村的每条路上空，表示寨神守卫着寨门，不让邪恶的火神进村危害人。

农耕祭祀中的禳农祭火，是彝族原始先民的一种重大祭祀活动。云南双柏县法脿、大庄一带的尼苏颇人，于农历六月二十四火把节期间，要扎火把树，做小火把，进行祭火仪式。于田地间点火跳锣笙舞，以火色占农，以跳锣笙舞娱神祈丰收。

2. 天地神崇拜

自然崇拜中还有天地崇拜，彝族认为天神是宇宙间至高无上的神灵，天地间的万事万物都是天神所造就，全为天神所主宰。天神策埂兹就是被人们崇拜的最高神灵。彝族文献《伦理经》："天是鼠日变，地是牛日成，人是虎日生，天神蛇日生。"[1] 彝族尼苏颇和纳苏颇都祭天，祭坛有的在村头，有的在山巅。尼苏人于每年农历六月二十四火把节期间要作祭仪。云南红河彝族过年节时要祭天，彝语谓之"目咪呆"，祭品有酒、茶、饭，猪牛肉各大块。祭祀时将祭献鸡，作祭献后宰杀切为小块放置饭碗之头，以示天神位大。有些彝区于农历二月第一轮巳日或辰日，以村为单位，在土地庙或山神庙，或村中公祭场作天地神祭祀。祭仪中诵《祭天地神经》："祈求天地神，祈祷天地神。保佑五谷苗，五谷苗壮长，保佑粮归仓，保佑粮入库。天时地又利，风调雨又顺，大地草茂盛，牛马满山跑，羊群遍山坡，鸡鹅满村跑，鸭子满湖嬉，人间喜洋洋。祈求人兴旺，祈求畜兴旺。祈生儿行善，祈育女贤淑，祈人畜康泰，祈兹莫毕格（君臣师匠），与民互和睦。人间兹莫毕（君臣师），格（匠）民主奴仆，男人和老幼，皆来祭拜天，皆来祈求天，皆来祭拜地，皆祈天求地。"[2] 祈求天地神保佑风调雨顺，农事顺利，生产丰收，人丁康泰。

彝语"土主"称"密色"。"密色"还指山神和土地神。没有庙宇和塑

---

[1] 毕摩保存彝文本，未整理出版。
[2] 李友华保存毕摩经书，未整理出版。

像、画像的"密色"指山神、土地神，有庙宇和塑像、画像的为土主。土主庙内所祀土主各有异。楚雄州境内土主庙所见土主神有大黑天神、英雄土主、石土主、树土主、五所土主等。较早出现的石土主，在庙内供奉一尊巨石或小块石头，后出现了供石雕神像。据称石土主有管雨水、祛病、消灾等功能。英雄土主庙有吴土主、包头土主、嘎耐土主、阿巴煞土主，传说他们都是英勇善战，为民铲暴除害，有功于民众的英雄人物，深受民众的缅怀，因而被立为保一方平安的土主。五所土主，据神话传说为天神。洪水泛滥之前下凡视察人心善恶，被猎手捕获，他变鱼到东洋大海向龙王告状，变鹰到天庭告状，于是就有了洪水泛滥的灾难。

土主庙内的配祀神常见的有土主娘娘、观音娘娘、山神、土地神、龙王、牛王、虫王、树神、财神、雷神、风神、雨神、痘疹神、注录官、判官等。土主庙会集了各种神灵，内容庞杂，功能齐全，满足了各种人的不同祈求需要。土主崇拜是综合了自然崇拜、图腾崇拜、祖先崇拜和道教、佛教为一体，是彝族原始宗教与道教、佛教、儒家文化交流融合的产物。

尼苏颇人于二月初二祭祀土地神，也有在农历三月初三、三月二十八，或农历八月初二祭祀。祭祀在土地庙进行。祭时诵《祭土地神经》："天神和地神，相聚在这里；日神和月神，来这里相聚；星神和云神，来这里相会；彩虹和云霞，相聚在这里；水神与山神，来这里相聚；龙神和龙祖，来这里相聚；泉神和河神，来这里相会。……你保村平安，你佑人康泰，你保福禄神，养猪猪肥胖，养羊羊满山，养鸡鸡成群，养马马骏俏。五谷禾秆粗，五谷颗粒饱，五谷堆满仓，六畜进村来。"[1]

祭祀土地神时，没有庙的村寨就选一棵树作土地神的神位来祭祀，所祭的树也就是神树。祭祀的最终目的是通过神树向土地神献祭，这棵树既是神树，又是人通往土地神的媒介。彝区尊土地神为父母（有些地方称田公地母），求土地神在其所辖范围内将各种灾难祸患都收去。主持祭祀的毕摩先诵《献祭土地神经》："向神座内献酒。酒献濮矫矫，酒献诺朵朵，酒献濮毕余，酒献诺毕德，酒献濮始楚，酒献诺乍姆，酒献掌土男。高处九排星，酒献九排星。低处八排星，酒献八排星。中间位三排，酒献给三排地神。酒献掌渡神，掌渡神诺戈备。酒献守路神，守路神寿布鲁。献镇界神灰蛇，献订界神黑蛇，献护界花蛇。九十九地神，黑蛇多如流水。六十六地神，灰蛇无数计。三十三地神，花蛇花色繁。酒献地女吐足佐，酒献土男舍蚩蒂，屋檐下向富地神献酒。献酒地高威，酒献土名旺。献土地富贵，献土地志气。向林木林

---

① 毕摩李其中遗存彝文经书，未整理出版。

中，耕牧的土地，宅基的土地献酒。上左向威风地神献酒，上右向名望地神献酒，宅基内向贵地神献酒，屋檐下向富地神献酒。……经过神指点，如愿以偿，松柏芃芃，使住地受益。在地威高，土望大之内。在这棵神树，这棵神木所辖内。人丁兴旺之家，祖宗神座地，祖宗神位地，所有长松长桃地，所有驯牛练马地，所有受祭奠地方，地根生于地，地产生好缘，土根生于土，土产生好缘。"[1] 献祭牲诵《献牲祭树神经》之后，依次祭诵《祭土地神经》《告神树经》《祝告土地神》《交代土地神》《祭居住地土地神》《还土地神愿》《祭祀土地神经》祭经。

3. 山神崇拜

彝族多居住山里，狩猎于高山，放牧于山野，农耕于山坡山谷地。高山峰峦及千奇百怪的山崖，有其各自的神秘性。彝族人认为高山是神灵生活的圣地，高峰是通往天神的道路和支撑天庭的柱子，每座山都是山神的化身。每一座山都有一个山神，彝族人称"伯色"。山神在地祇中占据主要地位，为其最大者。楚雄彝族把山神视作司人畜安宁，管农林牧渔的大神，兼有天、地、父母之共同神性。山神管护山里所有的一切，有的地方还将山神视为最高神。把山神视作地方的或村寨的保护神，采取各种形式祭献山神，祈求予以保护。有些地方村寨边供的山神，往往就成了此村寨的主神。有的地方还建有山神庙，庙内供有山神像。山神的集体祭祀时间为春节、二月八、三月三、火把节，平时根据各自的需要而行祭，如外出劳动，放牧或经商，路过山神旁须向它祈求保佑。有些彝村，每年农历二月第一个属虎日，于固定作祭处祭祀。祭牲为一头黑猪、一只山羊、一只公鸡、一碗糯米、一块肥肉、三斤米酒、三炷香。作祭时由毕摩诵《祭山经》："杀头大肥猪，宰只大山羊，杀只大公鸡，蒸出九十九甑米饭，酿出九十九坛米酒，舂出九十九个糯粑粑，做出九十九个荞粑粑，点燃九十九炷香火。我们的五谷，是山神所赐。我们的牲畜，是山神养育。我们的金银铜铁锡，皆你所赐……"[2]

"伯色"山神统管山中的一切，统领着树木神、野兽神、畜牧神、狩猎神（有时为祈求狩猎有获而祭祀山神）、石神、水神及农作物生产方面的神。双柏县法脿一带的罗婺彝区，还将所敬奉之山分为迎祖杀牛山（农历六月二十三日作杀牛迎祖献牲祭祀）、祭天山，以作专类祭祀。

4. 石神崇拜

原始彝族先民早先居于岩洞，石头与人们的生活密切相关。到石器时代，

---

① 毕摩李其中遗存彝文经书，未整理出版。
② 尼苏颇毕摩祭祀口碑经，流传于双柏县法脿镇白竹山一带彝族居住地。

石头作为生产生活工具，在使用的过程中被彝族人神话。彝族人对石头产生了畏惧感和神秘感，从而产生对石头的崇拜。

石崇拜是彝族原始自然崇拜之一种形式。彝语称石头为"罗莫"，意为母石。彝族对石的崇拜，是对生殖和生育神的祈祭。所崇拜之石分母石和石祖两种。母石为形似女性之像和形状呈石洞之圆石。武定县环州村来子山上，有一形似无脚的石女像，当地人称"阿么特罗"。石头的显著特征为似女人明显外凸的双乳及隆出的腹部。石尊立于石岩洞中，人们在石女的底部垫一块方石，并且在阴道部位凿一洞（后变成两个），以示女阴，专供求子者伸手进去触摸。女阴的洞中，放有小圆石和小方石两块，求子者伸手进洞时，先摸着圆石，预示将得男孩，反之将得女孩。假如什么都未摸到，即表示他们的祭祀没有感动石母，求子失败。祭母石求子者，祈求繁衍人丁兴旺；求名字者，感恩之人，三月十三日于"阿么特罗"前做祭祀，于"阿么特罗"前铺撒青松毛，将点燃的香插于"阿么特罗"的前后左右。松毛场内搭一树枝门，于树枝门下摆几个彝语称"罗聪"的圆石，燃火于上。抱祭鸡于树枝门下的圆石而过，祭拜"阿么特罗"。拜毕，拔去树枝门，正对着"阿么特罗"宰鸡，将鸡血洒于石像前的香座上，拔鸡毛贴于"阿么特罗"前的石柱上。煮熟肉饭后，供上四碗肉饭。主持者念经，祈求者恭敬立于旁，主持者呼之磕头便跪地磕头。求生育祭祀时，有些彝族地区还有石祖崇拜，石祖为形似男性阳具的石头。滇南彝族社祭时社神是用一个或两个灰白色的鹅卵石，以象征男性睾丸。阳具为人类繁衍之根本。《淮南子·修务训》云："禹生于石。"石头崇拜的实质是男性生殖崇拜，对石祖的崇拜就是父系祖先崇拜的一种形式。

云南禄丰、武定、元谋三县交界处的彝区，每年逢农历二月初八要祭拜一块称为"罗摩"的巨石。在当地彝区此石有一传说：古时，有一彝人自南往北赶路，因途中树木参天，在林中迷了路。他走到一山涧里，实在太累，便靠在一棵大树旁歇息。稍定神来，他眼见对面一巨石，并耳闻从石里面发出一声巨响，巨石炸裂。更让他惊讶的是，那石缝里尽是密密麻麻的小石人。路人正惊讶，巨石发话说：你们要求子，年逢二月初八就来此祭拜。路人回去告知耳闻目睹之事后，有人于当年二月初八来求子，果然如其所愿，日久成俗，并延续至今。

武定县猫街镇以西与元谋县交界的一座山上，有一块大青石，当地人作为求子求福的祭石。此石也有一个传说：古时，有一彝族姓唐者住此大青石附近。一日，烈日炎炎，一男子出去垦荒，使劲向一丛小树砍去，刀落之处，只听"嘭"的一声响，树丛中流出殷红的鲜血，还发出呜呜哭泣之声。他被吓坏了，迅速拔开树丛，原来是一石头，很像人，下身正在流血，哭声就是从石中出来的。他把石头从树丛中搬出来，石头却说：你要开垦这片树木，就把我移到山上，每年逢三月十三日就祭祀求儿女。这事传出，不能生育者求子，果能如愿。此后，当地人年逢三月十三日，即来大青石前祭拜，有求子、求平安、求儿女健康成长的，或祈求生意兴隆的。

云南弥勒西山彝族阿细人，每逢农历十月祭石神。昆明西山区谷律乡小河口村，路边有一尊红沙石的石狮，象征石神。每逢年三十晚，族人端饭酒茶去祭祀，以求族人平安。云南景东县太忠地区彝人认为石神主玉米、瓜菜不被偷盗。云南石林等彝族撒尼人认为石神主孩子不受病侵扰，拜石为求孩子健康成长。滇南彝族尼苏人认为石神主宰生儿育女，祭石主要是求促进生育。峨山县太和村彝人，每家的楼上皆有一个供石神的土台供祭，上供一石头，石块旁插有一枝三杈松，以其象征家人兴旺。视石块为不可侵犯之神圣，若触犯了石块，认为家人不会兴旺。二是为祈佑平安。母石崇拜，除了求子功能外，凡遇儿童多病时，还会祈求石神保佑平安和健康成长。双柏县大庄镇海子山后有一座娘娘庙，庙内立一巨石，当地人于正月十五至三月为家里新生孩求平安，于巨石前祭献鸡、小猪，巨石上披挂红幅求平安祈愿。在双柏县法脿镇杜近村后山亦有娘娘庙，庙内立石雕神像，求子求平安者常到此作祈佑。武定县环州村和元谋县老城乡老枣格的"老衲"石，儿童多病的家长祭母石，求其保佑无病患，平安成长。另还有孩子多病的，父母就带孩子拜祭石头，取"罗云"等名，名字中用一"罗"字，其意为名字是石母给的，石母会保佑此孩子一生平安。

彝族崇拜石头的宗教心理，即为石头保佑彝族先民。在野外设祭坛时（如猎神坛、山神坛等），必置一方石块作象征。楚雄东华、云龙等地各类土主庙中，有一种称碌摩的土主庙，"碌摩"意为石头，即在庙内供一巨石而得名。人们相信，石头土主能保一方平安。人们也相信石头能祛除病邪。腰酸腿痛者遇路边岩石，遂用一短木棍支撑在石层间，认为此法可疗腰酸痛。

祭祀石神的习俗在彝族生活中十分普遍。彝族人将某些怪石或巨石加以神化后视为神石，或以某石代表某种神，有些地方祭"密色"时也选一巨石为祭。石崇拜在其他民族中也有祭祀习俗。澳大利亚人在象征图腾"灵物"的一块石头上进行巫术繁殖图腾的仪式，把血洒在石头上，象征赋予"灵体"以活力。

彝族对石的崇拜，常有巨石崇拜、石崖崇拜、石穴崇拜、灵石崇拜、锅桩石崇拜。彝族人家中用于火塘中支撑锅的三块石头也有神性，从而对其敬奉及产生禁忌。

5. 日月神崇拜

生物都要靠太阳生长，尤其人类对太阳有着更多的依赖性。原始先民早期日出而作，日落而息，对太阳有着敬仰之感情，从而产生对太阳的祭献崇拜。

红河彝族认为太阳是农历十一月兔日生，故每年到时要举行祭太阳神活动。当太阳升起的时候，在自家院内摆桌燃香祭献，祭献红公鸡、糯米、茶酒、磕头祈求太阳神保佑。如出现日食，忌日一天，不务农事，以示对太阳神的敬拜和安慰。同样，每年农历三月十三日举行"太阳会"。月亮上升时，老年妇女到山神庙，祭献太阳菩萨，供以油炸荞丝，豆腐片、洋芋片、饭、糕点、果品等，念《太阴经》七遍，念《太阳经》三遍。

昆明西山白彝逢农历冬月十九日，举行太阳会，村人到山神庙中去祭"太阳菩萨"。祭时，用五色纸旗写"太阳菩萨"几个字，念《太阳经》七遍。供品上雕类似太阳的莲花图案。

滇南尼苏颇人逢农历八月十五日即中秋节（俗称"日月节"）过节。至时，每家都做一个大而圆象征月亮的糯米粑粑和蒸一笼象征太阳的荞糕，杀一只红公鸡向日月进行祭拜。

传说远古时天上出现了九个太阳和九个月亮，晒得庄稼禾苗枯死，人们无法生活。后族人中出现了一个叫阿罗的人，阿罗用箭射落了八个太阳和八个月亮，剩下一个独太阳和独月亮就躲藏起来不敢露面，大地一片漆黑阴冷，人们更无法生活。这时，阿罗领着众人舂糯米粑粑和蒸圆荞糕，并带一只红公鸡，把太阳和月亮请出来，人们有了光明，过上了安定的日子。

6. 星辰神崇拜

彝族人认为星宿是神灵的化身，掌握着人们的命运。天上一颗星，地上一个人。当人们见到流星掠过头顶即上空时，地上的人将要死去一个，这时，人们至少要吐口唾沫，表示忌讳。一个人到了十一岁，就有一年一颗的星座。若推算出触犯了某颗星宿时，按毕摩择定的日期，由毕摩祭献所犯之星宿，祈求逢凶化吉。祭品视凶情而定，大凶大祭，小凶小祭。触犯者于香案就地脱帽向所犯之星宿磕三个头，由毕摩念诵《祭星宿经》。

昆明西山彝族于每年逢农历正月十五日祭星宿。

大姚彝族认为看见流星是不吉利的象征，必须念诵《桃呗埋底（祭流星）》。其中说道："夜里出门，抬头看见天，天上一团亮，看到了星神。流星落向次拉山，我送你去白竹山；流星落向松树林，我送你去白树林。"①

---

① 保存于大姚县毕摩的口传祭辞，未整理出版。

7. 雷电神崇拜

彝族原始先民对雷鸣电闪的现象无法做出正确的解释，当发生雷电击死击伤人和牲畜，击倒大的树木，出现强烈的闪电及雷声时，他们就会对雷电产生畏惧。他们认为雷电掌握在天神策格兹手里，如果地上的人或动物违背了天规天律，天神就要用雷电来惩罚。相传古时候，有个恶媳妇，天天虐待瞎子婆婆，不是打就是骂，好吃的饭菜自己吃，剩菜剩饭及不好吃的专给老婆婆吃。老婆婆忍气吞声地过日子，可恶的媳妇越来越凶。有一天，恶媳妇硬把婆婆拖出门外，不让她回家吃饭睡觉。老婆婆实在受不了，就对天哭诉，并祈求天神雷神评评理，惩罚狠心的恶媳妇。雷神一听冒了火，立即刮起大风，驱动滚滚的乌云，怒眼一睁闪电光，一声怒吼震天响，风雨中把一颗火球砸到恶媳妇面前。正在烧火做饭的恶媳妇一看，吓得立即跑进堂屋，那火球滚动着追进堂屋。恶媳妇吓得又跑出门外，那火球又滚动着追到门外。恶媳妇吓得只好跪在地上，对天神雷神认罪，并发誓不敢再虐待婆婆，祈求天神雷神饶命，结果火球从恶媳妇面前滚飞了。从此以后，恶媳妇再也不敢虐待婆婆了。

人们认为被雷击死的人是做了某种伤天害理的坏事或得罪雷神而致。被雷击死的牲畜及树木是直接得罪了天神雷神的结果。红河、元江一带尼苏人每到农历六月初属马日，就要在村旁的一棵大树下作祭雷神仪式。用两只公鸡、一只公鸭、两个鸡蛋、一碗米、三炷香，由毕摩主持作祭并念诵《祭雷经》："五月进雨季，六月下暴雨，七月天闪电，七月炸打雷。电击光闪闪，雷鸣声隆隆。击雷应打石，庄稼不能打。农人在地里做活，牧童山上放牛羊，女孩在篝边拾柴，男孩在河边捉鱼，猎人在林中狩猎……全都不能打。去守你打过的树，去守你打过的石。莫到地里打庄稼，莫到山上打牛羊……"作此祭祀，祈告雷神，勿降灾于人类及其他一切。

8. 风神祭拜

风无处不在，风能吹走沙石，能使天昏地暗。狂风、暴风、龙卷风、旋风会破坏庄稼，刮倒房屋，刮倒大树，原始时代的彝族先民对这些现象无法做出正确的解释，于是将这一切归为风神的活动，他们以风作为风神的化身而敬畏崇拜。

红河一带的彝族于每年农历正月第一轮属马日或二月第一轮属马日举行祭风活动。至时用一对公母鸡、九个荞粑、九碗糯米饭、两个鸡蛋、一块肥肉、三十六炷香、三十六个树叶碗，由毕摩主持作祭并念诵《祭风经》："……莫刮啊莫刮，冷风请莫刮，我们下种了，我们撒秧了。莫刮啊莫刮，莫刮狂暴风，草木开花了，果树结果了。……祈你吹暖风，祈你刮微风，保佑五谷苗，保佑花草木，保佑结果实。……"① 各户用一片笋叶做盛器，先装一层灶灰，于上面撒一层粗糠，再放入少许碎铁铜片、红辣子、五谷、棉籽，顶面置一碗米，其上放黑白线，送至村外特定的路边，以示将风神驱向远方。

9. 水祭拜

水是滋润万物的源泉，万物生命离不开水，人类生活离不开水，从而产生对水的崇拜，将水视作有生命和灵性的事物。彝族称水神为"以色"。凡有水源之地，大小河流有河神、湖神、井神、泉神，有其专司管理的神灵。

彝族崇拜水集中反映在：其一，"人祖水中出"。乌蒙彝文典籍《六祖史诗》中云："人祖来自水，我祖水中生。"人类始祖源水而生，人类由雪融化而来。彝族的灵魂属于"雪族"。彝族"人祖水中出"的神话，是彝族先民对"水为生命之源"的最初认识。其二，献水祭祖。毕摩在作有关祭祀时要作献水祭仪。《献水经》中所含内容，是毕摩于祭祀要做的重要内容。做宗族的超度大典时，于供奉祖灵牌处，取净水献祖灵。为何向祖灵献净水，《献水经》中如此云："自古彝礼俗，祭场要献水，做斋献水时，所有祖姓裔，子裔排成队，列队来献水，献水裔更繁。"② 做斋时取的净水又称福禄水，取净水之处的地名记入家谱，代代相传。把所取水源的地名作为该家族的族源水，并作为同宗的标志认同。祭献福禄水之后，宗族之裔便兴旺昌盛。

（二）动植物崇拜

1. 虎神崇拜

彝族先民的原始意识中，最早对虎产生敬奉崇拜，由敬奉尊为图腾物，此种图腾即成为氏族的标志或符号。原始社会的氏族人，由于对某种动物和植物产生敬奉，并以一定的动物、植物作为氏族组织的名号，将此物奉为氏族的图腾。

关于虎创生宇宙，在彝族创世史诗《梅葛》中说：神祖用虎的四根大骨做撑天柱，用虎的肩膀做东西南北支柱，把天撑起来。彝族创世史诗《阿细的先基》记载：混沌时代，宇宙间有一只硕大无比的老虎，它的眼变成日月，皮变成天，故银河似虎斑纹，肠胃变成江河湖海，筋骨变成山脉，虎毛变成花草树木。此中所说也具体反映了虎创生宇宙观。

彝族以虎为象征，以虎为自称。彝文古籍《赊窭榷濮》中有"虎人"的

---

① 毕摩祭祀口碑经，保存于红河地区，未整理出版。
② 毕摩祭祀口碑经，保存于禄劝彝族地区，未整理出版。

记载："三个不能飞，三个在三野，三个各有样，一个是猴子，一个是野人，一个是虎人，都为兽人。"① 虎来源于远古彝族原始群时代，为原始群的称呼。明代汉文献《虎荟》说："罗罗——云南蛮人，呼虎为罗罗。"今哀牢山腹地俫俫颇人，自称"罗罗"，意为虎。氏族部落以虎为名号，族徽、族号以虎命名，山川河湖以虎命名，此中的虎几乎成了自然界与人类社会所有事物的代表符号。

老虎是天地万物的始祖。永仁县永兴乡彝族民间《人和老虎的故事》尊老虎是万物始祖。凉山彝族古候部落什列古氏族，以虎为神佑，供奉虎头，认为他们是虎的子孙。楚雄东华红墙乡彝族，家中祖先神龛上供一尊石虎，作为虎祖。大理彝族背上背的圆毡片，他们自说是虎头，说他们的祖先来自母虎氏族。彝族以虎为图腾，在生活中也就产生了崇虎的有关祭祀习俗。楚雄双柏县法脿镇小麦地冲现今仍保留着敬虎、崇虎之习俗。正月初八始作虎笙舞，由祭虎、迎虎、扮虎、跳虎至送虎神为其祭仪形式。用此种方式来敬奉自己族类的祖先，以凝聚族内的团结，增强氏族的意识感。

彝族人自远古便敬虎、奉虎、崇拜虎，视虎为祖，尊虎为其氏族的祖先神灵。彝族创世史诗《梅葛》叙述了虎创生宇宙之说。用虎的四根大骨做撑天柱，用虎的肩膀做东西南北支柱，使天地稳定了。然后用虎之身创造了世间万物。云南省弥勒县西山乡彝族民间流传的《开天辟地的故事》中也有虎创世的故事内容。在这里，虎成为创造天地万物的神祖。

彝族腊鲁支系中有人虎可以成亲且生子传人的传说。据传古时红河流域有一个彝族部落的祖先名叫普祥花，为虎所生，他有时化虎到森林中去与虎住在一起，有时又化作人在家中生活，村民都能够得到他的保护。后来村祭祀祖先，就要在图腾桩上挂一张虎皮，以示崇奉之情。

云南南涧县城西南有一大山名老虎山，当地彝族奉为祖山。每年农历二月十三日至十六日，居住在附近的彝族人便上山搭灶、搭棚子，杀猪宰羊，烧香磕头，行歌作舞，以此来祭祖娱祖。该县的乐秋乡境内的嘎步路村，南北各有一石虎，周围的彝人一年一祭，聚者多时至万人。在云南巍山县城西四千米处的扎妈古兰彝村，亦有一石虎，该村彝族于每年农历正月初一去祭献。该县西山还作家庭祭虎，每年春作物即将成熟时，取来青麦穗，剥出鲜粒，磨出石浆蒸制后，用来祭虎。

云南双柏县法脿镇小麦地冲村罗罗颇人，于每年农历正月初八至十五祭祀虎作"虎笙节"。据传该村东西向各有一石虎守卫（现东西向石虎无存），

---

① 彝文古籍武定毕摩经书藏书，未整理出版。

初八祭虎、迎虎、扮虎，夜间作虎舞，至十五日深夜，送虎东归山林。

滇南红河县乐育乡乐育上寨、大新寨、龙车、阿布一带彝族村寨，逢农历二月第一个属虎日，联村宰杀花黄牛，举行隆重的祭献虎山的活动。

云南省曲靖市不少彝村和禄劝茂山丽山村保安营山下一村中菜地里、房上均立大中小石虎，村前置有两尊作蹲式的石虎，竖起虎耳，鼓起虎目，张开虎口，虎视前方山门，镇邪避灾，祭祀祈愿牲畜兴旺。

2. 龙神崇拜

彝族也把龙视为祖先，其历史源远流长。

滇南彝文文献《尼苏夺节》说："距今亿万年，有一条老龙，名字叫俄谷。头有九千围，身长八万庹，尾有九百绕，……这是造天龙，这是造地龙。"认为龙是创造天地的神君。汉文献《后汉书·南蛮西南夷列传》中记载有龙生夷（彝）的传说："哀牢夷者，其先有妇人名沙壹，居于哀牢山，尝捕鱼水中，触沉木若有感，因怀妊。十月，产男子十人，后沉木化为龙，出水上，沙壹忽闻龙语：'若为我生，今悉何在？九子见龙惊走，独小子不去，背龙而坐，龙因舐之，其母夷（彝）语，谓"背"为"九"，谓"坐"为"隆"，名曰"九隆"。'及长大，诸兄以九隆为父舐而黠，遂共推为王。"以龙图腾感生哀牢之夷，哀牢夷成为现今彝族的先民。

彝族崇龙是认为龙是自己的祖先，《华阳国志·南中志》："乃为夷图谱，先画天地日月，君长城府，次画神龙，龙生夷……以赐夷，夷甚重之。"传说中的英雄支格阿鲁是由龙感应而生。《勒俄特依》记述："远古的时候，天上生龙子，居住在地上。地上生龙子，居住在江中，金鱼来做伴，小鱼供龙食。江中生龙子，居住在岩上，巨石来陪伴，大蜂来做伴，小蜂来供食。居住在杉林……杉林生龙子，但在鸿雁旁。"

彝族人认为龙是天地之子，龙在其生活中无处不居。滇南彝文文献《咪嘎哈诺依》中记载的"先祖英雄阿保"，据传是龙子，是其母与公龙交配而生。滇西北彝族自称是龙的传人，他们笃信龙可以给人类传宗接代。

彝族对龙的崇拜由此产生祭龙的习俗。楚雄彝族罗罗濮祭龙时间在每年的大年初二；尼苏濮祭龙则在二月初二。祭龙按请龙、祭龙、接龙三个程序进行。祭龙日早上，准备好龙神香案，到祭龙山顶摆下香案，敬献茶酒，向天空叩头，敬献完毕，端着龙神香案下山，回来途中边走边喊："阿鲁！阿鲁！"（彝语"龙兮！龙兮！"）一直叫到龙树前，把龙神香案置于龙树前。在祭龙树前要杀羊献牲作祭，找一根弯细如龙形的树根置于祭龙树上，将羊头供于祭台，燃香，毕摩念诵《祭龙经》。作祭时，"龙头"带上一葫芦水和染成绿色的豆、米先爬上龙树隐藏。毕摩念完《祭龙经》后，"龙头"将水洒下，树下人用树叶做成的碗接水喝；接着树上之人又撒下豆、米，云集于龙树下跪拜的人们齐声高喊："下雨了！下雨了！"纷纷用帽子、衣襟接住撒下的祭品，接到祭品越多越好，象征来年必定有吃有穿，风调雨顺，五谷丰登。"龙头"洒完水、米后下树，众人将"龙头"的脸抹黑，把事先准备好的花环帽戴在他头上，用竿把"龙头"抬着回村。途中，唱《祭龙词》，由两人一唱一还，从一月唱到十二月。进入村寨后，将葫芦中的水倒入水井中，意即龙已接到龙泉来。至夜，人们又汇集在村中的场坪中，燃起火堆，跳龙笙舞。按照习俗，过去一年里生了男孩的人家，此日都须抱一只红公鸡带上几斤酒参加祭龙仪式。

滇南石屏县的彝族每年祭祀两次，第一次于农历二月中属龙日进行祭祀，第二次于秋收前进行祭祀；云南元江县的彝族则在正月祭大龙，三月祭小龙；滇南红河、绿春等地的彝族于正月第一轮属牛日（大年初一除外）祭大龙，三月第一轮属牛日祭小龙。云南双柏县白竹山一带彝族于农历二月二祭龙。至日，到白竹山有龙潭水处祭龙，祈龙神，取回龙水。云南弥勒县阿哲彝族于农历二月二祭龙，打理干净祭坛、钻木取火、扎龙门，取洁净水由夫妻健在且儿女齐全的男性长者洗龙石蛋及龙生殖器，杀猪和鸡祭拜龙神。

滇西北彝族自称是龙的传人，认为先祖英雄支格阿鲁是感化而生的龙人；《查姆》中的龙王罗阿玛、水王罗塔纪，是龙的化身；滇南彝文文献《咪嘎哈诺依》中记载的"先祖英雄阿保"，据传也是龙子。

龙生彝，龙生万物，使彝族人对龙产生崇拜、敬奉，特别是龙生彝之氏族，将龙作为氏族的图腾物，视作象征龙神的徽号。对龙的崇拜，产生了对龙的祭祀。祭龙庙、祭龙树、祭龙潭、祭龙井、祭龙洞，以及有祭龙节。彝族祭龙节的时间和仪式各地大同小异。

彝族崇拜龙，将其奉为图腾标志、徽号、族号，并将祭龙沿袭成其习俗，使他们不忘彝族人是龙的传人。

3. 鹰神崇拜

鹰是禽中之王，象征吉祥和繁荣昌盛。红河彝文古籍《苏颇》中说，鹭鹰是彝族祖灵的化身。《天生地产》中说，天的一半是老鹰所造。《物始纪略·什勺六只手》中记述："什勺出现了。……什勺六只手，头像鹰头，发出鹰叫声。"什勺是彝族的祖先，"头像鹰头，发出鹰叫声"，说明彝族祖先什勺是鹰的化身，由鹰感应而生。《阿鲁举热》中说：一个叫十莫乃妮的姑娘坐在院里，鹰影罩在她身上，她受孕了。生下一个儿子叫阿鲁举热。阿鲁举热为民射落了多余的日月，为民杀死了巨蛇……空中飞来一群鹰，阿鲁举热对着鹰说："我是鹰的儿子，我是鹰的种子。"《六祖分支》记述："阿托（毕摩）

这一支，母亲是鹰女，神鹰生女儿，取名措朵朵。"①《雪子十二支》中所分，有血的六种，鹰为第三种。

彝族人崇拜鹰之历史渊源久远。永善县兴隆等地彝族崇拜老鹰神"觉格白诺"。南华县彝族山神庙内供有老鹰神。武定县猫街、白路彝族，有人亡时，亡者脸上要盖鹰翅膀，灵堂前设一祭坛，用竹做成三只老鹰供在祭坛上。这三只鹰既是毕摩的保护神，又是亡灵的引路者。昆明市西山区西郊玉寨山北段核桃箐彝族聚居村，毕摩家中所设置的神龛上供一只木雕老鹰，其所佩戴的法帽上也有两只木雕老鹰，下面垂挂两股飘带，两股飘带旁边又各垂挂一只老鹰爪。毕摩在作法事时跳鹰舞，模仿雄鹰的各种动作。纳西族东巴亦模拟老鹰的动作行以舞蹈。

凡以上种种有关鹰之习俗，都是鹰崇拜的具象表现。

4. 葫芦崇拜

葫芦为早期彝族的崇拜物，葫芦象征母体，即为母体崇拜，由此说明原始先民有相当强的生殖观念。葫芦多子，寄予族人繁衍之希望。彝族创世史诗《阿细的先基》记载：洪水泛滥后……有许多只燕子衔来瓜种，兄妹俩把瓜种种在地里，结了个大瓜，瓜内有人。

彝族创世史诗《查姆》中记载：阿朴独姆兄妹俩，将临洪水泛滥，由神涅浓撒赛歇给他们俩一颗葫芦种，种后结了个大葫芦，兄妹俩躲于葫芦内避过了洪灾。葫芦救了人，彝族便有了葫芦崇拜的生活习俗。彝族罗罗颇人家中堂屋供桌摆有葫芦，作为葫芦祖先崇拜。门楣两旁挂有葫芦吞口，以作避邪。

滇南红河彝族尼苏颇，男女青年举行婚礼时有"破葫芦成婚"的习俗。当新郎新娘进入新郎家正门前之时，新郎的一个姑姑手持一个装有五谷籽、五金碎片和灶灰、粗糠等的葫芦，站在那儿，口中念道："不砸天和地，不砸日和月，不砸山和河，不砸水和土，不砸树和草，不砸路和道，不砸村寨门，不砸家屋门，不砸房和屋，不砸家和灶，不砸五谷魂，不砸六畜魂，不砸钱和财，不砸福和禄，不砸富和贵，不砸祖和妣，不砸爷和奶，不砸父和母，不砸夫和妻，不砸子和女，不砸老和幼，不砸男和女，不砸宗和族，不砸亲和戚，不砸朋和友，不砸翁和婿，不砸甥和侄，不砸邻居家，不砸对门人，只砸此葫芦。砸开此葫芦，跳出人种来，早抱上子孙。"念毕，新郎姑姑举起葫芦砸于新娘脚下，让新郎新娘踏着葫芦粉片、五谷籽和五金碎片步入正堂，意为吉利祥和。掷破葫芦，葫芦里冒出的灶灰或粗糠及五谷杂粮籽和五金碎

---

① 禄劝县毕摩经书，手抄本，未整理出版。

片能克"白虎"避邪，有利于新婚夫妇早日生儿育女。有彝族毕摩说，婚礼摔葫芦，是为了纪念人类的祖先出自葫芦。

云南新平县大耳租彝村，家中有幼儿还未学语之前，用葫芦瓢盛水给孩子喝。喝水之前用葫芦瓢叩碰三下孩子额头，随即说：今日看你喝过葫芦水，明日盼你开口把话说。在彝族人看来，喝葫芦水有启迪孩子智慧之意。

云南武定县石腊它乡尼嘎古、树沟等地彝族的婚俗，于成婚之日，在院内用青冈栎树枝搭建一座婚棚。在女方婚棚中要竖一根高达数米的杆子，杆顶悬挂一个葫芦或充气的猪尿泡，一块肥猪膘和一份礼钱。届时，由娶亲人来爬杆摘冠。此杆彝语称"母路子"，是母系家庭的标志，而杆头所悬之物猪尿泡乃是葫芦的异体，葫芦是女性象征。显然，杆头所悬之物属于彝族先民的一种母体崇拜。由此可以说，将葫芦或者猪尿泡悬系于杆顶，当是来自彝族先民对葫芦象征母体的敬意和推崇。由于母性所具有孕育生命和养护生命的双重特性，人们不仅把繁衍子孙后代的希望寄托于母性身上，而且也把后代健康成长的企盼依托于母性的护佑之下。象征物葫芦同时也就成为护佑子孙后代健康的灵物。滇西巍山县彝族孕妇家中悬挂于床头墙壁之上的葫芦，就是这种保护母体胎儿和所生婴儿长大成人的护身之宝。

亡魂入葫芦，归"壶天""洞天"，回归祖先发祥地，此为尊葫芦为祖先崇拜的又一古老民俗。旧时，滇南彝族尼苏颇长者寿终时，孝子在长者未断气之前，备一个凹腰葫芦，内装一把木梳、灶灰水、五色彩线头、碎布、五金碎片。用葫芦接亡者的最后一口气后，将葫芦置于亡者的床边，入殓后将葫芦置于棺底，送葬时亡者长女持葫芦到村寨门外砸于棺口，以示亡灵与生灵诀别。早期彝族人死亡之后，火化后少部分装入葫芦里，供奉于家堂，大部分用葫芦形土锅或者用土陶罐装着埋葬。

云南南华县摩哈苴村彝族，保持着远古用葫芦作为祖灵的传统。

云南巍山县蒙氏土主庙里，除供奉蒙氏始祖细奴逻外，在细奴逻的右侧供奉葫芦的收魂祖师，意为人从葫芦出，死后仍要入葫芦。该地彝族，遇家中有亡者时，便携上香纸钱及鸡、酒、饭，入庙祈求收魂祖师将亡者灵魂收入葫芦。

彝族之所以虔诚崇拜葫芦，以葫芦为图腾崇拜和祖先崇拜，把葫芦看作与自己有血缘关系，将它视作"彝族的祖公"，反映了彝族先民的一种共同心理。出于感恩之心理将葫芦当作自己氏族或部落的图腾崇拜物，作为氏族部落的标志和徽号。

5. 竹崇拜

彝族视竹为祖先，族人为竹所生，或祖先由竹搭救，竹使族人得以生产和繁衍，而将竹视为祖先加以崇拜。

滇东及黔南一带的彝族民间流传着与竹有关的祖先起源神话，《竹王神话》和《后汉书·西南夷列传》中记载："太古时候，在一条河水上浮着一个楠竹筒，这个竹筒，流到崖边爆裂了，从筒里走出一个人来，他叫阿楠，生出来就会说话。"竹王者，应是北盘江流域彝族部落联盟首领，竹王是神话人物九隆、阿龙、阿俅、阿鲁、伍午、笃慕等的音变，应同是彝族的始祖。

广西西部的彝族民间传说为：开天辟地的太古时代，有一节楠竹筒中爆出一个人来，他的面貌似猴类，初生出来就会说话，名叫亚槎，住在地穴里，穿的是芭蕉叶，吃的是野鼠和果类。一天，他在麻达坡拾野果。偶然看见一只形象似猴的猕子，睡在梨树底下……他拾起一块石头掷去，那猕子一动也不动，于是两情相投，后配为夫妻，他们的子孙就是罗罗（彝族）。

汉文献中亦有竹生人之记载。东晋《华阳国志》卷四《南中志》云："有竹王者，兴于水，有一女子浣于水滨，有三节大竹流入女子足间，推之不去，闻有儿声，取持归之，得一男儿，长善，有才武，遂推为夷狄。氏以竹为姓。捐所破竹于野，成竹林，今竹王祠竹林是也。王也从人尝止大石上，命作羹，从者曰：'无水'。王以剑击石，水出，今竹王水是也，破石有焉……"

彝族用竹做祖灵。有人死亡时，由毕摩领着孝子，敲锣打鼓到竹篷去设祭，以米、肉、酒、食盐为祭品。孝子跪地，毕摩念诵《敬竹词》："青青山林中，有竹又有果，双生在山林。不让畜吃竹，不让竹冷落，不与果为伴，不与石为伴。人死魂附竹，竹魂要找着，兹莫也一样，挖回住祖堂。拿着鸡酒上山找，提着盐米上山找，找到了祖竹，把你挖回来，拜你为祖灵。……用你做祖灵，拿你供家堂。不怕天涯远，不怕海洋阔，祖竹你回来……竹神你回来，竹神你回来！祖死变竹去，挖竹回家来。挖竹拜家堂，竹祖请回来。"[①] 将选中之竹挖回，以竹根做成祖灵，男九节，女七节，加缠红绿线做成灵牌。意为祖妣亡去，化为山竹，或者人死后归山竹，故人去世后以竹为灵位寄托灵魂。

广西隆林、那坡，云南富宁彝族逢每年农历四月二十日举行祭竹大典。届时，除去村旁竹丛栅栏，于竹根前搭一祭台，先由毕摩作法诵经，继而由跳公领导跳舞的长老，率村中男女跳舞，男子出左手与女子牵持盘旋，而以右手握木矛边跳边将其矛投给来往的男子。这样三时许方止。后将木矛插于兰下，再以新竹重做栅栏。

---

① 尼苏颇毕摩口碑经，留存于双柏县法脿镇白竹山一带彝族居住地。

彝族毕摩立位时，专派人前往一特定的高山上，采来 32 根小山竹，削去枝丫，取其一定的长度，再以金竹篾箍之，做成一把神签，以此作为护身物。

滇桂交界处的彝族逢农历十月初十庆丰收时，作祭金竹，毕摩诵《竹魂歌》，抖动法铃作舞，向金竹丛撒三把米，意即同享丰收之乐。

6. 栎树崇拜

原始人早期巢居于高大的栎树，故将其视为保护人类生存之所在。彝族阿哲、黑彝、阿务支系的"密枝节"，尼苏人的"咪嘎哈"都选栎树林做祭，祈求树神保佑村人平安，风调雨顺，五谷丰登，六畜兴旺。彝族毕摩于祭祀中，丧葬祭祀指路，驱邪祭祀、祈福祭祀布祭场图，都用栎树枝来做插枝，所沿用栎树枝来布道图，是抵补毕摩经书之不足。

彝族认为栎树是圣洁物。彝族先民行火葬时，焚化尸体用栎树作燃料，认为用栎树焚化尸体，其灵魂才能超度凡尘，顺利到达原始祖先所居之处。彝族人将高大而枝叶茂盛的栎树视作兴旺发达的象征。武定大平地彝人生小孩都要祭拜栎树。红河彝族尼苏颇人认为庄稼丰收是栎树保佑的结果。

（三）祖先崇拜

彝族祖先崇拜是原始宗教的一种表现形式，其核心是在"灵魂不灭"的观念上产生的。彝族人原始意识认为，人有三魂，一个居头部，称头魂；一个居心部，称心魂；一个居脚部，称脚魂。人死之后，头魂到祖先发祥地，归附于祖先，心魂留守坟地，脚魂附于祖灵牌，于家中保佑家室。《祭祖词》中说："人死三个魂，一个随祖先，随祖这个魂，供在香案上。用草做祖身，马缨花做手脚，山竹做骨骼，涂上黄颜色，敬供在灵台。儿子来献酒，女儿来献饭。人死三个魂，一个在守坟。住在高山上，大石做坟柱……墓碑黑颜色，刻上祖先名，子孙名列后……年年祭祖灵，祖灵守坟墓。你的子孙们，烧纸又献饭，祖灵来吃饭，祖灵来喝酒。年年祭祖灵，祖灵保儿孙清洁，保六畜兴旺，佑五谷丰登。"① 家中有长者亡去之时，孝子要请毕摩作祭祀。向亡灵敬献牺牲和粮食，由毕摩念诵《献牲献粮经》，并须说明敬献人之姓名及所献之物。超度做指路，念《指路经》。毕摩根据祖先迁徙路线，将亡灵指引到祖先发祥地。制作祖灵牌供奉。祖灵牌为负责守家的祖先神位。此为原始多神崇拜中的主神和重点祭祀对象，与家庭、家族的关系十分密切，须殷勤祭祀，不可怠慢。

彝族于每年十月初二有祭祖之习俗，又称祭祖节。年节之时，祖神要回

---

① 尼苏颇毕摩李国兴遗存祭祖彝文经书。

到自家来，接受子孙们对他们的祭奉。

祖先崇拜的另一主要形式是祭祖，又称"耐母""作斋"。祭祖是宗族或家族式的集中祭祀活动。彝族每个家支都有自己的祭祖山和祖灵岩。过去每隔七至十代人要进行一次大规模的祭祖活动，通过此次祭祀，分祖灵筒，一个部就可以分成若干个支，每一支自成一部，各有自己的祖灵筒。

彝族作斋祭祖，其意是超度阴鬼化为仙灵，与始祖同登仙域。彝族同宗族祭祖祭仪一般分三年、六年、十年进行。三年为小型仪式，仪式以祭祖，商议处理族内大事为内容；六年为中型仪式，届时要修纂家谱；十年为大型仪式，至时将家庭祖灵超度为家族祖灵，将祖灵筒送入祖灵崖洞。三类仪式于二月"默移朵"时举行。《祖神源流》云："二月默移朵，供奉祖先灵。""默移朵"为节令之一。"吾祖回归时（从祖先居住地），时节须记清，春季天干燥，狂风四处起，瘟疫遍地行，吾祖不能回。夏时日炎炎，禾木尽枯焦，山高水又遥，有马走不动，吾祖不能回。冬雪白皑皑，北风刺骨凉，白霜挡路中，万物尽凋零，吾祖不能回。入秋天气爽，云雀高高飞，地里苏乍黄，家中有醇酒，七月成哈罗，吾祖回归来，享受祭奠品。"① "成哈罗"为节令之一（天地会合节），此时为彝族固定祭祖节。并选择年份为丑、寅、午、申之一的吉日。另有罗婺彝区做"西耐豪""麻耐豪""耐伍豪"祭仪的。"西耐豪"于下葬之后，为亡者归附祖先作祭。"麻耐豪"之祭，遇有玄关，求祖先保佑而做。作祭之日择与生儿相冲之日。"耐伍豪"为大祭，六十年作一祭。腊月，择家中最后亡者之冲日，找来透骨草、大黄连经煮后，放入银器（手镯、耳环等），诵经先为祖像洗灵，后家人洗面。做祖灵，换旧祖灵，做祖灵筒。彝族祭祖做大斋一般为九昼夜，历经家斋、野宿、入斋场、卜卦、解罪孽、换祖、取福禄水、焚灵等程序，最后把新祖灵筒送入岩洞。此外还有临时择日举行的仪式：遇特殊情况如婚娶、生育、疾病、战争、丧葬、安灵、送灵等。

彝族崇拜祖先已形成生活化。彝区各户家中堂屋供有祖先牌位，逢年节都作祭献。腊月三十除夕之日，有的将新杀的年猪从下腮连着舌头到肚割成一条，摆于神龛前祭祀祖先，饭前，于神龛前点燃香烛，摆上酒肉菜肴敬献祖先。主人于祖灵牌前奠酒，意为请祖先灵魂归来，与后代家人团聚。正月初一早，主人将一枝代表祖籍的树枝插在屋檐下，表示不忘祖先。正月十五日过"小年"时，又作同样祭献。三月清明节之时，各户先采回杨柳枝，插于供祖灵的地方。带着鸡先到山神前祭献，之后祭祖先，由长者祭，家人在

---

① 尼苏颇毕摩李国兴遗存祭祖彝文经书。

坟前三叩九拜。坟上压柳枝、黄灵纸，焚香烧纸。农历六月二十四火把节时，当年有新亡者，须抱鸡携酒到坟前祭祀。

彝族在婚俗中亦有敬祖的习俗。彝族尼苏颇支系，男方初到女方家求婚时，进了女方家，先到神龛前鞠躬拜祖，并将传统的订婚品银镯、蓑衣敬放在祖灵牌位供桌上，称作"联姻先拜祖"。迎亲日，男方除带送给女方家的彩礼外，还带一祭祖饭箩，供于女方家神堂上。迎亲进门后，男女双方要行拜祖宗之礼，而后方能入洞房。

生育儿女也必须敬祖。凡家中生了小孩，要祭献祖宗。小孩满月后到祖庙中祭祀取名。

农事生产中，亦有祭祖之习俗。农历三月里，苞谷播种时，到祠堂祭祖；七月里，当稻穗出齐灌浆之时，用米、腊肉、鸡肉祭祖；秋收时节，从地里割回一至三根成熟的苞谷，去掉根叶，立放在神龛前祭献，既表示对祖先保佑丰收之谢意，又祈求祖先保佑来年再丰收。

祖先崇拜成为彝族原始宗教各种形式中的核心观念。

第三节　《查姆》与彝族民俗生活的互渗关系

查姆涉及的内容非常广，最初之"查"为《台母查》：物种、物体的起源，原始宇宙的创生。此后便有了《陆姆查》：讲述人类、动物的起源；《正姆查》《作姆查》记述事物的起源；《以而查》记述江、河、水的起源；《吐色以母查》讲述钱币的起源；《波姆查》讲述伦理道德的起源；《嫩念查》讲述最先产生的文字。彝族将物种的最初起源视为"嫩"（青、绿）、"你"（红）、"色"（黄）、"吐"（白）、"那"（黑）五色。此即彝族人民将生活中所常见之物与事作为依照和类比，从而产生出他们对世界和物种的认识，这就是彝族对世界的生活化解释。通过这类的认识解释所积累起来的知识，就成了彝族人们智慧的结晶，形成了查姆的最初起源。它最初是从彝族人民生活中产生形成的，从而也就一直保存流传在彝族民间。他们将一些人类的起源及变化发展，视作其民族的历史，倍加珍视。此即为查姆在彝族民间有着紧密生活联系的根本所在。

在现实生活中，彝族人民的一切生产生活、风俗习惯、行为方式、认知理念及道德观念等，都可以在查姆中找到原始痕迹。换言之，现今彝族的传统文化都是在《查姆》这一根基之上衍生、发展、演化而来。随着时间的推移，逐步形成了适应社会生活多元化需求的自成体系的文化单元。例如由生和死这一人生现象演化而来，专用于丧葬祭祀的《丧葬经》；长期观察日月星辰星系积累的知识，形成专用于纪年或卜测的《历算书》；由婚姻家庭等社会关系演化而来，旨在教育和启迪人的《道德经》，为彝族人民所推崇的《查姆》知识总汇之所在。

一、查姆仪式化的演述

查姆流传于哀牢山滇中南彝族纳苏颇（早先亦称尼苏颇）人中，民间的流传形式较为主要的是在重大祭祀活动上诵唱。丧葬祭祀中，人之生死，是自然的历史规律。可人生与死的情况各异，对于灵魂的安慰也就各具不同。丧葬祭祀中对亡者的祭祀，是对亡者所行之超然，更为重要的是对灵魂的净化，即是对于生者之警示与亡者之净化。此类的演述形式是庄严、肃穆的，常由毕摩二人（二人多组）采用"阿利则"调诵唱，不同的祭祀场有不同的主调，演述不同内容之时又采用不同的调式。讲述亡者此生所行、所为，此生所做的社会行为，人们的称道、社会的认可。人们为亡者所行之一切，主要为亡者之家族人为逝者做丧葬祭祀，诵唱《吾查门查》祭祀经，做祭祀仪式，点孝、入殓、盖棺、献水、献饭、指路、出殡、下葬。除邪、安魂、做祖灵。入祖谱祭祖。此类所行形成民俗是特定的，仪式场所也是特定的，不可逆行，众人遵其为律令，否则将为众人不容。轻者视之为不懂礼俗，无孝、无道、无为人行事之准则，重则被家族所唾弃。此即为查姆在祭祀仪式演述中所包含的文化基础。

二、查姆生活化的演述

歌其志，舞其情，是彝族人民表现生活的一种方式。在查姆创世史诗中，所歌之为天地的起源，彝族将其视为一种历史；事物的由来起源，社会生活中的道德伦理纲常，旨在教育启迪，达到潜移默化的作用。

生活化的演述，是查姆广为流传的基础所在。传授知识、认识事物、启迪智慧，都用查姆生活化的方式来进行。无论在田间地头劳作，或是行于道途之中，所说所唱的是查姆。夜晚的火塘边，长者烤着罐罐茶，给儿女子孙们讲述天地的起源、物种的由来、人类的起源及其变化、人类的衣食居住、发明火使用火、学会栽培农作物、学会纺织、学会冶炼金属、发明文字并用文字记载以积累知识。此即为彝族人火塘文化的一种传承。

　　查姆生活化的演述常有讲述和诵唱。讲述即为火塘文化传授知识常用的一种方式。诵唱常于节庆活动、民俗礼仪、歌舞广场配以曲调和舞蹈而进行。最常用的是"阿色调"。此类调式乐句开头与结尾用"阿色""哟色""哎哟色"作衬腔，故取当地一种流行的"阿色调"。其调唱词多为五言句和七言句，用母语唱述，讲究彝语发音韵脚，常在句首、句尾用衬词、衬腔。演唱形式由一人演唱（引子）、调子（主部），众人和腔，另一种是众人合唱调头，进入调子（主部）后由一人领唱，众人合腔（当地称"帮腔"）。调头旋律流畅，乐句婉转悠扬，并非主要内容，进入调子（正腔）后，才唱主题内容。调式中所用旋律婉转抒情，音程跳动较大，大部分调式的音域在十四五度以上，领唱部分多有韵律华彩。调式多为羽调式，旋律结构多为3256、6532，音阶中大量出现其他彝族山歌中少见的偏音（sI），形成独特的六声音阶。在演唱叙事歌类时，只有领唱加和腔，而在演唱爱情歌类时，则要由男女对唱，又加众人和腔。多采用真声为主和真假声结合的自然歌唱方法，运用声带局部振动的方式发声。由于"阿色调"所具有的独特性，山野中传唱，乍一听，会让人感觉有种天籁之音萦绕耳边。

　　创世史诗《查姆》是彝族纳苏颇阿车人生活知识的百科全书，被视为本民族的"根谱"。

第八章 创世史诗《查姆》文化现状简述

《查姆》是由古彝族文字记载的文本，在民间也有相关故事流传，本章对《查姆》的翻译出版情况、现在流传中心的毕摩对其使用情况和毕摩情况等做简要介绍。

第一节 《查姆》文本翻译整理出版简述

《查姆》是彝族古老的创世史诗，在彝族民间据说有 120 个"查"，在 20世纪 50 年代搜集并翻译整理出版的汉文本《查姆》只有 11 个"查"，共有 3500 余行，分上下两部。现在的翻译整理是在楚雄州编译出版《彝族毕摩经典译注》时进行的。下面对其翻译整理过程做简要介绍。

一、《查姆》的基本情况概述

《查姆》是彝族人民讲述天地、日月星辰、山川河流、大海湖泊、风雨雷电、花草树木、人类、民族等万事万物起源的一部创世史诗，主要流传于滇南彝族地区，南部彝语方言自称聂苏、纳苏的彝族民间，有口头流传和文献记载的书面流传。彝族把天地间一件事物的起源叫作一个"查"。民间传说，彝族《查姆》原有 120 个"查"。现在收入"查"数较多的是《彝族毕摩经典译注》中的《查姆》卷，搜集、翻译整理出来的也只有 27 个"查"。内容涉及天地演化、物种起源、人类的形成和发展、家庭婚姻、生老病死、医药卫生、文学艺术、宗教信仰、天文地理以及伦理道德，囊括了社会生活的方方面面。在 20 世纪 50 年代搜集并翻译整理出版的汉文本《查姆》中只有 11个"查"，分上下两部。上部主要讲述开天辟地、人类繁衍和氏族的起源；下部主要讲述棉麻、绸缎、金银铜铁锡、纸笔、书、药物等几类物件的起源。

　　《查姆》记载的内容大都十分古老，除了具有较高的文化价值外，对于探讨彝族远古的社会、经济、风俗等也有着重要的价值。尤其是这部史诗中关于天体演化和早期人类演化的神话，更反映了彝族先民朴素的唯物观和辩证思想，展现了彝族先民开天辟地、创世立业、劳动生活、抗击自然、战胜险恶的广阔图景，艺术地赞颂了人类的生产生活。此外，史诗还生动地记叙了彝族历史发展的进程，生动地记录了人类由低级向高级、从野蛮到文明的进化历程。如以"眼睛"为象征的人类发展说将史前阶段分为三个时代：独眼睛时代，彝语称为"拉爹"；直眼睛时代，彝语称为"拉拖"；横眼睛时代，彝语称为"拉文"，特色鲜明，勾勒出独特的人类进化阶梯，这是《查姆》在内容上独有的重要价值。

二、《查姆》的翻译整理情况

（一）20 世纪 50 年代以来的翻译整理情况

　　查姆作为彝族人民的"根谱"，是一部记述万物起源和社会发展的创世史诗，它存在于广大彝族人民的心中，它以书面的形式或口头的形式流传在民间。书面形式的查姆文稿主要保存在彝族知识分子——毕摩之手，而口头形式的查姆保存在民间歌手和民间有一定社会阅历的艺人之手。随着社会向前发展，查姆的保护和传承者——毕摩和民间歌手逐渐离开人世，查姆也面临着流失的危险。随着外来文化的不断冲击和汉文化的影响，众多的彝家子弟都接受了汉文化的教育，本民族的传统文化逐渐被遗忘，查姆文化也在这样的情况下，长期游离在传承的边缘。部分书面形式保存的查姆文本也缺乏科学有效的保护，也同样逐渐被毁坏和消亡。因此，查姆的搜集、整理、保护和研究工作也牵动着许多有识之士和专家学者们的心，他们为查姆的传承和保护也做出了自己的贡献。

　　（1）查姆的搜集和翻译整理，曾倾注了众多人的心血。查姆的翻译整理始于 1958 年。当时，在云南省委宣传部的领导下，中国作家协会昆明分会组织昆明师范学院中文系的部分教师和 1955 级学生，组成云南省民族民间文学楚雄、红河调查队，深入楚雄的双柏县大麦地、底土、新资（现光明村）等搜集到部分"查姆"彝文文献。经毕摩施学生口译，整理成八千多行的文本。1959 年，由楚雄调查队成员李文、李志远二人对原有材料进行整理，形成了一份三千多行的《查姆》文本，1962 年编印成《云南民族文学资料》第七集，并于内部发行。1976 年以后，郭思九、陶学良等人又在进一步研究原始资料的基础上，对其进行了几次较大的整理修订，1981 年 2 月由云南人民出版社公开出版发行。

（2）1979 年，党的文艺政策和民族政策得到恢复，各地掀起了抢救民族民间文化艺术的高潮。双柏县文教局组织人员进行调查，搜集、翻译整理了部分查姆的内容。由施学生、李复生、李生福、杨树荣等同志组成了双柏县民族民间文化翻译整理组，并对双柏县的塄嘉、新街、大麦地、雨龙等地区的民族民间文化遗产进行普查、搜集。他们搜集整理了十多个彝族叙事长诗和创世史诗，翻译整理了查姆范畴的《找彝书的故事》《阿普多莫的故事》《金银铜铁锡的来源》《寺叶弟兄的故事》《洪水泛滥的故事》《开天辟地的故事》等，编辑成《阿普多莫的故事》和《民族民间文学资料集》，并将之作为国庆三十周年献礼，以内部资料的形式出版。

（3）1979 年 1 月，在中共楚雄州委宣传部的直接领导下，楚雄州文教局组织了民族民间文学调查组，深入楚雄州广大民族地区，对民族民间文学进行调查搜集。这一次调查搜集到了《阿卜多莫若》和《阿卜多莫石》两部彝族文献，经李世忠、施学生等人翻译整理后，编入《楚雄民间文学资料》第一辑，作为国庆三十周年献礼并作为内部资料发行。

（4）2005 年，双柏县民族宗教局的李忠祥先生，经过多年翻译整理和研究，出版了一本名为"双柏彝族史诗选"的书，其中有查姆内容的材料。此书的主要资料来源是双柏已故的彝族毕摩施学生所收藏的彝文手抄本。李忠祥先生选择了洪水泛滥、吾查尔地、独眼睛人和直眼睛人、纸火的起源、病种的起源、种籽的起源、生死的起源、找药、找洗尸水、交代生死的事情、找祭粮、告慰死者、找坟地、魂难安、祭坟、安慰灵魂、警世后训等十多个"查"的内容，他还克服了无经费及语言障碍等诸多困难，翻译整理工作时断时续，延续了很长时间才翻译整理出来。这是近几年来新整理出版的有关"查姆"内容的书。它的出版或多或少增加了"查姆"不同版本的一些内容，为《查姆》的比较研究提供了更多的资料。

（二）现在翻译整理情况

现在的翻译整理是在楚雄州《彝族毕摩经典译注》编译出版时进行的，为了保持毕摩经原样和便于传承，采用了彝文、音标、直译、意译和意译整理的四行对译法，为 16 开本，每卷约 60 万字，分上下两卷。上卷选择了双柏县毕摩方贵生收集整理的手抄本文献，收入天地起源查、天地转动查、物种起源查、独眼起源查、直眼起源查、横眼起源查、牲畜起源查、金银起源查、粮食起源查、房屋起源查、白盐起源查、棉麻起源查、绸缎起源查、婚配起源查、嫁娶起源查、纸张笔墨起源查等 16 个"查"。彝文识读者为方贵生毕摩，注音、翻译、整理者为施文贵。下卷同样以双柏彝族毕摩方贵生收藏或收集、整理的彝文文献手抄本为主，编入了彝文的发明、世间道理书、帝王世系谱、疾病的由来、寻医找药、寿尽命终结、棺椁的由来、世间降旱灾、世间垛储树、阿龙捉鬼篇等 11 个"查"。彝文识读者为方贵生毕摩，注音、翻译、整理者为潘林宏。上下两卷共收入了目前所能够收集到的所有有关《查姆》内容的彝文文献资料，是目前内容比较丰富的一部《查姆》，由云南民族出版社出版。

1. 现在翻译整理的全过程

此次翻译整理按照楚雄州《彝族毕摩经典译注》编译出版小组部署，根据古籍文献翻译出版工作原则，首先对文献资料进行筛选，对不同版本的文献进行比较研究，选用了内容比较丰富，文献残缺较小的版本进行翻译。第一步，仔细通读古彝文献资料，对不同的版本进行比较，选择内容比较丰富，叙述较为具体翔实的版本；第二步，如实抄录四行翻译稿于纸上，然后修正文献中出现的错字和漏字；第三步，仔细通读和分析所表达的意思并对其进行注音；第四步，逐字对彝文的本意进行对译，对文献中出现的疑难词句进行反复商讨，查阅相关的资料，包括汉文资料，尽量做到翻译准确，使之不留遗憾；第五步，对文献逐句进行意义翻译，尽量做到汉意与彝意不走样，表达的意思更准确；第六步，每一个"查"四行对译完了之后，对汉意进行整理。古彝文献书面记载的是用彝文诗歌的形式，所有《查姆》资料都是五音节一句的五言体诗，一般都比较押韵，阅读起来朗朗上口，并有他们的语言情感。由于彝语的表达与汉语表达不太一样，翻译成现代汉语后，有不少的词句就会失去其原本的韵律。我们把它翻译成汉文后就会出现所要表达的内容不完整、不全面，没有体现原本的韵味。因此，为了比较准确地表达原本的内容，我们在整理过程中尽量保持彝族诗歌风格的前提下，在意译整理中出现内容不完整、意思不突出时，采用两行或三行来扩展处理，文中尽量不出现长短句，保持彝文五言体的风格。

2. 两次整理的异同

《查姆》的搜集、翻译、整理，一直都受到有关部门的关心和重视，特别是当地文化部门，为了弄清和证实在彝文献中所记载的"查姆"有 120 个"查"之说，在多次组织的搜集、翻译、整理中，比较重视资料的搜集，在不同版本的手抄本中进行比较和筛选，这是在翻译整理过程中比较难把握的问题。1958 年，云南民族民间文学楚雄、红河调查队，深入双柏县底土、大麦地等地搜集过程中也遇到这个问题。如《阿朴独姆查》就有多个不同的版本，又如叙述天地的起源，就有《鲁姆查》《托得查姆》《作莫查》和《特莫查》等四种。在这种情况下就更难把握哪一个"查"更有代表性，这样就给翻译工作增加了难度，必须把所有资料一一翻译出来后再进行比较，很大程度上浪费了翻译时间。

2008年，在《彝族毕摩经典译注·〈查姆〉卷》的搜集翻译整理过程中，我们的方法是，首先对楚雄彝族文化研究院收藏的《查姆》内容的彝文古籍进行初步浏览，然后又与双柏县大麦地镇的彝族毕摩方贵生收藏的《查姆》内容的抄本进行比较，最后选出内容比较丰富具体的文献抄本来进行翻译整理，在翻译时所用的材料中有楚雄彝族文化研究院收藏的，也有方贵生毕摩收藏的，但总体来说，采用最多的是方贵生毕摩所收藏的材料。在编译整理过程中对目录的编排没有采用章节式的编排，而是根据其内容和物种起源秩序依次编排目录。为了保证毕摩经书原本性，在翻译整理过程中，对原文不做任何删减和增加，只对文中出现的错字或漏字进行修正。在汉译整理中做了语法修辞的加工，总体不失彝族五言诗的风格。

第二节 《查姆》流传地毕摩情况简述

查姆主要流传于双柏县的大麦地、安龙堡一带，保存在毕摩的经书中。下面介绍该区域毕摩及对查姆使用的简要情况。

一、大麦地、安龙堡毕摩概况

毕摩，为彝语音译，由于各地彝族语言方言发音的差异，对毕摩有多种称法，过去的史书、方志、书籍中又译为"耆耄""鬼主""呗耄""白马""笔母""奚卜""西波""白米""布摩""阿毕"等，现在约定俗成统称为毕摩。

在双柏彝族有创世史诗《查姆》流传的纳苏支系的语言里则称为"呗耄"或"呗玛"，但它的意思是一样的。在双柏彝族纳苏支系语言里"呗玛"是念诵经文的长者之意，"呗"是念诵之意，"玛"是对长者的尊称，"呗玛"则是精通彝文，念诵经文，为别人做各种祭祀活动的长老，毕摩就是彝族社会里的知识分子阶层。有一定知名度的毕摩，家中藏有上百卷的彝文经书，在这些书中有的是常用的，有的是不常用的，也有一部分是备用的，还有一部分是在特定的时候或特定的环境下才用的，不论是常用的还是不常用的，毕摩都必须备有各种各样的书籍，从毕摩的藏书数量到藏书的内容，我们可以认为毕摩是彝族文化的创造者、继承者、传播者和捍卫者。在过去，毕摩是军事行动中的参谋者，经济建设中的谋划者，农事生产中的指导者，日常生活中的管理者，婚丧节庆中的主持者，伦理道德方面的督导者，是刑事诉讼中的断案者，所以，毕摩的职能是多方面的，他们所掌握的知识是很广博的。毕摩是为民众主持各种活动的人，有着广博的彝文化知识，因此，在民间有这样的说法："宁愿与毕摩为邻，不愿与官家同村。"在民间，与毕摩为邻的话，他可以为民众处理很多急事，民众若遇到难以解决的事，总是要请毕摩来处理。在民间遇红白喜事、节日庆典要请毕摩来主持，起房盖屋、出门行事、寻医问药、祭奠先祖等总是要邀请毕摩为其理事。而与官家同村，总是凶多吉少，时时找你的茬，处处揭你的短，随时提防着加灾祸于你，确实没有安全感，而与毕摩为邻则是一种依靠。

　　毕摩作为彝族社会中的知识分子，如何学习和传承毕摩知识，从双柏县安龙堡和大麦地的情况看，有三种形式。其一是父传子、子传孙的世袭制毕摩。这类毕摩就是人们所说的世袭毕摩，这类毕摩家中所藏的经书或各种文献比较多，毕摩的知识也会更全面，他们大多都掌握了天文历法、宗教礼仪、文学艺术、医疗卫生等方面的知识，在毕摩中他们的威望也更高。从历代毕摩的传承关系中可以看到，毕摩只传子，不传女。在毕摩文化知识的传承过程中，有几个儿子的，也只能传给其中的一个儿子，在这种情况下就要进行选拔了，选拔时是以聪明而又善学为首要原则。如果毕摩没有儿子，这种情况下才能传给家族中愿意学的其他人或家族以外愿意学习而又聪明上进的青年人。其二是师徒制毕摩。这类毕摩所占有的彝文古籍经书就会相对少一些，社会上的威望也不会很高，在主持重大祭祀活动时，大多都只能充当助手或当主持者的助手。在从师拜师的过程中，毕摩首先要看他的品德、聪明程度和思想状况，经过一段时间的了解后，得到毕摩的认可方能正式拜师学艺。在过去，拜师时，徒弟需带一只红公鸡、一升米、一壶酒（一般为二市斤）及其他礼物拜毕摩为师，举行仪式后便可确立师徒关系，今后就可以跟随师傅专心学习了。其三是自学的毕摩。自学的毕摩，在当地比较少见，因为在这一地区的彝族有自己的本民族文字，而学习毕摩的前提条件就是掌握彝文，学习和掌握彝文基础知识后，才开始学习各种祭祀的基本知识，如要学习毕摩知识，首先要接触毕摩，请教毕摩，跟随他习读彝文经书，掌握彝文基础知识，所以，自学的毕摩在当地很少。

　　无论是世袭制毕摩，还是师徒制的毕摩，学习毕摩文化知识必须要用三至五年以上的时间，一般头三年要专心学习文字，刻苦背诵经文，三年以后可跟随师傅到需要做法事的人家中，在师傅的指点下准备祭祀场上用的物品，并且在师傅的指导下独立学做简单的祭祀礼仪活动。有空闲时在家里抄录师傅的经书，积累自己的书籍。在这样若干次实践后，师傅让他去独立主持各种祭祀仪式，在师傅的精心指导和本人的认真努力下，通过多次的实践，逐步得到社会的认可，慢慢地他的名声也会不断提高。在过去，师傅在一次大的祭祀场里，当众给学徒戴上毕摩帽，表示学徒可以独立完成重大祭祀的主持，默认徒弟已学成毕业。到这时，学徒已经拥有了几十卷到上百卷的经书，而且能够独立完成各种各样的祭祀仪式的主持，同时也具备了能够熟练背诵经书不少于二十到五十卷的条件。做一个称职的毕摩，具有了这样的功夫，才能够满足祭祀的需要。毕摩在主持各种祭祀活动中得到了大家的公认后，社会上自然就会有人来邀请他为其做法事，也就获得了某某毕摩的称号。

目前，在大麦地地区有一定知名度的毕摩和一般初学的毕摩都在不断减少，其主要原因有二：一是上了岁数的老毕摩不断离开人世，而一般的初学者又不热衷于此项职业，不专心学习，知识得不到提高，多数初学者没有掌握或不具备毕摩所应有的知识，在很大程度上停留在初学时的基础上，始终停步不前。而随着社会经济的不断发展，也有一部分不热心于本民族传统文化继承和发展的初学者自愿放弃做毕摩，离开家乡，出去外面打工赚钱了。二是随着社会的发展和时代的更替，一些传统的东西被丢弃，民间许多风俗被简化，各种形式的民间娱乐活动等被外来的东西所取代，民间的传统文化不断地成为过去。做毕摩的市场和学习毕摩的平台不断在缩小，从而导致毕摩队伍的减少，能够独立完成各种祭祀仪式的毕摩少之又少，现有的大多数毕摩实践经验不足，缺乏像过去那样有背诵经文功夫的毕摩。目前，在大麦地境内只有初学毕摩和有一定知名度的毕摩二十多人，其中能够独立完成各种祭祀仪式的毕摩不多，大多都只能做一些较简单的仪式。在大麦地镇有一定影响的毕摩包括：大麦地村委会下莫且法村的方贵生毕摩，大麦地村委会战斗村的潘文生毕摩，大麦地村委会杨枝河村的方学文、李兴发毕摩，大麦地村的罗金福毕摩，普龙村委会普龙村的罗元兴毕摩，立新村的施学义毕摩，么布路村的鄂义才毕摩，进把株村的施玉珍毕摩，河口村委会的施文祥毕摩和蚕豆田村委会的三四位毕摩。他们当中有的是七八十岁高龄的毕摩，而年纪最小的也接近五十岁了，这使毕摩文化的传承有很大的难度。但无论是有影响的毕摩还是一般的毕摩，在他们手中或多或少都收藏有一定的彝文经书，有的是《查姆》内容的彝文古籍，这是可喜的一面，也是我们应当保护和挖掘的对象。

在安龙堡乡的现有毕摩状况更不容乐观，在这一地区的毕摩文化技艺已走在了失传的边缘上。从历史上看，安龙堡地区的毕摩队伍也很强大，出过一些比较有威望的毕摩，如青香树村的李斋文毕摩，他是新中国成立初期在当地比较有影响的毕摩，他人品较好，技艺较高，是当时安龙堡地区最具影响的毕摩，但遗憾的是，他的技艺没有传承给后代，大多彝文古籍也在"扫四旧"时被迫强行烧毁，只有少数几本彝书留给后代。这一地区老一辈毕摩相继离开人世后，没有了新的接班人，出现后继乏人的现象。而造成这样的主要原因是，"文革"时期，对毕摩及毕摩文化予以否定，在政治运动中，所有毕摩都遭到了不同程度的厄运，把毕摩视为"宗教迷信职业者"，视毕摩为"牛鬼蛇神"进行打击和管制，有不少毕摩还被送进了教养队进行批判和改造，并将他们的各种彝文书籍统统视为"鬼画符"加以查抄和焚烧，毕摩及毕摩文化遭到了空前的劫难。从此，大多数毕摩都不敢再提祭祀的事，自己辛苦传抄下来的彝书也不敢藏在家里，纷纷拿出去焚烧。

党的十一届三中全会后，通过拨乱反正，党的民族政策得到了恢复，国家对民族传统文化做出了"救书、救人、救学科"的指示，但此时这一地区健在的毕摩已寥寥无几，而少数健在的毕摩都已年事较高，没有更多精力做传承之事。目前，在安龙堡地区仅有的几位毕摩都不是祖传的世袭制毕摩，也不属于师承的毕摩，而是在20世纪80年代初期参加了楚雄彝族文化研究所在双柏举办的彝文培训班后，以自学为主，逐步实践而学成的。他们分别是安龙堡乡安龙堡村委会迷点干村的鲁朝旺和鲁朝才毕摩，在他们两人中鲁朝旺的彝文化知识及祭祀技艺更为突出，由于他善于学习和实践，经常被他人邀请主持一些日常祭祀仪式和丧葬祭祀仪式。所以，他在不断的学习和实践中得到锻炼和成长，成了当地有一定知名度的祭祀主持者，时常被别人邀请去做各种祭祀活动的主持者，有时还被邻县易门、峨山县邻村的彝族邀请去做丧葬祭奠的主持者、婚庆仪式的主持毕摩等。鲁朝旺、鲁朝才两位都是经过参加培训班后，经过努力学习和实践而成为毕摩，所以，他们所拥有的彝文经书很有限，而他们所用的经书大都是在20世纪80年代以后向他人转抄的经书，通过调查了解，他们没有收藏与《查姆》内容有关的彝文书籍。在祭祀活动中也不使用《查姆》之类的书。

另外一位是安龙堡乡安龙堡村的施绍学，他曾在1982年到当时的楚雄彝族文化研究室拜施学生毕摩为师学习彝文，经过一年的学习，他基本掌握了南部方言双柏彝文知识，当时他基本能够识读双柏彝族古彝文献，但没有系统地学习过祭祀方面的知识，在过去的十几年里没有参与过任何祭祀礼仪活动。最近几年来，由于彝族风俗礼仪之需要，重新温习彝文知识，做过一些简单的日常祭礼仪式的主持，但他所拥有的文献较少，掌握的祭祀知识也不够全面。

二、《查姆》在大麦地等地的使用情况简介

在大麦地地区，多数人都知道《查姆》的一些内容，但都是零散的，因而出现了不同版本的《查姆》。我们在调查中发现，目前六十岁左右的彝族百姓都还多少能讲述一些查姆的内容。这就足以说明"查姆"在民间流传的广泛性。在过去，双柏彝族特别是自称"纳苏"或"聂苏"的彝族人民，每逢过年时节、婚丧祭祀、播种收割、出猎或出门远行、起房盖屋等都要请毕摩演唱查姆史诗。特别是在节日庆典和讨亲嫁娶的喜庆日子里更是要唱颂查姆史诗，通过唱述查姆缅怀先民的丰功伟绩，教育后代，启迪未来。查姆不仅历史悠久，同时也与彝族人民的现实生活息息相关，在现实生活中，彝族人民的一切生产生活、风俗习惯、行为方式以及道德观念等都可以在查姆中找到原始的痕迹。彝族人民把查姆如《圣经》般加以崇拜和传诵。唱诵的形式多样，有请毕摩传唱的，也有请民间歌手传唱的，还有的是即兴咏唱的。唱诵腔调有毕摩祭祀调、阿色调、苦情调、阿哩则调等多种形式，在具体传唱中，如请毕摩唱诵的，多用毕摩祭祀调传唱；请民间歌手的，多用阿色调或阿哩则调。而苦情调则请彝族妇女来传唱，传唱时多用姑娘出嫁时哭诉的哭嫁腔调传唱，唱腔优雅宛转，较有特点。在传唱时，有的配有民族乐器四弦琴，每句五个音节，朗朗上口，音韵和谐铿锵，声调厚重深沉，有唱有述，载歌载舞。传唱过程中也可根据唱诵内容和场景选择适当的腔调唱诵，以传诵对万事万物起源的认识，追思先民的光辉业绩，缅怀祖先的不朽功勋，教育后代，启迪未来，是彝族人民生产生活中不可缺少的精神支柱。

1. 毕摩在仪式上使用查姆的情况

过去，毕摩在仪式上使用的经书繁多，分为祭祀经、占卜经、驱邪经、送鬼经、指路经、招魂经、祈福经、诉苦情经、祭祖经等几大类数百种。而在仪式上使用查姆的时候不多，查姆大多是在丧葬仪式和祭祖仪式上使用。而在其他庆典性的仪式上使用查姆，具有一定的特定性，不能把某一种事物的起源用在任何一种仪式上，这是不合礼俗的。如在婚嫁仪式上只能诵唱与其相关内容查姆，但有时也是不限制的，如祭祖大典或丧葬祭奠时可以把所有查姆内容的都通篇进行诵唱，但多数时候都因时间有限，难以把查姆完整地念诵完，在时间有限的情况下，只能有选择性地来进行诵唱。过去彝族人民办理丧事要持续六七天的时间，毕摩也需念五六天的经书，前来参加祭奠的毕摩也会很多，在这种情况下毕摩们多采取一位毕摩念诵一个"查"的方

式，轮流唱述查姆，在这样的场合，所念诵的查姆就会更多，内容也会更完整一些。已故彝族大毕摩施学生讲过："在过去为大富人家当毕摩主持丧葬祭祀，多数都要用六七天的时间。有一次我被底土村李家地主邀请，帮他家当吊丧毕摩，到了新平县哈科点的一大富人家里，那次，我来回就用了十天的时间，光祭奠就用了六天，直到第七天才出丧埋葬。那次，光毕摩就来了三十多位，而且都是当地比较有名的毕摩，所用的经书也比较多，除专用于祭奠的"丧葬祭祀经"外，还用了'查姆'、'吾查'（公查）、'门查'（母查）和'门嫩'（红书）、'门聂'（黑书）等书，那次，是我做毕摩中，时间最长，使用的书最多，来的毕摩也最多的一次丧葬祭祀。"在施学生毕摩的这段讲述中，可以更加确信，"查姆"对彝族人民的重要性。

在丧葬祭祀中查姆的使用是不可缺少的，无论祭祀时间的长短，必须要念诵查姆，让死者了解自己民族的历史，知道万事万物的起源。还有在丧葬祭祀中不能少的经书是"吾查"和"门查"，它们是《查姆》的总根。"门查"又分为"门嫩"（红书或红查）和"门聂"（黑书或黑查）两套书，"门嫩"是专给当过官或有一定知名度的大富人家及有身份的人念诵的。而"门聂"是给一般的普通人家念诵的。由于现在讲平等都一样，因此，也就不分官与民了，把"吾查"和"门查"合起来用，使用时由两位毕摩念诵，一位毕摩照"吾查"上的内容念诵，另一位毕摩则照"门查"里的内容念诵，一人一句，声调和谐自如。在主持丧葬祭祀时，毕摩使用多种经书，而且所使用的经书都要摆放在灵位旁边的祭祀坛上，"吾查"和"门查"则放在一个用竹条编成的竹笼里，装"吾查"的竹笼摆放在祭坛的左上角，装"门查"的竹笼摆放在祭坛的右上角。装书的这两个竹笼，彝语称为"吾本"和"门本"，意为供奉"吾查""门查"的神龛。《查姆》作为彝族人民的一部"根谱"，并且用古彝文字记载于书中，在众多的彝文书籍中记载着查姆有 120 个"查"，在民间也有 120 个"查"的流传，这样一部篇幅浩大的史诗，如今我们看到的仅仅是几十个"查"，彝族人民认为万物之根本的这样一部巨书，怎么会在历史的岁月中流失了呢？笔者认为其主要原因就在于彝族人民为追思亡者、感召后人为目的的祭祖大典、丧葬祭奠等许多风俗礼仪被简化，过去需要用八九天才能完成的祭祖礼仪逐步简化甚至消亡，在过去需用六七天才能结束的丧葬祭奠仪式，现在只用两天一夜就结束，这样一来，原本繁复的风俗被简化，毕摩念诵经文也只有一天一夜的时间，按照风俗习惯需要念诵的无数经书被省略，因此，彝族民间传统习俗的简化，直接导致《查姆》在仪式经文中也被省略掉了。

2. 各种仪式中经书的使用情况简介

在彝族人民的生产生活中，有各种各样的风俗和礼仪，毕摩在主持祭祀仪式时，也有不同的祭祀形式，每主持一种仪式都有与其相对应的一部彝文经书。在前面已提到，毕摩在仪式上使用的经书繁多，分为几大类数百种。有的仪式有与仪式相匹配的一部彝文经书，而有的仪式则使用数部彝文经书，在一种仪式上又分为数步程序，而每一步程序都使用与其相对应的一部经书，下面简要介绍在查姆流传区域内比较普遍的几种祭祀仪式和使用经书的情况：

（1）请神仪式。请神仪式是毕摩主持祭祀之前不可缺少的重要程序，因此要请师神，所请之神为毕摩护法神，毕摩认为他们的法力来自护法神的助威保佑。彝族人认为若有什么样的技艺就有相应的祖师，而本人也有自己的"本神"。在做任何法事之前和做完仪式之后都先供祭自己的"本神"。而后再举行请祖师神仪式。在大麦地和安龙堡地区的毕摩所请的祖师神是彝文文献中所记载的古代毕摩，他们分别为"图那"（"图那"在彝文文献中记载，他是最早的古代毕摩，传说是创造彝文的毕摩），而后依次要请的毕摩祖师有"涅呗史聪""廷呗吉摩""呗赛博者""呗兹本怒""阿本呗再""施滴添自""葛得迷罗""记也赛仲"等。在请祖师神的仪式中则使用专用于请祖师神的经书《那噜经》。"那噜"为彝语音译，意为请师祖。"那"是指师傅，"噜"为请之意。祭祀仪式结束后，毕摩还要举行送祖师神仪式，把祖师神送走了后整场祭祀仪式才告结束。在送祖师神时，同样有专用于送祖师神的经书，彝语为《那迭经》，彝语"迭"为送之意，"那迭"就是恭送祖师神之意。

（2）祭祖仪式。祭祖是彝族缅怀先祖，超度本氏族成员，将已去世但未曾超度的亡灵送回祖先曾居住过的地方，演化成祖先神的一种仪式。在过去举行祭祖仪式需七至九天，每隔两三代举行一次，参加的人为氏族全体成员。另一种仪式为家庭内部的祭祖，需三至五天，每隔六至九年或隔十二年举行一次，参加的人为家族三至六代内分支的成员，目的是将最近几年内去世的家族成员记入家谱，超度亡灵并送上祖宗灵位。在这种祭祖仪式上使用的经书有《查姆》，以上部人类的起源和发展篇为主。另外，有专用于祭祖的《祭祖经》和《氏族宗谱》等。

（3）丧葬祭祀。在彝族人民生活中丧葬是人生的特等大事，所以彝族老人死后，都要请毕摩为死者祭祀，以此来追思亡者，感召后人，继续为发展农牧业奋斗下去。因此在丧葬中，祭祀仪式较为复杂，祭祀程序也比较烦琐，所使用的经书也比较多，在丧葬中使用的主要经书有《丧葬请师经》《纸幡起源经》《禳邪起源经》《命终溯源经》《净尸经》《棺椁起源经》《献牲开祭经》《净尸禳邪经》《释梦经》《拦门迎客经》《开门迎客经》《诉苦情经》

《献酒献饭经》《诉棺材经》《夜间献饭经》《戴孝布经》《诉苦经》《供糯米
饭经》《讨葬地经》《献牲经》《踩尖刀草经》《指路经》《送师神经》《招福
叫魂经》《驱送死神经》等，以上所列举的经书是以丧葬所需要行使的程序相
对应的彝文经书，在这当中还不包括《查姆》内容的经书和吊丧毕摩使用的
丧葬祭祀经书以及与查姆相关的《吾查》《门查》经书，及吊丧毕摩使用的
常用经书，吊丧毕摩使用的经书是穿插在以上经书中使用的，在此不一一
列举。

（4）招魂。招魂是彝族人民生活中普遍运用的一种祭祀仪式，招魂包括
招亡魂与招生魂两种。招亡魂主要是招祖先之魂，让祖先亡魂常居于家堂灵
位，保佑全家幸福安康，家道兴旺。其使用的经书有《招祖灵经》《招亡魂
经》等。招生魂，包括招人魂、招牲畜魂、招庄稼粮食魂等。彝族人民的宗
教观念认为，一切事物都有其魂依附，在不同的场合或不同的事态中受到惊
吓都会惊落其魂，灵魂就会顿然游离原体本身，如果是这样，人就会出现身
体不适而导致生病，轻者重病，重者丧命。而牲畜魂、庄稼粮食魂失去了灵
魂就会导致六畜不兴、粮食不丰。因此要请毕摩设祭坛招魂才能把失去的灵
魂附回原体本身。在双柏县大麦地、安龙堡地区的彝族招人魂又分为几种形
式。其一，病者久治不愈、病因不明的为其招魂时要到本村设立的山神树下
设祭坛招魂；其二，在本村或邻村的老人去世且参加了葬礼后，身体不适，
精神不振或生病的，认为是灵魂被死者领去，这时要在死者不满月之前，请
毕摩到死者的坟墓前招魂；其三，在出门远行后回家或到田间干农活而生病，
经请毕摩占卜，属落了魂又不知落在什么地方的，要到当地最高的山顶或本
村专用于招魂的"叫魂山"之顶，设祭坛杀牲招魂。在这个招魂仪式中，招
某一种魂的仪式都使用与其相对应的彝文经书。如招人魂使用《招魂经》《山
上招魂经》。招庄稼粮食魂和招牲畜魂则使用《招粮魂经》《招牲畜魂经》和
《祈福经》等。

（5）驱邪。在双柏县大麦地、安龙堡彝族地区，过去由于交通闭塞，缺
医少药，一旦有人生病或家道不兴，即请毕摩、巫师为其驱除邪魔。认为生
病的原因和家庭不顺，是邪神作祟所致，因此要进行驱邪除魔或招魂活动。
在当地比较普遍的有以下四种：

驱白虎。驱白虎是针对妇女和婴幼儿行事的一种仪式。认为白虎神是一
位貌美，但终身未嫁的女人所变，她作祟的对象就是已出嫁的妇女和其刚生
的幼儿，她嫉妒出嫁了的女人和刚出生的幼儿。如果刚出生的幼儿身体不健
康，面黄肌瘦，常常生病则认为是被白虎神作祟所致，就要请毕摩进行驱除。
在这一仪式中所用的经书为《驱白虎神经》，彝语称为"铁摆呗书"。

送星神。这种祭仪是针对病者而举行的。当地彝族人认为，天上的星星与地上的人类是相对应的，一颗星星代表地上的一个人，人的生与死与星星有密切的关系，如果天上的星星神陨落，地上的人就会生病甚至死亡。若有人生病且久治不愈，经毕摩占卜，属此类者，要请毕摩做送星神仪式，把与病人相对应的已陨落的星神送回天上，病人才能转危为安。在做这种仪式时，也有与其相对应的经书《送星神经》，彝语称为"再迭书"。

噜达呗。"噜达呗"，为彝语音译。"噜达"是一种祟神，这种神无处不在，他会使人生病，使家庭衰落。当地彝族人民认为，在生活中见到不寻常的事物而被惊吓，轻则会被吓落魂魄，重则会生重病或家庭不顺，这时要请毕摩进行驱除，这种仪式在当地较为普遍，使用的经书也较多，有各种不同形式的抄本，彝语称为"噜达呗书"。

驱地邪神。驱地邪神，彝语称为"密邪呗"。这种仪式多用于新建的房屋预防邪魔入室，对于旧宅修缮后出现家庭不顺，人丁多病这种状况时也举行驱地邪神仪式。刚建盖的新房，当地彝族人民认为，木料有雄性和雌性，人的肉眼是分辨不出的，待建好后才能发现。据民间认为，雌性木材不会发出响声，而雄性木材一到晚上会发出"吱吱"的响声，这种神的危害较大，祟神会附在雄性木材上进入家宅，它会使原来较富有的家庭或较顺利的家庭在迁入新居或修缮后的旧宅后，六畜不兴，粮食不丰，甚至家破人亡。所以，一旦出现这种情况要请毕摩设坛做法驱除。这种法事的时间一般以每年的三月、九月、十二月的辰、亥、巳三日为吉。[①] 在行这种仪式时，所使用的经书是《密邪呗书》，此类经书较多，有各种不同的抄本。过去在彝族人民的生产生活中，消灾除祟的风俗比较盛行，而每一种仪式都有它专用的经书，如《费得姆经》《诅咒经》《反诅咒经》《也起呗经》《赛切呗经》《进韦姆呗经》《刍赛姆呗经》《阿玛呗经》等。这些卷帙浩繁的彝族经卷，成了毕摩文化的组成内容。

三、查姆传承地主要毕摩简介

对彝族史诗查姆的传承翻译中，毕摩起到了关键的作用，下面介绍几位对查姆传承翻译有代表性的毕摩。

（一）著名毕摩施学生简介

施学生（1923—1983 年），原名施茂生，彝名迭松宝，彝族，出生在双

---

① 参见施选：《双柏彝族驱邪除魔仪式》，《彝族文化》1994 年。

柏县大麦地乡大麦地村委会下莫且法村的一个贫穷的世袭毕摩家庭里。6 岁始跟随祖父施老五习读古彝文和毕摩祭祀知识。11 岁时，曾在底土小学学习汉文化，不满一年因出身彝民，家境贫寒而受歧视，被逐出校门。回家后，他决心学习本民族文字，在祖父的教授下，苦学彝文和毕摩祭祀知识。白天放牧牛羊或帮家人干活，夜晚则围在火塘旁或松明火下苦读。后又多次到新街、易门、新平、峨山等彝区登门拜精通彝文的毕摩为师，20 岁时，精通古彝文献经史、天文、历算、易理、文学、礼仪等，成为当地通晓彝文的彝族青年。他满 24 岁的时候，经有名望的老毕摩测试后，被公认为合格的毕摩。从此，远近彝民遇有重大婚、丧、祭祀或重大节庆的时候，都请他去主事，在彝民中声望渐高。为此，遭到当地彝、汉权贵们的忌恨，将他押解到国民党军队里服役，在军队里由于不太懂汉语，遭到官兵们的欺辱，经常挨打、挨骂、挨饿。大约一个月后，他从昆明逃跑出来，由于是逃兵不敢回到家中，长期流落新平、峨山县彝区，直到云南解放后，才携带妻子儿女回到家乡。

新中国成立后，施学生在土地改革时期担任过村长，农业合作化时期担任过互助组长，人民公社化时期担任过生产队队长、会计等农村基层干部。工作一贯诚实负责，为当地群众所信赖。

1958 年，在云南省委宣传部的领导下，中国作家协会昆明分会、昆明师范学院中文系部分教师和 1955 级的学生，联合组成云南省民族民间文学楚雄、红河调查队，到楚雄双柏县新街、大麦地等彝区调查时，搜集到了部分彝文古籍，由于他会听会讲部分汉语，又懂彝文，因而找到他做调查队的向导兼翻译，他到了大麦地公社的底土、光明（当时为新资）、峨足、青香树等地，搜集到了多部彝文抄本，部分彝书经他口译，觉得较有价值，为更好地翻译整理这一珍贵文献，请他到昆明师范学院翻译，在翻译中派李文、李志远等人作记录。彝族创世史诗《查姆》、叙事诗《赛玻嫫》等一批彝文古籍，由施学生口译，经中国作家协会昆明分会的文学工作者整理成册，编入《云南民族文学资料》第七集内部发行。后又经郭思九、陶学良等经过多次较大的整理后，正式出版发行。其中《查姆》《龙王四姑娘》曾获云南省民间文学奖和楚雄州"马缨花民间文学奖"。1982 年《赛玻嫫》由美国学者马克·本德尔译成英文，由北京新世界出版社出版发行。

"文革"期间，施学生被妖魔化为"牛鬼蛇神"和"四旧"的典型代表，受到批判和劳动教养，但他始终坚持本民族的传统文化，不断地学习和积累。1978 年被县文化局聘用，翻译整理出了《双柏彝族民间文学》《阿普多莫的故事》《寺叶兄弟的故事》等，作为共和国成立三十周年献礼的内部资料出版。后来他又和彝族学者李世忠等合作翻译了彝文史诗、叙事诗十多部。

1979 年 5 月，双柏县雨龙乡蚕豆田村的民间彝医杨思有献出一部彝文医书，受到楚雄州药物检验所的重视，特聘施学生到楚雄配合翻译。翻译中，为弄清彝书中的某一种药，他亲自到山野采集标本，带回家中验证无误后，才译入书中。此书译出后，由楚雄州药物检验所整理鉴定后，编入《彝药志》第一辑，由四川民族出版社出版发行。

1982 年 4 月，年近花甲的施学生被吸收为楚雄彝族文化研究室的研究人员，后被推荐为楚雄州政协委员。此后他更加勤奋地进行彝文献翻译、整理工作，先后编写了彝、汉文对照的彝文字词资料 300 条、600 条、1800 条三本，作为彝文教材，又为研究室征集 130 多册彝文古籍。经他翻译整理的彝文古籍凡 50 余部，内容包括天文、历法、历史、地理、文学、艺术、宗教、哲学、民族、农业、医学等方面，具有较高的学术研究价值。

1983 年，施学生患喉癌，仍带病坚持工作，坚持到州民族中学举办的彝文培训班上讲授彝文知识，后又被聘为中央民族学院彝文教师。但这时他已是癌症晚期，医治无效，于 1983 年 12 月 31 日病逝于家乡，终年仅 60 岁。

（二）彝族毕摩施学义简介

施学义，男，1930 年出生在云南省楚雄州双柏县大麦地镇大麦地村委会下莫且法村，1973 年搬迁移居到大麦地镇普龙村委会立新村。施学义是一位多才多艺的人，他是毕摩也是吹师，唢呐吹得特别好，在红白事中多邀请他去吹唢呐当吹师手，在丧葬祭祀中多邀他去当毕摩主事。他是一位祖传毕摩，他的祖父施老五是当地有名的毕摩。他五六岁时就跟随祖父学习彝文。后来，到十三四岁后又随父亲学唢呐吹奏。在父亲的精心指导下，勤奋学习，加上自身的悟性，十五六岁时已学会了唢呐的吹奏技巧，掌握了很多曲目，包括在婚嫁喜庆中吹奏的曲目和丧葬祭奠中吹奏的曲目，经常跟随父亲在当地为人家在婚嫁喜庆或丧葬祭奠中吹奏唢呐。到 16 岁时，父亲突然去世，虽然给他很大的打击，但他始终没有放弃学习毕摩文化和唢呐技艺。后来，他立志要继承父亲的手艺，刻苦钻研唢呐吹奏的技艺，跟随他的一位姐夫学习，每有婚丧喜庆的时候都随姐夫去，当好他的徒弟。祖父去世后，他不断地向大哥施学生学习毕摩文化知识，只要有时间，他都虚心学习，不管是毕摩文化知识或唢呐吹奏技能，他都学得很认真，都有了很大的提高，达到能独立主持仪式的水平。

施学义可以说是出生在毕摩家庭和吹唢呐的世家，从小学习毕摩文化知识，唢呐吹奏也受到严格的训练。他对学习方法有自己独特的见解：首先，跟师傅们习读原文经书，然后不断地背诵，背熟。其次，掌握经书的内容和含义，特别要弄清书中的古地名、古词和相关典故的来源、传说等。最后，掌握每部经书的用途，祭祀什么神，道场怎么布置，用什么腔调唱诵，供什么物品等。他很擅长民间典故的积累，丰富了他对民间艺术方面的知识。县级文化部门搜集整理《双柏县民间文学集成》时，多次对他进行了采访，收集了包括《查姆》内容的多篇神话、传说、民间故事等。他又是民间文艺的爱好者，他能跳能唱能弹能演，多次参加县级农村文艺会演。参加编演过彝剧《阿左分家》并到楚雄参加州文艺会演，获得过奖励。

施学义在毕摩祭祀方面的知识很丰富、很娴熟，特别是搬迁到现在居住的普龙后，他更有机会接触玉溪新平县老广乡的许多毕摩，经常与他们切磋技艺，吸收了不同地域的毕摩祭祀知识，他的技艺也得到了很大提高。特别是党的十一届三中全会以后，党的民族政策得到了恢复，停止了十多年的宗教祭祀礼仪活动也得到了恢复，民间各种节日庆典活动也多了起来，他更有机会展示他的毕摩祭祀知识。同时也常组织年轻人开展民间歌舞娱乐活动，常在各种庆典活动中主持祭祀礼仪活动。

1981 年，他参加楚雄州第一次毕摩座谈会以来，先后参加了三次毕摩座谈会，在第一次毕摩座谈会上献出了部分他多年收藏的毕摩经书给政府。特别是在 2003 年，楚雄州民委等单位主办的彝族六大方言区毕摩祭典活动中，他带领其他两位毕摩示范做了南部方言区的"反诅咒"大型祭祀活动。如今他已是八十多岁的人，但他有感于彝族传统的文化技艺后继乏人，仍孜孜不倦地教授前来向他学习的年轻人。目前为止，他传授过毕摩知识的年轻人有许多，较有成绩的有两人：一位叫罗元兴，男，彝族，大麦地镇普龙村人，四十多岁，能够独立完成各种祭祀礼仪；一位叫施玉珍，女，彝族，大麦地镇普龙村委会进把株村人，四十多岁，能够独立完成各种祭祀礼仪。施玉珍也是当地唯一的女性毕摩。以上两人都参加过 2008 楚雄州毕摩座谈大会。

施学义有四个女儿，一个儿子，目前他与儿子生活在一起，他的唢呐传人就是他的儿子，他不知疲倦地把唢呐吹奏的技能和所掌握的曲目都传授给了儿子。在传授的过程中，只要有人请他去，他都把儿子带去，作为他的徒弟（助手）来培养，现在他虽然年纪大了，不再外出参与活动，但他始终把培养后代之事常记在心里。每每有人来请儿子外出为别人在丧事上吹奏唢呐时，他都一再嘱咐儿子要如何做，当儿子遇到不大熟悉的曲谱时，他都用嘴哼着，耐心地传授。现在他的儿子基本掌握了吹奏唢呐的技能，做过数十次喜事白事上的吹师。

（三）彝族毕摩方贵生——国家级查姆传承人

方贵生，男，1950 年生，云南省楚雄彝族自治州双柏县大麦地镇大麦地村委会下莫且法村人，他是著名的彝族毕摩、国家级查姆传承人，现在双柏县的查姆传习所就在他的家里。

下莫且法村位于县城南部距 100 公里，原大麦地镇镇政府所在地之南距三公里的深山，全村共 40 多户，全都是彝族。大麦地属彝族聚居区，彝族占全镇人口的 98% 以上，他们都信仰万物有灵的原始宗教。

方贵生是属祖传兼师传为主的毕摩，他的祖辈是毕摩，可他没受到祖辈的亲自教传，而是先与姑父学习了些彝文后，研习祖辈传留下来的彝文文献，不断积累。他的岳父是著名毕摩施学生，他常得到其教诲。他家有三弟兄，两个妹妹，他的三弟 30 岁前就离开了人世，二弟方贵兴多年前向他学习古彝文，也学做毕摩，到目前可以单独做一些日常祭祀，充当一般的丧葬祭祀毕摩。

方贵生有二女一子。两个女儿早已出嫁，儿子读书毕业后在外工作。所以，尚无家族内的接班人。他近年来培养了五六名弟子，年龄都在四十多岁。他接收和传授弟子没有什么仪式和方法，只要有人向他学习彝文或毕摩做祭祀的知识，他都无偿传授，不收任何礼，只要有时间都在传授。在本村里，只要有人确定向他学了，在做任何祭祀活动，需要帮手时，他都会尽量去叫弟子，一是给他当助手，准备祭场上用的物品、神树枝等；二是让弟子在一旁学习。弟子在师傅身边注意观察每项仪式的具体做法，如道场如何安排，如何插神枝，如何摆设贡物、贡品，祭祀步骤及咒词。虽然属南部方言区的双柏的彝族，有彝文和文献，但在做某一场法事时，所做的事、用的文献、布置的道场、所用的物品都不同，所以，学生要注意观察，并牢记心里。要成为一名较有影响的毕摩，必须尊师、勤问、专心学习，虽然做任何祭祀、祭奠都有固定的专用彝文经书，但祭祀场合是不许拿着书念的，这就需要花大力气背诵并牢记在心，较深奥复杂的经文可以不背诵，但较简单的经文是要求会背诵的。不仅要求会背诵，还要求会使用不同的腔调。彝族毕摩做法事时，做不同的法事用不同的腔调，这是做毕摩最基本的要求，也是一个毕摩应有的基本功。方贵生是当地较有威望的毕摩，他会背诵的腔调也就比较多。

毕摩做任何法事，在法事开场前都需要布置好神坛，首先要供祭本神，然后要一一拜请，祈求祖师神降临神坛，助弟子做法事。其中包括：鼻祖图那、师祖涅呗史聪、廷呗吉摩、呗兹本怒、呗赛博者、阿本呗再、葛得迷罗、记也赛仲、司迭廷支、涅拖龙，皆为彝族传统之毕摩师祖。因汉文化的影响，有的请神经中也有请到道教神高山娘娘，木匠神鲁班。方贵生把彝族传统的祖师神名写在一红布上，供奉在他的本神位的上侧，逢年过节和做法事前都须向祖师神烧香、献香和磕头，祈求保佑。除此之外，其保护神还有天神、地神和祖先神。天神有日神、月神、星神、风神、雨神、雷公神等。地神有地脉龙神、山神、土主神、水龙神、河神等。他认为人在地上行，生于地、死于地，因此在地上的神灵范畴中，山神地位为大，其次是土主神、水龙神。所以，做任何大小法事时，首先要将各地的名山诸神请到。

法器一般为毡制的法衣法帽、铜铃、法刀、锣、鼓、鹰爪、野猪牙、法扇等。方贵生现在用的法衣法帽是现代重做的，只有铜铃、锣、鼓是祖辈传下的。过去他家祖辈们用的法帽是野猪皮做的，法衣是比较好的绵羊毛做的，还有"显数"（彝话音译，是铁和铜做的一种法器，形状是一个直径有一尺左右的铁环，有手持的柄，环上套有直径一寸左右的铜环，手持柄摇则铿锵有声）。但是这些法器在"文革"时被扫除，现在留下的只有铜铃、锣、鼓和几部彝书，其他法器都是近几年重新仿制的，"显数"是专用于驱邪的，手持此器上下摇响，以此威慑祟神凶鬼。野猪牙、獐子牙、鹰爪、神扇等有避邪驱祟之功能。

方贵生会做的法事很多，如丧葬祭祀、起房盖屋奠土、招魂、驱邪等都比较娴熟。

1. 丧葬祭祀

指路，彝语叫"佐莫"（佐意为"路"，莫意为"指引"）。彝族人认为，人死了有三魂，一魂守坟山，一魂在家中的家堂上，一魂去仙界，如去仙界的不进行教路，就无法顺利地到达仙界与祖先团聚，会变野鬼，游荡在世间作祟害人。死后进入仙界是生前对人生最终归宿的理想愿望，亡魂变野鬼则是大忌。所以，老人死了，孝子们要请毕摩指引父母亡魂到仙界（或祖先发祥地）的路。这个仪式又叫教路。

老人死了，主家要派人去请毕摩为主家主持祭奠仪式并为亡者指路等多种仪式。使者到毕摩家后，要向毕摩跪拜，说明情况后返回。毕摩应许后烧三炷香和倒上三杯酒，在祖师神坛前上香、献酒并行三叩礼。这样的仪式含义是，告知祖师神，现在有法事要做，请祖师神做好出行祭祀的准备。

毕摩到达主家后，着手准备祭坛，其法事灵柩的前方的左边或右边安置一张方桌，作为神坛，摆上一升米，插上一三杈树枝和一枝青冈栎树枝，再插三炷清香，将八碗酒、八碗茶水、八碗熟肉和一小块生肉、法铃、祭奠场上所要用的经书等摆在桌上。在桌子的左右两边地上要设一个用竹篾条做的"吾白"和"门白"，形状似小房子（"吾白""门白"是彝语音译，意为放置《吾查》《门查》经书的房）。将《吾查》和《门查》经书分别放在"吾白""门白"内。前来吊唁的毕摩先在法坛报到祭献。主家毕摩安置好祭献神坛后，在大门外摆放一张方桌，桌上同样摆放一升米，插上松树枝和青冈栎树枝，摆上三碗酒、三碗茶水，主家的副毕摩在这里迎客，主祭毕摩在屋里的主祭神坛前念诵《吾查》或《门查》经书。

前来吊唁的毕摩在大门外，拦门迎宾处向主祭毕摩报到，阐明前来吊唁的身份后方能进入屋内，向正毕摩处报到，行使前来吊唁中所应行使的责任。

丧家的正毕摩和前来吊唁的毕摩端坐于灵柩前念诵经书，以示与亡魂交谈，正毕摩念诵完一段后，由前来吊唁的毕摩念诵一段，轮流进行，吟咏声调深沉、悲切、余音缭绕。吟咏内容包括《吾查》《门查》，即"万事万物的起源"。在丧葬祭祀中，毕摩念诵的内容很多，并且要分时段进行，念《吾查》《门查》只是其中一小部分，只是前来吊唁的亲戚未到齐之前念诵的。应来的亲戚都到齐后，要进行其他程序。在一场丧葬祭祀活动中，毕摩需要念诵多部祭经，主要内容有：

第一步，开坛请神，念诵《丧葬请师经》，包括祖师神、天地神、山神、日神、月神、星神、辰神等。

第二步，毕摩站在神坛边灵棺旁念诵《禳邪经》对整场丧葬祭祀神进行禳邪。

第三步，念诵《断气经》，向亡魂说明死因，叙述生前遇到诸多不吉祥的现象或征兆，儿女们为其寻药问药，请毕摩驱邪除病的一系列过程。

第四步，念诵《净尸经》，讲述如何为亡者洗身、剃头、穿衣、戴帽的过程。

第五步，念诵《诉棺经》，叙述人死装棺的缘由，诉说儿女们在艰难的条件下为寻找木材、请匠人制作的一系列过程。

第六步，念诵《献牲经》，对亡灵进行供牲、献物等过程。

第七步，《诉苦情经》叙述人来到世界的艰辛、苦楚和对亡者一生的评价等。

第八步，念诵《释梦经》，叙述儿女和亲戚们在亡者去世之前的梦境，生者在梦境中所见到的事和物对今天的应验等。

第九步，念诵《献酒献饭经》，叙述粮食酒水的来源。

第十步，念诵《献幡经》，向亡灵叙述纸幡的来历和制作的过程，交代亡灵纸幡在赴阴间路上的用途。

第十一步，念诵《戴孝经》，向亡灵叙述孝布的来源及孝布在赴阴间路上的用途，诉说儿女们寻找孝布的艰辛等。

第十二步，念诵《午夜献酒经》，向亡灵交代酒在赴阴间路上的用途，规劝亡灵在人间的最后一夜吃好喝好，在赴阴间的路上安心地去，不要留恶在人间。

第十三步，念诵《送灵哭诉经》，叙述生者对亡者的不舍之心。劝导亡灵，死了则要去寻祖先，死是世间万物生死交替的规则，是不可抗拒的。

第十四步，念诵《献糯米饭经》。

第十五步，念诵《讨葬地经》，为亡灵向山神、地神等诸神讨要亡者的葬地。

第十六步，念诵《献牲经》，向亡灵交代献牲的种类、数目，强调亡者在赴阴间、寻祖先的路上，照管好自己的东西，随时清点好自己的牺牲，不要被别人夺去。

第十七步，念诵《踩尖刀草经》，毕摩携亡者的女儿，为亡者踏平赴阴间路上的尖刀草丛，为亡灵顺利赴阴间扫清道路。

2. 奠土法事

彝族人民认为，每一寸土地都是由地脉龙神主宰着，人们建盖屋舍皆需破土，破土致使土气外泄，有伤地脉龙神之元气，会引起祸患。为了免灾，建盖房屋者必须请毕摩做奠土法事，镇住地气，驱除邪气，以此来禳灾。

建房的主人家，先到毕摩家请毕摩择定日子，在择定日子时，必须避开以下三个日期：一是丑日，彝族人认为丑日为地生日，因此须避让；二是黄土日；三是霜降十八天内，民间称为"土黄天"，土黄天内忌一切破土修造之事。具体做法：第一步，设坛请神。测定房屋所需面积的四界位，并分别插上一枝三杈松枝，在正中挖一小坑，埋一枚鹅蛋，民间认为以此来镇地脉。插一枝比周围更高一点的三杈松枝，置一升米，米上插一枝小点的三杈松枝和三炷香，这一切准备妥当，毕摩开始念诵《请神经》，请祖师神和五方土主神降临，用一只大红公鸡祭献诸神，分生祭和熟祭两道程序。念诵《献牲经》后将公鸡宰杀，鸡血用松树枝洒在四周的树枝和中间的松枝上。第二步，将鸡去毛，整鸡煮熟后，带着饭、酒、菜、肉等进行熟祭。毕摩手持法铃念诵驱除，念诵《驱土气邪经》。第三步，遣送五方神，把神树枝送出村外。

3. 招魂

当地彝族人认为，有人长期体力衰弱，精神萎靡不振，食欲下降或长期生病，吃药无效，是因落了魂魄所致。为了恢复健康，病者请毕摩占病，如确需招魂的，病者必须请毕摩把魂招回到病体。落魂有多种原因，这里简要介绍以下较普遍的四种：一是人出门远行，路遇不吉之事，魂被落在他乡，找不到回家的路。针对这种情况的招魂，毕摩带上招魂的一家人，抱上一只公鸡，一碗煮熟的糯米饭、一枚鸡蛋、一小块插有红针线的红布，毕摩请五方神打卦杀鸡招魂。二是人在山上被野兽惊吓而落魂。针对这种情况的招魂较简单，毕摩只需带着病者的一件已穿过的衣服、一碗糯米饭、鸡蛋和针线、红布到本村的山神树下，点燃一小堆火招魂。三是病者参加丧葬祭奠而落魂，认为这种是病者的魂被死者带去，要及时去招魂，并在死者满月之前去招回，具体做法是：毕摩带上病者的一件衣物、一碗糯米饭、一枚鸡蛋、一块插有红针线的红布，若死者是男性，在坟头的左边挖一小洞，若死者是女性，在坟头的右边挖一小洞，供上糯米饭、插上三炷香、点燃一小堆火进行招魂。四是人在过桥涉水时被"落水鬼"所引诱而落魂。针对这种情况的招魂仪式，所需的物品与上相同，但招法则较复杂，这种仪式需要先驱凶鬼，之后再招魂，地点是落魂的水边。

　　4. 驱邪

　　驱邪是当地较盛行的一种仪式，也是方贵生毕摩常为别人做的仪式。

　　凡是驱邪法事，都要插神枝（彝语为"古株"）意为"立神门"。用多种树枝捆扎成把，依次立起，在上面插上用黄、白、红、绿纸剪制的小旗帜。神枝以青冈栎树和松树枝为主，其次还用杉松、锥栗树、红栗树、马缨花树、蕨草等作陪衬，用尖刀草扭成绳索捆扎成把。根据不同的法事选用数目不等的神枝。一般做驱邪法事用六至十把，做大的法事则用 12 把，最多可用 32 把。先将"驱白虎"和"反诅咒"两种驱邪法的道场图绘制如下：

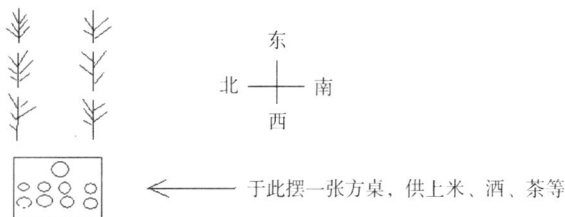

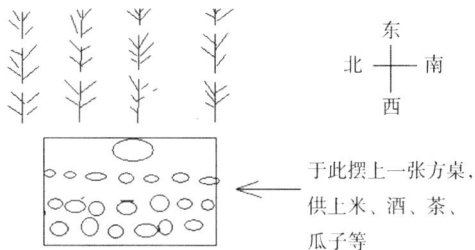

东
北 ——— 南
西

← 于此摆一张方桌，供上米、酒、茶等

东
北 ——— 南
西

← 于此摆上一张方桌，供上米、酒、茶、瓜子等

做驱邪法事，都先念诵《请神经》请祖师降临神坛，为弟子助威，然后打卦，在神坛（供升米的方桌）前杀牲，将牲血用松树枝滴洒少许在神枝上。然后，毕摩手持法铃念咒"驱邪经"。驱除什么邪，念诵什么经。如驱"白虎神"，念《铁摆呗书》；做"反诅咒"，念《宗本呗书》。完毕后，将场上所有的神枝收在竹篮里送往村外，并在送达处焚烧。送出时拿神枝者走在前面，毕摩手托装着祭品的筛子走在后面，厉声斥责。方贵生毕摩在饮食上也有所禁忌，他忌食狗肉、猫肉和自己养的动物的肉，认为这些都是不干净的，吃了就亵渎了自己的保护神（本神），会影响到以后做法事的成败。

（四）彝族毕摩施有亮、施绍学简介

1. 施有亮简介

施有亮，男，彝族，1950 年 10 月出生在双柏县大麦地镇大麦地村委会下莫且法村。1973 年参加援外民工到老挝修滇老公路，1976 年 11 月回国。1977 年 9 月被选送到昆明师范学院（现为云南师范大学）政治系学习，1979 年 7 月毕业，先后在双柏县爱尼山中学、安龙堡中学、大麦地中学任教，2004 年提前退休。他曾在就读昆明师范学院期间和毕业后任教期间，利用寒暑假向父亲施学生学习古彝文知识和毕摩祭祀知识，由于他认真学习，短短几年就掌握了很多的彝文基础知识。他在乡下的教学工作中，长期利用寒暑假时间，走访当地的彝族毕摩，虚心向老毕摩学习各种祭祀礼仪知识，搜集和整理古彝文献资料，整理抄录了一些有研究价值的古彝文资料。他在大麦地中学任教期间，深感本民族文化的传承后继乏人，便在当地中学开设的古彝文兴趣特长班上，以《查姆》内容的文献作教学资料，对当地本民族文化的传承起到积极的作用。

施有亮性格爽朗，学习用功，他善用毕摩祭祀调诵唱《吾查》《门查》和《查姆》中的经文，特别是在丧葬祭祀活动中，他唱诵的经文，声音洪亮、高低错落有致，韵味十足，多次被方贵生毕摩邀请，在丧葬祭祀活动中做他的助手，吟诵《吾查》《门查》和《查姆》。多年来，他参与做过许多民间祭祀活动，能够独立主持"丧葬祭祀""招魂""驱邪""祷福"等仪式。是当地彝族世袭制毕摩第九代传人。

2. 施绍学简介

施绍学，男，彝族，1963 年出生在双柏县安龙堡乡安龙堡村，他初中毕业后，看到当时对彝族文化的重视，并且他祖上也曾有过毕摩，遂产生学习自己民族文化的想法。1982 年，他独自一人来到楚雄彝族文化研究室学习彝文，由于他勤奋好学，加上语言相通，学习起来比较容易，一年后，他基本掌握了南部方言区双柏彝文。回到家后，只要一有时间便把学过并抄录在本子上的彝文经书拿出来进行温习，而且走访了当时健在的老毕摩，向他们学习祭祀礼仪知识，收集整理一些彝文经书。目前，他能够主持一般的毕摩祭祀礼仪，能够诵唱《查姆》内容的经文，他是安龙堡地区，目前能够做祭祀礼仪的两人之一。

（五）彝族学者施文贵简介

施文贵，男，彝族，是《查姆》一书的保存、翻译者，著名彝族毕摩和学者施学生的孙子，从小跟随爷爷学习，对毕摩知识和查姆文化有较为全面的把握。虽然他不是民间的毕摩，但他出生在毕摩世家，掌握了丰富的毕摩文化知识，参与过多种祭祀活动。也多次应方贵生毕摩邀请，与他一起主持各种祭祀活动。

施文贵 1965 年 6 月出生在双柏县大麦地镇大麦地村委会下莫且法村，1973 年在本村入小学，1977 年在大麦地小学五年级毕业，1980 年 7 月在大麦地底土附设初中毕业，1981 年到 1982 年到楚雄彝族文化研究室跟随祖父施学生学习彝文。1983 年 3 月聘为大麦地公社经济林木管理站管理员，1985 年 3 月因撤销经济林木管理站回家务农，1986 年 9 月考入中央民族学院彝族历史文献专业，1988 年 7 月毕业后到双柏县文化局工作，后又调到县文化馆，从事文物管理工作。2005 年借调到楚雄州《彝族毕摩经典译注》编译办公室，负责彝语南部方言区古籍文献的翻译整理工作，在这期间与他人合作编译出版了《双柏彝族丧葬祭祀经》之一、之二、之三，《双柏彝族祛邪经》，《双柏彝族招魂》，《双柏彝族占病经》，《唐生游地府》，《双柏彝族民间古事选》，《双柏彝族医药》，《查姆》之一、之二。个人编译出版了双柏彝族古代医药书《齐苏书》。他对彝族文化也有一定的研究，在学术刊物上发表了多篇学术论文和彝族历史文献译稿。他是目前《查姆》文献资料保存较多，《查姆》相关知识掌握较丰富的彝族学者之一。

第九章　梅葛文化现状简述

　　彝族创世史诗《梅葛》大致产生于母系氏族向父系氏族过渡时期，与彝族原始宗教信仰密切相关，是今天南华、姚安、大姚、永仁等地彝族先民对早期人类生活史的模糊记忆。其核心部分的创世神话是一部诗化了的历史，被视作彝族"根谱"；造物以及农事、婚恋等则是生产生活经验的总结。这部创世史诗，无文字记载，靠口耳相传，历经几千年的岁月沧桑，内容不断丰富，体系不断完备，最终成为这一地区彝族信仰系统构建、生产生活经验传播、日常行为规范的模式。随着社会的发展和人们观念的改变，《梅葛》所依附的原始宗教信仰以及由此产生的各种祭祀和民间习俗逐渐淡出人们的生活，梅葛传承面临严峻考验。但伴随着改革开放的春风，通过民族文化旅游开发和一系列非物质文化遗产保护工作的推进，梅葛作为一种濒临灭绝的民间口头传统，依然在保护中做最后的坚守，并在坚守中产生与时俱进的嬗变，在绝唱中涅槃新生。新生的梅葛也许被浓缩，被改编，被渗入流行文化元素，但那古老诗性的灵魂还在，神性的光芒还在，古老的韵味还在，想象的空间也还在。

　　梅葛的式微、保护、嬗变和涅槃是一个相互交织、由量变到质变的过程，它们你中有我，我中有你，在不同的发展过程中各有侧重，下面分类来谈。

第一节　梅葛在禁唱中式微

　　梅葛为彝语音译，在彝语里，梅葛有把过去的事情唱回来的意思。所以在吟唱梅葛时，不仅是毕摩吟唱"史诗"，就连歌手即兴编词吟唱的梅葛调子，也是吟唱身边的人和事物。比如传烟调，如果不把烟的来龙去脉唱清楚，烟就传不出去。对此，有歌手这样比喻：我们唱梅葛，就是绕来绕去，把过去的事情绕出来，绕得越多，就证明你懂得多。只要你绕得合情合理又合心合意，就是好调子。

一、梅葛演唱情况

姚安县马游村有"梅葛故地"之称谓，以此为出发点，周边的黄泥塘、三角、葡萄三个行政村，左门乡全境，然后由南向北延伸，相距60余公里的大姚县昙华乡，以及昙华山以北50余公里的永仁县直苴行政村，算是主要的彝族梅葛文化传承带。这片广袤无边的莽莽群山，地理上属于白草岭山系，盘踞在金沙江南岸。历史上，至少在清末以前，属于姚安高氏土司的辖地。这里的彝人大部分自称"罗罗颇"，少部分自称"俚颇"。"罗罗"是老虎的意思，"罗罗颇"就是"虎人"。他们自称为"虎"的后代，因为在他们的梅葛古歌里，虎是万物的本源，山川河流、树木草地、日月星辰等都是虎尸解体后生成的。"俚颇"是马缨花的意思。在他们的古歌里，人类祖先是兄妹成亲后所生肉胎砍碎后挂于不同树上而来的。其中，挂在马缨花树上的衍生出彝人的先祖。所以，马缨花为彝族人祖之花。彝谚云：马缨花盛开的地方，有祖灵的护佑。崇尚万物有灵，这是彝人与生俱来代代相传的生活常态。所以在这里，他们视"虎"或"马缨花"为图腾，并把这些图腾用歌声来表达，用歌声来传递。所唱之歌，就是梅葛，就是罗罗颇和俚颇共同的"根谱"。他们说：罗罗颇会唱梅葛，俚颇会唱梅葛，其他人不会唱，会唱梅葛的才是自己人。从这个意义上来说，唱梅葛，便成了姚安高氏土司治下彝人与其他族群相区别的一个文化标识。

梅葛的唱法很多，但有一定的规矩。祭祀场合和丧葬场合，必须由毕摩一个人摇着法铃吟唱。毕摩吟唱的梅葛，旋律缓慢低沉，忽高忽低，似吟似唱，古朴苍凉。其内容固定，主要是开天辟地和人类起源。丧葬场合增加生老病死及安魂、指路等内容。祭祀场合增加造屋狩猎及农具制作、耕织等内容。毕摩吟唱的梅葛庄严神圣，有教化功能，被学术界定为"史诗"的核心成分。在喜事场合，除重要仪式必须由毕摩主持并吟唱外，其他的由专门歌手（主家请的）自由对唱，互问互答。年头节下要唱四季农时的来历。新房落成要把起房盖屋的理由说清楚。婚礼现场要把人间的婚配理由说明白。专门歌手围坐火塘，边喝酒边用悠扬欢快的古腔调吟唱，有教化功能，唱词内容相对稳定，可以自由发挥，属于"史诗"的外延部分。在娱乐场合，梅葛的演唱就比较随意了。"姑娘房"里，男女青年对唱的是情意绵绵的相思调之类，中年男女"相伙机"（情人幽会）时唱的是如泣似诉的诉苦调之类，山间田野唱的是高亢嘹亮的过山调之类，娃娃嬉戏时唱的是充满童真好奇的娃娃调。此外，还有喜事场合带有礼节性的传烟调、敬酒调、敬茶调等，不胜枚举。

　　梅葛传承带（今南华、姚安、大姚、永仁彝族山区）有彝语无彝文，所以，梅葛无文字记载，靠记忆保存，口耳相传，并与原始宗教祭祀、节日庆典、民俗礼仪相生相伴，一代又一代生生不息地延续下来。当地老人们说，这是老祖宗传下来的歌，吟唱它，就能禳灾避祸，驱邪逐魔，祈福如愿，灵验得很。可惜后来（指"文化大革命"时期）不准唱了，唱它的人成了装神弄鬼欺骗人民群众的牛鬼蛇神、害人精，挨了批斗。再后来，老毕摩陆陆续续死了，会唱梅葛的歌手也一个又一个死了，就很少听到梅葛了。

　　从中不难看出，梅葛吟唱至少延续传唱至20世纪50年代。后来，尽管在移风易俗和破"四旧"中被定性为封建迷信糟粕遭受冲击和重创，但在一定范围内依然存在。之所以这样，一是延续几千年的原始宗教信仰不可能在短期内从人们观念中清除。二是外来的政治冲击，无非是让祭祀等各种民俗活动从公开转入地下而有所收敛。三是灾难深重的彝族人政治上虽然翻了身，但贫穷落后的生活现状并没有改变，依然需要神灵的慰藉。更加幸运的是，当时提倡干部下乡与农民同吃同住同劳动。在这个过程中，一些有识之士尤其是文化干部从中发现了"梅葛"的文化研究价值，恰巧与当时正在进行的"云南省民族民间文学资料"集成工作不谋而合，经上下奔走倡议，最终组建了"云南省民族民间文学楚雄调查队"，以研究之名驻村入寨进行搜集和整理。可以说，这是一个禁唱与抢救并存的时期，也是史诗性梅葛传唱内容最完备的时期。"文化大革命"前后十多年，为彻底禁唱阶段，民间信仰、祭祀礼仪通通被当成封建迷信而被禁止。毕摩和歌手挨批斗，祭祀法器被收缴，婚嫁等民俗礼仪被"革命化"精简。这个时期，吟唱梅葛已经被禁，被视为装神弄鬼欺骗人等类似于违法犯罪的行为。这时的梅葛，只能作为一种集体记忆储存在毕摩和歌手的头脑里，不敢吟唱，也没有地方吟唱，更没有传承给下一代的可能。一天天，一年年，毕摩和歌手在禁唱中慢慢老去，最后带着遗憾和他们深藏于心的梅葛古歌告别人世，回归祖灵之地。

　　改革开放以后，幸存下来的毕摩和歌手已经寥若晨星，加之一系列的社会变革和政治影响，尽管梅葛吟唱已经解禁，但他们的梅葛已经"失语"多年，从形式到内容，都不可能回到过去，回到那种人神共居的意识形态里去了。所以，真正意义上的梅葛吟唱已经支离破碎，无法完整，并且一路衰减，走向式微。

二、彝剧中的梅葛调

原生态的梅葛吟唱一年不如一年成为现实。而另一方面，昙华、直苴的彝族戏（后来命名的彝剧）却破土而出，应运而生，把梅葛吟唱的神圣地位取而代之，成为彝族群众生产生活中必不可少的精神享受和政治启蒙。这种以梅葛调作唱腔的彝语、彝舞戏剧，在破除封建迷信的政治氛围中，以其人之道还治其人之身，将矛头指向毕摩、梅葛歌手以及梅葛唱词。比如小彝剧《谁是医生》，就是以批判毕摩为主要内容的。这种彝族戏（彝剧）发展之初，传承形式与梅葛一样，都是口传心授，属于"无剧本"表演，在大体剧情的框架之内，实际演出中可以适当发挥。与梅葛的产生、发展一样，这种彝族戏（彝剧）也同样来自于生活，来自于"需要"，彝人演，彝人看，为彝族群众所喜闻乐见，起到了超乎寻常的宣传效果。通过这种"洗脑式"的宣传，毕摩和歌手成为"大骗子""害人精"，梅葛则成为"大毒草"，人人敬而远之，不敢吟唱，也没人敢听。久而久之，随着毕摩和歌手的谢世，梅葛也随之式微、消失。这也许从另一方面可以解释，为什么今天的昙华、直苴等彝族戏（彝剧）最活跃、最兴盛的地方，梅葛吟唱却几乎绝迹。反之，彝族戏（彝剧）相对滞后甚至于冷清的马游地区，梅葛却从神坛走向民间，一方面被批判、被禁唱，一方面却在"弃其糟粕"的口号下各取所需地被大众传唱，甚至于在暗地里被吟唱传承。尽管这种传唱是异化和变质的，但以今天的眼光来看，它更接近于传统的梅葛。或者说，它是发展了的梅葛，是适应不同群体、不同场合的梅葛。这同时也可以解释，马游的梅葛为什么有别于昙华、直苴的赤梅葛（悲调，由毕摩在祭祀场所吟唱）和辅梅葛（喜调，由歌手在喜庆场所演唱）。马游在20世纪50年代就没有了毕摩，是毕摩消失最早的梅葛流传地区。因为毕摩缺位，吟唱梅葛的条件限制弱化，梅葛吟唱逐渐流向民间。甚至于在某些祭祀等特定场合，老歌手也可以暂时充当毕摩的角色。所以，马游梅葛与昙华、直苴等地的梅葛相比，大众化色彩比较浓，所以用老年梅葛（正腔）、青年梅葛（慢腔）和娃娃梅葛（儿歌）来划分。可见，同样是处于禁唱时期，但马游梅葛和昙华、直苴等地的梅葛在式微的过程中表现不一样，代表了梅葛在禁唱中的两种最明显的走向。前者在彝族戏（彝剧）的发展中逐渐消失，后者在大众传唱和消费中走向宽泛、发生变异。

今天我们所能了解和听到的梅葛，某种程度上说，是通过保护而幸存下来的点滴"梅葛残片"。虽然是残片，但依然充满神性，博大精深。每一句、每一调都散发着一个古老族群创世造物繁衍生息的历史烟尘。循着这些断断续续的历史烟尘，我们才打开了抢救、保护、传承、挖掘梅葛的潜能空间。

第二节 梅葛在绝唱中嬗变

彝族文化无疑是楚雄彝族自治州经济社会发展中的标志性资源优势。作为史诗性曲艺类非物质文化遗产的梅葛，具有独特性和独有性等特点。梅葛传唱走向式微，甚至成为绝唱，是我们面临的严峻现实，也是梅葛发展的必然趋势。

一、梅葛走向绝唱的原因

究其根源，是原始宗教信仰的淡化，随之而来的是人们文化心理的变化，让梅葛不再具有神性的特质而失去掌控人们精神世界的能力。原始宗教信仰不可能凭空产生，它源于人们的生存需要，源于人们对神秘力量的依赖和渴望。以梅葛流传地马游、昙华、直苴为例。历史上，这些地方山高坡陡、箐深林密，交通不便、偏僻闭塞，加之气候寒凉，以刀耕火种苦荞、稗米为生，生存条件十分恶劣，所以到了新中国成立前夕，大部分还处于生产力十分低下、生产方式原始落后的封建领主制经济时期。这样恶劣而且变幻莫测的生存环境，决定了他们对自然的依赖程度非常大。因为这种依赖，他们敬畏自然，于是产生了天神、地神、山神、水神、树神等各种各样的自然神灵。并且他们相信，正是这些神灵在冥冥之中主宰着一切，左右着他们的生老病死、富贵贫穷。所以，在他们的日常生活中，离不开神灵的护佑。于是就产生了各种各样的祭祀祈神活动，并将这种活动民俗化，贯穿在生产生活的各个环节之中。比如祭山、祭土主、祭祖活动，还有丧葬仪式、结婚仪式、起房盖屋仪式，还有与生产密切相关的农历六月二十四日祭田公地母，正月的架牛、出羊、开秧门、求财神等祭祀活动。在这里，梅葛成为祭辞，毕摩成为沟通人、神的中介，参与者是祭仪的主体。这时的梅葛是神性的，是令人敬畏的，是没有人胆敢亵渎的。在整个祭仪活动中，参与者都会虔诚地聆听梅葛吟唱，并且相信，只有毕摩吟唱的梅葛，神灵才感觉得到，才能循着梅葛的吟唱，读懂凡人的祈求，然后给予保佑。正是因为有了这个共同的神灵观念，才有了共同的心理基础和精神世界，才有了自觉主动参与各种祭仪的动因。因为他们相信，参与祭仪，是接近神灵、得到神灵保佑的最好机会。反之，远离神灵，甚至得罪神灵，让神灵不高兴，就得不到保佑，甚至有祸祟降临。所以，在这样一个人神共居的地方，人们生活得小心翼翼，生怕稍有不慎，就得罪了神灵而受到惩罚。但所有这些，都伴随着社会的变迁而逐渐改变。从20世纪50年代末开始，在经历了一系列破旧立新、移风易俗、破除封建迷信教育之后，又是十年"文化大革命"的政治禁锢，接着是改革开放浪潮的洗礼。当这一切过后，梅葛所凭借的原始宗教信仰体系已经分崩离析，物是人非。在这个过程中，教育的普及和科学技术的推广也是一个非常重要的因素。加之生产条件的不断改善和群众生活水平的提高，精神文化生活也极大地丰富了。在开阔视野增长知识的同时，使他们越来越崇尚科学，越来越远离神灵鬼怪，许许多多扑朔迷离的神秘现象也有了科学合理的解释。农业机械化的实现和农业科技的推广应用，使他们摆脱了"种一山坡收一土锅"的耕作方式，他们生活富足，不再"靠天吃饭"，而是靠勤劳和科技致富。万物有灵，这个主宰他们几千年的原始宗教信仰，终于从他们的头脑中慢慢淡出。

原始宗教信仰淡化，必然带来以祭仪为主的民俗礼仪活动简化或消失。以丧葬为例：因为祖先崇拜，所以他们特别重视葬礼，认为得罪了祖先就会带来灾祸。葬礼必须由毕摩主持，否则就送不走亡灵。本地没有毕摩，就要到别处去请。葬礼一般都在两三天以上，最长的甚至六七天，参加葬礼的人少则几十，多则上百。整个葬礼程序复杂，由毕摩吟唱梅葛来完成。梅葛唱到哪个部分，法事就做到哪个步骤，并且，参加葬礼的人还要根据梅葛吟唱中的提示，做出相应的举动来回应。这种葬礼繁复隆重，耗费较大，但因为信仰，即使倾家荡产也在所不惜。又以婚嫁为例：因为信神信鬼，认为新娘子远道而来，难免被邪神恶鬼缠身，所以在婚礼上，在进院门之前，要请毕摩吟唱着梅葛主持"退邪神"仪式，进了院门后，举行"犁喜田"仪式。只有完成了仪式，才算是"净化"了新娘。第二天，要在毕摩的主持下拜土主，给新娘"上户口"，祈求土主护佑。此外，还要举行"教新娘"仪式，由双方家长请来的歌手完成。但在今天，在人们越来越远离神灵的现实生活中，这些纷繁复杂的祭仪已经简化或不复存在。20世纪90年代初笔者下乡时，印象最深的，是在寨头村尾树下沟旁及十字路口，经常会见到各种各样驱鬼祛邪时留下的"油瓦片"、烧过的纸符、香棍等痕迹。有时遇到办喜事，还能在火塘边听到男女老少围坐着边喝酒边对唱梅葛，跳歌场上也是通宵达旦的热闹。慢慢地，随着收录机、电视机的出现，就很难碰到这样的景象了。进入21世纪，哪怕是比较简化的各种祭仪活动似乎也绝迹了，走村串寨，感觉到的民风民俗与汉族村寨无异。每次陪摄制组去，为了再现与梅葛吟唱相关的民俗活动场景，比如祭祀、婚礼，还要拿钱去专门组织。并且，还要听几个老人争执半天才能确定仪式的大体程序。从中不难看出，源于原始宗教信仰而自发进行的各种祭仪活动已经消失太久，到了逐渐被遗忘的地步。

祭仪的简化或消失，让专职吟唱梅葛的毕摩和老歌手丧失了用武之地。在梅葛流传地，毕摩也是一种宗教职业。他们主持祭仪，在祭仪上吟唱梅葛，不仅得到尊重，还得到比较丰厚的报酬。所以到了后来，当毕摩和老歌手成为"封建迷信"的传播者而挨批挨斗备受歧视时，传承链条就断了，没有人愿意学，就后继无人了。后来虽然为毕摩平了反，正了名，但这时候，原始宗教信仰已经坍塌，祭仪已经简化或消失，毕摩存活的土壤已经不复存在，梅葛成为绝唱，也就成了迟早的事了。据资料显示，马游是最早受到汉文化影响的彝族地区。清康熙年间就建有义学堂。也许是过早受到汉文化影响的缘故，到了20世纪50年代，毕摩就失传了，就只剩一些老歌手还在吟唱梅葛了。而昙华和直苴，到了80年代末90年代初，还有少量毕摩和老歌手。但这些毕摩和老歌手年事已高，记忆力减退，加之多年来无祭仪可做，遗忘太多，已经无法完整地吟唱梅葛了。即使是现年七十多岁的国家级非物质文化遗产梅葛演唱传承人郭有珍，也只能吟唱娃娃梅葛和青年梅葛了。

生活方式的变化，也是让梅葛成为绝唱的一个重要原因。除了毕摩和老歌手在祭仪上吟唱的史诗性梅葛外，实际生活中，还由此衍生出许多与生产生活密切相关的可以即兴发挥的梅葛。昙华和直苴称之为杂梅葛，据说有60多调。马游则称为老年梅葛（家梅葛）、中年梅葛、青年梅葛和娃娃梅葛，据说有72调。

二、梅葛在绝唱中嬗变的现状

马游是毕摩文化失传最早的地区。毕摩文化失传后，毕摩梅葛与老年歌手吟唱的祭祀梅葛相融合，嬗变为老年梅葛，又因为可以在家里的火塘边吟唱，所以又叫家梅葛。老年梅葛的吟唱以史诗性唱词为主，但已经不像毕摩梅葛那样完整，类似于丧葬场合的指路、安魂等内容已经移除，属于选择性继承。并且，根据歌手所处环境和所受的教育，还陆续对史诗部分做了一些与时俱进的修改、完善，比如造天造地的天神，20世纪50年代收集时，昙华、直苴唱的是"格兹"，但马游受汉文化影响大，唱的是"盘古"。到了80年代收集时，就唱成了带有佛教色彩的"观音"，而"盘古"屈尊成第二大神。2001年收集时，又唱成了"盘古"开天辟地，"观音"造人，教农事。还出现了"走马皇帝""太上老君"等神仙。又如"虎化万物"，当老虎在生活中消失，牛的实用价值充分凸显时，就唱成了"牛变万物"。到了今天，在老歌手已经幸存不多又丧失吟唱平台的情况下，新生代的歌手因受《梅葛》（1959年版）的影响，已经以《梅葛》为范本，统一唱成了彝族天神"格兹"。

如果仔细分析，颇具实用性的马游中年梅葛和青年梅葛（昙华、直苴称杂梅葛）也是从毕摩梅葛和老年梅葛中衍生、嬗变而来。从调子的旋律中，可以听出中年梅葛和青年梅葛大都借用了毕摩梅葛和老年梅葛的调式，然后加以变化，变成适应不同场景和唱词内容的旋律，并即兴编词吟唱。比如高亢嘹亮在山野间吟唱的"过山调"，凄凉哀婉"相伙机"时哼唱的"诉苦调""相思调""离别调"，情意绵绵在"姑娘房"小声吟唱的"合心调""舍不得"，以及打情骂俏、诙谐明快的"谈情调""放羊调"等。正因为如此，当地人把凡是用梅葛调来吟唱的，都叫作梅葛。为了与史诗性梅葛相区别，学者们给出了"狭义的梅葛"和"广义的梅葛"解释。中年梅葛、青年梅葛以及童谣性的娃娃梅葛自然属于"广义的梅葛"。中年梅葛和青年梅葛与原始宗教信仰联系并不紧密，却与人们的婚恋息息相关，有很强的实用性。以马游为例，至少在20世纪60年代，马游彝族中还存在姑表舅优先婚现象，子女婚姻完全由父母包办，当事人没有选择权。因为是强迫性婚姻，大多缺乏感情，相互间不一定满意。作为一种社会调节，就允许相对固定的"超哩诺麦哩卓"（即找伙伴或找情人）的习俗存在。相应地，出现了串"姑娘房"，到野外"相伙机"（约会）等习俗。平时，还利用田间地头劳动、山上放牧、婚嫁场合、节日赶会等机会寻找意中人。在这个过程中，相互间对唱梅葛，就成了试探对方，表达情意的工具。而对唱水平的高低，就成了衡量一个人本事大不大（即阅历广不广、知识多不多、头脑灵活不灵活等）的试金石。后来，随着社会的发展进步，物质文化生活水平的提高，特别是《婚姻法》的宣传贯彻落实，"包办婚姻"寿终正寝，彝族青年男女走上了婚姻自主的道路。现在，"超哩诺麦哩卓"习俗已经消失多年，只有在70岁以上的老人中还能找到一些记忆。相应地，服务于这个习俗的中年梅葛和青年梅葛也就从实用性嬗变为娱乐性，仅局限于喜事场合作为助兴节目来演唱。

总之，伴随着原始宗教信仰的动摇和坍塌，梅葛的神圣性也就淡化了。梅葛跌下神坛，成为绝唱，并在绝唱中发生嬗变。今天我们看到、听到的梅葛，更多的已经世俗化、娱乐化了。姚安县马游村吟唱梅葛的人已经不是毕摩，也不是专职老歌手，吟唱地也不是真正意义上的祭祀场或仪式场，也不是原生态的"姑娘房"和"相伙机"场所。原生态的民俗已经变味，人为恢复的"姑娘房"只是一个景观，原生态的梅葛吟唱只是为了表演。而观看、倾听梅葛的人，更多是猎奇探幽的游人。

原始宗教信仰和民俗活动相生相伴的梅葛传唱从式微走向绝唱，是一个动态的过程。在这个过程中，减少或消失，只是它的一个方面，而嬗变，才是它的主要方面。

三、嬗变伴随着新生

通过嬗变，梅葛所依附的信仰、习俗、生产生活方式等事象逐渐淡化，梅葛传唱功能主要从娱神向专门的娱人方式转变，最终成为自娱自乐甚至于寓教于乐的舞台表演艺术。这是一个渐进的由少而多的过程，是一个从量变到质变的过程，也是梅葛发展过程中无法回避的现实问题。这就好比凤凰涅槃浴火重生一样。消失，并不意味着永远消失；绝唱，并不意味着从此不存在。

在姚安县马游村，原有的梅葛传承形式式微或消失了，新的梅葛传承方式却出现了。比如舞台表演形式的梅葛，你能说它不是梅葛吗？它确确实实是梅葛演唱。不仅歌手是彝族梅葛传人，吟唱的也是梅葛调，而且吟唱内容也是梅葛史诗的内容，甚至于节目方还特意打上原生态梅葛演唱的标签。更重要的是，这种舞台形式的梅葛，不仅影响大，传播面广，受众面大，而且深受大众欢迎。

它是原汁原味的梅葛吗？当然不是。因为它已经脱离了梅葛赖以生存的特定环境，即文化生态环境；已经突破了梅葛吟唱的禁区，即梅葛不能用来表演，也不可向外人展示；已经改变了梅葛的传统吟唱方式，即音乐上内容上都做了艺术化处理，进行了与时俱进的改编；已经改变了梅葛的传承方式，即不再是口传心授，而是有文字有歌谱，文字是汉字，彝语读音也用汉字标注。

纵观马游、昙华、直苴等地区梅葛发展状况，可以这样说，至少在二十世纪五六十年代，梅葛在这些地区，是作为不可或缺的一种文化现象存在的，是人们生产生活中必不可少的重要环节。所以，不用保护，梅葛也会按自身发展规律正常延续。用当地人的话说，以前兴唱梅葛，是因为需要。唱了梅葛，日子才会好过。现在唱不唱日子都好过了，所以也就不兴唱了。可见，需要，才是梅葛存在的理由。这也充分说明为什么在"文革"时期梅葛吟唱仍然在暗地里存活的原因。改革开放后，随着外来经济、文化的冲击，"人神共居"的精神世界日益萎缩甚至慢慢淡出日常生活，电影、录音机、电视机乃至影碟机、电脑网络等现代化的生活方式进入寻常百姓家，富足安康的幸福感在人们的意识里日益凸显。在这种情况下，梅葛就自然丧失了"必需品"

的作用，成为一种可有可无的东西。因为如此，才有"失传"的担忧，才有"抢救和保护"的举措。本着维系人类文化基因的需要，国际国内以及地方各级政府才出台一系列政策，投入大量的人力物力和资金，对诸如"梅葛"等濒临灭绝的非物质文化遗产进行抢救和保护。唯其如此，人类文化的多样性才能保持，我们的精神家园才会丰富多彩。

梅葛走向文本化和舞台化，必然带来梅葛史诗以及梅葛曲调的泛化和变异，带来梅葛吟唱空间的扩大化和世俗化，其功能变成消费。为了文本阅读效果和舞台欣赏效果，为了取悦现代人群的阅读和欣赏口味，甚至还会对梅葛从吟唱内容到吟唱曲调作一些创意策划，比如浓缩概括、合理延伸、吸收其他文化元素等。但这并不意味着梅葛从此消失，只不过是以另一种形态存活而已，即凤凰涅槃式的"新生"。新生的梅葛虽然离开了孕育它的"母体"，但只要"梅葛"的精髓还在，特有的"文化符号"还在，独特的艺术魅力还在，我们就没有理由拒绝这种变化。这也许就是现代文化生态环境下梅葛的必然走向，即多数学者定义的"后梅葛时代"。

在这个过程中，政治的强势介入是最大的推手。在政治的干预下，梅葛曲调的功能向着宣传教育的方向转变，梅葛史诗的内容被当作封建迷信遭受批判和否定，梅葛吟唱者成为"牛鬼蛇神"和"寄生虫"遭受打压和批斗，梅葛传承的生态空间不复存在。直到改革开放以后，濒临灭绝的梅葛才有喘息的余地。但即便如此，也更多是从保护民族文化多样性的角度来复苏。复苏后的梅葛已经支离破碎无法还原。收集整理得以保留的"梅葛"至多算是"涅槃"之后的梅葛。这种新生的梅葛，远离了"母体"，却获得了重要的实用价值；远离了神性的功能，却获得了世俗化的艺术生命力；远离了封闭狭小的特定仪式场域，却拥有走向世界的广阔空间。

从今天的视角来看，涅槃式的"新生"梅葛或"后梅葛时代"的梅葛，主要表现在以下四个方面：

（一）口传祭辞转化为文本史诗

20世纪50年代收集整理的彝族创世史诗《梅葛》文本的出版发行，彻底打破了梅葛无文字记载，只能用彝语口耳相传的梅葛传承模式。出版发行的《梅葛》，既不是经籍本，也不是口述记录本或现场录音整理本，而是在不同地区（姚安、大姚、永仁）梅葛收集整理本的基础上，进行汇总、综合、比较、推理，进而删减、调整、修改而成。因此，出版发行的《梅葛》，既有马游的梅葛成分，也有昙华、直苴或其他地区的梅葛成分。它自成体系，综合而全面地记录了梅葛史诗中创世、造物、婚恋、丧葬等全过程。它不专属于哪个地方，而是属于整个梅葛传承带。它不属于严格意义上的"梅葛"，甚至梅葛歌手也无法照本宣科地去吟唱。它是经由多个毕摩和梅葛歌手吟唱，由学者记录、翻译、整理、润色并用汉字记录的"梅葛"，出版后就引起国内外学者的关注。《梅葛》一书1959年出版发行后，1960、1980、2001年先后再版，就是最好的例证。这是梅葛为外界所知并走向全国走向世界的媒介，也是今天了解梅葛、研究梅葛的蓝本。可以想象，如果没有文本梅葛，在梅葛生态环境消失、梅葛吟唱者绝唱以后，我们靠什么来进行梅葛记忆或梅葛传承？这难道不应该归功于文本梅葛吗？收集到的区域性的梅葛文本有流传于直苴、昙华的两种原始资料收集版《梅葛》（1959年）、流传于昙华的《俚颇古歌》（1985年）、流传于大姚县昙华、石羊、三台、桂花等地的《蜻蛉梅葛》（1993年）、流传于马游的《创世歌：老人梅葛》（1989年）、流传于马游的《梅葛》（2001年新收集）等，这些文本梅葛，在原生态梅葛唱词，尤其是史诗性唱词失传的今天，却成了人们了解梅葛、研究梅葛的重要资料，也成了今天的梅葛传承人传唱梅葛和对梅葛进行文艺改编的重要参考材料。

（二）梅葛调转化为彝剧唱腔

这种转化在1947年就已经开始了。当时地下党最活跃的地区，也是梅葛主要流传地（今永仁）的直苴小学教师罗守仁、李凤章为了地下党政治宣传攻势的需要，将各式各样的梅葛调、彝话、彝舞杂糅在一起，以口传心授（无剧本）形式创作、编排了《委员下乡》《光棍会县长》《黄鼠狼》《猩猩吃人》四个揭露、讽刺国民党反动统治的剧目。新中国成立后，这样的梅葛调表演形式流传到另一个梅葛主要流传地（大姚）昙华。为配合当时的农业合作化运动教育需要，在麻秆房初级社会计、民办教师杨森的创作、编演下，《半夜羊叫》《牧羊在林中》《谁是医生》等一系列节目纷纷涌现。1956年1月，麻秆房村俱乐部及其文艺表演队正式成立，为梅葛调剧目表演的较快发展提供了更为广阔的空间。1958年12月，西南区民族文化工作会议在大理召开，杨森率麻秆房村文艺表演队在民族戏剧观摩演出中演出了有剧本创作、用各种梅葛调作唱腔的彝族戏《半夜羊叫》和《青年们的心》，引起轰动，并将这种"唱彝歌、跳彝舞、说彝话"的彝族戏正式命名为"彝剧"。1961年11月，楚雄州成立了"彝剧团"，各种梅葛调唱腔在全州不同地区的彝剧中被大量使用，原本原生态的彝语唱词、念白也改成了"汉语彝腔"。汉语彝腔的运用，扩大了受众面，同时也将天籁般的梅葛调唱腔引向全州全省全国。采访中，曾有多位从事彝剧创作或表演的人说，究其根源，起源于大姚的彝剧，源于梅葛。不仅使用梅葛唱腔，祭祀或其他活动中的梅葛吟唱场景，就是彝剧表演动作的初级形态。同时，有关生产生活及婚恋的一些梅葛唱词，也被彝剧有所吸收。彝剧创始人杨森也曾经这样说过：我们最初演彝剧，想用彝剧来表现彝族人民生活，在一定程度上受到毕摩祭祀和演唱梅葛这种形式的启发和影响。

（三）梅葛吟唱转化为歌谱

1979 年，根据省文化厅转发国家文化部、国家民委、中国音协关于编纂民间歌曲集成的文件精神，楚雄州文化局组织了民间文艺调查小组，对全州民间歌曲进行收集、整理。之后，1985 年，再次进行收集和整理，并于 1991 年出版了云南地方艺术集成·志丛书、中国民间歌曲集成云南卷丛书《楚雄州民间歌曲集成》，其中收录了 80 余首经过收集、整理、加工的马游、昙华、直苴等地的梅葛歌谱。如老年梅葛《开天辟地》《人类起源》《农事歌》，丧葬梅葛《果子落了》《悲调》《心像酸多衣》《阿波你去吧》，青年梅葛《送朗调》《过山调》《诉苦调》《相思调》，娃娃梅葛《挖木拉》《哄娃娃调》《宝宝睡吧》等。2009 年，姚安又收集整理出版了《姚安民族民间音乐集》上下册，其中收录梅葛歌谱 24 首。进入新世纪以后，特别是在文化旅游的推动下，礼仪类酒歌纷纷出现，其中也包括梅葛调酒歌。如《姚安百首酒歌集》（2009 年）收录梅葛调酒歌 17 首，《大姚百首酒歌集》（2012 年）收录梅葛调酒歌七首。这些梅葛调酒歌，有的根据演唱者演唱记谱记词，有的则作了适当编曲和填词。这些不同式样、不同版本的歌谱，大都在保持原汁原味的基础上，进行了高度浓缩提炼。唱词则象征性地截取最精华、最能反映梅葛本质的一小段或嫁接一小部分，舍弃了那些重复、弯弯绕绕的冗长唱词和后续部分。整理出来的唱词用彝音汉字标注，同时还附有汉字翻译。时至今日，这些不同版本的梅葛歌谱已经成为大家（包括新生代的梅葛传承人）了解、学唱、改编"梅葛"的重要依据。

（四）梅葛传唱转化为舞台表演

1969 年 12 月，马游农民罗学明组建了马游村梅葛文艺宣传队，第一次以"梅葛"的名义，把民间梅葛通过包装、提升、排练搬上舞台表演，并在以后的省、州、县各种文艺会演中组队参加比赛。1978 年，适逢 20 年州庆，在文艺会演中，马游代表队的《梅葛对歌》震撼全场，给专家学者留下了深刻印象。1982 年，罗学明到北京参加全国少数民族文艺调演，一曲汉语彝腔的《美上加美》梅葛调为罗学明赢得"彝族金嗓子"称号。1990 年，由楚雄州组团，姚安的青年梅葛歌手罗斌、骆登荣、自开喜、骆庆兰、李凤莲五人随团参加在日本举行的第五届亚洲艺术节并登台表演了彝族梅葛歌舞，引起了日本学者对中国彝族梅葛的研究兴趣。从 2005 年起，随着梅葛节的常态化，马游的原生态梅葛表演成为必不可少的重头戏，并因此积累了《开天辟地》《毕摩祭祀》《从梅葛中走来》《金鸡报晓》《彝家姑娘》《彝山妈妈》《羊皮舞》等一大批精品梅葛剧目。2007 年，大姚梅葛歌手陆顺珍、杞章芬的《梅葛调》获云南省"青歌赛"原生态唱法一等奖。2008 年和 2011 年，饶云华等人先后两次组建了姚安县文联梅葛艺术团，提升打造了多个原生态梅葛表演剧目，进行了多场演出并获得过州级"青歌赛"、省级彝歌大赛大奖。其中老年梅葛《我的歌叫梅葛》《造天造地》，青年梅葛《火塘情话》《山坡情话》，娃娃梅葛《吃麦粑》等成为梅葛的代表性剧目。所有这些舞台形式的梅葛展演，客观上已经成为大众心目中货真价实的"彝族梅葛"，不仅观众认可，官方认可，就连梅葛传承区的群众也认可。

可以说，20 世纪 60 年代至今，在姚安县彝族中口传梅葛逐渐式微的情况下，文本梅葛和舞台梅葛逐渐占据主流，传统梅葛已经开始步入"新生"的梅葛轨道。现在和今后，则是完全的"新生"梅葛。也就是说，以后的梅葛在很大程度上是作为历史、作为艺术、作为消费产品"活"在字里行间和各种各样的表演场所（舞台）上。

第三节　梅葛文化传承人的现状

姚安县马游村现在的梅葛传承人，主要是歌手，该村现在已经没有毕摩，史诗梅葛中神话内容的仪式化演述在该村已经没有人能做了。现在的歌手对梅葛中的神话部分不能完整地演唱，只会唱一些片段，包括国家级梅葛传承人郭有珍对神话部分也不能完整地演唱。

随着社会转型的加速和物质文化生活水平的提高，现在的梅葛传承人已经不同程度地处于电视、影碟甚至网络的覆盖之下。年老的虽然没有多少文化，但耳濡目染，也能编一些迎合时代的歌词。中年及以下的，大都初中以上文化，并且从 20 世纪 90 年代起，多数外出务工，见了很多世面。有的还在民族风情园从事演艺工作。由于所处环境的改变，不知不觉中，他们已经不再那么信神信鬼，也不再拘泥于吟唱梅葛的一些禁忌。更多的时候，是以一种娱乐的心态来面对梅葛。在他们心里，祖辈传下来的梅葛依然"神圣"，但这种"神圣"有别于"顶礼膜拜"和"不可逾矩"，只是一种"崇敬"和"自豪"，认为是自己民族的骄傲，是祖先传下来的"宝贝"，能给他们带来荣耀和实惠。因为如此，他们从不拒绝让梅葛走向市场，反而认为有人喜欢梅葛是好事，并且还会为此而积极合作踊跃参与。

一、国家级梅葛演唱传承人郭有珍

郭有珍出生于 1941 年，女，彝族，马游村庄家小组人。郭有珍成长于梅葛世家，擅长演唱青年梅葛和娃娃梅葛，演唱时声情并茂、婉转悠扬。《宝宝睡吧》《独姑娘回来吧》《漆树花》《老大歌》等是她的代表节目。

她现在（2013 年）和儿子儿媳一起生活，有一个孙子一个孙女在本村小学读书。郭有珍年轻时能歌善舞，是马游业余文艺队演员，并与同样是业余演员的罗启亮相爱成婚。后来被州彝剧团看中，挑选参加彝剧《曼嫫与玛若》的演出。但因两地分居，丈夫有意见，演出结束后，她不顾劝阻毅然回了老家。虽然离开了心爱的舞台，但她活泼、爱唱梅葛的天性一点儿没变。尤其是改革开放以后，凡节庆、喜事场合或跳歌场上，都有她的歌声和舞姿，是当地出了名的梅葛歌手。省内外电视台、歌舞演艺团体以及国内外众多文化学者都专程采访过她，录制过她演唱的梅葛。八九年前，笔者陪采访者曾多次到过她家，失去老伴的郭有珍住在老屋里，经常见到她领着孙子孙女在屋檐下一边剁猪菜一边哼唱梅葛调。见有客人来，她会很高兴，立即放下手中的活计热情招呼，然后很快地换上彝族盛装，做好演唱或配合来访者照相或摄像的准备。

孙子孙女上学后，她就重新担负起上山放牧或耕作的活计，要想采访她就得等候或事先请村委会通知她。好多次，看着她背着一篮苞谷满脸汗渍地赶着牛回家，我们会忍不住心疼。她却不以为然，说山里人就这样，闲着反而会生病。再说，趁自己能动，多做点，好让儿子儿媳安心在外打工，尽快攒钱，把房子重新盖一下，要不然你们要嫌弃了，不来我家听梅葛了。果然，过了两年，她就拆了老屋盖了砖混房，还置办了沙发茶几，准备了糖果、核桃、瓜子等果品，还把她的一些演出照和画像挂在墙上。很显然，这一切都是为了访客而准备。她太希望有人来听她唱梅葛了，以至于采访中她总是唱个不停，唱到忘情处，还会站起来边舞边唱。

我们走时，她总要送到村外大路上，直到我们的车绝尘而去。路上，采访者总会感叹，说她不仅唱得好，舞姿也是顶呱呱，六七十岁的人了，还像小姑娘一样活泼灵动，可见她年轻时绝对是一枝花。她唱得最忘情的是 2009 年 1 月那次，州政府在马游专题召开彝族梅葛文化传承保护现场办公会，由马游业余梅葛文艺队做专场汇报演出。她很高兴，就想好好表现，爬了半天山，采来几种色彩艳丽的山花放在道具篮里背着上台演唱。因为太投入，唱着唱着就唱到了台下。主持人也顺水推舟，为她介绍领导。介绍一个，她送一枝山花，并临时编词，用梅葛调感谢领导，祝福领导，接二连三唱了十多个。但因为时间关系，主持人不得不婉转地提醒她结束演唱。领导为她的精神所感动，临时发表讲话，说了一些鼓励她的话，并号召梅葛歌手们一定要把梅葛传承好，培养更多的梅葛接班人。

郭有珍的哥哥郭有忠、郭有亮及姐姐郭有兴是唱老年梅葛和青年梅葛的歌手，现已故。郭有珍儿子罗会元，女儿罗会平、罗丽平、罗丽香也会演唱梅葛。从小在她的歌声中长大的孙子罗文吉、孙女罗文英兄妹俩，现在已经是学校里的梅葛"小歌星"，每次演出都少不了他俩。村里村外的很多年轻歌手，都是受到郭有珍的影响，听着老歌手们的歌声学会唱梅葛调的。

二、梅葛传承人自开旺

自开旺是退休干部，因为其干部身份，所以没有传承人称号。但实际上，他却是一个地地道道起重要作用的梅葛演唱传承人。

自开旺，1947 年生，男，彝族，初中文化，马游村郭家小组人。年轻时经历过"坐相伙"，青年梅葛唱得好，擅长笛子、葫芦笙等乐器。梅葛师承当时的大毕摩郭天元，二十世纪六七十年代随演出队到县上州上演出多次。后参加工作，当过乡党委书记。当县民委主任时，就是梅葛文化保护、传承的倡导者和参与者。2007 年退休后，出于对家乡梅葛的热爱，不顾老伴和儿女的反对，毅然离开县城里舒适的家，回到马游老家，把余热奉献给马游梅葛文艺表演队，接任表演队长，集创作、编排、器乐、演员于一身。在他的组织管理下，面对演员时而外出务工时而回来的情况，他因势利导，利用农闲或春节务工人员返乡抓紧节目排练，有时，通过电话形式安排在州内附近务工演员自行排练，有演出时请假回来参演。在他的坚守下，马游村的梅葛表演队虽然一路风雨，仍然在茁壮成长，不但保证了当地节庆活动及县上重大活动的梅葛演出任务，还曾受邀到楚雄进行各种各样的商业演出。

演出中，自开旺塑造的毕摩形象惟妙惟肖，能展现各种祭祀场景（艺术表演性的仪式活动），古朴沧桑的祭祀梅葛唱得非常地道。用鼻孔同时吹奏两把葫芦笙翩翩起舞是他的保留节目。融合各种梅葛调改编的无歌谱歌曲《彝山妈妈》等令人称奇。

2012 年 6 月，笔者到马游采访时，表演队演员在册 24 人，晚上到梅葛传承基地排练的只有 11 人。自开旺说，其他人都外出务工去了。这次人还算多，要在平时，也就六七个人。但不管人多人少，只要有新节目或演出任务，都要排。如果不排，心就散了，就拢不回来了。排练中，他们叽叽喳喳用彝语交流，用彝语演唱。

三、省级梅葛传承人罗英

罗英出生于 1968 年，初中文化，马游村庄家小组人，成长于梅葛世家。父亲罗学明二十世纪七八十年代红极一时，任过马游梅葛文化站站长，把梅葛唱到北京，有"彝族金嗓子"之称，1994 年病逝。弟弟罗斌，现在是州歌舞团独唱演员兼主持人，是唱着梅葛一步步走出大山的。从 2008 年开始，罗英务农之余，还兼着马游小学幼儿班 40 余名学生的双语教师，专职传唱梅葛。她的代表节目有老年梅葛调《开天辟地》、青年梅葛调《相思情》《阿哥老大哥》、娃娃梅葛调《独姑娘回来吧》等。有多首梅葛调酒歌被录成光碟。编排整理的葫芦笙舞成为马游小学的梅葛课间操并在其他学校推广。女儿罗春燕九岁，在小学读书，继承了母亲的文艺天赋，能歌善舞，有"梅葛小歌星"之称。表演队中，省级梅葛演唱传承人罗英是几十年的台柱子了，不仅长相好，而且舞姿好，歌喉亮，是出了名的"彝家百灵鸟"，是舞台上的"常青树"，在州、县各种演出比赛中多次获过奖，各电视台的梅葛节目或梅葛专题片中，都有她高亢激越的梅葛过山调演唱，是大家心目中的"梅葛形象大使"。

四、省级梅葛演唱传承人罗文辉

罗文辉，1971 年生，初中文化，马游村麻姑地小组人，已经在村委会工作了十余年，现任村书记兼主任。十多年来，他一直是演出队的特殊成员。队长缺位时，他主动承担队长角色，积极组织排练，带队到各个地方演出。队长在位时，他就以一个演员的身份加入其中。他演唱的梅葛《过山调》《离别调》《山坡情话》等曲目低沉婉转哀怨，无尽的相思中是情意绵绵的倾诉，加之他特有的磁性男中音更为他的吟唱平添几分感染力。同时，他还擅长歌舞，在歌舞中弄笛吹笙，是梅葛传承人中不可多得的"奇才"。

五、其他梅葛传承人

郭自林是省级民间音乐传承人。当然，这是从葫芦笙制作工艺这个角度来命名的。其实他除了会制作并演奏各种各样的葫芦笙外，还会在且歌且舞中演奏响篾、小闷笛、笛子等乐器，青年梅葛调也唱得很好，是演出队中的骨干演员。他出生于 1964 年，初中文化，马游村郭家小组人，是老歌手郭有珍的女婿。其妻罗丽香也在演出队，既歌且舞，非常优秀。前两年，他在楚雄彝人古镇开了个店面，专卖他制作的葫芦笙。现在回家务农，有时间有精力按时参加演出队排练。

演员罗学华，1967 年生，马游村麻姑地小组人。他虽然只是县级梅葛演唱传承人，却是能够部分吟唱梅葛史诗的优秀歌手之一。

马游周边村寨也有许多演唱梅葛的高手散落民间。据采访时罗文辉提供，当时马游村辖区内擅长青年梅葛和中年梅葛演唱的有：鲁天香，女，45 岁；鲁天秀，女，48 岁；自成祥，男，45 岁。只会唱青年梅葛的有：自成和，男，50 岁；罗成祥，男，47 岁。既能唱青年梅葛又能唱老年梅葛的有：自成林，男，52 岁；自学翠，女，58 岁；自成保，男，52 岁；自成林，男，52 岁。青年梅葛、中年梅葛、老年梅葛都能唱的有：骆国庆，男，62 岁。葡萄村辖区内能演唱中、青年梅葛的有：金和香，女，45 岁；自武龙，男，49 岁；自翠珍，女，46 岁；自泽忠，男，50 岁；孙兴荣，男，48 岁。此外，黄泥塘村磨盘箐小组 77 岁的骆庭才、三角村杞家小组 60 岁的鲁文银、左门乡苤拉村清水河小组 44 岁的周开寿、45 岁的魁德财等人，既能部分吟唱梅葛史诗，平时以吹喇叭为主，需要时还能主持简单的祭礼。左门乡毕叽村 57 岁的罗秀香现在和儿女们在县城生活，经常在广场上活动，是唱老年梅葛和中年梅葛的高手。

在此还要重点提及姚安县左门乡的三位州级传承人，他们是：

周永彩，州级梅葛演唱传承人，1975 年生，苤拉村清水河小组人。她自小受父辈们影响，喜欢唱歌跳舞，多年来一直是乡、村两级业余演出队唱梅葛的高手，其演唱的梅葛调被制作成光碟发行。她的代表曲目有《开天辟地》《过山调》《阿哥哥》《相思调》《独姑娘回来吧》等。

鲁德金，州级毕摩祭祀传承人，1954 年生，左门村迤村小组人。21 岁时，拜当时的毕摩骆永平为师，1989 年出师并从事祭祀礼仪主持。祭仪活动中以吟唱毕摩梅葛为主，在当地声望极高，所主持的祭仪令人信服。2007 年 3 月和 7 月，笔者曾先后陪同美国著名文化学者马克·本德尔一行和全国著名诗人于坚一行在左门乡苤拉村花椒园小组祭祀场所采访过他，并观摩了他和助手主持的祭祀活动，还就他在祭祀中吟唱的毕摩梅葛作了一些了解和记录。

周富德，州级葫芦笙吹奏、制作传承人，1962 年生，地索村坡脚小组人。能用葫芦笙演奏 72 调梅葛曲，会唱部分梅葛，经常活跃在县乡舞台上。

经常在各地民族风情园打工的自贵菊（马游）、胡晓娟（马游）、杞惠萍（毕叽）、余丽香（葡萄）等青年歌手，大都初中毕业，二十七八岁年纪，从小在梅葛氛围中成长，参加过省州县各种舞台比赛并获过奖，在老年梅葛、青年梅葛和娃娃梅葛演唱中，各有所长。但因为生计，她们不得不按要求将原有的梅葛唱词换成礼仪唱词来演唱敬酒歌，甚至为了让客人听懂，不惜抛弃彝语改用汉语来唱。所以，尽管她们是新生代的梅葛传承人，潜力巨大，但迫于生计，主要时间和精力都倾注在越来越实用的梅葛酒歌上，反而对原来接受的传统梅葛日渐疏远。换言之，虽传承了梅葛唱腔，却疏远了梅葛唱词。

与姚安相比，大姚、永仁的梅葛传承人逐渐趋同于彝剧，除少数几个梅葛传承人外，多数以彝剧、祭祀毕摩、民间乐手等身份呈现。

李学品，省级梅葛演唱传承人，1947年生，大姚县昙华乡人。他继承了祖辈口耳相传的梅葛，精通毕摩梅葛，30岁开始毕摩生涯，足迹遍及大姚、永仁境内各彝区，熟悉丧事、喜事等各种祭祀活动礼仪，是知名度颇高的老毕摩。近年来，二儿子李东华跟随左右学习毕摩，父子俩共同主持祭祀活动多场，曾被中央和省州电视台专题采访报道。他演唱的梅葛代表曲目主要有《开天辟地》《五谷之王》《插花》《放羊调》《喜欢调》《十八月》《四季春》等。

李世代，州级梅葛演唱传承人，1945年生，永仁县直苴村大村小组人。他自小能歌善舞，擅长演唱梅葛，师从老艺人李必荣，常年活跃在当地业余舞台上，既能独唱梅葛，又能表演彝剧，曾多次参加州县文艺演出并获多种奖励。

张利福，州级梅葛演唱传承人，1953年生，永仁县直苴村且田小组人。15岁时，开始向老艺人殷德龙、李必荣学习梅葛演唱、彝剧表演和树叶、哔噜吹奏技艺，是乡村业余演出队的骨干演员，多次参加县乡赛装节和民间节庆、婚庆、丧事等梅葛演唱、吹奏。目前带有徒弟李鹏贵一人。

李福寿，州级梅葛演唱传承人，1958年生，牟定县腊湾村嘴子小组人。他成长于毕摩世家，父亲李正顺曾几次参加过州上的毕摩座谈会，是全州知名毕摩。他深得父亲真传，如今已是当地一个有名望的毕摩。他通晓医术，善做法事，凭口传心授和日积月累的演唱，能熟练演唱各种风格的梅葛，其中以六小调式、山歌型为主，声腔悠悠，韵味深远。同时，他还擅长"玛咕"（老人舞），集三胡演奏和跳舞为一体，曾多次参与梅葛"玛咕舞"民间艺术团到县上、州上演出。2003年在楚雄州彝族毕摩座谈会暨文化培训班上，还得到了楚雄州彝族毕摩协会颁发的"毕摩证书"。

李茂荣，国家级彝剧传承人，1944年生，大姚县昙华乡赤石岩村子米地小组人。他从小生活在"一天不吃荞粑粑不饿，一天不唱歌心里就不乐"的梅葛吟唱环境里，凭借其天生的歌喉和音乐禀赋，十多岁就崭露头角。小学毕业，就进县文工团，后又进州彝剧团。1964 年，因家庭原因回乡，与杨森创办县华业余彝剧团。他能歌善舞，会吹唢呐，还会编曲，会唱各种各样的梅葛调，其吹奏和演唱的《过山调》《迎亲调》等曲目被各种出版音像品收录。曾随团到全国 28 个省市演出，其高亢圆润婉转的梅葛调深受观众喜爱。

普文学，省级彝剧传承人，1970 年生，大姚县三台乡三台村米地拉么小组人。集唱歌、跳舞、演奏各种乐器于一身。2006 年，在云南省第五届民族民间歌舞乐展演中，演唱《火塘边的梅葛》获"彩云奖"银奖。在梅葛调演唱中，能即兴将情、景、物等事象纳入唱词。唢呐、竹笛、四弦胡是他最拿手的器乐。近些年，他的子女及村民李富忠、李真顺、李会芝等都经常得到他的点拨，活跃在业余文艺展演的舞台上。

李清元，州级毕摩祭祀活动传承人，1942 年生，永仁县直苴村切且小组人。其祖父是当地有名的老毕摩。1975 年毕摩祭祀活动解禁后，他随祖父学习毕摩祭祀。祖父过世后，独立主持各种祭祀活动。为赛装节、火把节、尝新节、杀猪节做开节仪式，还会做几天几夜的"冷斋"，完成 72 个套路。祭祀中，伴随着梅葛吟唱。近两年，已传承大儿子李玉祥做毕摩。

金凤德，州级毕摩祭祀传承人，1954 年生，永仁县直苴村人。精通祭祀礼仪，祭祀中会唱梅葛，平时喜好二胡、三弦、月琴等器乐，擅长彝剧表演。多年来传承弟子 30 余人，其中李建平、杨洪兵、杞龙、李子恒能独立主持毕摩祭祀活动。

据《楚雄州非物质文化遗产保护名录》（2011 年）资料显示，进入梅葛演唱传承人名录的有：国家级一人：郭有珍（姚安马游）。省级两人：李学品（大姚昙华）、罗英（姚安马游）。州级五人：李世代（永仁直苴）、李福寿（牟定腊湾）、张利福（永仁直苴）、罗文辉（姚安马游）、周永彩（姚安左门）。以彝剧传承人进入名录并能演唱梅葛的有：国家级一人：李茂荣（大姚昙华）。省级一人：普文学（大姚三台）。州级一人：王朝富（永仁宜就）。以其他传承人形式进入名录并能演唱或演奏梅葛的有：省级六人：赛装节传承人李林全（永仁直苴）、民间音乐传承人普国英（大姚三台）、刘发金（永仁永定）、杞学亮（大姚昙华）、郭自林（姚安马游）、吴新民（永仁永兴，已逝世）。州级 13 人：民间音乐传承人罗贵忠（永仁直苴）、李兴春（大姚桂花，2012 年 4 月逝世）、李学明（大姚昙华）、尹宗元（永仁维的）、李建国（大姚桂花）、殷云聪（永仁直苴）等。州级毕摩祭祀活动传承人李清元（永仁直苴）、金凤德（永仁直苴）、鲁德金（姚安左门）。器乐演奏及舞乐传承人李志忠（大姚昙华）、张德荣（大姚昙华）、李成发（永仁直苴）、周富德（姚安左门）。

第四节　新时期梅葛文化的保护开发利用

作为一种非物质文化遗产，梅葛具有非物质文化遗产的属性，是一种活态遗产，不可能脱离创造它、保存它并享用它的特定族群和生存环境而孤立存在。要想原汁原味地抢救和保护梅葛，就只能将梅葛保护固定在某一历史时段，采取"博物馆"式的保护办法。但在现实生活中，这是无法做到的。因为谁也无法拒绝现代文明的进入，更没有剥夺他人享受改革开放成果的权利。尤其是在经济全球一体化的今天更是如此。但不抢救、不保护而任其自生自灭又不行。于是创新式抢救和保护应运而生，这也是"保护为主、抢救第一、合理利用、传承发展"方针。不能把梅葛看成一成不变的东西，时代进步了，社会发展了，梅葛传唱也要跟着发展变化，实现创新，这在实践中也才符合文化发展的规律。梅葛走向文本，走向舞台，并通过文本和舞台得以传承、得以传播，不失为一种切实可行的途径。

历年来各级政府对彝族梅葛文化的保护、传承与开发利用工作主要有：一是通过广泛宣传，提高干部群众对梅葛文化资源优势的理解和认识，在梅葛传承、保护与开发工作中能做到密切配合。二是坚持保护与开发并重的原则，坚持地方群众得实惠原则，把梅葛文化资源优势转化成民族文化旅游优势，借旅游开发达到保护、传承梅葛的目的。三是注重资源整合，形成合力，从政策扶持、资金投入上为梅葛文化传承、保护与开发提供保障。四是通过梅葛文本的传播与节庆活动中的梅葛表演，进一步促进梅葛的外宣，吸引越来越多的国内外专家学者的关注和研究，为梅葛的传承、保护与开发积累科学的理论和方法。但同时也必须清醒地看到，彝族梅葛文化的抢救、保护、传承与开发是一项系统工程，涉及面广，任务繁重，不是一个部门、一句话、一条措施、一笔经费就能解决的。梅葛的产生需要依赖特定的民俗活动和生态环境，梅葛的存活发展也同样离不开这种特定的民俗活动和生态环境。但面对越来越强劲的现代社会转型，生产生活方式走向现代化的发展趋势，面对日渐改变淡化的原始宗教信仰、宗教祭仪、吟唱氛围、文化心理、价值取向等，我们也只能顺其自然，不可能要求人们脱离现代化的生活轨道而回归过去的传统生活，更不可能完全复制一个适宜梅葛文化存活、发展的民俗活动生态环境。

梅葛的文化保护工作，主要是从搜集整理梅葛文本、曲谱、录制音像开始的。

一、梅葛相关文本及音像资料出版发行情况

1957 年，时任省文联主席的徐嘉瑞和姚安县陈继平、郭开云深入姚安县马游村进行搜集整理，并准备列入《云南民族民间文学》丛书出版。受此影响，1958 年，成立了郭思九等大学生参与的"云南省民族民间文学楚雄调查队"先后到大姚县昙华山子米地村夏利么寨、永仁县直苴大寨进行搜集整理。最后连同姚安的，一并梳理加工后汇编成《梅葛》一书，于 1959 年 9 月由云南人民出版社出版发行。之后于 1960 年（人民文学出版社）、1978 年、2001年三次再版。此外，1993 年 10 月，大姚县的姜荣文也搜集整理了一本《蜻蛉梅葛》由云南人民出版社出版。1989 年，李世忠深入马游村收集整理出单行本《创世歌——老人梅葛》。2002 年，杨甫旺根据实地采访录像录音和请歌手翻译，整理出单行本马游《梅葛》（2001 年新收集）。

2006 年 11 月，楚雄州文产办、彝族文化研究所、电视台组成专题片《梅葛》摄制组，深入姚安马游、黄泥塘等彝族村寨，以声音、影像、字幕三位一体形式采录梅葛并制作成专题片保存。主要内容有：①马游梅葛文艺队演出节目。②老歌手骆庭才（磨盘箐）吟唱"期喷梅葛（退喜神）"。③歌手自天福（落水洞）、骆向福（磨盘箐）在青棚内对唱"阿迪（古腔调）"。④骆向福在跳葫芦笙中领唱"葫芦笙调"。⑤"坐相伙"习俗中的青年梅葛对唱：过山调（鲁玉兴、魁菊珍），相遇调（骆向福、杞应英），传烟调（骆会珍、骆向云），相伙调（鲁玉兴、魁菊珍），离别调（骆向云、鲁吉凤）。2007 年《"梅葛"的文化学解读》一书由云南大学出版社出版。2011 年 4 月，县民宗局组织郭晓伟、魁德寿、自开旺、自万清等人深入马游和左门，对部分歌手吟唱的梅葛调进行现场拍摄录制，并翻译成中文字幕，制作成原生态《中国彝族梅葛曲集》光碟，共六集，分别为老年梅葛开天辟地，青年梅葛过山调、相伙调、离别调以及其他梅葛曲调、芦笙歌舞。

二、梅葛表演团队、研究基地、培训歌手等情况

伴随着梅葛文本、音像的搜集整理，演艺性质的传承基地和节庆活动开始出现。1969 年，为适应"文化大革命"宣传需要，马游成立了业余性质的梅葛文艺表演队，用梅葛调换上新词来歌颂"大好形势"。1992—1998 年，州文化局定期拨款在马游建立梅葛文化站，聘请歌手专门管理梅葛传承工作。这期间，杨家俊、陶正西、蔡德忠等文艺工作者将搜集到的梅葛调改编成民族音乐，供马游业余文艺队排练，其节目多次参加州、县文艺会演。2001 年，

州民委投资新建马游梅葛传承基地用房，作为梅葛文艺队的排练场所。2006年11月，州文化馆改编排练了原生态梅葛歌舞表演节目《火塘边的梅葛》参加云南省第五届歌舞乐展演，获银奖及优秀传承奖。2005年，农历十月初八彝族年这天，马游村举办首届梅葛文化节。2007年，第三届梅葛文化节由官屯乡举办。2008年，开始由县上在马游村举办梅葛文化节，并将此节庆纳入县级重大节庆活动之一定期举办至今。2007年"立秋"日，左门乡举办首届彝族葫芦笙文化节，一直延续至今。

为了让以梅葛为代表的彝族民俗民间文化艺术世代传承，楚雄州非物质文化遗产保护中心先后在姚安县马游村（2009年1月）、大姚县三台乡（2011年5月）挂牌成立"中国彝族梅葛文化传习所"，并于2011年先后在两个梅葛文化传习所及牟定县腊湾村玛咕舞文化传习所举办三至五天的梅葛传承人骨干培训班。培训对象：具有梅葛演唱基础，掌握彝汉两种语言，年龄在30~45岁之间的彝族歌手。培训方法：以师傅带徒弟，口传心授，封闭式教学。其间，进行梅葛歌舞、器乐演奏技艺交流研讨。通过培训，三台乡成立了20人左右的梅葛文艺演出队。马游梅葛文艺演出队则通过培训得到进一步提高，演员人数也增至24人。

2011年11月，州文化馆深入马游，组织排练了《梅葛唉嘎哩》参加云南省第七届民族民间歌舞乐展演获综合演唱奖金奖、传承奖金奖。2009年3月，姚安县为贯彻落实"文化荣县"发展战略，县委宣传部制定了以各级文艺表演赛事为平台的"争金夺银"计划，在李勇部长的主导下，饶云华、徐素梅、罗云进、罗文辉组建了业余性的姚安县梅葛艺术团，从马游、左门等梅葛传承地区聘请了12名演员进行排练，为县上的外事活动作梅葛艺术专场展示。7月，组队参加楚雄州"青歌赛"，老年梅葛调《造天地》（组合）获原生态唱法二等奖。后因姚安发生6.5级地震无暇他顾而暂时解散。2011年1月，随着云南东龙房地产开发公司的介入而得以恢复，饶云华任团长，吴子莲任编导，罗云进、蔡德忠兼职音乐主创，徐素梅、罗文辉兼职艺术顾问。有演员14人，提升打造原生态梅葛调节目12个，制作梅葛艺术团节目推广光碟一张。

2011年12月，组队参加第四届云南民族服装服饰文化节暨中国彝族赛装节，以马游服饰为主体的《妆新娘》（组合）获彝族服饰展演一等奖，老年梅葛调《造天造地》（组合）获原生态彝歌大赛二等奖。12月底，因赞助公司工程项目未能及时启动，经费投入停止，艺术团再次解散。此外，1981年以来，每年的农历二月初八这天，大姚昙华恢复了插花节，永仁直苴恢复了赛装节。在节庆活动中，均保留了原生态梅葛演唱内容。

三、梅葛传承保护情况

随着全国全省文化旅游业的兴起，梅葛文化成了独一无二的稀有资源，被作为重要的文化旅游资源来保护传承和挖掘整理开发。

2005 年，"马游坪彝族传统文化保护区"被列入楚雄州第一批民族民间文化保护名录。2006 年，"彝族梅葛"和"马游坪彝族传统文化保护区"被列入云南省第一批非物质文化遗产保护名录。

2008 年，"彝族梅葛"被列入国家级非物质文化遗产保护名录。与此相适应，一些梅葛演唱、祭祀主持、器乐演奏等艺人也分期分批逐级上报列入县级、州级、省级、国家级非物质文化遗产传承人名录，享受一定的津贴补助，并对他们的培训传承情况进行定期考核，规定每个传承人一年培训不少于四次，带徒不少于四人，实行考核情况与津贴补助兑现挂钩的奖励制度。

为了让梅葛吟唱后继有人，2009 年以来，姚安县还把梅葛传承延伸到马游小学，以来自马游、葡萄、黄泥塘三个村的小学生为重点，每周安排两个课时，聘请梅葛演唱艺人罗英到校传授。学校课间操也改成了梅葛曲调音乐和梅葛舞蹈动作，以此培养学生学唱梅葛的兴趣。近几年，定期不定期请马游、葡萄、黄泥塘等村的梅葛歌手郭有珍、骆学芳、鲁玉新、郭有宗、罗学华、鲁天秀、骆国庆等 15 人，对具有一定天赋、懂彝语、喜欢梅葛的中青年进行传授。

最为浓墨重彩的一笔是，2008 年，在云南民族文化强省建设和楚雄彝族文化名州建设的推动下，姚安县制定了《马游梅葛文化生态保护区发展规划》，以马游大村、小村、义学村为核心区，辐射周边整个梅葛文化传承带。

规划分两步走：第一步，为近期发展规划，期限三年（2008—2010 年），以完成马游坪基础设施（水、电、路）改造和建设、绿化美化和产业发展（种植和养殖、民族工艺品生产）为基础，以彝族梅葛文化保护、传承和宣传为主体。第二步，为中期发展规划，期限五年（2011—2015 年），完成马游坪村委会辖区（58 平方公里）范围及周边的生态保护建设项目，并通过旅游开发项目的实施，让马游梅葛文化生态保护区与洋派湖天文观测站、左门乡花椒园、光禄古镇、县城和下口坝水库文峰塔景区连为一线，形成一个旅游循环圈。

规划实施过程中，姚安紧紧抓住三个历史性机遇：2009 年 1 月，州政府在马游专题召开彝族梅葛文化传承保护现场办公会；2010 年，马游村被公布为云南省第三批旅游特色村；2009 年姚安 6.5 级地震后恢复重建。截至 2012

年 6 月笔者到马游采访时，政府主导投入的建设资金已达 5044.652 万元。完成了《梅葛文化生态区发展规划》编制，完成了马游统建点占地 150 平方米、建筑面积 128 平方米的 150 套特色民居建设，完成了义学馆修缮、部分民居彝族风貌改造、村庄石板路铺筑、绿化美化等项目，在义学馆布置了梅葛文化展室 19 间。利用原村委会一幢空置楼房挂牌成立了梅葛文化传习所。进一步加强了梅葛文艺演出队硬件条件的建设，投资 4.5 万元，购买了音响、摄像设备和演出服饰、民族乐器、各种道具等，修通了官屯至马游的柏油公路。同时，还进一步加大了产业建设的扶持力度，设置了特色村标识牌，扶持了农家乐和客栈各一户。

以上抢救、保护和开发措施，尤其是《梅葛》文本和梅葛演艺团体的出现，在原始宗教信仰逐渐淡化、民俗仪式不断萎缩甚至消失的背景下，某种程度上充当了关于"梅葛"集体记忆的责任，让梅葛吟唱这种古老的民俗仪式通过舞台表演的形式部分保留、传承了下来。

人类生生不息，文化总在发展演变，那些随着我们生产生活方式和社会机制的转变逐渐远去的文化要素，它们某些已经不合时宜的方式会老去，但它们不会消失无踪，它们古老的根脉会以新的方式进入我们的文化生活中。梅葛这个伴随着流传区域彝族走过漫长历史的文化载体和艺术表达方式，今天也正以新的方式吸引人们去了解它，爱它。它将会使我们的文化大观园更加丰富，随着现代化手段的介入，它会开出更鲜艳的花朵，我们期待着它以新的风采闪亮登场。

第五节　文化生态视野下梅葛的保护与传承

文化生态学最初萌芽于美国，作为人类学的一个研究领域，它主要探讨人类文化与其所处的自然环境之间的关系。在文化人类学领域，博厄斯和克罗伯等美国人类学家在研究北美印第安人时，考察了印第安人的文化与环境的关系，并就文化与环境的关系问题提出了深刻见解，为文化生态学开辟了道路。1955 年，美国人类学家朱利安·斯图尔德发表了《文化变迁的理论》一书，该书的出版被普遍认为是文化生态学正式诞生的标志。此后，文化生态学积极吸收文化人类学、社会学和哲学等相关学科的理论成果，为越来越多的人类学家、社会学家和生态学家所重视。如我国学者司马云杰在《文化社会学》一书中指出："文化生态学是从人类生存的整个自然环境和社会环境中的各种因素交互作用来研究文化产生、发展、变异的规律的一种学说。"①
文化生态学理论强调人类的文化系统有生态性,它不是简单地探讨文化与自
然环境或地理的关系,而是考虑到人类文化所处的"大环境"即社会状况、
社会价值观念、思想文化诸多因素。除了研究与文化相适应的自然环境以外,
更重要的是研究影响文化发展的各种复杂变量之间的关系。下面以文化生态
学的相关理论为视角,以期在彝族口传史诗梅葛的保护和传承等方面找到合
适的措施和方法。

一、梅葛与其所处文化生态系统关系密切

在中国民间文学的众多创世史诗中,梅葛被民间文学界誉为彝族"四大
创世史诗"之一。梅葛主要流传于金沙江及其支流附近的俚颇、罗罗颇两大
彝族支系中,梅葛作为口头文化遗产于 2008 年 6 月经国务院公布为第二批国
家级非物质文化遗产保护项目。梅葛体现了彝族人民独特的创造力,表现了
人们对美好生活的向往,也承载了独特的民族记忆。

"这些民间文艺活动在不同时间空间之内的冷热兴衰,并非孤立事相,它
总是和人们生产生活中的某些特殊条件和习俗相关联才得以蔚成风气,经久
不衰。"② 梅葛的保护与传承离不开其赖以生存的文化生态环境。梅葛流传的
彝族地区,山高谷深,气候寒凉,土壤贫瘠,自然环境较为恶劣。这些地区
农业生产较为落后,过去人们的生存、生活完全依赖自然环境,由于农业生
产与岁时节令密切关联,人们普遍崇拜自然神,农事活动的各个环节都与祭
祀密切相关。然而随着人类文明的发展,科学技术的不断进步,各民族相对
独立封闭的文化形态也随之打破,自然环境因素对文化的制约较之原始文化
阶段已大为削弱。在整个时代变迁的大背景下彝族的文化生态发生了剧变,
先民们依赖的、敬畏的各种自然界神灵,在现代彝民面前已逐渐失去了威信。
彝族的原始宗教信仰逐渐淡化,以及由此产生的各种神灵崇拜和祭祀活动、
民俗活动也在渐渐淡出彝族的生产生活。梅葛由最初的神圣走向了世俗,从
祭坛走向了生活,梅葛的兴衰和其所处的文化生态有极大关系。

如今的梅葛与彝族人民的生活息息相关,所演唱的内容涉及人们的生产、
生活,有国家大政方针的宣传也有家庭伦理的讲述。它是对人们正在经历的
故事、体验到的情感的演绎,其参与范围也非常广泛,从老人到小孩、无论

---

① 司马云杰:《文化社会学》,北京:中国社会科学出版社 2001 年版,第 53 页。
② 刘守华:《论文化生态与非物质文化遗产保护》,《华中师范大学学报》(人文社会科学版),
2006 年第 5 期,第 109 – 112 页。

男女老少都可参与其中，不同年龄阶段的人都有其相应的梅葛调，不同的音乐曲调满足不同群体的表达、诉求，在当地群众的精神生活中是不可分割的一部分。

作为彝族重要的口承文化，梅葛具有一定的典型性。随着当代自然、社会环境的变化，文化变迁是导致彝族史诗衰微的重要原因。从文化生态学的视角出发，观照梅葛流传地彝族民众所处的自然环境、考察影响梅葛发展的社会环境中的各种因素，倡导在强调文化传统保护时不光保护文化事实本身，还要保护与之相互依存的文化生态。

二、梅葛传承与发展的现状及面临的问题

自彝族梅葛被列为国家级非物质文化遗产以来，受到了政府、社会团体等各方面的关注，近几年来，政府在梅葛的保护与传承方面做了大量卓有成效的工作。

（一）梅葛传承与发展的现状

云南省人民政府公布命名了史诗《梅葛》主要流传地的姚安马游、左门及大姚昙华彝族传统文化生态保护区；州政府公布命名了永仁直苴、大姚三台彝族传统文化生态保护区，将梅葛文化纳入了保护区的长远规划。举办梅葛文化节，建立梅葛文化传承基地，制定《马游坪梅葛文化保护利用总体规划》，采取具体措施着力保护民间梅葛老艺人。在梅葛的传承与保护方面也取得了显著的成果，例如，《梅葛》文本、音像的搜集、整理和保存工作井然有序；"中国彝族梅葛文化传习所"挂牌成立；马游梅葛文艺演出队在民族歌舞比赛中屡次取得佳绩。

梅葛传承走入了课堂。为了让梅葛吟唱后继有人，自 2009 年以来，姚安县把梅葛传承延伸到马游小学，以马游、葡萄、黄泥塘三个村的小学生为重点，每周安排两个课时，聘请梅葛演唱艺人到校传授。学校课间操也改为了梅葛曲调音乐和梅葛舞蹈动作，以此培养学生学习梅葛的兴趣。马游小学还开办了梅葛幼儿园，聘请了当地的梅葛传承人担任老师，做到传承保护民族文化从娃娃抓起。

提高了梅葛传承人的待遇。各级非物质文化遗产传承人享受一定的津贴补助，并对梅葛传承人实行了一系列奖励机制。

梅葛表演团队的组建。从最初的组建梅葛文艺表演队，到后来的州文化局定期拨款建立梅葛文化站，到建立马游梅葛传承基地用房。开办了彝族梅

葛文化传习所，有效地传承和保护彝族梅葛文化。

（二）梅葛传承与保护面临的问题

一是梅葛赖以产生和传承的自然环境已遭受不同程度的破坏，例如梅葛流传地之一的永仁县直苴村，这里的彝族民众很大一部分保持着传统的农业生产习惯。随着整个社会大环境充斥着对物质的追逐，彝族人民同样渴望过上富裕的生活。他们看到城里人搞建设需要大量云南松作为木料，于是很多人将山上大片的云南松砍倒用骡子托运木料往城市销售。同时直苴村人还砍伐大量阔叶树林以柴和炭的形式往外卖。这些行为一方面导致了林地面积的减少，另一方面用来运输木柴的骡子数量增加也导致了牧草资源的匮乏。

这不只是个别现象，除直苴村外，梅葛主要流传地马游村的彝民前些年的主要经济来源是以砍伐林木、柴禾销往山外为主，近年来国家实行林业封禁后，破坏森林资源的现象才有所缓解，但很难恢复到原有面貌。

二是梅葛流传地普遍面临的困境，即所处地点为气候寒冷的山区或半山区，土地较为贫瘠，山高谷深，交通闭塞，经济发展受限。虽然随着各级政府的不断重视，为马游梅葛文化建设投入了一些经费，但远远不能满足发展梅葛文化的需要。各种用于梅葛歌舞表演的乐器、法器陈旧不堪。举办一些活动，不开误工费就请不到人进行表演和演唱，如马游村外出务工收入成为村民的主要经济来源之一，全村四分之一以上的劳动力常年在外谋生计。经常在各地民族风情园打工的马游梅葛青年歌手自贵菊，为了生计有时不得不将原有的梅葛唱词换成敬酒歌词来唱，有时为了便于客人听懂将梅葛唱词由彝语改为汉语来唱。

三是演唱梅葛的毕摩、歌手等传承人面临着年龄老化，后继乏人的困境。据笔者统计，梅葛流传地之一的马游村有各类传承人共 58 位，其中 40 岁以上的 48 人，20 岁以上的 10 人；马游村附近的葡萄、三角、黄泥塘等村传承人有 88 人，其中 40 岁以上 75 人，30 岁以下几乎为零；姚安县左门乡传承人有 10 人，年龄全是 40 岁以上；大姚县的毕摩共有 56 位，40 岁以上的有 51 人，20 岁以上的 5 人，这些传承人平均年龄 50 岁以上。从这些数据可看出传承人年龄偏大，年轻人普遍不愿学习梅葛演唱。由于很多年轻人都外出务工，这些传承人多数在家帮忙照顾小孩、操持家务，有些还有繁重的农活，生活负担很重，精力也有限，无法投入时间去传承梅葛。

四是无论是作为梅葛文化的秉承者、传承者的彝民本身，还是作为掌握话语权的政府部门或社会精英，在梅葛的文化生态保护方面都存在一些认识上的偏差。如在楚雄州政府召开的梅葛文化传承保护专题办公会议上，政府将梅葛作为楚雄州的文化软实力，作为在经济社会竞争中的一大资源优势，将实现经济社会又好又快发展放在了第一位。在这里梅葛的保护不是目标而是实现经济发展的手段。在这样"以经济建设为中心"观念的支配下，梅葛保护的具体工作中，观念上就存在偏差。一旦梅葛的文化生态保护有碍于经济建设，传统文化梅葛就要让位于经济。作为梅葛文化的创造者、承载者的彝族民众普遍缺乏对本民族文化的信心，生态保护、文化保护的意识偏低，认为采取保护措施是政府部门、社会团体的事情，或将自己置身事外或任由摆布。

三、基于文化生态学的梅葛保护与传承思路探讨

梅葛赖以产生和传承的自然环境已遭受不同程度的破坏，梅葛流传地的生态环境不容乐观，保护梅葛流传地的自然环境已刻不容缓。

（一）保护梅葛流传地的自然生态环境

自然生态环境作为文化生态系统的一部分理应是重点保护的对象，然而人们在梅葛的文化生态保护意识方面还存在一定的问题，文化生态观的认识有待深入。在《云南省非物质文化遗产保护条例》中强调对梅葛这样的非物质文化遗产应采取主要措施，如采用文字、录音、录像等方式真实、完整记录；征集、收购和保存相关资料、实物，保护相关场所；采取特殊措施培养传承人等。在保护条例中强调保护梅葛本身，但对其所生存的自然环境和社会环境的保护并没有提出具体的要求和特殊的措施。现实中仍存在梅葛保护与彝族民众生活及环境相分离的静态、孤立的保护方式。然而对梅葛的保护不仅仅是保护梅葛文化本身，还要保护梅葛得以延续和持续的自然环境和社会环境，这本身也是文化生态保护的基础和前提条件。彝族在长期的历史发展过程中，一直用特有的方式去适应和利用自身所处的自然环境，并形成自己的生态智慧。随着社会经济快速发展，其原有传统的生态意识有所动摇，但尚未完全崩溃，因对文化生态保护观念的认识不够全面，思想上还存在着一定的偏差，这就需积极调整，形成彝族与自然和谐的生态意识观念。

（二）改善梅葛生存的经济环境

梅葛的保护需经济支持，改善梅葛生存的经济环境是实现可持续传承的重要途径。梅葛流传地有着相似的自然环境，海拔高，气候冷凉，农作物产量较低，彝民的经济收入主要以野生菌、种植烤烟为主，经济发展受限。虽

然政府在梅葛的保护方面投入了资金，但政府的资金资助是有限的。梅葛的保护与传承需要社会力量的广泛参与以及民众多渠道筹集的经费，在资金资助方面才能长期持续下去。这就必须加强宣传，开展教育，使人们对彝族传统文化的认识提升到一定的高度，要认识到梅葛不是过时、落后、封建的代名词，而是有其特有的个性和价值。

发展传承地的经济除了靠外界帮助外，流传地自身也要谋求经济发展的途径。如在梅葛流传地的马游村，当地梅葛旅游文化产业已经形成，但还需要解决的是旅游硬件设施，保持原生态风貌的问题。在保护梅葛的基础上发展文化产业，利用文化资源来促进经济发展。现在的马游村虽是被政府、学者、研究人员关注的地方，但普通民众对梅葛及其流传地区都不甚了解。这就需要相关职能部门、媒体、教育机构进行宣传指导，宣传梅葛文化和彝族传统文化，扩大马游及梅葛文化村的知名度。旅游业的发展势必需要大量从事第三产业的服务人员，这就解决了正困扰彝民的一些问题：首先，村里的青年男女不用千里迢迢远去沿海地区务工，可一直在祖辈世代居住的地方接受传统彝族文化，从而避免文化断层，做好传统文化的接力棒。其次，村里最擅长演唱梅葛，受梅葛熏陶和影响最大、对梅葛记忆最为深刻的是村里的老人，他们之中还有一些是梅葛的传承人。当家里的年轻人不用外出务工便能为老年人分担家务、农活、照顾小孩，自然而然地老人就有了更多闲暇时间和精力去唱梅葛，孩子们也能潜移默化受梅葛影响，让梅葛一代代传唱下去。再次，经济的发展、收入的提高，也可增强马游人的文化自信，因为"太穷了的地方是不会意识到文化的需要，生存比文化更急需"[1]，只有加强文化本体的文化自信，才能实现文化的可持续传承。

但需要警惕的是，在梅葛参与到旅游业的同时，要避免文化的过度商品化，也要避免为了迎合游客猎奇的心理需要而出现的庸俗化倾向。

（三）发挥地方高校在梅葛传承与保护中的作用

笔者在几年的课堂教学中曾给学生介绍彝族口传史诗《梅葛》《查姆》，发觉这些在楚雄彝族自治州读书的学子对《梅葛》和《查姆》知之甚少，甚至连这两部史诗的名字都未曾听过，甚至有些从小在楚雄市生活的学生都不知彝族史诗为何物，对非物质文化遗产的认识也寥寥无几。如何让传统文化走进校园，使高校作为传统文化宣传、保护的阵地，这是一个值得我们思考的问题。让民族的传统文化进校园，并不强求学生学会演唱或表演，关键在

---

① 方李莉：《谁拥有文化解释的权力》，《艺术评论》，2005 年第 8 期，第 4 - 9 页。

于让他们对传统文化有一些认识，在观念中形成对民族传统文化的保护意识。

梅葛和查姆在其流传地，如大姚、姚安等彝族聚居的地方被人们吟唱、演述，被彝族文化研究者、政府部门所关注，但这些在整个楚雄州内所占人口、地域比例很少。这表明彝族口传史诗梅葛和查姆到目前为止在楚雄彝族自治州内仍并未被众人所了解。楚雄师范学院作为一所民族地方师范类院校担负培养教育人才的重任，让未来的教育工作者更多地了解民族传统文化甚为关键。

高等学校拥有民俗学、人类学、艺术、文学等多学科人才，具备较为专业的保护技术、学术优势，这就使得地方高校在传承梅葛的工作中更具优势。楚雄师范学院在传承梅葛方面也做出了努力，如于 2011 年与梅葛主要流传地姚安县政府签订了共建"中国彝族梅葛文化研究基地"合作协议，积极参与对梅葛文化的研究与开发、彝族民间文化产业规划及研究。并于 2013 年与姚安县合作开展文化保护项目，负责姚安县官屯乡马游村梅葛文化广场景墙浮雕建设方案设计、梅葛史诗画稿长卷绘制（设计）等工作。也曾经邀请梅葛传承人郭有珍跟艺术系音乐专业学生交流梅葛的演唱情况。

除此之外，彝族史诗未来的保护有赖于更广泛的宣传和教育。如举办梅葛的相关讲座、建立梅葛文化展览馆、举办梅葛演出、开展梅葛进校园甚至进课堂等活动让学生直观感受彝族文化。通过媒体宣传等各种传播渠道让更多人了解梅葛、关注梅葛，加深人们对传统文化的感情，从而更积极地投身到彝族史诗的保护中去。

（四）梅葛传承人的保护和培养是重点

梅葛传承人除了各级政府部门授予传承人称号的传承人以外，还包括在各种祭祀仪式上主持仪式的毕摩和在民众中较有影响力的歌手。

据笔者统计，梅葛流传地之一的马游村有各类传承人共 58 位，这些传承人平均年龄在 50 岁以上。从这些数据可看出传承人年龄偏大，青年人普遍不愿学习梅葛演唱。文化生态学认为应以一种动态、发展的视角去关注文化的保护和传承。梅葛在传承方面，毕摩、歌手年纪普遍偏大，随着时间的推移这些年纪大的歌手终究要退出历史舞台，如果不培养新人，梅葛的传承将岌岌可危。梅葛的各级传承人，特别是掌握梅葛精髓的传承人，如郭有珍老人生于 1941 年，现在已七十多岁，因此培养梅葛新传承人时间紧迫。由传承人口传身授，培养一批有悟性、自身素质高、热爱梅葛、有表演天赋的演员，能掌握梅葛韵味和艺术精髓，进行活态传承，才能有效地传承梅葛，特别是对一些有表演天赋、记忆能力强，嗓音好的演员要重点培养。

　　由于史诗梅葛有赖于传承人的传承与发扬，传承人的保护就显得异常重要。除了给予传承人一定的生活补助以外，还应加大补助力度，还要充分考虑提升其社会声望与社会地位，为传承人提供传承空间和传承条件，健全传承人的社会保障和医疗保障制度，让传承人无后顾之忧。在提供传承人的生活保障之外，我们还应该对传承工作做得较好的梅葛歌手、毕摩等进行表彰，鼓励并调动他们的传承积极性。从经济资助、生活保障与精神关怀三方面落实具体的保护措施，给传承人宽松环境，让他们有文化自信和文化自觉。对非物质文化遗产传承人的认定、保护、监管应该制度化，对于传承人要定期考核、检查，定期认定、变更、撤销、设立退出机制。①

　　除此之外，在进行梅葛传承人的培养和保护过程中还要强调"以传统为本"，并在建立平等关系的基础上，加强对他们所处特定文化系统的理解。以传统为本，落到实处，就是站在"民众的立场"之上。摒弃居高临下的心态，摒弃文化上的偏见，反对文化上的狭隘心态，反对民族文化上的"原教旨主义"②。

（五）促进民族文化主体意识的觉醒

　　在梅葛保护工作中需要传承主体与保护主体这两种文化主体意识的觉醒。一般情况下保护主体为处于文化外围状态的一些社会群体，如各级政府、学术界、社会团体，这些掌握着地方行政资源、话语权和较为专业的保护技能，能从政策、学术以及资金等方面积极扶持，发挥行政优势、学术优势等推动非物质文化遗产梅葛的保护。在这场保护彝族传统文化的"战役"中，政府部门扮演着冲锋陷阵的角色，以主动、积极的态度竭力为保护梅葛做了大量工作。保护主体要以维护文化多样性为原则，以文化平等的意识来理解史诗《梅葛》特定的文化系统。

　　在对史诗梅葛的保护过程中，政府部门作为保护主体，而彝族文化的持有者彝族民众，在强调他们作为文化传承人的同时，作为文化主体的保护力量却被淡化或忽视了。在对梅葛的流传地马游村进行调查时，多数人都有这种担心："年轻一代想学梅葛的人寥寥无几，这并非个别现象，值得有关部门重视。"从"值得有关部门重视"可以看出，彝族人民在梅葛的保护上过分依

　　① 萧放主编：《第二届中国非物质文化遗产保护·苏州论坛论文集》，杭州：浙江人民出版社2009年版，第59－62页。

　　② 朝戈金：《中国西部的文化多样性与族群认同：沿丝绸之路的少数民族口头传统现状报告》，北京：社会科学文献出版社2008年版，第53页。

赖政府等外来力量,却将自身作为文化主体的作用忽视了,应考虑一下我们的年轻人是不是家庭灌输的传统文化教育较少,缺少家庭长辈的文化引导,以致对传统文化的认识不够等问题。彝族人民作为文化的拥有者和享用者不仅是梅葛传承的主体,还应作为保护主体,应主动、积极地来弘扬本民族文化。对此,有学者提出少数民族民众文化保护与传承的"本体论"问题[1],呼吁培养广大民众的"文化自觉"意识[2]。只有当文化持有者树立了文化"本体论"的观念,具有"文化自觉"的观念,拥有文化自信并欣赏本民族文化,有以保护和传承民族文化为己任的意识,才能形成充分尊重文化持有者的社会环境,探索民族文化保护与传承的有效途径。

---

① 和少英:《民族文化保护与传承的"本体论"问题》,《云南民族大学学报》(哲学社会科学版),2009 年第 2 期,第 17 - 24 页。
② 费孝通:《费孝通文集》,北京:群言出版社 1999 年版,第 166 页。

第十章 彝族英雄史诗和民间长诗研究①

彝族英雄史诗和民间长诗作品很丰富，著名的英雄史诗如《支格阿鲁》《铜鼓王》《哈依迭古》等，民间长诗如《妈妈的女儿》《赛玻嫫》《阿左分家》等。下面主要分析一下在彝族中流传很广的神话英雄支格阿鲁和哈依迭古的故事，同时对流传于楚雄彝族中的《赛玻嫫》《阿左分家》两部长诗做简要分析。

第一节 彝族神话英雄支格阿鲁故事简析

支格阿鲁故事传播于四川、云南、贵州彝族地域。因为西南彝族呈"大杂居，小聚居"的形态，支系繁多，加之方言或翻译的不同，因此各地对支格阿鲁的称呼也不一样。如四川彝区叫"支格阿鲁""支格阿龙""支格阿尔""吉赤格阿鲁""支呷阿鲁"等；云南彝区叫"阿鲁举热""阿倮""智嘎阿鲁""阿龙"等；贵州彝区叫"支嘎阿鲁""智嘎阿鲁""直括阿鲁""戈阿楼"等。近几年来，海内对支格阿鲁文学和文化的传承保护等做了一系列工作，在以往搜集整理文本的基础上，编著出版了《支格阿尔》《中国彝族支格阿鲁文化研究》《支嘎阿鲁王》《支格阿龙》《中国彝族支格阿龙故事精选》等电视连续剧本、研究专著和长诗故事集等成果。② 下面主要以杨正勇、何刚主编的《中国彝族支格阿龙故事精选》（此书中神话英雄为"支格阿龙"，但为了全书统一，以下行文均与前文保持一致，称为"支格阿鲁"）中四川部分为例，探讨支格阿鲁的成长故事的社会文化语境和文学语境，同时

---

① 杨国才、赖梅慧分别参与了本章第一节、第二节的撰写工作。

② 杨正勇、何刚主编：《中国彝族支格阿龙故事精选·前言》，呼和浩特：内蒙古人民出版社2010年版，第2页。

与彝族民间文学中其他相关故事做简单的比较。

一、支格阿鲁故事的基本内容

支格阿鲁故事各地流传的版本异文较多，形态也不同，有韵文流传的，有散文流传的。下面主要以四川彝族中流传的故事为主来介绍支格阿鲁的出生、成长、成婚、死亡等主要经历及事迹。①

（一）支格阿鲁神奇的出生

在远古的时候，从地上的东方到西方中间的一个地方，有座长满了杉树的大山，人们叫它为舒祖山。这座山成天都被一团团白云和一朵朵红云半遮半掩着，叫人望得见，却看不清。只有在龙月龙日龙时，才会有从四方飞来的四队八只神龙鹰将舒祖山的灰雾冲散、黑云驱走，顿时大山便暴露在蓝天白云之下，显得更加雄伟壮观，绚丽多彩。人们心里想什么，大山就会变成什么，是男，是女，是英雄好汉，是神通仙女，随人所思，任人所想，都会按各自的心愿变化而成。

据说，这山里的白云嫁给了乌云，乌云的女儿嫁给了谷戳截洪山，生了一个女儿叫阿芝；阿芝再嫁到俄敌尔曲山（终年白雪），生下一个女儿，嫁到底斯所洛山；底斯生下一个女儿叫玛吉，嫁到了渥尔哲勿山；哲勿山生了个女儿叫黑英，嫁到了渥竹达日（西昌泸山）；渥竹生了个女儿叫紫兹，紫兹的女儿嫁到耿家，耿家的女儿嫁到了蒲家。蒲氏生下三女，大女蒲莫姬玛嫁到姬家，二女蒲莫达果嫁到达家，幺女蒲莫列伊未出嫁。有一天，正是龙月龙日龙时的时候，蒲莫列伊正坐在杉树下织布。这时，从四方飞来的四队八只神龙鹰在天空中飞翔，蒲莫列伊看得出神的时候，突然神龙鹰滴下了三滴血，滴在了蒲莫列伊的身上。一滴滴头上，发辫穿九层；一滴滴腰间，毡衣穿九层；一滴滴臀部，裙褶穿九层。蒲莫列伊便怀孕了，满了十个月，于龙年龙月龙日龙时生下了一个男孩，取名叫支格阿鲁。

（二）少年英雄支格阿鲁的丰功伟绩

1. 支格阿鲁射日月

支格阿鲁出生之后，不和阿嫫蒲莫列伊睡，不吃奶，一直不停地哭。他的哭声吼住了山风吓跑了河水，搅乱了舒祖山的日日夜夜，惊扰了住在木刻

---

① 参见杨正勇、何刚主编：《中国彝族支格阿龙故事精选》，呼和浩特：内蒙古人民出版社2010年版，第3－63页。

（西方）地方的妖魔特比阿嬷。于是妖魔派她的儿子特比惹抓走蒲莫列伊和支格阿鲁，在路过一座名为洛觉瓦峨的陡崖时，蒲莫列伊将支格阿鲁放在了岩石上，这样支格阿鲁获救了，被岩石抚养长大。有一天，天空突然出现了六个太阳和七个月亮，打乱了人们日常生活的节奏，山上的树木全晒死了，山沟里的水都被晒干了，庄稼也都焦了。由于支格阿鲁在小时候就练就了一身射箭的好本领，百发百中，在猎人的提议下，人们便请支格阿鲁射掉天上的太阳和月亮。支格阿鲁答应了人们的请求，经过不停的寻找，找到了天和地的中心点觉土木古，射掉了五个太阳和六个月亮。天空中只剩下一个太阳和一个月亮，但它们吓得躲了起来，地上又变成了一片漆黑，给人们的生活带来了许多不便，于是支格阿鲁只好先叫牛、羊去喊他们，太阳和月亮都没出来，最后支格阿鲁叫白公鸡去叫，白公鸡朝东方长叫了三声叫出来了太阳和月亮。太阳和月亮与白公鸡约定以后都由白公鸡叫太阳和月亮出来。从此人间又恢复了正常的白天和黑夜。

2. 支格阿鲁求雨水

过去有六个太阳和七个月亮的时候，地上的河流无水，江河断流，人们的生活极度缺水，人们去请支格阿鲁为大家求雨，支格阿鲁答应了人们的请求，到处去打听专管雨的天神，历经千辛万苦，找到了住在典裸洛各（黑云）的专管下雨的天神乌俄祖老人，乌俄祖老人答应了支格阿鲁的请求，给人间带来了足够的雨水。江河的水满了，水流汇成九条大河，九条大河汇集成了大海，从此人间再也不缺水了。

3. 支格阿鲁降雷神

在帮人们射了太阳和月亮，求来了雨水之后，支格阿鲁踏上了去木刻救他阿嫫蒲莫列伊的旅程。一天，路过一个叫尔曲博息的地方，支格阿鲁到一个妇人家借宿，从妇人的口中得知，这里的人们都不敢推磨，因为只要磨声一响，雷神蒙直阿普就会下来劈人。得知了这个情况后，支格阿鲁决定为当地的人们解决这个困难，于是他找到了雷神蒙直阿普，经过一番斗智斗勇后，支格阿鲁抓住了雷神蒙直阿普，用红铜鞭子将蒙直阿普狠狠地打了九天九夜。在打蒙直阿普的过程中，支格阿鲁询问出来许多治疗疾病的药方，如治肚子痛、咳嗽、牙疼等病的药方。最后雷神蒙直阿普被支格阿鲁打怕了，答应以后再也不出来害人了。这样，人们可以随时大胆地推磨了。

4. 支格阿鲁治巨蟒得宝针

支格阿鲁降服了雷神蒙直阿普之后，辞别了尔曲博息的人们，来到了一个叫迭坡火洛博息的地方，到一妇人家借宿，妇人告诉他，这里的人们晚上不能烧火，一有了炊火，住在山里的巨蟒就会出来吃人。支格阿鲁听后，决定制伏巨蟒。他打听到了巨蟒的住处，找到了巨蟒，与巨蟒打赌，用智慧战胜了巨蟒。在巨蟒出来吃人的时候，用火草圈子烧死了巨蟒。从此以后，巨蟒的后代因害怕支格阿鲁，再也不敢出来吃人了，人们也可以晚上烧火了。妇人为了感谢支格阿鲁，准备杀一只鹅来款待他。当天夜里，支格阿鲁听懂了妇人家三只鹅的对话，善良的支格阿鲁在早上妇人准备杀鹅来招待他的时候要求妇人不要杀鹅来招待他了，这样三只鹅就活了下来。鹅一家为了感谢支格阿鲁，送给了支格阿鲁它们家的传家宝——宝针。这宝针遇到海，只要向海一指，海水便会分开，亮出一条直路；若碰到陡崖，用针一指，山岩会让出一条路来。这样支格阿鲁去木刻的速度就变快了不少。

5. 支格阿鲁降妖魔救母亲

支格阿鲁谢别了迭坡火洛博西的人们之后，继续踏上了救母的征程。有天来到了木刻列拖（西方的一个地方），在一个木板房里见到了一位身穿红裙子的小姑娘，小姑娘告诉支格阿鲁妖魔特比阿嬷住在木刻博俄山上，并给了他一只钩子。支格阿鲁救母心切，知道妖魔的住地后，直奔木刻博俄山。来到木刻博俄山之后，支格阿鲁欺骗特比阿嬷说他是蒙木列拖（地名）的楚哲绍禾的侄子，是来向特比阿嬷求婚的，特比阿嬷一面热情地招待支格阿鲁，一面叫她的儿子特比惹跟支格阿鲁比试，试探他的真伪。经过三场比试，支格阿鲁战胜了特比惹，取得了他们的信任，在接下来的交谈中他旁敲侧击问出了特比阿嬷和特比惹的秘密，等天快亮的时候，特比阿嬷发现支格阿鲁是人，想把他吃了，支格阿鲁便用小女孩给他的钩子钩住了特比阿嬷的舌头，特比惹见母亲被支格阿鲁制伏了就跑了。支格阿鲁从特比阿嬷口中问出了蒲莫列伊并没有被她吃掉，而是被关了起来。得知这消息支格阿鲁心中欢喜不已，在他分神时，特比阿嬷趁机跑了。支格阿鲁在一个木屋里面找到了蒲莫列伊，将她救了出来，他们母子俩回到了舒祖山。

（三）青年英雄支格阿鲁的婚姻生活

支格阿鲁把蒲莫列伊接回舒祖山之后，便天天守着他的阿嬷，寸步不离，活不干了，猎不打了，有人请他去帮忙也不去了，一心只想待在蒲莫列伊的身旁守护她。蒲莫列伊看到这种情况，心想再这样下去会耽误儿子的前程，于是想出了一个办法：把自己的面相刻在枫叶上，叫支格阿鲁带在身上，让他在想她的时候看，即使这样支格阿鲁还是像以往一样守着她。蒲莫列伊心中明白只有自己离开了，支格阿鲁才会变回以前那个聪明、智慧、热情的支格阿鲁，这时她突然想到在跌破火洛鼠莫（白天与黑夜分界地方的一个海底）住着两个侄女，便骗支格阿鲁说自己得病了，需要用九排九卡长的头发，烧了烟子用鼻子闻才会医好。于是支格阿鲁准备好干粮，带上弓箭、宝针向着跌破火洛鼠莫飞奔而去。支格阿鲁经过长途跋涉来到了跌破火洛鼠莫，用宝针向海里一指，海水立即分开，显出了一条去海底的路。来到海底，见到两个美丽的姑娘坐在一块大红石板上，他向两位姑娘要了一根九排九卡长的头发。一番对话后，得知她俩原来是他的表妹，姐姐叫尔尼阿各，妹妹叫尔尼阿妞。两位姑娘要求一起回去看望蒲莫列伊，支格阿鲁答应了她们。他们三个一起回到了舒祖山，但到处打听都找不到蒲莫列伊，最后在河边找到了蒲莫列伊常穿的那件毡衫，支格阿鲁才明白过来，原来阿嫫是投河自尽了，要他找长头发治病，不过是借口而已。他悲痛万分，悔恨自己当初就不该离开。在经过两个表妹的一番苦心开导后，支格阿鲁重新振作了起来，并明白了阿嫫的心意：是要自己尽快成婚。于是他跟两个表妹选好日子，在龙日这一天结婚了，婚后，姐妹俩以跌破火洛大海为界，姐姐尔尼阿各住在海的东边，妹妹尔尼阿妞住在海的西边。互相议定：支格阿鲁在东西两边轮换居住，公正相待，欢乐相处，生死相依，不能有偏心和私意，厚此薄彼。从此，支格阿鲁就往返于两地之间，过上了幸福的家庭生活。

（四）英雄支格阿鲁之死

由于支格阿鲁把三只鹅送给他的宝针遗落在了海底那块红岩石上，姐妹俩为了使他在往返两地的途中方便，共同给支格阿鲁做了一匹木飞马，并给木飞马安了九层翅膀，这样既方便又安稳。从此支格阿鲁按约定骑着木飞马往来于姐妹俩之间。有一次支格阿鲁在去妹妹尔尼阿妞处的途中，因帮人们制伏一匹妖马耽误了几天的时间，尔尼阿妞因害羞不好意思跟支格阿鲁问明原因，以为是姐姐尔尼阿各有私心，多留了支格阿鲁几天，于是悄悄地将木飞马的九层翅膀剪去了两层，这样支格阿鲁就不会去姐姐那里，永远留在自己身边了。住满了时间后，支格阿鲁欲飞往姐姐尔尼阿各处，途中木飞马虽有点颠簸，但还好没事。在姐姐尔尼阿各处住满时间后，支格阿鲁又像往常一样骑着木飞马往妹妹尔尼阿妞住处飞去，途中又遇到怪牛作怪，帮人们降服怪牛又耽误了几天时间，尔尼阿妞以为又是姐姐有私心多留了支格阿鲁几天，便在支格阿鲁熟睡时，偷偷地又将木飞马的翅膀剪去了一层，这下加上前面剪去的两层，木飞马翅膀只剩下六层了。到了期限，支格阿鲁骑着飞木马向尔尼阿各住处飞去，刚飞不久，木飞马就飞不动了，两边的翅膀挡不住风浪的卷刮，一倾斜一头坠入了大海的波涛中，就这样英雄支格阿鲁死在了海中。

支格阿鲁死后，天上的神龙鹰和海成了冤家，直到今天都没分出胜负。

大海边的两姐妹分别坐在海的两边痛哭，表达对支格阿鲁的思念，泪水引起了潮涨潮落，年复一年。

二、支格阿鲁故事的社会文化语境

支格阿鲁的故事在彝族的传统文化中是如何建构了人们的生活系统的？这种建构既是一种文化，也是他们的现实生活，它包括信仰的建构、历史的建构、社会生活规范的建构等等。"大部分的口头文本可以划分两类信息：确认理想（ideal-confirming）和不确认理想（ideal-disconfirming）。前者表现理想是什么，或者如何获得理想，后者只能是通过描绘对理想观念的某种背离而间接地表达理想。理想观念及其对立面常常表现在同一个文本之中。"[1] 支格阿鲁的故事在彝族地区的流传讲述过程中，它通过一代代的彝族民众的加工讲述，把他们的理想整合其中，传承历史文化信息，建构社会规范体系，成为他们集体记忆的重要组成部分，变成了他们的文化 DNA 而世代传承。支格阿鲁就是一个聚合性的文化符号，在他身上凝聚了彝族社会历史发展过程中出现的众多文化要素，传说中支格阿鲁是古代彝族一位集部落酋长、毕摩、天文历算家等为一身的神话英雄人物。他率领彝族人民战天斗地，管理山水，开辟山水，进行农耕畜牧，统一彝族部落，统一彝族文字，为彝族社会的前进和发展做出了历史性的巨大贡献。[2] 这些众多文化要素正是通过神奇的幻想性故事，把历史文化、社会规范、价值观等用文学化的语言通过这个符号式的英雄人物艺术化地呈现出来。

（一）支格阿鲁的出生与图腾崇拜

支格阿鲁的出生是一个感生神话，感生神话与图腾崇拜密切相关，图腾（Totem）信仰是古代大自然信仰和动植物信仰发展起来的一种原始氏族标志的信仰形式。源于印第安语的 Totem 是"它的亲属"或"标记"的意思。在原始人的信仰中，认为本氏族人都源于某一个特定的物种，人们把这些特定的动植物或其他物体当作自己氏族的标志或象征，这些物种便是图腾。图腾崇拜是氏族公社时期人们对自然的探索与崇拜过程中产生的一种宗教信仰现象，在原始社会中人们认为本氏族人都是特定物种与植物的后代，其祖先与

---

① 米尼克·希珀著，尹虎彬主编：《中国少数民族文化中的史诗与英雄》，桂林：广西师范大学出版社 2004 年版，第 285 页。

② 杨正勇、何刚主编：《中国彝族支格阿龙故事精选·前言》，呼和浩特：内蒙古人民出版社 2010 年版，第 1 页。

特定的动植物有亲缘关系或是来源于特定的动物、植物，于是便产生了许许多多的图腾神话。图腾主要是起标识作用，人们认为与其有血缘关系。许多民族的第一个男性始祖出生都有一个感生神话。

图腾信仰和氏族对氏族祖先的信仰有很大的关系，往往在许多神话中讲述本氏族祖先是某种动物或与该动物近缘，甚至出现了大量异物感生的祖先诞生神话，以解释古代对孕育的认识。确定了某种物种后，便形成了就这种图腾标记的信仰。所以，图腾信仰不能仅仅看作对某些现象的崇拜，更主要的是对氏族祖先的一种崇拜。族源神话，也就是探求自己氏族源头的神话，实际上就是一种特殊的图腾神话。如汉民族的始祖黄帝、舜、契的出生都是感生神话，包括大家熟悉的基督教的耶稣的诞生也是通过感生神话的形式。这些始祖诞生的神话，在神话学上称为图腾感生神话。这些感生神话说明了一种古老的生殖观念：远古时代的初民，他们不知道生儿育女是男女交媾的结果，而认为是由于接触到某种自然物所致，并将这些自然之物奉为图腾加以膜拜。这是母系氏族的时代"只知其母，不知有父"的生殖状况，说明神话和图腾观念的联系很紧密，神话记载了图腾崇拜的观念，而图腾观念则成为原始的感生神话的主要内容。

彝族的图腾崇拜中，居住在不同的地区的不同支系的彝族有各自不同的图腾，较多的有竹图腾、蛇图腾、虎图腾、鹰图腾、龙图腾等，呈现出多元化、复杂化的特点。四川凉山地区是彝族诺苏支系主要的聚居地之一，支格阿鲁的故事在该支系流传甚广，诺苏支系多以鹰图腾与龙图腾为主。支格阿鲁的出生是他母亲蒲莫列伊在树下织布时神龙鹰滴下三滴神血怀孕，并在龙年龙月龙日生下了支格阿鲁。支格阿鲁一出生就表现出非凡的特性，不吃他妈妈的奶、不跟他妈妈睡、一直不停地哭，他的哭声惊动了妖魔特比阿嬷，特比阿嬷派她的儿子特比惹抓走了支格阿鲁母子俩，在经过一个陡崖的时候，蒲莫列伊把支格阿鲁放在了岩石上，支格阿鲁被神龙鹰经常居住的石洞里的岩石救了下来，并被抚养长大。支格阿鲁从小就神力惊人、个头比一般的小孩大、能听懂鸟兽与植物的话并与它们交流、拥有一身百发百中的神箭术等超乎常人的表现与能力。支格阿鲁之所以具有这些超乎常理的特点就是因为他是神龙鹰之子，他身上具备了神龙鹰的神奇能力。

图腾崇拜是较早的宗教信仰，从支格阿鲁的出生故事可以看出此故事的产生是比较久远的，它大概在较早的母系社会过渡到父系社会的部落时期已经初具雏形。

（二）支格阿鲁的成长故事与农耕文明

彝族是氐羌的后裔，在历史的发展过程中从北方迁徙到了西南地区，并在西南地区生根发展。氐羌是生活在北方地区的，主要以游牧文明为主，在迁往西南的过程中，受到先进文明的影响与自然条件的限制，逐渐接受并发展了农耕文明。在彝族民间英雄支格阿鲁的故事中，我们可以看到许多农耕文明的身影，几乎每个故事都是跟农耕文明有关的。如射日月故事：因为六个太阳和七个月亮的同时呈现，庄稼被晒死了，河水被晒干了，人们没有吃的了，没有喝的了，因而支格阿鲁依照人们的要求，射掉了天上的太阳和月亮，只剩下一个太阳跟月亮。尔后又求雨神给人间带来雨水解决了先前六个太阳和七个月亮同时出现带来的缺水问题。如降雷神故事：以前人们不能推磨，只要一推磨就会被雷劈，支格阿鲁治服了雷神蒙直阿普，并从其口中问出了治疗一般疾病的药方，这样人们可以随意安排时间推磨了，得病了也知道怎么医治了。如治巨蟒的故事：人们只要到晚上烧火，一有炊火就会有巨蟒出来吃人，支格阿鲁制伏了巨蟒，从此以后人们可以随便烧火做饭了。再如降妖马怪牛故事：有怪牛、妖马作乱，支格阿鲁降服了他们，并让他们为人们犁地、做人的坐骑。这些故事中的日月、推磨、烧火、马、牛犁地等都是农耕文明基本组成部分，也是农耕文明的主要生活方式，从这些故事中可以看出支格阿鲁故事定型的时期彝族应该是到了农耕文明时期，并且农耕文化有了充分的发展，社会的主要生产形式是以农耕为主了。

（三）支格阿鲁故事与婚姻形态

婚姻制度的演化大致经历了群婚制、对偶制、一夫一妻制三个阶段。群婚制是指在原始社会时期由于生产力低下，人们无力抵抗大自然的力量，以群居为主，过着群居生活，男女之间无夫妻、兄妹、亲戚关系，一群男性跟一群女性随意结为夫妻的婚姻形式。对偶制是指一个男的跟几个女的组成家庭或是一个女的跟几个男的组成家庭形态的婚姻形态，即一夫多妻和一妻多夫制度。一夫一妻制是现在的主要婚姻制度，即一个男的跟一个女的组成家庭的婚姻形态。从支格阿鲁与他的两个表妹结婚可以看出，当时应该处于对偶制时期，即一夫多妻制，一夫多妻制是存在缺陷的，会出现争宠、嫉妒等各种不良因素从而会影响家庭的和谐与稳定。支格阿鲁与两个表妹的婚姻可以说是不幸的，虽然刚开始是两个表妹约定好支格阿鲁对她们公允看待，不准偏心，支格阿鲁在姐妹俩处，轮番栖身。但是后来由于支格阿鲁在途中帮人们降服妖马、怪牛而耽误了去表妹尔尼阿姐处的时间，表妹尔尼阿姐以为是姐姐尔尼阿各有了私心多留了支格阿鲁几天，于是便产生了嫉妒之心，悄悄地剪去了她俩共同为支格阿鲁制造的木飞马的三层翅膀，导致支格阿鲁在飞往姐姐尔尼阿各住处的途中掉到海里身亡。支格阿鲁之死是由于妻子的妒忌，这样的死对一个英雄来说，似乎与他之前的那些丰功伟绩太不相配了。其他一些民族的大英雄往往是在战场上厮杀受伤等而死，死得很壮烈。支格阿鲁之死正说明英雄神话的时代已经过去了，一夫多妻制已经不适合新的时代。支格阿鲁时代一夫多妻制会破坏家庭的和谐稳定而使他死亡，从而肯定了一夫一妻制的家庭形态。从中也可以看出支格阿鲁故事定型于彝族以一夫一妻的婚姻制度为家庭的组织形式之后。

支格阿鲁的故事表现了彝族人们对大自然的崇拜、认识的过程，体现了彝族人们智慧、勇敢的精神以及认同一夫一妻制的婚姻观念。从中可以窥探彝族的历史、文化发展过程的朦胧影像，支格阿鲁故事产生时间很早，故事从形成到定型经历了漫长的历史发展过程，它概括了彝族从早期部落的图腾崇拜到农耕文明较为发达的时代，从母系社会到父系社会的一夫一妻制的家庭形式的过程。支格阿鲁故事中所蕴含的丰厚的历史文化元素对今天彝族文化的研究依然是有其积极意义的。

三、支格阿鲁故事的文学特征

支格阿鲁故事作为流传甚广的彝族英雄神话故事，是彝族文学的代表性作品，下面从故事文本简单分析其文学特征。

（一）支格阿鲁是故事的核心人物

支格阿鲁是彝族从母系社会到父系社会发展的漫长岁月中各种历史文化集聚、浓缩了众多人的智慧创造的男性英雄祖先的意象符号。在他的身上体现了彝族狩猎、畜牧、农耕文化的特征。支格阿鲁作为一个故事群的主角，彝族先民把自己民族历史文化发展的进程用幻想性极强的优美故事艺术地展示出来。故事里面用龙鹰的图腾符号来标记了支格阿鲁的部族属性，用他的英雄业绩记载了彝族历史文化的发展历程，用他的死来预示婚姻家庭形态的转变和新的社会历史形态的到来。鹰崇拜可能跟游牧文化的关系更密切，龙崇拜主要与农耕文明相关。可以推测，龙和鹰的斗争，既是两个不同图腾部落的斗争，也是两种不同生产方式的矛盾。支格阿鲁是神龙鹰的儿子，他既体现了部落融合，也体现了两种生产方式的结合。彝族的生产方式正是农耕畜牧相并存，辅以适当狩猎的山地民族的生产方式。

作为神话英雄，支格阿鲁具有超人的特性，他是半人半神的英雄，他的血统中也是图腾祖先的父亲和人类母亲血液的混合。他的英雄业绩中也多体现了山地民族的特性，故事的发生地多与山有关，业绩与农耕相联系，遇到海他就只有死路一条了。我们熟悉的希腊神话中的英雄传说，英雄冒险的故事多与大海有关，业绩也多跟渔业联系，如赫拉克勒斯、俄底修斯等，因为希腊文明属于海洋文明。支格阿鲁既是彝族山地农耕畜牧文明属性的体现者，也是彝族民族融合、历史文化发展过程中祖先崇拜文化的产物。

支格阿鲁的死在众多异文中有所不同，在云南四川的故事中有大致相似的叙说，都是因为一夫二妻的家庭结构使其中一位妻子因为嫉妒而害死了支格阿鲁。

支格阿鲁故事基本的结构是：支格阿鲁神奇的出生—成长开始建立功勋（其中最大的功绩就是射日月）—成婚—死亡。这与中国北方民族的英雄史诗的故事结构大致一致，如藏族的格萨尔和柯尔克孜族的玛纳斯的故事结构都是英雄不平凡的出生—不平凡的成长经历—成婚—征战—英雄升天或死亡。他们都以英雄的一生为经，以他的英雄事迹为纬来编织故事，其纬是开放性的，也是异文较多的原因，这样开放性的结构，讲述故事的人就可以根据需要进行增删。尤其支格阿鲁征服自然体现其力量和聪明才智的故事各地差异较大，也有较多的地方性知识加入进来。

与支格阿鲁相关人物较多，既有他的家人，帮助他的人或动物，也有他的对手，对手可以是人，也可以是动物、妖魔，这些人物往往也是某种观念、力量的象征，也是符号化了的。

支格阿鲁故事在传承过程中，核心的内容和情节被传承，变异是随着时间的变化和环境的变化，人们根据实际需要进行自我调适，这是民间文学正常的变异。

（二）支格阿鲁故事叙事的时间和空间

文学作品都有相应的时间和空间，支格阿鲁故事的时间是遥远的过去，故事的讲述者开始讲述往往会追溯到"古时候"，古时候不是一个确定的时间，它代表的是不可确定起点的远古时期，是一个泛指的时间，这是民间神话传说常用的一种故事开启方式。故事开始的地点往往是"山里""山上"等泛指性的地点。故事展开的空间背景则比较开阔，天上人间，山里水边，故事发生在较为广阔的空间背景中。主人公的交通工具主要是马，传统社会陆地的主要运载动力来源也是马，实际中马在行动上也是受限制的，于是人们幻想出来了飞马，它突破了空间的限制，可以在天空中像他的父亲神龙鹰一样飞翔，想象力十分丰富，飞行器是"马"，而不是飞毯什么的，也是曾经的游牧民族和如今的山地民族的特性，马在他们的社会生活中有极其重要的意义。支格阿鲁的故事发生在一个辽远的时间段和广阔的空间上，这种开放性的时空预设为人们在故事讲述中不断地增益提供了可能性。可以把许多幻想性很强的故事都囊括其中，使其故事内容滚雪球般逐渐增大，把漫长的历史文化以故事的方式代代相传，不断增加，根据需要自我调整。

（三）支格阿鲁故事的文类特点

支格阿鲁故事有散文形式的故事，也有韵文形式的长篇诗歌，在毕摩的经书中主要是韵文形式的长篇史诗（也多是口耳相传的口传形式流传），民间百姓讲故事时都是口耳相传的，以散文类为主。

支格阿鲁故事在毕摩经书中形成文字的或者在毕摩的口传经书中都是以诗歌的形式来传承讲述的。

支格阿鲁韵文形式的故事主要在彝族的一些重要的仪式（如丧葬仪式）上由毕摩讲述，具有神圣性。但据了解在婚礼上不讲，因为支格阿鲁是夭亡的，25 岁死时还没有生儿子，婚礼是繁衍后代起点的仪式，在重视子嗣的彝族民众观念里，讲述支格阿鲁故事是不利于后代绵延的。

（四）支格阿鲁故事的语词句段程式化特征

支格阿鲁故事是口头传承的散文故事或文字、口头并存的韵文诗歌，里面具有大量程式化的主题反复，也有大量语词、句段的程式化表达，这是口头文学大多具有的特征。

支格阿鲁的故事中，故事情节的发展过程中也大量使用程式化的语词，特别喜欢用一组组数字程式语词，如数字"三"大量使用，三滴血、三层白皱裙、三圈、三天三夜、三支箭、三条江、三座山、三声、三步……其次是六、七、七十七、九、九十九等数字，表明事件的重复或多次。

表示时间的推移喜欢用"七六一十三"，比如讲到支格阿鲁的母亲怀孕后，心情郁闷，连续用了三次"七六一十三"，表明时间的推移。

支格阿鲁故事中喜欢用同一主题的循环方式来构成故事张力，形成主题和句段的程式。比如支格阿鲁射日月的故事里，他上到不同的植物上多次，每次的情节内容基本是一致的。他在请太阳、月亮的过程中，同样的情节内容也重复了三次，祈雨的过程中，询问原因重复了三次，在支格阿鲁赌输了的故事中，同样的事也重复了三次。这样程式化的例子非常多，体现了民间口头文学的基本特征。

四、支格阿鲁故事与哈依迭古故事比较

彝族的神话英雄史诗除了著名的《支格阿鲁》外，《哈依迭古》《铜鼓王》等都是有代表性的英雄史诗，限于篇幅，下面简单看看关于火神哈依迭古的故事，再来比较一下哈依迭古与支格阿鲁的异同。

彝族被称为火的民族，火崇拜表现在彝族生活的方方面面。彝族对火的认识是一个发展的过程，从自然之火到人工之火，火神的自然属性也逐渐被人文社会属性取代，火神故事中的火神人格化和社会属性非常明显。在彝族火神的史诗中的火神形象就是彝族进入等级社会后的氏族英雄。

关于火神的故事在彝族英雄史诗《哈依迭古》中有生动的记叙。

史诗开头叙述了哈依迭古出生地在日哈洛莫（彝族地区地名，据学者研究在今天的四川大凉山昭觉彝族地区境内），此地物产丰富，风景优美，彝族的毕摩、德古、英雄都出生在这里，总之，这里是彝山的地脉所在地。火神在特殊的时辰不平凡地诞生了："虎年虎月间/虎日虎时辰/东方起红云/西方起黄云/南方起白云/北方起乌云/卷起阵阵风/雷鸣又闪电/伴着雷电鸣/伴着暴风雨/迭古出世了/迭古出生了/哈依呀，哈依/迭古呀，迭古/生年是虎年/生月是虎月/生日是虎日/生辰是虎辰。"①

火神哈依迭古神速成长起来：生下第一年，阿嬷怀里躺，奶水当饭吃，嘴唇黑油油。长到两岁时，阿达怀里坐，野味下饭吃，舌头舔得响。长到三岁时，玉米叶当剑，茅草秆做矛挥舞着玩耍。长到四五岁，竹片当做剑，棍子当长矛，跟伙伴去放猪，捉蛤蟆做荷包，抓麻蛇做腰带，抓土甲蜂当零食。长到六七岁，毛竹片做弓，箐竹竿做剑，用剑射鸟雀、黑雕、野鸡、兔子等。长到八九岁，牛筋树做弩，跟猎人去射杀麂鹿。长到十一二岁，约伴去撵山，串山又串林，追打老黑熊，不怕花豹子，花豹子当狗牵，套住大老虎当马骑。长到十三四岁，头发黑黝黝，眉毛似杉林，眼仁像月亮，眼珠圆又大，脖颈牯牛样，身子硬朗朗，脚板宽又大，脚踏石头碎，摔跤雄赳赳，比武气昂昂。长到十五岁，成了个彪形大汉。这时母亲告诉他作为猎人的父亲在他三岁时被恶人杀死的经过，于是发誓要为父亲报仇。

为了替父亲报仇，哈依迭古离家寻剑，经过无数艰辛，他终于寻到一把好剑，回到家里天天磨剑，剑锋越磨越锋利。于是他骑着滑马（没有佩马鞍子的光马）来到叫甘洛只孜的地方，在高入云霄的山口守了七天七夜，终于见到一个放猪的小孩，他向小孩打听仇人的消息，小孩告诉他自己的主人正

---

① 虎是彝族崇拜动物，被当作图腾物，这里特指火神是出生在最好的时辰。

好是哈依迭古要找的人，并且主人今天要去打冤家，正好会路过这个山垭口。哈依迭古非常高兴，紧握宝剑，身挎弓箭，专等杀父之仇人来送死。

不久，远处尘土飞扬，马蹄声和人的呼啸在山谷间回响，一大队人马奔驰而来。杀死父亲的仇人骑着高头大马，在众多侍从的簇拥下威风凛凛地迎面而来。仇人相见，分外眼红。哈依迭古边向仇人冲去，边通报自己的姓名："我是日哈洛莫的哈依迭古，来为我的父亲报仇的。"说时迟，那时快，手起剑落，仇人的头已飞离了自己的脖子。还没等众人反应过来，哈依迭古跳上马奔过山梁去了。

为父亲报仇之后，哈依迭古投靠阿舅，寻求保护。在舅舅家，他帮助舅舅战胜了仇人阿格家，使舅舅所在的部落兴旺发展。一年后，他辞别舅舅，去投奔势力更大的兹米阿支家，做了他家的将领，平息了许多的纷争，使兹米阿支家的敌对部落不敢轻举妄动。哈依迭古与兹米阿支经常出去打猎，获得众多的野物。一天又出去打猎，要射击一只花脸獐子的时候，獐子突然开口说话，请求哈依迭古别射杀自己，说自己是哈依迭古的母亲派来的，母亲十分想念他。哈依迭古没心思打猎了，于是扔下了弓箭，带着猎队往回走，路上又遇到两只乌鸦同样告诉他母亲对他深深的思念，劝他回家看望母亲。哈依迭古流着泪让乌鸦告诉母亲，自己很快会回家看望她。兹米阿支牵出一匹千里马给哈依迭古，让他骑着回家去了却心愿。哈依迭古快马加鞭往家乡赶，走了许多天，已可以远远看到母亲住的寨子的炊烟，已听得到寨子的狗叫声，马上要见到母亲，哈依迭古高兴得心都快跳出来了，这时那两只黑乌鸦又飞落到哈依迭古的面前，告诉哈依迭古说自从他走后，兹米阿支的敌对部落的人就带人来攻打他家，兹米阿支家的年轻战将战死，兹米阿支本人也被抓去杀死了。哈依迭古听了乌鸦的话，犹如万箭穿心，泪流满面，他想："猴食以荞子为贵，人们以助人为重，汉人以约书为重，彝人以诺言为重。"于是他调转马头，急奔兹米阿支家而去。兹米阿支已死，哈依迭古很伤心，决心要为兹米阿支报仇，于是召集兹米阿支家的散兵，筹集粮草，杀鸡取鸡血酒与众人盟誓兵分三路杀敌。哈依迭古带领中路军冲向敌人阿格楚而家，阿格楚而见哈依迭古带兵来攻，心惊胆战，不敢出战。哈依迭古叫阵九天，对方都按兵不动。于是哈依迭古到阵前直接辱骂阿格楚而，终于激怒对方出战。于是双方大战，阿格楚而被杀死。哈依迭古杀红了眼，他"失去了理智，杀敌如切瓜，剑起人头落，杀翻一片片，砍倒一堆堆"。血流成河，尸体堆成山。哈依迭古大获全胜，收兵回去。但是，打了胜仗的哈依迭古不设庆功宴，也不论功行赏。想到战斗的惨烈，死了许多无辜的人，不该杀的人也杀了，他懊悔自己滥杀无辜，睡不着，吃不下，几天头发掉了，人枯瘦如柴，想念母亲，但又觉得自己没有脸面见母亲，在痛苦绝望中，他走向山头，脱下战服，面向家乡，拔剑自刎。①

哈依迭古是彝族英雄时代的部落英雄，他具有军事才能，英勇善战，重亲情和友情，按照习惯为父报仇，保护部落的安全，这些都是彝族英雄时代所崇尚的英雄本色。但在为兹米阿支报仇的过程中却杀红了眼，滥杀无辜。在懊悔中自己惩罚了自己的罪过，这是符合彝族习惯要求的。他勇于对自己的行为负责，依然是英雄本色。哈依迭古死后被尊为火神，应当是在古老的火崇拜观念上后来附会上去的，以此来体现彝族英雄时代英雄精神。火神的故事往往是在祭祀火神的仪式上来讲述，是祭祀火神仪式的重要组成部分，火神的观念首先源于他们对火的认识。

下面列表看看支格阿鲁和哈依迭古两个英雄人物的异同：

英雄名字	出生	成长	英雄事迹	死亡	故事产生的时代	人物形象的性质
支格阿鲁	蒲莫列伊被神龙鹰滴下的三滴血受孕满了十个月，于龙年龙月龙日龙时出生，属于感生神话	三岁就打死豹子而成名	13岁已是开始射日月、降雷神、治巨蟒、妖魔等，建立一系列战胜自然的英雄业绩，同时与两个表妹成婚	被妻子因为嫉妒而剪了木飞马的三层翅膀，掉海中淹死	原始部落社会到等级社会形成初期	漫长历史文化的聚合性文化符号，具有多重身份
哈依迭古	虎年虎月虎日虎时伴随暴风雨出生，人类正常生育	三岁玉米叶做剑、茅草秆当矛，追打鸡狗	13岁已是大力士，15岁，母亲告诉他父亲的死因，寻剑为父报仇。投靠舅舅，又投奔兹米阿支家，回家看母亲，为兹米阿支家报仇，滥杀了大量无辜之人	因为自己滥杀无辜而自责，自杀而死	已经进入等级社会	彝族英雄时代的部落勇士

① 参见普学旺、左玉堂主编：《云南少数民族古典史诗全集》（中卷），昆明：云南教育出版社2009年版，第501－525页。

支格阿鲁和哈依迭古两人都在两三岁就表现出与众不同的本事，但作为神龙鹰之子支格阿鲁的神奇本领远远高于凡人之子的哈依迭古，支格阿鲁更具有神性，主要就是他涵盖的历史文化信息更丰厚，反映的历史时段更漫长；哈依迭古则是彝族部落时代的部落英雄，他的身上已经褪掉了神性，他只是人类中的英雄，故事产生的时间也当晚于前者许多，他们虽然所做的英雄业绩不一样，经历不同，死因也不同，但两部作品在叙事思维上却有一脉相承之处，都是以英雄不平凡的出生—成长建功立业—死亡这样的顺序来叙事的。

支格阿鲁的故事在云贵川彝族中广泛流传，其故事情节差异很大，尤其是他的英雄事迹各地说法有不同，但是有几个主干情节还是大同小异，如他的出生是他母亲被神龙鹰滴了三滴血而受孕说法大致相同，还有射日月的故事在各地的故事中都有讲述，虽然有差异，但这可以说是他最伟大的功绩，也是他最著名的事迹了。在彝族不同的史诗和故事中，都有讲到此故事的。

彝族的祭火辞中认为火是与太阳一体的：火是太阳火，火是太阳赐。彝族民间神话中有著名的支格阿鲁射日神话、三女找太阳的神话等。

支格阿鲁射日的神话故事在民间广为流传，在彝族的散文类的故事或韵文类的诗歌中皆有讲述，支格阿鲁是彝族著名的神话英雄，他的英雄业绩很多，其中较著名的就是英雄射日的故事，与汉族的射日英雄后羿一样，人们对这类英雄深怀敬意。

在彝族史诗《居次勒俄》中讲到，圣人迪尼在开天辟地后，牌格古乃苦去呼唤日月挂在天上，他在做了祭祀后用了九天九夜唤出了六个太阳、七个月亮挂在天上，还唤出了满天星辰。之后是雪生十二子，有血的六种，无血的六种。无血的六种是茅草、树木、白杨、水仙草、渣巴草、藤。有血的六种是蛙、蛇、鹰雕、熊、猴子、人类。在六个太阳的照射下，树木晒死、江河晒干、动物也死得只剩一只花猫。之后支格阿鲁出生了，他出生在龙年龙日，吃龙食，喝龙奶，穿龙衣。他迅速长大，做了许多不凡的业绩，其中最重要的就是射日月："支格阿鲁啊，要去射太阳，要去射月亮，张开四神弓，抽出四神箭，箭插发髻上。发髻箭丛丛。……射日剩独日，剩一病眼日，射月剩独月，剩一半残月……"剩下的日月躲进深山不出来，世界一片漆黑。之后巴克阿扎降生，他"捉来白公鸡，鸣叫日和月，日月不肯出。鸡冠刻九条刻，定下九条约，抓一把金针，给病眼太阳，替代太阳眼，鸣叫三天整，叫出了月亮；鸣叫三夜整，叫出了太阳"。从此以后，天空有了日月，公鸡专门叫太阳。①

彝族民间神话中还有不少与太阳相关的故事，如《三女找太阳》的神话故事大概的情节是云南哀牢山中有三座高峰，被称为三尖山，关于此山的来历有一个与太阳有关的传说：远古的时候，天上有七个太阳，庄稼一年熟七次，牛羊一年怀七胎，人们的生活很幸福。过了许多年，出现了一只夜猫精，它喜欢黑暗，不喜欢阳光，于是有一天夜猫精变成一个高大无比的鹰嘴铁人飞上了最高的山，太阳一出来，它就用自己身上的羽毛当箭连射下了六个太阳，剩下的一个躲起来不敢再出来。太阳不出，人们种庄稼不熟，牛羊不长，生活陷入绝境。当地的白族、苗族、汉族、傣族派出去找太阳的人都有去无回。这时，彝族三个最漂亮勇敢的姑娘站了出来，告诉人们只有除掉夜猫精才能让太阳重新出来。人们用水淹、用箭射都没有杀死夜猫精，于是三个姑娘用松明火把到处去照夜猫精，夜猫精怕火而无处藏身，人们用火烧死了它。人们商议去把太阳找出来，三个姑娘又勇敢地承担了这个任务，她们走过千山万水，不知过了多少年，她们的一头乌发已变成白发，还是没找到太阳。她们走啊走，老虎、巨蟒没挡住她们前进的步伐，白发老人的劝诫没动摇她们找到太阳拯救人们的决心。终于感动了白发老人，告知了她们找到太阳的秘密，在立秋的那天，三个姑娘终于找到了太阳，并化为三座高山把太阳托举到了天空，从此明亮的阳光普照大地，人们又过上了幸福快乐的生活。②

为了纪念为找太阳而献身的三个美丽善良勇敢的姑娘，当地的彝族人民每年立秋的那天都要到三尖山下举行盛大的跳歌活动。③ 三尖山是三个姑娘死而化身来托起太阳的基座，在原始文化的符号中火的符号形态就是三尖形的，从此故事中可以推测彝族原始文化观念中火与太阳的密切关联，它的原始意象应是彝族原始文化中用火祭祀太阳的仪式，三尖山就是祭祀太阳的祭坛。

两个故事都与太阳有关，支格阿鲁的故事讲的是太阳多了给人们带来的灾难，在《三女找太阳》中却相反，正是多的太阳给人们带来了幸福。在支格阿鲁射日中他是为民除害的英雄，三女找太阳中的夜猫精射日却给人们带来了灾难。公鸡找太阳和三女找太阳的目的却是一样的，都是要找出躲藏起来的太阳，从而解除人们的黑暗之苦，给人间重新带来生机。只是姑娘们的

---

① 普学旺、左玉堂主编：《云南少数民族古典史诗全集》（中卷），昆明：云南教育出版社 2009年版，第 443 – 453 页。

② 参见李德君、陶学良编：《彝族民间故事选》，上海：上海文艺出版社 1981 年版，第 37 – 40 页。

③ 跳歌：楚雄彝族地区一种芦笙、三弦等乐器伴奏下边歌边舞的集体舞蹈，彝族群众老少都喜欢跳此舞。

故事很悲壮，以牺牲生命化为山峰托出太阳。公鸡的鸡冠形状与姑娘们死而化为三尖山的形状却是相似的，都是原始文化中火符号的形状，也不难看出其中火崇拜与太阳崇拜的关联。彝族此类故事各地有不同的异文流传，此不赘述。

本节需要说明的是，由于支格阿鲁故事在彝族中流传甚广，异文较多，学术界对其研究也比较多，谬误不足之处敬请读者指教。

第二节　彝族民间长诗《阿左分家》《赛玻嫫》简析

云南省楚雄彝族自治州双柏县地处滇中腹地，位于哀牢山以东，是云南省楚雄彝族自治州中彝族传统文化保存较丰富的一个县。《阿左分家》和《赛玻嫫》作为双柏彝族中流传的民间叙事长诗，《阿左分家》大致可以归属于两兄弟的故事类型，《赛玻嫫》大致可以归属于蛇郎故事类型，长诗的主要社会功能是对人们进行传统道德教育。

一、《阿左分家》和《赛玻嫫》的主要内容

下面对两部长诗的内容介绍采用由云南民族出版社 2010 年 12 月出版的版本，《阿左分家》由李友华翻译整理，《赛玻嫫》由潘林宏和方贵生翻译整理。

（一）《阿左分家》的主要内容

《阿左分家》属于民间故事中的两兄弟故事类型，讲的是远古的时候，兄弟俩从小成了孤儿，相依为命。兄弟俩好不容易长大了，长大后，弟弟东奔西走地为哥哥准备娶妻的彩礼，可是嫂子进门后，却以死相逼要求兄弟俩分家。弟弟以父母在世时嘱咐家庭和睦、兄弟相互扶持来劝说哥哥，哥哥却迫于妻子的唆使坚定地要求分家。分家时，好的金银、牛马、绸缎、猪羊和鸡鸭都归了哥哥嫂嫂。弟弟无奈之下丢下了分家所得的东西，离家一个人到野外砍树割草盖屋独自生活。弟弟走后，哥哥后悔，就去寻找弟弟。在放猪女的指引下于山野中找到了弟弟，劝说弟弟回家一起住。弟弟却拒绝回家，觉得兄弟俩要能和和睦睦地相处，应该先一起到阴间学礼规。

兄弟俩一起到了阴间。在阴间坝，有棵思念树，在树下乘凉会忧伤地想念亲戚姐妹。到了阴山梁有棵忘情树，在树下经过，会对亲戚姐妹难以忘却。

走过虎豹吼、猴子叫的阴间林和风霜雪雨交加的阴间山。到了阴间河的三座桥，金桥给君臣过，银桥给好人过，而把坏人捉到铁桥上推到河中喂鱼惩罪。用米喂大如鹅的白鸡走过了白鸡地。用肉喂大如骡的白狗走过了白狗地。在阳间放火的人捉到阴间火烧城投到火里烧来治罪。在阳间刺杀好人和父母子女的那类人，在阴间锯人城被锯成两半。阴间鬼妻地喂罪人喝各种脏水，惩罚在阳间毒死父母儿女和牲畜的人。砂石城给砂石吃、臭叶水喝和蕉叶当衣穿，惩罚不孝子和偷抢别人的那类人。做饭城有酒有肉、一日三餐三衣地款待行善的那类人。阴间城的阎王府住着威风凛凛的阎罗王，明辨在阳间行为的善恶来决定投胎转世后的生活的好坏。

兄弟俩看了阴间后，明白了礼规。一起回了家，哥哥告知妻子在阴间的所见所闻，妻子听后明白了"善者得善报，恶者有恶报。凡事皆如此，概莫能其外"[1] 的道理而悔悟。兄嫂给弟弟说亲娶妻，隆重地操办了婚事，最后一家人齐心协力，和和睦睦地相处。

(二)《赛玻嫫》的主要内容

《赛玻嫫》属于民间故事中蛇郎故事类型。"赛玻嫫"是彝语，"赛"为"蛇"，"玻"为妻之转音，"嫫"为做，汉语直译为"做蛇妻"，即译为蛇和人做夫妻。[2]

《赛玻嫫》讲述了古时候，世间动物、植物在大地上和谐生存。彝族人随水耕牧，一片祥和。日复一日，年复一年，不知不觉中到了巳蛇年的巳蛇月的巳蛇日那天的巳蛇时，水王罗塔纪领着蛇郎来观看人间。蛇郎爱上人间的一切，暗自思忖在世间成家了此一生，回到龙宫后，便茶饭不思。龙王识破蛇郎的心思后，放水淹死了世间万物，蛇郎找遍了东西南北的海，最后只在天边高山的大树上发现了两个人和世上的动物各一对。洪水退后，幸存的两个人做了夫妻。年复一年，夫妻俩生了一个儿子和七个女儿。又到了巳蛇年巳蛇月巳蛇日的巳蛇时，蛇郎访亲时挨个看了七姐妹，最中意聪慧漂亮的七妹，几日不见就日思夜想。于是蛇郎就央求小蜜蜂当媒人提亲。到了属马的日子，小蜜蜂带着礼品上门提亲，六个姐姐都不同意，只有七妹同意，但父母不在家不敢收彩礼。小蜜蜂向蛇郎说明了情况，蛇郎心中高兴，并在几天后打听到小七妹父母在家的时候，带着礼品上门提亲，七妹的父母都高兴地同意了。到了接亲的日子，蛇郎的亲戚朋友带着彩礼热热闹闹地来迎娶女方。

---

① 李友华译：《阿左分家》，昆明：云南民族出版社 2010 年版，第 127 页。
② 潘林宏、方贵生译：《赛玻嫫》，昆明：云南民族出版社 2010 年版，第 239 页。

　　到了晚上，七妹全家搭起了青棚，点亮了火把，热情地用米酒待客。到了第二天送新娘的日子，父母和哥哥伤心地哭了一场。而六个姐姐们却很高兴，她们分别嫁给了松鼠、猴子、兔子、野鸡、豹子和老虎，都觉得自己嫁得比七妹好。只有父母和哥哥把七妹送到了彝家寨蛇郎家，蛇郎不仅家里金银满柜、牲畜满圈、谷粮满仓，而且摆了丰盛的宴席招待亲朋好友和宾客。蛇郎对七妹父母和哥哥更是视为座上宾，碗筷床盆都是金银做的，床上铺的都是绸缎，父母和哥哥对蛇郎很满意。蛇郎和七妹连续请了十天客才让客人走。父母和哥哥走时，蛇郎和七妹送了金子、银子和大米各三驮，并跪地作揖。父母叮咛七妹要好好做活，哥哥嘱咐妹妹勤快劳作，家人和睦。

　　夫妻俩相亲相爱地过日子。蛇郎体格壮，一天做的活抵别人三天做的。七妹很勤快，起早贪黑把家里家外打理得井井有条。等到收获时，谷粮有三屋、牲畜有三圈、金银有三柜。用三驮金银买来绸缎，为父母、哥哥准备的礼物都有三驮。后来，夫妻俩生了个儿子叫金哥，生了个女儿取名为银妹。几年后的巳蛇年巳蛇月巳蛇日的巳蛇时，蛇郎全家穿着漂亮的衣服带着金银、绸缎和大米各三驮回娘家。到家后，全家人高兴地寒暄了一番。父母和哥哥宰了三头牛和三头猪、杀了三只羊和三只鸡，九坛酒和九甑糯米饭招待蛇郎全家，所用的都是金银制的碗筷、桌子和凳子。全家正要吃饭时，六个女儿和女婿相继回来了，带的都是差的礼品。老虎和豹子一进屋吓得全家都四处逃窜，它们粗鲁地吃着食物，打翻了碗筷和桌子，吃饱喝足又回到山里去了，等他们走后，全家人才重新摆桌子吃饭。第二天小女儿和女婿要回家了，父母挽留蛇郎和七妹多住几日，夫妻俩因为家务繁忙推辞了。

　　大姐好吃懒做、贪婪狠毒。她嫉妒七妹幸福美满、丰衣足食的生活，想霸占七妹的一切，就趁着蛇郎种地野外寄宿时，去蛇郎家假装与七妹做伴。在七妹农活繁忙去菜园浇水时，大姐假意哄着孩子来到菜园，设计害死了七妹，妄想着得到七妹的一切。她穿上七妹漂亮的衣服，却遮不住她丑陋的嘴脸。蛇郎回到家，觉得七妹变得懒惰、丑陋，脸上就此失去了笑容。七妹变成了画眉鸟，想家人想了三年。邻居方骞进山割草听到了画眉鸟悲怆的诉说，将所见所闻告诉了蛇郎。蛇郎跟方骞到山上把画眉鸟带回了家。七妹化身的画眉鸟看到自己的两个孩子没人照顾又脏又丑很心痛。大姐看到画眉鸟就打，蛇郎就给画眉鸟做了笼子。蛇郎出去干活后，大姐才起来梳洗，用着七妹的一切东西，变成画眉鸟的七妹就骂。大姐听到后生气地取下鸟笼，打死了画眉鸟。画眉鸟被大姐烧成了炭，炭扔到地里变成大白菜。大姐看到白菜又白又嫩就拔回家煮了吃，吃完后半夜闹肚子跌到井里溺水而亡。而七妹则起死回生，一家人重新团聚。

七妹起死回生后变得越来越漂亮，穿上漂亮的衣服后，七妹与蛇郎简直就是红花配绿叶，夫妻俩相亲相爱过一生，海枯石烂也不分开。

二、《阿左分家》《赛玻嫫》体现的彝族道德观念

《阿左分家》和《赛玻嫫》两部长诗在双柏彝族民众中影响较大，它的核心思想是对彝族民众进行道德教育，是流传地彝族进行传统道德教育的良好教材。

（一）倡导以仁爱孝道来处理好家庭成员之间的关系

《阿左分家》和《赛玻嫫》都是讲述家庭内部关系的故事，告诫世人要以仁爱孝道处理好家人之间的关系。

《阿左分家》以两兄弟的故事为主，开始兄弟俩从小成孤儿，他们相依为命一起长大。可是在哥哥娶了妻子后，在妻子的挑唆下抛弃弟弟，致使弟弟离家出走。哥哥后悔后寻找到弟弟，弟弟要求哥哥一起到阴间学礼规，这是长诗的核心部分，以叙事的形式讲述了阴间的一切。"人在阳世间，不给父母吃，不孝顺父母，不抚育儿女，不顾兄和弟，不认亲和戚"[1] 的那类人将到砂石城吃砂石、喝臭叶水、穿蕉叶衣，以此来惩罚。"孝敬父和母，善待儿和女"[2] 和"不伤害姐妹，照看亲和戚"[3] 的行善之人，到阴间做饭城受到给饭吃、给水喝、给肉吃，一天可以吃三餐，一天换三次衣服的待遇。而"不给娘饭吃，不尊敬亲爹，不善待儿女，不念手足情，不顾亲和戚"[4] 的人投胎后，有儿子的没有女儿，有女儿的没有儿子，一生都想有儿子，一生都想有女儿；"杀害其父母，残害其儿女"[5] 的这类人投胎，来生将天天受鞭打，以此来还他上辈子的杀戮罪；"孝敬父和母，善待儿和女，关爱手足亲，照顾亲和戚"[6]的人投胎后一生都能得到幸福。这些都是从处理家庭关系中正反两个方面，揭示善恶的行为会得到相应结果的道理。告诉人们善恶相报，家庭成员间要相互友爱，亲戚邻里要互相照顾。以阴间善恶之报场景的具体描绘来警示世人，报应是很恐怖的。嫂子在听了报应的结果后悔悟了，兄嫂为弟弟娶妻成家，最后以兄弟和妯娌齐心协力、和睦相处地做了一家人为故事的

---

①　李友华译：《阿左分家》，昆明：云南民族出版社 2010 年版，第 122 页。
②　李友华译：《阿左分家》，昆明：云南民族出版社 2010 年版，第 123 页。
③　李友华译：《阿左分家》，昆明：云南民族出版社 2010 年版，第 123 页。
④　李友华译：《阿左分家》，昆明：云南民族出版社 2010 年版，第 124 – 125 页。
⑤　李友华译：《阿左分家》，昆明：云南民族出版社 2010 年版，第 105 – 125 页。
⑥　李友华译：《阿左分家》，昆明：云南民族出版社 2010 年版，第 125 页。

收尾，通过大团圆的故事结局教育世人，要以兄友弟恭的友爱方式来维护家人之间的和谐关系。

《赛玻嫫》上部分以蛇郎和七妹的爱情为主，下部分以七妹和大姐的矛盾为主。上部分蛇郎留恋人间的美好，因此有了找个好姑娘，与她成家的想法，为后文中蛇郎与七妹的爱情埋下伏笔。蛇郎看上了七妹，让小蜜蜂提亲。七妹说"不是不喜欢，不是不乐意，父母不在家，彩礼我不收"①，表现出对父母的尊敬。蛇郎娶七妹时，请岳父岳母坐金椅子，请哥哥和七妹坐银凳上，吃饭时主动端酒敬父母，夹菜给哥哥，以及"床上铺毡子，再铺绸和缎，请来父和母，金床上就寝，又请哥哥来，银床上歇息"②，都表现出蛇郎对父母和哥哥的尊敬。七妹回门时，带着金银、绸缎和大米各三驮，受到了家人"宰了三头牛，杀了三只羊，宰了三头猪，杀了三只鸡，九坛玉米酒，九甑糯米饭"③ 和用银桌金凳和银饭碗金筷子的招待，体现了家庭关系的和谐美满。下部分中大姐嫉妒七妹，对妹妹下毒手，是家庭之中的姐妹矛盾。随着故事的发展，大姐溺水而死，七妹复活。最后蛇郎与七妹夫唱妇随、相亲相爱过一生的结局，意在告诫世人破坏正常家庭伦理道德的行为终将受到惩罚。

（二）以因果报应的观念教育人们弃恶向善

在各民族的道德观念中，都有一个共同点，就是提倡善行，反对恶行。所以，在民间故事中，善有善报，恶有恶报一直是民间故事的基本主题。以此来教育人们培养真善美的良好品德，从而形成一种遵纪守法、和谐自律的社会风尚，《阿左分家》和《赛玻嫫》也都用了因果报应的观念教育人们弃恶向善。

《阿左分家》中兄嫂逼迫弟弟离家出走，哥哥与弟弟到阴间学礼规，在阴间的所见所闻，是对善恶终有报的最好诠释。意在教育后人要明白"阳世做好人，阴间给好事；阳世做坏事，阴间遭罪受；阳世服礼人，阴间以礼待。善者得善报，恶者有恶报。凡事皆如此，概莫能其外"④的道理。哥哥嫂嫂惧怕阴间的惩罚，改变了对弟弟不友善的态度，从而为弟弟娶亲，一家人和睦相处。

《赛玻嫫》中大姐本性贪婪凶狠，好吃懒做，为了霸占七妹的金银、绸

---

① 潘林宏、方贵生译：《赛玻嫫》，昆明：云南民族出版社2010年版，第204页。
② 潘林宏、方贵生译：《赛玻嫫》，昆明：云南民族出版社2010年版，第209页。
③ 潘林宏、方贵生译：《赛玻嫫》，昆明：云南民族出版社2010年版，第219页。
④ 李友华译：《阿左分家》，昆明：云南民族出版社2010年版，第127页。

缎、谷粮和禽畜，不惜一切害死了七妹。大姐的丑恶形象是贪婪狠毒懒惰的坏女人形象，落个跌到水井中溺水而死的可悲下场，这是对懒惰贪婪狠毒之人的惩戒。而善良勤劳的七妹不仅起死回生，而且越来越年轻，越来越漂亮，与家人重新获得了幸福，蛇郎全家团圆的好结局正是对善良勤劳的褒奖。故事中通过姐妹俩的不同德行获得不同福报的讲述，倡导善良勤劳的道德品格，否定了与之相反的行为。

《阿左分家》中哥哥知错能改，得到了好的结果，即全家人和睦相处的结局。而《赛玻嫫》中姐姐从始至终从未改变自己嫉妒心强、好吃懒做、狠毒贪婪的恶劣品行，最后落个溺水而死的惩罚。两部长诗都揭示了因果报应的道理，目的都在于教育人们弃恶扬善，倡导良好的品德和和睦的家庭关系，而这正是一个群体得以和谐发展的基础。

（三）赞扬勤劳的美德并谴责懒惰的行为

在各民族的民间文学中，歌颂劳动、赞美勤劳的美德和讽刺批判好吃懒做的行为是重要主题，这也是彝族民间文学的基本主题。在物质不够丰富，人口增加使生存压力不断增加的社会背景下，彝族人民深刻地意识到，只有勤劳才能够在恶劣的生存条件下获得物质的满足，赞美劳动也成为彝族民间文学的重要主题。

《阿左分家》中好吃懒做、偷盗的人在阴间将被扔到河里喂鱼，勤营生计的人在阴间将受到华衣美食的待遇，在思想观念上倡导勤劳美德的同时也谴责懒惰偷盗等不良行为。

赞美勤劳的美德以谴责懒惰行为的观点在《赛玻嫫》中也表现得比较明显。长诗开始的部分，高山的勒苏人依水耕牧，在地里种庄稼，在原野养牲畜，才能不愁吃、不愁穿、悠闲地过日子。蛇郎与七妹成家后，蛇郎做一天的活，抵别人做三天，蛇郎种的庄稼，稻谷如玉米大，玉米粒如蚕豆大。七妹也起早贪黑播种收割，半夜里就舂谷米，鸡打鸣就磨面。辛勤的播种换来玉米长满了箐、荞花开满了山、高粱像火把一样和稻花十里飘香的丰收景象。收获时，谷粮装满了三间屋，畜群关了三圈舍，金银装满了三柜子。夫妻回娘家时，蛇郎和七妹带着金银、绸缎和大米各三驮作为回门礼。

一分耕耘，一分收获，蛇郎夫妻辛勤的付出得到了丰厚的回赠，过着丰衣足食的富足生活。姐姐们的好吃懒做与妹妹的勤劳形成对比，妹妹勤劳的美德使她过着丰衣足食的富足生活，姐姐们懒惰的行为让她们过着贫穷的生活。大姐想不劳而获的思想最终不仅没有获得富足，反而丢了性命。

民间文学中不同的人物形象往往是某种观念的体现，这两部长诗用诗的语言讲述了两个兄弟和姐妹的故事，用优美的故事来教人们做人做事、与人相处的一些基本道理，道德训诫是其内在的生命力，教育功能是其主要的社会功能。当然此功能的实现是通过动人的故事情节和人物形象给人们审美的满足，是通过审美功能而在潜移默化中实现的，并非直接讲大道理吓人，在神奇的幻想故事中渗透进深沉的道德观照，因果报应的奖惩中实现善恶的教诲，两部作品在实现社会人心向善的教化功能上是一致的。为了此功能的实现，两部长诗都运用了多种艺术手法，正是多种艺术手法的使用，使这两部长诗具有了迷人的艺术魅力，给人们以极大的审美满足。

三、《阿左分家》《赛玻嫫》的艺术特征

两部长诗的故事情节跌宕起伏，运用民间文学中常用的二元对立的方式和程式化艺术手法及发乎自然的比喻等多种艺术表现手法，体现了彝族的传统道德规范，同时在民间文学同类型的故事比较中，两部长诗也体现出彝族民间文学的一些特殊性。

（一）跌宕起伏的故事情节

民间文学的故事具有类型特征，一个类型的故事往往会在不同民族、不同地区的流传中具有近似的情节结构。

《阿左分家》故事在民间故事的分类中大致可以归属于两兄弟的故事类型；《赛玻嫫》故事在民间故事的分类中大致可以归属于蛇郎的故事类型，但又具有彝族自身的故事内容和情节。故事情节跌宕起伏，引人入胜，具有很强的可读性。

《阿左分家》故事类型在丁乃通所著的《中国民间故事类型索引》中，对应的故事类型有狗耕田和卖香屁。下面先看看狗耕田和卖香屁故事的基本情节，再与《阿左分家》相比较，就可以看出其异同。

1. 狗耕田

（1）〔遗产〕仁慈的弟弟（a）遗产被兄嫂骗去。（b）全部遗产被哥哥夺去，只剩下一些不值钱的东西。他仅有的家畜只是（c）一条狗（d）一只猫（e）一只鸡。

（2）〔狗〕狗自愿耕地。它干的活和牛一样好，有时甚至比牛更好。弟弟因此（a）种植成功（b）和不相信的打赌赌赢了（c）狗还能给天地车水。弟弟因此赢得很多赌注。哥哥听说，把狗借来替自己耕田。狗不肯耕田，哥哥生了气，杀死狗并埋掉它。

（3）〔植物〕在狗埋葬的地方长出一棵（a）树（b）草（通常是狗尾草）（c）竹（c1）其他植物。当弟弟摇动这棵树时，许多金银等掉下来。当哥哥摇动它时，只掉下（d）粪（e）蝎子等（f）砖（g）什么也不掉（h）朽木头，出于怨恨，哥哥砍倒这棵树，或（i）哥哥找到一只马蜂、一只公鸡，那狗的阴魂也出现了，哥哥被吓死。

（4）〔用具〕（a）用植物的枝杈等，弟弟做了一个篮子来捉虾，每天，他从篮子里得到许多鱼。哥哥借了去用，仅仅捞出蛇，把他咬伤。（b）弟弟用那植物的枝条编成一个篮子，过往的野雁都在篮子里生蛋，但只落下鸟粪给哥哥。哥哥又是把篮子毁坏或烧掉。（c）弟弟用树茎做成洗衣棒槌，旧衣服捣成了新衣服，哥哥拿来，新衣服捣成了破布。（d）弟弟用木头做镰刀柄，卖得很好，哥哥照样去做，但没人买。他把它们扔进火里，火焰升起烧掉了他的房子。

（5）〔蔬菜〕在篮子的灰烬中，弟弟找到（a）豆子（b）萝卜。①

2. 卖香屁

（1）〔香屁来源〕一个男人（通常为弟弟）发现无论什么时候他放屁，便可发出一种香气，因为他吃了（a）一粒或多粒神奇的豆子（b）死蛇等（c）桂树皮和树叶（d）韭菜（e）鸡蛋（f）水果。

（2）〔卖香屁〕他到街上去卖香屁。一个富人或一个有权势的人给了他很多钱，因为他放的屁能够（a）治病（忧郁症），（b）使衣帘家具有香味（c）使他的顾客们满意。

（3）〔恶人恶报〕他的缺德的伙伴（或哥哥）也如法炮制，但放出的屁奇臭无比。结果他受了惩罚（a）挨了一顿揍（b）别人把一个楔子钉进他的肛门（b1）把桩子钉进了他的屁股。②

在德国艾伯华所著《中国民间故事类型》中，两兄弟的故事类型以狗耕田的故事为例：①两兄弟分家，弟弟只分得一条狗。②他用狗耕田，因此富了起来。③哥哥借狗耕田，结果失败，将狗打死。④狗坟上长出了一棵树或一棵竹子，弟弟因此又富起来。⑤哥哥再一次效仿他，又遭失败。③

《阿左分家》的故事情节：兄弟成孤儿—哥哥成家—嫂子虐待弟弟—弟弟离家—哥哥后悔—外出寻找弟弟—弟弟不愿回家—兄弟俩去学礼规—到了阴

---

① 丁乃通：《中国民间故事类型索引》，北京：中国民间文艺出版社1986年版，第158–159页。
② 丁乃通：《中国民间故事类型索引》，北京：中国民间文艺出版社1986年版，第161–162页。
③ 艾伯华著，王燕生、周祖生译：《中国民间故事类型》，北京：商务印书馆1999年版，第48页。

间—看到阴间的善恶各有所报—回家—嫂子悔悟—哥嫂为弟弟娶亲—从此兄弟和睦。

《阿左分家》的故事情节，与丁乃通和艾伯华所划分的两兄弟故事类型比较，共同之处在于都是以两兄弟为主人公，弟弟是弱者。一般的这类故事中哥哥都是因为贪婪而受到了惩罚结束故事。《阿左分家》的故事情节独特之处在于增加了具有神话色彩的阴间学礼规的部分，改变了其他民族的故事中以兄弟矛盾为主线，哥哥多是受到惩罚的对象较单一的传统故事情节。学礼规的情节设置通过阴间善恶有报的故事，使哥哥嫂子弃恶从善，兄弟和好一家亲，以此来教化世人树立家人应该仁爱友善的道德观念。这部分内容是该作品的核心内容，倡导彝族的传统道德观念，阴间学礼规的情节设置体现了彝族长诗《阿左分家》的民族特性。到阴间漫游的母题在斯蒂·汤普森所著的《世界民间故事分类学》中，世界各地的故事中此类漫游母题也是较为普遍的，只是在《阿左分家》中的漫游目的是为了学礼规，强调了道德教化的功能。

《赛玻嫫》属于蛇郎的故事类型，下面是丁乃通所著的《中国民间故事类型索引》中，对蛇郎的故事类型的内容介绍：

通常丈夫以人形出现，虽然他有时出现是条蛇。（有时他也会是花神，狼，或只是个人）。这一类型在多数说法里实际上是以425C即开头部分及408Ⅲ，Ⅳ，Ⅴ，Ⅵ，Ⅶ结合而成的。

Ⅰ．〔女孩许配给蛇〕（a）她是三（很少是两个）女儿中唯一愿意和蛇郎结婚的，因为（a1）她父亲在蛇的花园里偷摘玫瑰（其他花儿）被捉住了，或（a2）蛇抓住她父亲叫他答应送一个女儿给他，或老人允许把一个女儿许配给能（b）帮他把所有的树砍掉，或（b1）把掉进深洞的斧头捡起来的人，蛇做到了。（c）蛇恢复了人形，其他的开头：（d）蛇扮成人，给了她家许多钱。（e）姐姐结婚并告诉她的丈夫，她美丽的妹妹不想拜访他们。丈夫施诡计使妹妹到他家去，妻子上了吊。（f）丈夫（真的人）由于做了件好事，收到一颗白菜，从白菜里出现许多姐妹，他和她们中的一个结婚了。（g）一个姐妹收容了另一个丈夫很穷的姐妹。

Ⅱ．〔谋杀女主角〕她的姐妹们发现她结婚后生活很美满，一个忌妒的姐妹引诱她到一口深井边，让她看到她们在水中的倒影，就把她推下井去，通常这行动是在（a）妒忌的姐妹已经同她换穿了衣服，（b）女主角已经有了一个婴儿之后。冒充她的人回到蛇郎那里和他同居。（c）但先要解释她为什么面貌变了等等，或（d）女主角是在其他情形下死的。

Ⅲ.〔女主角变鸟〕女主角的灵魂变为一只鸟,它不断 (a) 讥嘲她的姐妹是骗子。(b) 表示对丈夫的亲爱 (有时飞入他的袖子内)。骗子愤怒了,杀死这鸟。以后 (c) 把鸟煮熟了吃掉。(d) 但她吃的鸟肉又老又臭,她的丈夫吃起来又嫩又鲜美。(e) 她把剩余的鸟尸扔进花园里。

Ⅳ.〔女主角变植物〕由鸟的尸体长出 (a) 一棵竹子。(b) 一丛竹子。(c) 其他的 (常是枣) 树。那棵新长的树又是对丈夫友好,对骗子不好。因此骗子砍倒这棵树用来制成一 (d) 小床、床架、小船,等等。(e) 婴儿推车 (f) 其他东西 (有时是门槛),但是 (g) 不论何时她坐或躺在小床上或床上时,不是有刺刺她,就是翻倒了。(h) 骗子的孩子,一坐到婴儿车里就死了。(i) 用这种植物制成的洗衣棒,洗她的衣服,就把衣服洗坏,洗她丈夫的衣服,却洗得洁白,(i1) 其他后果 (如绊倒骗子,不为她工作等等)。她生了气把小床或床扔进火里,但是 (j) 一颗火星蹦起来烧瞎了她的眼睛。(k) 一条红蛇从火里出现把她杀死。(l) 在灰烬中有一个奇怪的钱币把骗子吓死。(m) 在灰烬中有一个无法熄掉的炭火,或 (n) 折断的竹管或树枝给了一个乞丐 (往往是老妇人),或是由乞丐自己找到了它。

Ⅴ.〔其他化身〕随后女主角变成 (a) 一个金像 (b) 枇杷树 (c) 蛇 (d) 牡蛎 (乌龟) (e) 线球 (e1) 纺锤 (f) 剪刀 (g) 鸡 (h) 馒头或饺子 (i) 白菜 (j) 牡丹 (j1) 花簇 (j2) 木梳 (j3) 鱼钩 (k) 石头 (l) 戒指。

Ⅵ.〔驱除魔祸〕女主角灵魂所附的物体被带到 (a) 一个老妇人家,每天她变成人形清理房子、煮饭等。老妇人隐藏起来,在她没有能回到附魂的物体之前抓到了她。她要求老妇人请她的丈夫来 (b) 她丈夫尝到她煮的食物或看到她的刺绣等,一下就认出她来或 (a1) 在她丈夫家里,她变成原形。(c) 她的姐姐呕吐出的鸟肉,变成女主角,指责骗子。(d) 丈夫在煤炭上倒了一百桶水替她驱魔。或 (e) 一只鸟把丈夫带到井那儿,这样便发现了被谋害死的尸体。

Ⅶ.〔夫妻团圆〕有时重聚前先要经过考验,看谁的头发同丈夫的头发结成一团解不开,或看谁能在尖锐的竹钉上走,或跳过一大堆鸡蛋等。①

在艾伯华所著《中国民间故事类型》中,蛇郎的故事类型被划分为动物或精灵跟男人或女人结婚的类型中的第一类:

(1) 从前有个父亲,有好几个女儿。

---

① 丁乃通:《中国民间故事类型索引》,北京:中国民间文艺出版社 1986 年版,第 122 - 124 页。

（2）他受到一条蛇精的纠缠，没办法只好答应把一个女儿许配给他。

（3）只有最小的女儿愿意和蛇郎结婚。

（4）她生活得非常幸福并且也很富裕。

（5）她的一个姐姐非常妒忌，并把成为蛇郎妻子的妹妹扔到一口井里，自己取而代之。

（6）死者变成了一只鸟，在假妻梳头时辱骂她，鸟被杀死，做成食物。丈夫吃鸟肉，鲜香可口，假妻吃鸟肉，不是滋味。

（7）死者变成一棵树或一根竹子，假妻觉得它很讨厌，而丈夫觉得它很可爱。假妻把它砍掉。

（8）死者后来的一连串化身把假妻给折磨死了。①

《赛玻嫫》的故事情节：远古的幸福生活—蛇郎爱上人间生活—龙王洪水淹没人间—蛇郎找到洪水遗民（人种）和动物种—人种生一儿七女—蛇郎看中七女—请蜜蜂为媒求亲—成亲—夫妻生儿育女的幸福生活—夫妻回娘家—大姐起贪念—大姐设计害死七妹—大姐变为蛇郎妻—七妹变画眉鸟复仇—大姐溺死—七妹复活，从此与蛇郎过上幸福的生活。

《赛玻嫫》的故事情节与上面丁乃通和艾伯华书中提炼的蛇郎故事情节相对比，都有蛇郎爱情故事的基本情节，并且与丁乃通对蛇郎故事情节的概括比较近似。《赛玻嫫》的独特之处在于开始部分描写人间美好的万物，呈现出远古人类一片祥和的幸福生活，接着是洪水神话，蛇郎是与龙王在一起的，交代了它的神性出生，彝族是非常崇拜龙的，在该作品流传的双柏县，每年都有隆重的祭祀龙的活动。《赛玻嫫》融合了神话传说和幻想故事的内容，有很强的神话色彩，比彝族其他叙事长诗如《阿诗玛》等更具有古朴的神话性，它所描绘的人类生活还是人兽不分的状况，如七个女儿嫁的分别是不同的动物，做媒的是蜜蜂等。在斯蒂·汤普森所著的《世界民间故事分类学》中，我们看到世界各地此类动物夫妻故事也是较为普遍的。

《赛玻嫫》是用诗歌的形式呈现了彝族中广为流传的洪水神话和蛇郎故事的合成故事。洪水神话和蛇郎故事都是在各民族中流传甚广的故事，可以说是民间叙事中具有世界性的母题。《赛玻嫫》中蛇郎故事的内容与彝族的古老神话融合，它的内容比一般的蛇郎故事丰富，将远古洪水神话故事与蛇郎故事相结合，打破了传统的较为单一的蛇郎故事类型的格局，使蛇郎的形象和故事

---

① 艾伯华著，王燕生、周祖生译：《中国民间故事类型》，北京：商务印书馆 1999 年版，第 51－52 页。

情节更加丰富。相对于其他蛇郎故事类型，《赛玻嫫》是将民间幻想故事和神话故事合二为一的叙事长诗，具有较强的综合性特征，人物故事更具复杂性。

（二）运用二元对立的方式塑造人物形象

两首叙事长诗都是利用民间文学常用的二元对立的思维方式来叙述两兄弟、两姐妹的故事，通过善与恶、勤与懒、美与丑的对比，来教育人们要明辨是非，以培养后人良好的道德品行。诗中通俗直白的叙事方式让妇孺老幼都能明白其中的道理。

《阿左分家》中较为突出对比的是兄弟俩在阴间的所见所闻。"善"的人在阴间接受好的待遇，这里的善包括善良、勤劳、孝敬父母、善待子女、照看亲戚、勤营生计等懂礼规的人。"恶"的人在阴间受到各种惩罚，"恶"指的是杀人放火、偷盗投毒、不孝等违背礼规的人，到了阴间接受相应的处罚。善的行为与恶的行为形成了二元对立，在阴间的待遇也就形成了相应的奖赏与惩罚，也就是善有善报、恶有恶报。起初弟弟想办法帮哥哥解决彩礼的难题，可哥哥成家之后，就抛弃了弟弟，哥哥恶的形象与弟弟善的形象形成二元对立。后来哥哥意识到自己对弟弟的所作所为是错误的而主动外出寻找弟弟，接弟弟回家以便重新做一家人，反映了哥哥的知错能改。而弟弟开始不原谅哥哥，要求必须去阴间学礼规，通过阴间经历的一切让哥哥明白礼规，反映了弟弟的聪明和善良。这与其他常见的两兄弟故事不同，它不是以对哥哥的惩罚结束，而是以哥嫂悔悟，兄弟友善为结尾，体现了彝族所倡导兄弟友善和睦过日子的道德观念。

《赛玻嫫》中勤劳的七妹和蛇郎过着家庭美满的幸福生活，六个姐姐好逸恶劳只能一贫如洗。大姐不仅是满脸麻子、豹子眼、松树皮似的手和粪钉耙似的脚的乌鸦形象，而且还是生性贪婪、好吃懒做的黑心泼妇；而七妹是面如桃花、眼睛像星星、鼻子似鹦鹉嘴巴、下颚圆如蛋的仙鹤形象，还具备勤劳善良、关爱子女及忠于爱情的美好品质。通过美丑的二元对立方式，使大姐和七妹的外貌品行形成强烈的对比，从而肯定了七妹善良孝顺的美好品质，否定了大姐贪婪狠毒、懒惰丑恶的行径。

（三）语句的程式化特征加强情感表现力度

程式化是指在长期的流传过程中形成固定的模式。在民间叙事中，程式化是一些相对固定的、反复出现的语词、句段、主题等，程式化手法在两首叙事长诗中，不仅表现在字、句的回环往复，还有成段的重叠和复沓，目的在于渲染氛围，加强情感表现的力度，感染读者。

《阿左分家》中以阿左阿哥和阿左阿弟的人名程式化作为段落开头。以第三人称讲述了哥哥娶妻以后，就提出分家，而且要求把好的家产归自己，差的部分归弟弟。通过哥哥对弟弟的过分要求体现了嫂子的刁难和哥哥的懦弱，以及弟弟的善良和无奈。在诗中还有字、句的回环往复，在阿左哥想娶兹阿奴姑娘，但没彩礼时出现的句子：

> 可去东方找，
> 可去西方借，
> 可去南方找，
> 可去北方借，
> 可去四方找。①

这里是地理方位上的程式化。

> 银出大海里，那是我的银；
> 金出大海里，那是我的金；
> 城中有绸缎，那是我绸缎；
> 高山有鹿獐，那是我牛马；
> 山梁有羚羊，是我山绵羊；
> 坝子有野猪，那是我的猪；
> 林中有锦鸡，那是我的鸡；
> 湖中有野鸭，那是我的鸭。
> 我得看牛羊，我得看猪鸡，
> 我得看鹅鸭，我得看牲畜。②

> 阳世当君王，阴间给君位，
> 阳世做臣僚，阴间给臣位，
> 阳世做好人，阴间给好事，
> 阳世做坏事，阴间遭罪受，
> 阳世服礼人，阴间以礼待。③

---

① 李友华译：《阿左分家》，昆明：云南民族出版社 2010 年版，第 108 页。
② 李友华译：《阿左分家》，昆明：云南民族出版社 2010 年版，第 115 页。
③ 李友华译：《阿左分家》，昆明：云南民族出版社 2010 年版，第 127 页。

> 没有金和银，东方找金银；
> 没有绸和缎，西方找绸缎；
> 没有食和粮，南方找食粮；
> 没有牲和畜，北方找牲畜。①

所呈现的是不同对象交相叠印和方位的排比程式化。

《赛玻嫫》中蛇郎开始出现都是在巳蛇年巳蛇月巳蛇日的巳蛇时，"巳蛇"的重复出现突出了时间的确定性，以及七妹家人送嫁到蛇郎家时，不断出现的九十九，都是程式化的反复，突出路途遥远。

> 还有虎和豹，
> 还有熊和鹿，
> 还有麂和獐，
> 还有猴和兔，
> 还有狐和鼬，
> 还有蛙和蛇，
> 还有雉和锦，
> 还有鹤和雁，
> 还有雀和鸟，
> 还有蚱和蚁。②

> 人间庄稼好，
> 人间花儿香，
> 人间风光好，
> 人间有鸟唱，
> 人间有虫鸣，
> 人间有美人。③

表现出人间万物欣欣向荣，属于对象的更替的排比平行程式化，渲染出世间的美好。

---

① 李友华译：《阿左分家》，昆明：云南民族出版社 2010 年版，第 127 页。
② 潘林宏、方贵生译：《赛玻嫫》，昆明：云南民族出版社 2010 年版，第 196 页。
③ 潘林宏、方贵生译：《赛玻嫫》，昆明：云南民族出版社 2010 年版，第 199 页。

有的背大米，
有的挑白酒，
有的弹四弦，
有的吹喇叭，
有的吹芦笙。①

山珍十二种，
海味十二样，
好酒十二坛，
好菜十二碗
好肉十二盘，
好饭十二甑。②

三驮金和银，抬进大门来，
三驮绸和缎，抬进大门来；
三驮大白米，抬进大门来；
堆放堂屋里。③

都出现数字"三"和"十二"，以数字程式化的方式表现出种类繁多，彝族热情好客的道德观念。

金银她想贪，
绸缎她想贪，
谷粮她想贪，
禽畜她想贪。④

采用了排比平行程式化，不同的对象都成为大姐想贪的对象，生动地描绘大姐贪婪的形象特征。

---

① 潘林宏、方贵生译：《赛玻嫫》，昆明：云南民族出版社2010年版，第205页。
② 潘林宏、方贵生译：《赛玻嫫》，昆明：云南民族出版社2010年版，第209页。
③ 潘林宏、方贵生译：《赛玻嫫》，昆明：云南民族出版社2010年版，第218页。
④ 潘林宏、方贵生译：《赛玻嫫》，昆明：云南民族出版社2010年版，第224页。

> 打死画眉鸟，
> 拔掉画眉毛，
> 火烧画眉鸟，
> 吞下画眉肉，
> 方解心头恨。①

以固定对象的程式化，动词的不断变化将大姐的黑心形象描绘得淋漓尽致。

这一系列重叠复沓等在文中程式化的呈现，便于讲述者和听众记忆，同时也加强了情感的表现力度，具有独特的艺术魅力。

（四）发乎自然的引类比喻

两首民间叙事诗的语言，是彝族劳动人民通过细致入微的观察，深入体验，多方感受，反复锤炼，从日常生活中提炼出来的，便于口耳相传，具备了强烈的艺术感染力。贴近自然的事物作为喻体，带着主人公的情感色彩，富有彝族特色和生活气息，增添了两首长诗的艺术魅力。

《阿左分家》中阿左兄弟给阿左阿哥说亲时，提到的三个姑娘都用了形象的比喻。第一个姑娘肤色如桃花，眼睛如杏子，嘴唇如贝壳，下颚如蛋壳，而阿左阿哥嫌弃她脸宽如铧犁，手裂得能插箸，脚裂可容得指头。第二个姑娘眼睛如启明星、眉眼送秋波、含笑露白齿的白勒尼姑娘，而阿左哥嫌弃她三年不洗衣、头似雀鸟窝、脚如犁弯担。第三个是阿左哥喜欢的兹阿奴姑娘，以肤色如桃花、眼如启明星的形象呈现。这些都用了贴近大自然的比喻让三个姑娘的形象在读者面前栩栩如生。另外，白鸡地的白鸡和鹅一样大、白狗地的白狗如骡一样大增加了阴间的恐怖氛围和读者的惧怕心理。

《赛玻嫫》中形容七妹小时候如金鹿一样聪颖和马缨花般美丽，用脚如芭蕉秆一样粗壮和力气比老虎大的比喻形容蛇郎身强体壮。后来夫妻俩有了皮肤比白云白、比马缨花美的金哥。大姐作为黑心泼妇，以脸如粗糙的柿子，头发像雀窝脏乱的外貌出现，即使穿上七妹的漂亮衣服也是长了双豹子的眼睛、鹰爪般的指甲、手裂得像蜂窝、脚裂得积满了尘灰，在蛇郎眼中更是满脸都是铜钱花、手像松树皮般黝黑粗糙和脚像粪钉耙的乌鸦形象。七妹死而复生后更加美丽动人，生得面如桃花一般、眼珠如星星明亮、鼻子似鹦鹉嘴巴、下颚圆白如蛋。这一系列的比喻都是用人们熟悉的事物做喻体，生动朴素，形象通俗明朗，丰富多彩，具有浓厚的地方特色和自然气息，流露出美

---

① 潘林宏、方贵生译：《赛玻嫫》，昆明：云南民族出版社2010年版，第236页。

不胜收的语言艺术魅力。

　　彝族民间长诗《阿左分家》和《赛玻嫫》通过跌宕起伏的故事情节的描写，采用对比、程式化、发乎自然的比喻等艺术手法来提倡家庭和睦、孝敬父母、惩恶扬善、勤劳致富等传统道德观念，在今天也是有其积极意义的。

　　《阿左分家》和《赛玻嫫》两部长诗作为双柏县彝族民间文学的重要代表作品，以丰富的想象和生动的语言将娱乐功能与教育功能合二为一，是彝族传统道德教育的形象教材，也成为双柏县彝族重要的非物质文化遗产。

　　《阿左分家》和《赛玻嫫》是云南省的省级非物质文化遗产，也是双柏县彝族的宝贵文化遗产，它们与国家级非物质文化遗产创世史诗《查姆》一起被越来越多的外界人士所认识，作为地方民族文化品牌，其所体现的传统道德观念和艺术魅力，在今天的彝族文化建设中依然有其积极的现实意义，对其进行深入的研究是十分必要的。

附　录

附录一　目前搜集翻译的部分梅葛文本

项目研究过程中，笔者搜集到一份 20 世纪 80 年代传唱的梅葛资料。该资料由马游小村王家组的罗国庆①提供，据罗国庆讲述，这份资料是他记录下来的。当时，他住在王开泰家隔壁，王开泰的舅舅郭天云是马游大村人，他教王开泰唱梅葛。郭天云在 20 世纪 60 年代去世。王开泰将梅葛传给他，他便记下来。罗国庆讲，吼梅葛就是见到什么就吼什么，不过，开天辟地、人类起源等内容不适合日常生活和婚礼等场合。该资料部分整理如下：

老年梅葛

甲：　　　　　你是我的亲（吸）

你是我的戚（呛）

大年初一大

正月初一大

过年没有天

过年没有地

还要来造天

还要来造地

乙：　　　　　你是我的亲（吸）

你是我的戚（呛）

---

① 罗国庆，男，彝族，高小文化，1985—1986 年在村委会当电工。

你说过年没有天

还要来造天

金轮做鞭杆

蒿枝软生生

过去造过九朝天

过去造过七朝地

天地没造牢

还要另造天地

甲：　你说另造天地

阿箭建起天

阿夫抵起地

天地会牢了

乙：　阿箭阿夫把天地造

天地还不稳

还要另造天

什么来造天

甲：　我说葫芦蜂造天

小蜜蜂造地

这次天会造稳啦

地会造牢啦

乙：　葫芦蜂造天

小蜜蜂造地

还是没造稳

天地还不稳

还要另造天

甲：　你说天地没造稳

还要另造天

过去蜘蛛网当天

巴根草当地

乙：　你是我的亲

你是我的戚

你的语言巧

蜘蛛网当天

巴根草当地

春风吹三阵

天地吹烂了

还要另造天

还要另造地

甲：　　你是我的亲

你是我的戚

你说得真对

天地吹烂了

还要另造天

请人撒天地

乙：　　你是我的亲

你说得我的心意合

请谁撒天

请谁撒地

什么做天种

什么做地种

能撒多少远

能撒多少宽

甲：　　你是我的亲

去请观音来

观音手灵巧

观音会撒天地

罗列做天种

勒黑做地种

撒天撒九里

撒地撒七里

乙：　　你的心真巧

你的话真对

你说观音来撒天

观音来撒地

罗列做天种

勒黑做地种

撒天撒九里

撒地撒七里

已经撒去了

这里太阳出九个

月亮出七个

白天黑夜分不清

九天算一天过

九夜当一夜过

人们睡着了

锄把头处腐烂了

耕牛骨头晒腐烂

人发上雀子已出窝

人们还不醒

你说咋个办

甲：　你是我的亲

你是我的戚

你真说得好

你真说得对

你说请来手巧人

请来脚灵的

盘古手最巧

盘古脚最灵

他左手拿錾子

右手拿锤子

把太阳錾回西山

把月亮錾落到阿瓦山

乙：　你的心真巧

你的心真灵

这回把太阳錾回了

把月亮錾落了

望天没有太阳

看地没有月亮

甲：　你是我的亲

你是我的戚

你真说得好

你真说得对

　　　　　　　　你说望天没太阳
　　　　　　　　看地没月亮
　　　　　　　　你说咋个办
　　　　　　　　我说有办法
　　　　　　　　请盘古来造天
　　　　　　　　请盘古来造地
　　　　　　　　盘古杀牛来造天
　　　　　　　　盘古杀牛来造地
　　　　　　　　牛皮杀来做成天
　　　　　　　　牛眼做星星
　　　　　　　　牛血变成地
　　　　　　　　左膀成太阳
　　　　　　　　右膀成月亮
　　　　　　　　牛肚变成海
　　　　　　　　大肠变成河
　　　　　　　　小肠变成沟
　　　　　　　　牛骨变成大石头
　　　　　　　　牛毛变成树
　　　　　　　　牛尾蚤子变成粮种
　　　　　　　　人们可以盘田了
　　　　　　　　人们可以耕地了
乙：　　　　　　你是我的亲
　　　　　　　　你是我的戚
　　　　　　　　你真还心巧
　　　　　　　　你真还心灵
　　　　　　　　你说人们可以盘田了
　　　　　　　　人们可以种地了
　　　　　　　　什么人来盘田
　　　　　　　　什么人来种地
甲：　　　　　　世上三朝人
　　　　　　　　一种是直眼（指蚂蚱）
　　　　　　　　一种是团眼（指石蚪）
　　　　　　　　一种是横眼（指人类）
　　　　　　　　他们会盘田

他们会种地
粮食盘来了
粮食用不完
人们欺粮了
欺粮咋个欺
谷面来涂墙脚
麦面来涂墙
荞面拌牛屎
拿来糊稻场
人们欺天了
人们欺地了

乙：你是我的亲
你是我的戚
你的心真巧
你的心真灵
人们欺天咋个欺
欺地咋个欺
马尿当酒敬
荷叶当烧纸
沙子当斋饭
人们欺天要欺粮

甲：你是我的亲
你是我的戚
你说人们欺天
人们欺着地
老天发了怒
老天想变了
地也想变了
天要收人了
地要收人了
天地要变了
你说咋个办

乙：你是我的亲
你是我的戚

我说过三朝人

要先选人种

直眼团眼们

白天翻的地

夜晚要还原

庄稼种不成

三种人气愤

就去下扣子

下着一只水老鸦（老鸦指梅葛中的神鸟）

也是恩自恩松所差使（恩自恩松，是天神名称）

来试探人们的良心

试探动物的良心

安排世间人种的下落

访谈对象：罗国庆

访谈人：单江秀

访谈时间：2010 年 8 月 17 日下午

访谈地点：罗国庆家

整理者：单江秀

　　在此文本中，出现了观音、盘古这些外来文化的神灵与原始宗教的神灵同为创造天地的神灵，外来文化影响的痕迹明显，这也符合文化发展的轨迹，外来的文化要素融合到当地传统文化中，从而生成了一种浑融的文化。化生万物的是牛，狩猎时代的虎被农耕时代的牛替代了，这也是时代发展的烙印。口传史诗的变异性要比文字传的文本大。比较 50 年代搜集的和近年搜集的《梅葛》文本，它们有十分明显的差异。而《查姆》的几个文本却基本是一致的，《梅葛》和《查姆》的几个文本相比较，这个差异就十分明显了。

附录二 目前搜集翻译的部分查姆文本

查姆选译：直眼人起源
直眼人时代

远古的时候	远古那朝代	直眼人时代	直眼的起源
讲一段看吧	天上关雨门	关四方水闸	三年不掣闪
三年无雷声	三年无风雨	三年不落露	世间大地干
地裂齐腰深	灰尘齐膝厚	海里没有水	鱼儿被干死
虾子被晒死	河里不流水	石头晒成粉	晒死公和母
晒死了庄稼	晒死了虎豹	晒死鹿和羊	晒死麂和獐
晒死了雀鸟	晒死蛙和蛇	大地灰蒙蒙	尘土像云雾
自从那以后	涅侬保佐颇	儒黄炸当地	涅侬保阿玛
水王罗塔纪	罗塔纪女儿	共同来商量	想了个办法
三年不下雨	三年不落露	动物被晒死	万物全晒死
独眼人灭了	人种没有绝	剩下了人种	还得去察看
儒黄炸当地	跟着风和雨	去寻找人种	找东又找西
找北又找南	却不见人影	儒黄炸当地	放眼看过去
蜜蜂嗡嗡叫	嗡嗡飞过来	儒黄炸当地	忙来问蜜蜂
蜜蜂啊蜜蜂	飞东又飞西	走北又走南	是否见着人
是否听见人	蜜蜂回答说	涅侬费卓上	有两棵樟树
对头一对猴	枝头一对鸠	树脚有块石	石旁有丛草
草旁有牛羊	牛羊旁狗猪	树脚石头上	不坐的也坐
坐着独眼郎	他没有哥弟	他没有父母	他没有姐妹
孤单他一人	一个坐那里	那个独眼人	日晒他不死
天天说着话	尿水浇树脚	树长绿茵茵	尿水浇石头
石头黑漆漆	尿水浇草根	草丛绿茵茵	牛羊吃青草
牛羊肥又壮	狗猪吃青草	狗猪不生病	猴子吃树果
高兴树上跳	斑鸠吃树果	扑扑树上飞	蜜蜂采树花
采花嗡嗡飞	儒黄炸当地	听了蜜蜂话	走啊往前走
走到费卓山	去看了一下	两棵樟树下	人种独眼人
儒黄炸当地	看见他走来	来到他面前	磕头又作揖
眼泪眼中转	开口对他说	祖啊天仙人	走万日之地

不见一家人　　只见着太阳　　走千日之地　　不长一棵树
只见棵樟树　　走百日之地　　不闻鸟雀声　　只闻斑鸠声
地上不见蝶　　只见蜜蜂影　　走十日之地　　不见牲畜影
只见牛和羊　　只见狗和猪　　走五日之地　　不见庄稼苗
没见一泉水　　只有葫芦水　　只有瓜中粮　　对天祈一句
对地求一回　　独泉能出来　　独人难生存　　独树难生长
独人难传后　　祷告了天地　　祈求了山神　　来帮助独人
那样对他说　　儒黄炸当地　　听见了这话　　儒黄炸当地
对他说一句　　善人不用怕　　十天之日内　　有人来帮你
会来你情伴　　来他你的人　　说下这话后　　儒黄炸当地
骑着风和雨　　回去天宫里　　自从那以后　　天上的姑娘
下来到地面　　来到赀卓山　　来到独眼跟　　那个独眼人
脸上笑眯眯　　领她进屋里　　把话对她说　　阿姐啊阿姐
没有凳子坐　　来坐树叶上　　没有清水喝　　只有葫芦水
这里没粮食　　树果当饭吃　　涅侬的姑娘　　回到他一句
不喝葫芦水　　不吃瓜里粮　　你这个独眼　　头发像棉团
头像个雀窝　　身子黑漆漆　　额纹像麂头　　脸色黄生生
眉毛像草丛　　胡须像茅草　　手指像竹节　　手裂像松球
腿像芭蕉根　　脚裂像筷宽　　身像棕皮衣　　远看像树桩
越看越难看　　骑上风和雨　　回去天宫了　　涅侬俫佐颇
想了个办法　　罗塔纪姑娘　　使她下地面　　让她去做事
罗塔纪姑娘　　拿着四瓢水　　拿着一根棍　　世间大地上
来到赀卓山　　去看独眼人　　农夫好心人　　你不必伤心
拿着四瓢水　　清水拿给你　　拿去洗身子　　人种独眼郎
一瓢来洗头　　白发变黑发　　一瓢来洗手　　粗手变细嫩
一瓢来洗脚　　脚裂愈合了　　走路平坦坦　　一瓢来洗身
洗身净洁洁　　独眼成直眼　　鼻子像鹦鹉　　嘴巴像贝壳
下巴像鸡蛋　　脸如桃花色　　返老还童来　　罗塔纪姑娘
让那直眼儿　　脱下树叶帽　　脱下叶子衣　　脱下树叶裤
戴上缎丝帽　　穿上绸衣裳　　脚上穿缎鞋　　蝴蝶绕他飞
蜜蜂绕他转　　那个直眼人　　对龙姑娘说　　长手来作揖
长脚跪地上　　罗塔纪姑娘　　你对我最好　　我对不起你
这样把话说　　罗塔纪姑娘　　小咪不答话　　云彩当马骑
返回天上去　　对撒赛姑娘　　直眼人的事　　句句对她说

撒赛女姑娘
去看他一回
脚上穿缎鞋
树果当饭吃
是儿还是女
世间大地上
天上仙姑娘
孤单我一人
做对夫妻吧
不放盐也香
不做捡得到
有嘴不说话
无嘴四方响
就是树果子
是菌子木耳
长嘴不说话
昼夜他知晓
若说得中了
点头不说话
向樟树作揖
他俩做夫妻
妻子来割草
树叶当瓦盖
盖好了房屋
飘飘壳壳的
河尾不流水
狗哭神听见
罗塔纪姑娘
泼出四瓢水
粮种落门外
摇头又摆尾
若有了粮种
粮种晒三天
一棵发三茌

重返地面上
梳妆又打扮
鞋头绣花朵
天上仙姑娘
是有妻的人
只剩我一人
开口把话说
我来问你话
直眼人回答
是什么东西
是什么东西
是什么东西
是什么东西
不做结果子
不养能吃肉
就是水塘子
就是公鸡呀
我俩做一家
他们两个人
一棵当作父
天神仙姑娘
丈夫砍木料
树皮做墙壁
雀鸟在窝中
果子猴吃光
白狗门外哭
天神罗阿玛
使她把事做
粮种撒四方
白狗抬着种
夫妻俩一看
人种不会绝
种籽泡三夜
苗长绿茵茵

回到费卓山
头上戴金帽
衣角镶花边
脸上带笑容
还是有夫女
无妻的穷人
阿哥啊阿哥
你若说得中
阿妹你说吧
不种自结果
不养能吃肉
昼夜他知晓
阿妹呀阿妹
就是地茯苓
就是也猎物
无嘴响四方
阿妹啊阿妹
天上仙姑娘
来到樟树下
一棵当作母
他对直眼说
石头砌墙脚
两人盖九天
雀鸟叫喳喳
泉水雀喝干
一天哭到晚
共同来商量
舀四瓢清水
雨水落地上
抬进房屋里
是抬来种籽
自从那以后
种籽撒进地
撒了满三月

到直眼人前
身上穿白衣
用棍打果子
摘果郎儿你
直眼人回答
就是那一个
世间的姑娘
你和我两个
阿哥啊阿哥
是什么东西
是什么东西
是什么东西
不放盐也香
不种能捡到
是虾虫鱼儿
就是铜唢呐
我说是不是
嘴上笑眯眯
向樟树磕头
两树来作证
树旁盖房子
树枝做房梁
盖了九个夜
屋里有人住
河中不出水
一夜哭到亮
想了个办法
装上庄稼种
种子落地面
向他两夫妻
有了好粮种
他两个夫妻
一籽出三棵
粮秸绿油油

撒后满三月
一穗九百粒
一棵结三包
高粱长过树
一棵收三斗
他两个夫妻
生了只口袋
不知儿是女
她看着口袋
罗阿玛听见
安慰撒赛女
撒赛萨若埃
跳出蚂蚱来
蚂蚱跳三下
眼睛亮堂堂
人类独眼儿
姑娘六十个
女大学绣花
哥妹做夫妻
一家在一方
人坐如蜂蛹
有道他不尊
自己吃自己
不孝敬父母
母死不埋葬
如此这般样
共同来商量
路不会通畅
涅侬俅佐颇
派他下大地
龙头碰着天
若不是人肉
黑土大地上
让他去察看

粮熟黄生生
一丛收九箩
一包有手长
一棵出三穗
夫妻有粮吃
做夫妻不久
皮口袋里面
妻子伤心哭
白天哭到晚
天君罗阿玛
莫哭啊莫哭
拿把大剪刀
上截四十个
一百二十个
满月会说话
是独眼后裔
儿大喜欢玩
大儿爱长女
一百二十个
自从那以后
大地住不下
天天在吵架
自己喝自己
不给儿女吃
拴脚拖河里
涅侬俅佐颇
若不是砍树
不换黑心人
天君罗阿玛
去察看善恶
龙尾拖在地
接不了龙翼
让他讨人肉
涅侬撒赛歇

谷林长过人
九箩堆如山
一粒鸡蛋大
穗子马尾长
越吃越好吃
不知哪一夜
不响的也响
生了只口袋
夜哭哭天明
撒赛萨若埃
生了个什么
拿来剪口袋
中截四十个
变成娃娃来
满两月走路
一百二十个
女大喜欢花
长女爱郎哥
配成六十对
世间住满人
人类直眼人
夜夜在相打
亲来不给吃
父死不埋葬
有畜不祭神
天君罗阿玛
会看不到天
善人不会来
水君罗塔纪
涅侬撒赛歇
断了龙马骨
若不是人血
让他讨人血
骑上飞龙马

一杯出九穗
苞谷长过屋
一棵三背箩
一粒核桃大
自从那以后
不生的也生
有娃娃声响
不知成啥了
哭声传上天
派他下地面
我来看一看
剪断成三截
下截四十个
长有两只眼
一年会耕地
儿子六十个
儿大开垦地
世间男女事
一家去一方
人走若蚂蚁
有理他不循
大小他不分
客来不给喝
套脖拖山野
有粮不请客
水君罗塔纪
若是不割草
要重换人种
涅侬撒赛歇
骑长翅龙马
脱了龙马翅
接不了龙骨
察看善恶人
一眨眼工夫

来到地面上　　走啊往前走　　走到了东方　　东方日出方
有银大富人　　遇到了一家　　金子存满屋　　银子堆满屋
如此这般富　　有银大富人　　给点金银吧　　断了神龙骨
脱了神龙翅　　若不是金银　　接不了龙翅　　接不了龙骨
说了这些话　　有银大富人　　回答他一句　　金银不能给
莫说是金银　　人屎也不给　　人屎也不给　　涅侬撒赛歇
心里提一下　　有银大富人　　没一点善心　　撒赛很生气
骑上神龙马　　轻快往回返　　走啊又再走　　走到了西方
西方日落边　　有绸大富人　　这样有一家　　有绸大富人
如此这般富　　我来讨绸缎　　神龙断了骨　　脱了龙翅膀
不是绸缎嘛　　龙骨接不了　　龙翅不能接　　有绸大富人
回答他说到　　绸缎我不给　　莫说是绸缎　　人屎也不给
人屎也不给　　有绸的富人　　不是善心人　　气伤撒赛歇
骑上神龙马　　走啊又再走　　走到了北方　　北方之门下
有畜大富人　　有那么一家　　牲畜关满厩　　赶去大山上
道路起灰尘　　赶起大平坝　　平坝站满畜　　如此那样多
涅侬撒赛歇　　对那富人说　　断了神龙骨　　脱了神龙翅
不是牛肉嘛　　接不了龙骨　　不是猪肉嘛　　接不了龙翅
有畜大富人　　回答一句话　　牛肉不能给　　莫说是牛肉
牛屎也不给　　猪肉不给你　　莫说是猪肉　　猪屎也不给
撒赛更生气　　有畜大富人　　不是善心人　　涅侬撒赛歇
骑上神龙马　　快速往回返　　走啊又再走　　走到了南方
南方之门下　　有粮大富人　　有那么一家　　粮食装满仓
如此那样富　　涅侬撒赛歇　　说了一句话　　断了神龙骨
脱了神龙翅　　是来讨粮食　　不是粮食嘛　　接不了龙骨
接不了龙翅　　给点粮食吧　　有粮大富人　　回答一句话
粮食我不给　　莫说是粮食　　人屎也不给　　人屎也不给
有粮大富人　　不是善心人　　撒赛歇很气　　骑上神龙马
快速往回返　　走啊又再走　　到了一地方　　七十大路中
八十大路中　　农夫善心人　　肩上抬着犁　　手里牵耕牛
遇上了一人　　涅侬撒赛歇　　有脚跪地上　　有手就作揖
有嘴就说话　　说出一句话　　断了神龙骨　　脱了龙马翅
给点金银吧　　给点绸缎吧　　给点粮食吧　　水里大莫鱼
喝水鱼嘴齐　　共同把事办　　帮我做一事　　农夫好心人

说了一句话　　用嘛没有银　　穿嘛没有布　　吃嘛没有粮
蓝天白云下　　这块大地上　　高山公野鸡　　荒地里出壳
最穷要数我　　涅侬撒赛歇　　说出一句话　　没有金银嘛
没有绸缎嘛　　没有粮食嘛　　断了龙马骨　　脱了龙马翅
不是人肉嘛　　接不了龙翅　　不是人血嘛　　接不了龙骨
给点人肉吧　　给点人血吧　　农夫好心人　　说了一句话
如果是这样　　更兹金刀子　　抽来给我呀　　索番大银针
拿来给我吧　　放出手指血　　给你接龙骨　　割下腿上肉
给你接龙翅　　没把话说完　　拇指扶犁架　　出血如洪水
涅侬撒赛歇　　说了一句话　　我不要金银　　我不要绸缎
我不要粮食　　人肉我不要　　人血我不要　　我来看善恶
是来察人心　　农夫好心人　　若不是你嘛　　没有好心人
最善良是你　　我来告诉你　　三个月之内　　人类直眼人
要换人种了　　要治一次罪　　让洪水满天　　黑土大地上
有银造银船　　有金造金船　　有铜造铜船　　有铁打铁船
有铅打铅船　　有锡打锡船　　去那样做吧　　农夫好心人
你什么没有　　天上葫芦种　　拿一粒给你　　一半是绿色
一半是红色　　一半是黄色　　一半是白色　　一粒拿给你
拿着这粒种　　涅侬费卓山　　三滴露不干　　拿去那里种
到了春三月　　挑水来浇瓜　　到了夏三月　　撒粪捂瓜根
到了秋三月　　砍树搭瓜架　　到了冬三月　　葫芦有囤大
百日吃的份　　千日吃的粮　　五火粮食种　　食物均装齐
高山黑蜂蜡　　山腰黄蜂蜡　　河谷细蜂蜡　　三蜡拌一起
去糊葫芦口　　把话说给他　　涅侬撒赛歇　　骑上飞龙马
来不及眨眼　　回去了天宫　　飞回到天宫　　报给罗阿玛
黑土大地上　　良心都不好　　有理不循理　　有道不遵道
都是这个样　　报了情况后　　天神罗阿玛　　想了个办法
放出一对龙　　天上龙相斗　　龙斗震天响　　放出一对海
地上海相斗　　海斗地陷落　　灰尘齐膝深　　涅侬费卓山
山腰被断裂　　黑土大地上　　人类直眼人　　有银造银船
有金造金船　　有铜铸铜船　　有铁铸铁船　　有铅造铅船
有锡造锡船　　阿善笃慕他　　只有来种瓜　　葫芦有囤大
葫芦当房住　　不知哪一天　　不知哪一夜　　天神罗阿玛
东方那一面　　放一条绿龙　　南方那一边　　放一条红龙

在西那一面　　　放一条白龙　　　北方那一边　　　放一条黑龙
四方龙腾起　　　龙眼眨一下　　　掣闪红彤彤　　　天地一生黑
龙身抖一抖　　　雷声大震作　　　狂风暴雨卷　　　龙尾甩一下
风旋雨点落　　　狂风暴雨来　　　白云后落雨　　　乌云后下雹
雨点鸡蛋大　　　雨丝像针绳　　　下了七昼夜　　　雨来不间断
水涨高一截　　　葫芦转一圈　　　洪水淹山头　　　葫芦山丁转
水满上了天　　　葫芦漂到天　　　银船沉海底　　　金船沉海底
铜船沉海底　　　铁船沉海底　　　铅船沉海底　　　锡船也沉海
葫芦水山漂　　　黄鳝钻山腰　　　泥鳅天上游　　　蝌蚪天上游
青蛙天上叫　　　黄鳝成了寡　　　泥鳅成孤儿　　　青蛙在哭泣
动物被淹死　　　万物绝了种　　　会动蝌蚪剩　　　会飞野鸭剩
会走笃慕剩　　　下了七昼夜　　　天神罗阿玛　　　心里想一想
没有这样理　　　没有这样规　　　天宫白兔子　　　派出一个去
到东方那面　　　开了道水闸　　　开闸水不干　　　不开也不干
又到了南方　　　开两道水闸　　　开闸仍不干　　　不开更不干
到西方那面　　　开了三道闸　　　开了也不干　　　不开更不干
到北方那面　　　打开四道闸　　　开了也不干　　　不开也不干
怎么办才好　　　神王罗阿玛　　　白尾巴斑鸠　　　使派了一对
找回日和月　　　找回来星辰　　　九日晒一天　　　晒了它不干
不晒更不干　　　日出晒水面　　　月出照水面　　　星出照水面
晒了七昼夜　　　水晒干一截　　　葫芦下一截　　　洪水退落去
天神的葫芦　　　慕共悬崖里　　　不上也不下　　　不会落下来
挡在信眉上　　　歇在山竹下　　　在尖刀草上　　　独姆直眼人
直眼的起源　　　讲到这里完

彝文识读：方贵生；翻译：施连；审定：施建忠

后 记

　　本书终于定稿了，也算是对我十多年来彝族民间文化调查研究的一个小结。

　　记得 1999 年 9 月到 2001 年 7 月期间，我到北京师范大学民俗学专业学习民俗学。在学习期间，钟敬文先生知道我工作生活在楚雄彝族自治州，问我是不是彝族，我说不是，但我有许多彝族同学、朋友、学生。先生说：你就多研究他们的文化。在此之前，我一直从事外国文学史的教学工作，对彝族文化的了解是很肤浅零散的。

　　学习回来以后，正好参与到由云南大学（李子贤教授策划指导）与楚雄师范学院、楚雄彝族自治州州政府合作的项目"梅葛的文化解读"项目组中，对梅葛文化进行全面深入的田野调查和文化解读。由此机缘，我开始走进彝族民间文化的海洋，领略彝族文化的博大精深。该项目的调查和书稿撰写前后进行了七年时间，最终成果在 2007 年由云南大学出版社以《〈梅葛〉的文化学解读》出版，获得了当年的山花奖。我撰写了其中的两章。

　　在几年田野调查的基础上，2008 年由线装书局出版了我的第一部关于彝族文化的学术研究专著《田野中的彝族文化》。

　　2010 年我申报的国家社科基金项目"彝族史诗的诗学研究——以《梅葛》《查姆》为中心"获得立项。项目立项后，为了有一段专门的时间进行项目研究，2011 年 9 月我到北京大学中文系做访问学者，师从陈连山教授。这期间参加了由中国社会科学院文史哲学部主办，中国社会科学院民族文学研究所承办的第三、第四期 IEL"国际史诗学与口头传统研究讲习班"的学习，学习了史诗研究的前沿理论和方法，特别是朝戈金、尹虎彬、巴莫曲布嫫等老师的讲座，使我受益颇深，他们直接或间接地给了我许多指导与启发。在北京大学中文系访学期间，陈连山教授给了我许多指导；中央民族大学的朱崇先教授和钟进文教授、社科院民族文学研究所的王宪昭教授等也给我提供了许多资料和指导；特别是社科院民族文学研究所的尹虎彬老师给我提供了国际史诗研究理论的相关书籍，并给予我许多指教。

项目立项后，在之前调查的基础上，项目组又对梅葛流传核心区域姚安县的马游村、南华县的五街镇等进行了多次田野调查；对查姆流传的核心区域双柏县的安龙堡乡、大麦地乡进行了多次调查，同时对玉溪市的新平县、峨山县的几个相关乡镇进行了田野调查。通过对毕摩、歌手的访谈，了解史诗的传承、演述等情况，同时对史诗生存的宗教信仰、民俗文化等文化空间进行了调查。

经过项目组三年的努力，2013 年底提交了项目结题材料，2014 年 6 月拿到了结题证书，下面所示为本书撰写人员情况和写作章节表。

本书撰写人员情况和写作章节表

姓名	单位	职称	撰写内容
陈永香	楚雄师范学院人文学院	教授	绪论；第一章的第一、二、三节；第三章；第四章；第五章的第一、二、四节；第六章的第三、四节；第十章
绕云华	姚安县文联（主席）	作家	第九章的第一、二、三、四节
李有华	楚雄彝族文化研究院	副研究员	第七章
施文贵	楚雄彝族文化研究院	副研究员	第八章
马红惠	楚雄师范学院人文学院	讲师	第二章；第五章的第五节。
李得梅	楚雄师范学院人文学院	讲师	第一章的第四节；第六章的第一、二节
胡云	楚雄师范学院人文学院	讲师	第五章的第三节；第九章的第五节
单江秀	楚雄师范学院人文学院	讲师、博士	附录梅葛文本搜集整理者
方贵生	彝族毕摩		附录查姆文本的翻译者，原稿持有者

感谢楚雄师范学院领导对我的支持，特别批准我到北京大学访学，给予我研究时间的保证。

感谢罗庆春教授和曹晓宏教授为本书写序！

感谢调研过程中给我们提供帮助的各级地方政府领导和所有访谈对象！感谢项目组成员对我的支持及通力合作！感谢所有师友的帮助和家人的一贯支持！

最后要特别感谢暨南大学出版社及本丛书的主编姚新勇教授！感谢邱婧女士在国家出版基金项目申报中所做的努力！感谢本丛书编辑武艳飞和崔军亚女士的辛勤付出！

陈永香

2017 年 4 月